Alguien a quien amar

TERCIOPELO

Alguien a quien amar

Sabrina Jeffries

Traducción de Iolanda Rabascall

TERCIOPELO

Título original: *Only a Duke Will Do* (Escuela de señoritas II)
Copyright © 2006 by Deborah Gonzales

Primera edición: febrero de 2011

© de la traducción: Iolanda Rabascall
© de esta edición: Libros del Atril, S.L.
Marquès de l'Argentera, 17. Pral. 1.ª
08003 Barcelona
correo@terciopelo.net
www.terciopelo.net

Impreso por Black Print CPI Ibérica, S.L.
Energía 11-27
08850 Gavá (Barcelona)

ISBN: 978-84-92617-79-1
Depósito legal: B. 1.089-2011

A la ilustradora Ursula Vernon y a Carlota Sage, a quien le apasionan las muñecas, por hacerme siempre reír.

Y a todo el personal de la cafetería Mr. Toad's. ¡Gracias por servirme el mejor café de Carolina del Norte!

Árbol genealógico

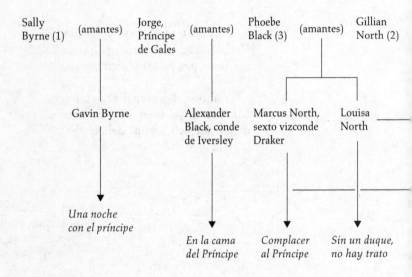

Sally Byrne (1)   (amantes)   Jorge, Príncipe de Gales   (amantes)   Phoebe Black (3)   (amantes)   Gillian North (2)

Gavin Byrne   Alexander Black, conde de Iversley   Marcus North, sexto vizconde Draker   Louisa North

Una noche con el príncipe   *En la cama del Príncipe*   *Complacer al Príncipe*   *Sin un duque, no hay trato*

Leyenda: ⚭ Casados

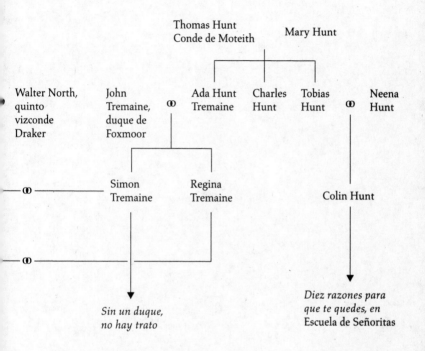

Walter North, quinto vizconde Draker

John Tremaine, duque de Foxmoor ∞ Ada Hunt Tremaine

Thomas Hunt Conde de Moteith — Mary Hunt

Charles Hunt

Tobias Hunt ∞ Neena Hunt

∞ — Simon Tremaine — Regina Tremaine

Colin Hunt

∞ —

Sin un duque, no hay trato

Diez razones para que te quedes, en Escuela de Señoritas

Capítulo uno

Londres, abril de 1821

Querido primo Michael:

¿Conocéis al duque de Foxmoor, quien hace poco ha regresado a Inglaterra? He oído comentarios tan dispares sobre el escándalo que rodeó su partida, que realmente no sé qué creer. Las dos damas más afectadas, lady Draker y Louisa, la hermana de lord Draker, no comentan nada al respecto. ¿Menciona algo el duque, en sus encuentros sociales con otros caballeros?

Vuestra devota amiga,
Charlotte

*N*ada había cambiado en esos siete años.

Y todo le parecía distinto, a la vez.

Desde la galería de granito erigida sobre los jardines de la fastuosa mansión de su hermana Regina, Simon Tremaine, el duque de Foxmoor, escrutaba a los invitados. Quizá era él mismo quien había cambiado. Antes de aceptar el cargo de gobernador general de la India, se habría sentido como pez en el agua en esa magnífica fiesta que congregaba a la flor y nata de la sociedad inglesa.

Sin embargo, ahora se sentía como un intruso en su propio país.

Un estrepitoso gritito resonó en su oído, recordándole que él no era el único personaje extraño en ese lugar. Simon alzó el brazo para rascarle la barriga a su mono domesticado.

—Sí, *Raji*, las fiestas aquí son decididamente muy distintas a las que organizaba el gobernador de Calcuta en su casa, ¿verdad?

Ni rastro de orquestas compuestas por nativos que tocaban con más entusiasmo que habilidad, ni de suculentos platos cocinados con curry y sopas condimentadas con pimienta, ni de palmeras tropicales cargadas de cocos gigantescos. Aquí todo era cuestión de arpistas que amenizaban la velada con una exquisita distinción, de salsas francesas, y de arbustos recortados con un increíble esmero y salpicados por mil rosas de color amarillo pálido.

Y de un sinfín de caras nuevas a las que todavía debía vincular con un nombre; una verdadera legión de nuevos miembros del Parlamento congregados en esa fiesta con el fin de celebrar el cumpleaños del hijo bastardo del rey.

—Regina podría haberme avisado de que pensaba invitar a todos los miembros del Parlamento, sin excepción, a la fiesta de su marido —se quejó a *Raji*—. Me sorprende que Draker haya consentido esta velada; aún recuerdo el tiempo en que mi cuñado habría impedido el paso en su finca a esa caterva de interesados.

Simon enfiló hacia la escalinata que conducía a los jardines admirablemente iluminados, mas se quedó paralizado cuando divisó a la mujer con el pelo negro que se hallaba de pie, al final de las escaleras.

Se trataba de Louisa North, la hermana de Draker, y al igual que Draker, también era hija ilegítima del rey. Y la responsable de su destierro.

Regina le había comentado que su cuñada asistiría a la fiesta. Sin embargo, pensar en que vería a Louisa y verla en carne y hueso eran dos cosas completamente distintas.

Especialmente porque estaba bellísima.

A modo de respuesta de la repentina tensión de su dueño, *Raji* empezó a parlotear sin parar. Simon asintió.

—Sí, antes era muy hermosa. Pero ahora…

Durante todos esos años lejos de Inglaterra, la atractiva y cándida muchacha que lo había perseguido en sus sueños había florecido hasta convertirse en una mujer bellísima y refinada.

Simon soltó un bufido. ¿Cómo podía ser que la vivacidad de los ojos de Louisa no se hubiera apagado, ni se hubiera marchitado su sonrisa, tras tantos años alejada del ámbito conyugal? ¿Cómo era posible que los copiosos ágapes de la corte no hubieran deformado su esbelta figura hasta transformarla en una vaca fea y gorda?

No, desde luego, Louisa no estaba gorda.

Pero sí que la veía distinta. Sus atractivos rasgos de muchacha ingenua y provinciana ofrecían ahora un estudiado aire de prudencia. Incluso su vestido de seda azul era recatado; un traje discreto y elegante, que sólo marcaba ligeramente las gloriosas curvas de ese cuerpo femenino, y que desaparecía debajo de unos graciosos ricitos, reemplazado por un remolino de mechones negros ensortijados, que parecían pedir a gritos que alguien los tocara y los besara…

Maldición. ¿Cómo se atrevía esa fémina a ejercer todavía ese influjo tan poderoso sobre él? Si su abuelo estuviera vivo todavía, lo amonestaría con una reprimenda descomunal. Después del modo tan pérfido con que se había comportado con ella, el anciano conde de Monteith se habría quedado lívido. Simon jamás podría olvidar lo que su abuelo le había dicho la última vez que fue a visitarlo, antes de partir hacia la India:

«Sabía que me defraudarías como tu padre, dando prioridad al placer antes que al deber. ¿Acaso no has aprendido nada de mis lecciones? Eres demasiado esclavo de tus pasiones para poder gobernar un país como es debido.»

¡Maldito fuera su abuelo y malditas fueran sus lecciones! Simon le había demostrado a su abuelo materno que se equivocaba, en la India, un país que, excepto por su error garrafal en Poona, había gobernado con gran habilidad. Y ahora, en Inglaterra, también pensaba demostrarle al viejo que se equivocaba, con o sin Louisa. Únicamente anhelaba que el abuelo Monteith no hubiera fallecido antes de presenciar su triunfo merecido.

Raji bailaba sin parar sobre su hombro, y Simon le propinó unas caricias para calmarlo.

—Sí, bribón; será mejor que nos unamos a la multitud antes de que alguien, especialmente la señorita North, me pille escudriñándola como un hindú hambriento contempla un tazón de arroz. —Y acto seguido, se dispuso a descender por la escalinata.

—¡Señor!

Simon se dio la vuelta y vio a uno de los criados de Castlemaine avanzando atropelladamente por la galería.

—Mi señora me ha pedido que salga a buscarlo —explicó el hombre cuando alcanzó a Simon—. Su majestad desea reunirse con usted en el jardín de las rosas ahora mismo.

Maldito fuera el rey. No le apetecía en absoluto verlo. La correspondencia de Simon con su antiguo amigo se había limitado a cuestiones gubernamentales de la India.

—¿Qué es lo que quiere su majestad?

El siervo parpadeó incómodo.

—No... no lo sé. Sólo me han pedido que venga a buscarlo. —Observó a *Raji* con recelo—. ¿Quiere que ponga a su mascota en la jaula primero?

—*Raji* ha asistido a más de treinta bailes en la India. No te preocupes, estará bien. —Simon despidió al criado con un golpe de cabeza—. Dile a su majestad que bajaré dentro de un rato.

—Muy bien, señor —contestó el sirviente, con aspecto nervioso mientras se alejaba rápidamente.

Simon ni se inmutó. Que el rey esperase, igual que había hecho esperar a Simon todos esos años para poder retomar su carrera política en Inglaterra.

Empezó a bajar la escalera, pero entonces se dio cuenta de que había dos personas que bloqueaban su camino: Louisa y la anciana dama con la que ésta estaba conversando. Por todos los demonios, pero si era lady Trusbut. Reconocería a esa baronesa loca por los pájaros a varios kilómetros de distancia. Nadie más era capaz de lucir un abanico y un retículo de plumas a la vez, además de las usuales plumas que destacaban en su traje y en el tocado, que conseguían que la baronesa se pareciera más a una vendedora de pollos que a la esposa de un influyente miembro de la Casa de los Lores.

Cuando los arpistas entonaron una nueva pieza y lady Trusbut giró la cabeza para escuchar, Simon se dio cuenta de que incluso llevaba un llamativo pavo real emplazado en...

Maldición. ¡*Raji*!

Aunque Simon reaccionó con premura, intentando atrapar a su mascota, el pequeño malandrín ya había saltado de su hombro y se dirigía a saltitos veloces hacia la única cosa que podía tentarlo a comportarse mal: los pájaros de juguete.

Con un gran regocijo, *Raji* trepó por la espalda de lady Trusbut y se encaramó hasta su tocado, donde el bribón había oteado al atractivo pajarito.

Simon salió disparado como una flecha tras él, profiriendo una sarta de maldiciones en voz alta, y se estremeció cuando oyó a lady Trusbut soltar un alarido… y la baronesa continuó chillando mientras *Raji* se dedicaba a dar botes sobre su cabeza, intentando arrancar el ornamento que estaba firmemente adherido al pelo de lady Trusbut.

—¡*Raji*, no! —le ordenó Simon, pero su voz se ahogó bajo los gritos de pánico de los invitados que corrían para auxiliar a lady Trusbut.

Entre tanto, Louisa estaba intentando atraer al monito para que saltara a sus brazos mientras lady Trusbut parecía estar al borde de un ataque de nervios, profiriendo unos espasmódicos berridos: «¡Quítenme de encima a este animal!».

—¡*Raji*! ¡Ven aquí! —ladró Simon cuando estuvo más cerca del cuadro esperpéntico.

Esta vez, tanto su mascota como Louisa lo oyeron.

Raji lo ignoró, pero Louisa no. Giró la cabeza impetuosamente, y lo miró con unos ojos descomunalmente abiertos. Después, sus rasgos se suavizaron debajo de una máscara perfectamente estudiada.

—Supongo que ese animal os pertenece.

—Me temo que sí. —Echó una mirada furibunda a su mascota—. ¡Baja ahora mismo, bribón!

Simon intentó agarrarlo, pero *Raji* se encogió y se atrincheró en el tocado de lady Trusbut, asiendo al pavo real con todas sus fuerzas, y la pobre mujer volvió a chillar. Por ser un mono, *Raji* poseía un extraordinario sentido de autoprotección increíblemente desarrollado.

—Estáis empeorando las cosas, señor duque —apostilló Louisa—. Ese animal os tiene miedo.

—De lo único que tiene miedo es de quedarse sin ese maldito pájaro de juguete —terció Simon, irritado ante el hecho de que Louisa se hubiera dirigido a él como «señor duque», como si se trataran de un par de desconocidos.

—¡Ay! —Lady Trusbut se llevó las manos a la cabeza y chilló de nuevo cuando *Raji* tiró de su pelo con más tesón—. ¡Por favor, que ese bicho no destroce mi pavo real favorito!

—Tranquilizaos. —Louisa intentó calmarla—. Estoy segura de que lograremos entretenerlo con algún otro objeto.

Louisa echó un vistazo a su alrededor y agarró una de las copas que un criado que pasaba por allí portaba sobre una bandeja. Hundió el dedo índice en su contenido y lo acercó al mono.

—Ohhhh. Huele esto, *Raji*. ¿No te parece delicioso? —Bebió de la copa y sonrió ampliamente, al tiempo que acercaba más su dedo a *Raji*—. Mmm… ¡Qué rico! Es muy dulce.

Raji se inclinó lo suficiente como para lamer su dedo, primero con recelo, y luego con atrevimiento. Louisa alzó más la copa, y *Raji* intentó agarrarla con su manita, aunque sin soltar el dichoso pájaro con la otra.

Louisa retiró la copa.

—Ah, no, bonito. Si quieres, tendrás que venir aquí para probarlo.

Tan pronto como *Raji* se inclinó hacia la copa, Simon se abalanzó sobre su mascota y empezó a forcejear para que soltara de una vez por todas al malogrado pavo real. *Raji* parecía confundido, pero al final ganaron sus ganas de beber ponche, así que saltó sobre el hombro de Louisa.

Lady Trusbut se encogió de espanto, pero Louisa ni se inmutó. Con una calma admirable, tomó al mono entre sus brazos y le ofreció la copa.

Mientras lady Trusbut intentaba acicalarse frenéticamente el pelo, Simon le dijo a Louisa:

—Yo me encargaré de él. —El tunante tenía la intención de volver a atacar al pavo real de lady Trusbut cuando hubiera dado buena cuenta del ponche.

Louisa quiso entregarle el mono a su dueño, pero la mascota se aferró a su corpiño y comenzó a chillar como un poseso.

—Por lo que parece, está más a gusto conmigo —dijo ella, arqueando una ceja oscura mientras arrullaba a *Raji* en su pecho.

—Claro —murmuró Simon. El pequeño diablo acabó con el contenido de la copa y luego lanzó a Simon una mirada desafiadora. Maldito traidor—. La mitad de los hombres en esta fiesta darían la mitad de su fortuna por apoyar la cabeza en el preciso lugar donde la tiene ese diablillo ahora.

Louisa notó un tremendo sofoco en las mejillas, en el cuello, e incluso en los pechos que protegían la cabecita de *Raji*, y su visible azoramiento consiguió que a Simon se le desbocara el pulso como una estampida de elefantes. Aun así la mirada distante y serena que ella le propinó le dio a entender que ahora se habían convertido en dos absolutos desconocidos.

—Si no os gusta dónde está emplazada vuestra mascota, señor, quizá no deberíais traerla a esta clase de fiestas.

—¡Santo Dios! —Lady Trusbut, que continuaba aderezándose su tocado, elevó una mano salpicada de sangre—. ¡Esa bestia me ha herido! —Y, acto seguido, se desmayó.

Mientras Simon lanzaba una maldición al aire, Louisa le ordenó:

—Id a buscar mis sales.

—¿Dónde están? —preguntó Simon.

—En mi retículo. —Louisa intentó desembarazarse de *Raji* y de la copa de ponche vacía—. Oh, no importa. Encargaos de vuestro mono. —Lanzó a *Raji* a los brazos de Simon.

Raji soltó la copa, pero cuando divisó a la mujer tumbada en el suelo con el pavo real todavía encaramado en su cabeza, intentó un nuevo asalto.

—Ah, no, ni se te ocurra, pequeño bribón. —Simon lo detuvo implacablemente inmovilizándolo por las muñecas.

Louisa ya estaba colocando las sales ante las fosas nasales de lady Trusbut cuando otras mujeres formaron un corro a su alrededor en el caminito cubierto de gravilla para ayudarla. Simon se sentía como un intruso, de nuevo.

—Disculpen, señoritas, pero será mejor que encierre a *Raji* en su jaula.

Nadie le prestó atención, excepto Louisa, quien levantó la vista y lo miró unos instantes.

—Sí, ya podéis marcharos, señor. La situación está controlada.

¿Cómo que «podéis marcharos, señor»? Simon tuvo que hacer un enorme esfuerzo para no soltar un comentario impertinente, pero *Raji* forcejeaba con la intención de liberarse, y Simon no podía quedarse a discutir.

—Por favor, expresadle mis disculpas más sinceras a lady Trusbut. —Acto seguido, se alejó con paso rápido de la multitud congregada ante el incidente.

Ignorando los murmullos a su alrededor, subió con firmeza las escaleras y entró en la casa; estaba a punto de perder los nervios.

—¡Como si esa fémina arrogante y yo fuéramos unos completos desconocidos! —bramó mientras enfilaba hacia la imponente biblioteca de Draker, donde había dejado la jaula de *Raji*. «Podéis marcharos, señor». ¿Cómo se atreve a darme permiso para que me vaya, como si fuera un miserable sirviente?

Simon miró a *Raji* con ojos furibundos.

—Y tú no has hecho más que empeorarlo todo, ¿eh? Has conseguido que quede como un verdadero idiota delante de ella. Un sinfín de bailes en la India sin el menor altercado, y vas y eliges mi primera fiesta en Inglaterra para organizar un espectáculo bochornoso.

Sosteniendo firmemente a *Raji*, que protestaba chillonamente ante la implacable garra de su dueño, Simon entró en la biblioteca.

—La próxima vez que te haga un juguete de madera, puedes estar seguro de que se tratará de un par de grilletes. —No era una amenaza nada usual, ya que Simon casi nunca encerraba a *Raji* en la jaula. Lo cual era seguramente el motivo por el que el tunante chillaba enfurecido mientras Simon lo llevaba hacia su prisión.

—Había olvidado que te gustaba tallar figuritas de madera —pronunció una voz dolorosamente familiar detrás de Simon—. Solías dejar la sala de estar de mi casa hecha un asco.

Simon soltó un bufido. Maldición. Primero Louisa, y ahora él.

Se dio la vuelta lentamente para mirar al rey, que acababa de entrar en la biblioteca.

—Su majestad. —Mientas Simon se inclinaba, sin soltar a *Raji*, se preparaba mentalmente para una no deseada confrontación.

—Vaya con tu amiguito descarado, ¿eh? —El rey observó a *Raji* con curiosidad; el mono continuaba protestando airadamente porque lo habían alejado de la flor y nata de la sociedad.

—Suele comportarse mejor. —Simon lanzó a *Raji* dentro de la jaula, pero éste sólo se calmó cuando su dueño le entregó su juguete favorito: un pajarito pintado con vivos colores; entonces se puso a acariciar la figurita de madera con un afecto paternal.

George se aproximó para echar un vistazo al interior de la jaula.

—¿Lo has hecho tú, ese juguete?

—Tallar figuritas de madera es una tarea que me ayuda a pensar.

—A tramar y a urdir intrigas, querrás decir.

Simon lo fulminó con una mirada despectiva.

—Una táctica que a ti se te da la mar de bien, si la memoria no me falla.

—Tienes razón. —El rey desvió la vista hacia Simon—. Tienes buen aspecto.

—Tú también.

Lo cierto, sin embargo, era que el rey parecía una ballena a punto de explotar. Su rostro hinchado y su piel extremadamente pálida eran un visible testimonio de los graves abusos que el monarca había hecho durante toda su vida.

—Antes jamás me mentías, maldita sabandija insolente, así que no lo hagas ahora.

Simon ahogó una carcajada. Solía mentir al rey con una increíble regularidad; así era cómo había conseguido hacer enormes progresos en su carrera política. Pero no deseaba continuar mintiendo.

—De acuerdo. Estás hecho un asco. ¿Es eso lo que querías oír?

George parpadeó.

—No, pero es la verdad, ¿no es cierto?

—La verdad depende de la perspectiva. —Simon cerró la jaula de *Raji*, preguntándose qué era lo que quería el rey—. Tal y como mi ayudante de campo solía decir: «Es mejor ser ciego que ver las cosas desde un único punto de vista».

—No intentes aleccionarme con proverbios citados por un miserable mestizo —espetó George—. No eres un *nabab* que se sienta orgulloso contando batallitas acerca de sus exóticos viajes, ni tampoco creo que pretendas entretener a los más frívolos con tu mascota. Ambos sabemos que tu destino te reserva un papel más destacado.

Los dedos de Simon se crisparon alrededor del candado de la jaula de *Raji*, pero continuó hablando con un tono distendido.

—Pareces muy seguro de ello.

—No hay tiempo para juegos. Sé que ayer te pasaste por el Parlamento. Estás evaluando la situación, ¿no?

Simon no lo negó. Ni tampoco reveló que una sola hora con sus viejos amigos le había bastado para cerciorarse de cómo habían cambiado sus ideas políticas tras su estancia en la India. A la generación de su abuelo les había ido bien gobernar con una indulgencia paternalista, pero la Revolución Francesa y la defección americana habían cambiado las expectativas de la gente.

Lamentablemente, la reacción de la vieja guardia había sido mantenerse en sus trece, instituyendo políticas draconianas que sólo habían conllevado nuevos problemas. Era necesario que los políticos escucharan las voces descontentas. Y eso significaba recomponer la Casa de los Comunes para que representara a alguien más que a un simple puñado de terratenientes ricos.

Sin embargo, Simon no tenía intención de transmitir sus nuevas ideas a sus antiguos aliados. Convenía andar con pies de plomo, al menos al principio. La vieja guardia no reaccionaba de forma positiva ante ninguna sugerencia de reforma; debería asegurarles que sus medidas no supondrían un cambio radical en el gobierno. La única salida que la vieja guardia estaría dispuesta a admitir sería un cambio lento y moderado.

Simon se giró y vio que el rey lo miraba indeciso.

—Así que aún pretendes seguir adelante con la ambición de toda tu vida, ¿no? —Su majestad escudriñó su cara—. Todo el mundo espera que sigas el buen ejemplo de Monteith.

Pues que todo el mundo se fuera al infierno. Porque a pesar de que la ambición de Simon gozaba de tan buena salud como siempre, no pensaba conseguirlo siguiendo el «buen ejemplo» de su abuelo, viviendo una vida llena de hipocresía y de secreta corrupción moral.

O poniéndose del lado del rey y de sus maquinaciones. Su majestad era totalmente impredecible, y abominablemente peligroso.

—Todavía no lo he decidido…

—Claro que lo has hecho. —Le lanzó a Simon una mirada maliciosa—. Si no, no habrías aguantado tanto tiempo en el puesto de gobernador general, hasta agotar el mandato. Has regresado a Inglaterra cuando te has cansado del calor y de las serpientes y de los problemas con los nativos. Pero has aguantado hasta el final, allí donde otros hombres de más bajo rango social que tú habrían dicho: Tengo riqueza y un buen puesto. ¿Quién sueña con liarse otra vez con política?

Simon lo miró perplejo.

—Soporté todo ese tiempo en la India porque fue el compromiso que adquirí contigo.

—Y porque te dije que no tendrías futuro en la arena política si no lo hacías.

Era obvio que su majestad deseaba insistir en esa cuestión.

—Sí, y es cierto que he servido todo este tiempo con lealtad, por lo que ahora me debes tu apoyo incondicional en mi apuesta por llegar a ser primer ministro, tal y como acordamos.

El rey rodeó a Simon al tiempo que esbozaba una sonrisa socarrona.

—Ah, pero eso no es exactamente lo que acordamos. Dije que si te marchabas a la India, no me opondría a que te incorporases a las filas políticas cuando regresaras. No mencioné nada sobre ofrecerte mi apoyo.

Un agudo estallido de rabia pugnaba por escapársele a Simon de la garganta. A pesar de que no le sorprendía en absoluto que su maldita majestad le diera excusas para no cumplir el pacto acordado, esa reacción era un impedimento para sus planes. Por más que la idea le pareciera odiosa, un cambio permanente requeriría contar con la complicidad del rey.

Pero antes se moriría que suplicar.

—Entonces seguiré solo. Gracias por aclararme ese matiz. —Se giró hacia la puerta—. Y ahora, si me perdonas…

—Espera, maldito seas. Sólo quería decir que si quieres mi apoyo incondicional…

—Tendré que hacer lo que me pidas. —Simon se detuvo al llegar a la puerta—. La última vez que me ofreciste tu apoyo incondicional, acabé desterrado del país. —Por culpa de un miserable beso y de un puñado de promesas falsas—. Perdona si he perdido el afán de buscar tus favores.

—No seas impertinente, Foxmoor. Sabes perfectamente bien que lo que sucedió con Louisa fue sólo por tu culpa. Yo te pedí que no alimentaras sus esperanzas de que acabarías casándote con ella. ¿Crees que podía mirar hacia otro lado, cuando me habías desafiado?

Por lo que parecía, la discusión era inevitable, a pesar de los deseos de Simon. Cerró la puerta de la biblioteca y miró al rey.

—Me diste una tarea imposible de cumplir. Cortejarla, pero no cortejarla. Seducirla para que se atreviera a salir conmigo a solas, con el objetivo de que tú pudieras hablar con ella, pero no contarle el motivo. —Suspiró con tristeza—. No podía cumplir la misión, guardando las distancias.

—Pensé que te comportarías como un honorable caballero.

¿Con Louisa, con cuya boca voluptuosa no había dejado de soñar desde entonces?

—Incluso yo mismo tengo límites.

George miró a Simon complacido.

—Louisa ha cambiado mucho. Ya no es la jovencita que conociste, ¿no te parece?

El cambio abrupto de tema puso a Simon completamente en guardia. Era consciente de que se estaba metiendo en tierras movedizas.

—No lo sé. Apenas hemos tenido tiempo para hablar.

—Se la ve mucho más a gusto entre la gente, más segura. —El rey miró a Simon con cara de preocupación—. Demasiado segura, diría.

ALGUIEN A QUIEN AMAR

—¿Problemas en el paraíso, su majestad? —espetó Simon con sequedad.

George lo miró con desdén.

—Tu hermana ya te lo ha contado, supongo.

—Regina y yo no hablamos de Louisa.

El rey empezó a deambular por la amplia estancia.

—Esa pequeña cabecita obcecada me volverá loco. Rechaza a todos los pretendientes; dice que jamás se casará. Al principio no la creía, pero ya tiene veintiséis años, y sigue sin dejar que ningún hombre se le acerque.

George le lanzó a Simon una mirada implacable.

—Además, también está lo de sus actividades benéficas. No me opuse cuando decidió asistir a la escuela de esa maldita viuda, la señora Harris, para dar consejos a las alumnas sobre cómo debían comportarse en la corte. Pensé que esa tarea le mantendría la mente ocupada, puesto que Louisa quedó muy afectada por la muerte de mi hija Charlotte, al igual que todos nosotros. Pero ahora se ha mezclado con ese grupo de reformistas, y se va a Newgate…

—¿La cárcel? —preguntó Simon, lleno de curiosidad, a pesar de que no deseaba meter la nariz en esa cuestión.

—Sí, la cárcel. Ella y su Sociedad de las Damas de Londres van a Newgate junto con esas cuáqueras de la Asociación para la Mejora de las Condiciones de las Reclusas, para prestar ayuda.

La confidencia tomó a Simon por sorpresa. Louisa jamás le había parecido la clase de mujer dispuesta a dedicarse a obras sociales, y mucho menos a esa clase de labores tan desagradables, con las reclusas.

—¿Y su hermano se lo permite?

—Sí, Draker se lo permite. Incluso deja que Regina vaya de vez en cuando con ella. Ese desquiciado cree que es bueno que ellas inviertan su tiempo en una causa, como dicen ellos, «útil» y «con sentido».

Simon se encogió de hombros.

—Las labores caritativas son un pasatiempo honorable para las damas de la alta sociedad.

—¿Para las que no están casadas? ¿Quién es capaz de conservar la inocencia en su tierna cabecita, ante los libertinajes que deben de presenciar en ese antro de perdición?

Simon recordó la vez que visitó Newgate, bastantes años atrás, y se estremeció. Ese hombre tenía razón. Los presos que había visto se comportaban sólo un poco mejor que los animales. Y al pensar en Louisa, allí metida…

Pero no era asunto suyo.

—Y cuando Louisa no está deambulando por Newgate, ella y la Sociedad de las Damas de Londres van por ahí reclamando fondos para la Asociación.

—Por eso estaba hablando con lady Trusbut, supongo.

—Oh, de lady Trusbut pretende sacar algo más que dinero. Quiere que esa señora con tan pocas luces se una a la Sociedad de las Damas de Londres para… —George se detuvo abruptamente.

Simon entrecerró los ojos.

—¿Para qué? ¿Qué hay de malo en que lady Trusbut se una al grupo caritativo de Louisa?

El rey desvió la vista.

—Nada. Excepto que se mezclan con las reclusas.

Obviamente, eso no era lo que más incomodaba al rey. Aunque Simon volvió a recordarse a sí mismo que no debería preocuparse por esas cuestiones ajenas.

—¿Y por qué consideras que me va a afectar el nuevo pasatiempo de tu hija?

Su majestad volvió a mirarlo.

—¿Todavía te gusta Louisa? —Cuando Simon se puso tenso, George añadió secamente—. ¿Qué dirías si te dijera que puede ser tuya?

Un escalofrío recorrió la espina dorsal de Simon. No, era una trampa.

—Estoy seguro de que a Louisa no le gustarán tus planes.

—Si los supiera, no; pero mi intención es que nadie más que tú y yo se entere de este acuerdo.

Simon soltó un sonoro bufido.

—Si crees que me dejaré engatusar otra vez…

—No sugiero nada sucio; esta vez me refiero a que os caséis. Ella necesita un esposo que vele por ella. Y tú eres la elección más lógica.

—¿Yo? —Simon se quedó perplejo ante tal sugerencia—. No puedo creer que hables en serio. ¿Qué ha pasado con la declaración que me hiciste hace años de que ella debería casarse por amor? ¿Y que yo era incapaz de darle precisamente eso, amor? Lo cual, desafortunadamente, es cierto.

—Pensé que Louisa encontraría a su media naranja. Pero no lo ha hecho, y me temo que nunca la encontrará y no se casará.

—A menos que sea yo mismo quien me case con ella.

—Exactamente. Cásate con ella y acuéstate con ella y haz que engendre hijos. Haz lo que sea necesario para mantenerla a salvo en casa.

Simon estalló en una sonora carcajada. No era precisamente la clase de conversación que habría esperado mantener con su majestad.

—Estoy seguro de que no se te escapará la ironía. Yo y Louisa… casados…

—Antes la encontrabas suficientemente atractiva. —Su semblante se tornó gris—. ¿O acaso la petición que Louisa me hizo para que te enviara tan lejos transformó tus tiernos sentimientos en odio?

La mueca de diversión se borró de la cara de Simon.

—No siento nada por ella, ni amor ni odio.

«Mentiroso», se recriminó a sí mismo. Había intentado odiarla. Su rabia, unida a una saludable dosis de lujuria frustrada, lo había consumido durante los primeros días en Calcuta. Se había pasado las noches inmerso en unas picantes fantasías, imaginándose a Louisa a su entera disposición, sometida, suplicándole que la perdonara y ofreciéndole toda clase de favores eróticos. Pero el trabajo duro y el reto de convertirse en un buen gobernador general consiguió finalmente consumir toda su rabia.

Simon pensaba que también había sofocado la lujuria que sentía por ella, hasta esa noche. Aunque tampoco era una cuestión que le importara. Esta vez, no permitiría que Louisa, con su boquita seductora y su refrescante descaro, lo distrajera de su ambición. Había aprendido la lección.

Además, era evidente que George ocultaba sus verdaderos

motivos para querer que Simon se casara con ella, y eso hacía que la posibilidad de cortejarla fuera verdaderamente peligrosa.

—No odio a Louisa —dijo Simon—, pero dadas las circunstancias, casarme con ella no sería la decisión más acertada. Aunque eso fuera lo que yo quisiera, ella me rechazaría. Es obvio que ha perdido todo el interés que una vez sintió por mí. —Doloroso pero cierto, a juzgar por su reacción, cuando lo vio unas horas antes en el jardín.

—Ya, pero ella sigue sin casarse. Y se sonroja cada vez que alguien pronuncia tu nombre.

Simon ignoró los repentinos latidos desbocados de su corazón.

—¿Ah, sí?

—¿Por qué crees que me dirijo a ti con esta proposición? Porque creo que ella todavía siente algo por ti.

—Pues disimula sus sentimientos muy bien. —Esa maldita fémina había actuado como si él fuera un simple caballero que ella acabara de conocer en una fiesta, en lugar del primer hombre que la había besado—. No vi ninguna señal de afecto, hace un rato.

—Ah, pero la verás. Despliega todos tus encantos y triunfarás. Salta a la vista que ahora eres un partido más interesante que antes, después de tus acciones heroicas en la batalla de Kirkee.

Simon torció el gesto al oír ese comentario desafortunado.

—Sí, ¿no fue un acto totalmente heroico por mi parte, cerrar el establo después de que los caballos se hubieran escapado?

El rey lo miró con curiosidad.

—Actuaste de un modo inteligente. Nadie te culpa de lo que sucedió en Poona.

Era cierto, nadie le recriminaba nada, pero él tenía unos terribles remordimientos de conciencia. Nadie más que él reconocía la magnitud de su gran error. Debería haber evitado la masacre en Poona con sólo…

Aun así pensar una y otra vez en lo sucedido no servía de nada. Algo había aprendido de ese desastre, y ahora deseaba aplicar convenientemente todas esas enseñanzas, y enmendar su error; tenía que hacerlo.

—La cuestión es —prosiguió el rey—, que Louisa todavía piensa en ti, de eso estoy seguro. Y si consiguieras que ella se enamorase de ti… Vamos, puedes volver a hacerlo.

A Simon la idea le pareció tan sugerente que se alarmó. No necesitaba a ninguna mujer como Louisa North en su vida en ese momento.

—Ya, pero es que no quiero volver a hacerlo.

—¿Aunque te garantice que serás el próximo primer ministro? Liverpool ha de dimitir, después de los graves altercados en Saint Peter's Field. Incluso los otros ministros reconocen que lograrían aplacar al populacho si el primer ministro abandonara su cargo.

Y los otros ministros eran incluso de peor calaña que Liverpool, pero los podría obligar a dimitir si Liverpool se retiraba. A juzgar por los miembros del Parlamento con los que Simon había hablado, el sentimiento generalizado era que todo el gobierno actual tenía que ser desmantelado.

Quizá el cambio se erigía finalmente como una posibilidad. Quizá había llegado el momento de talar las ramas muertas antes de que el inmenso roble inglés se viniera abajo.

Pero eso no significaba que Simon pudiera fiarse de que George fuera quien manejara el hacha para realizar la tala.

—¿Y qué piensas hacer, si Louisa se niega a casarse conmigo o alega que le he roto el corazón por segunda vez? —inquirió Simon—. No, no arriesgaré mi carrera política de nuevo. —Se dio la vuelta y asió el tirador de la puerta.

—Por lo menos tómate tu tiempo para considerar la posibilidad —dijo el rey—. Si me haces este favor, te juro que no te arrepentirás. Y si no lo haces… —George dejó la frase sin acabar, colgando en el aire.

Maldición. El rey aún ostentaba el poder para complicarle la vida. ¿Pero por qué insistía hasta el punto de amenazarlo para que se casara con Louisa? No tenía sentido.

Lo más conveniente era que Simon averiguara algo más sobre la enrevesada situación antes de tomar ninguna decisión.

—Lo pensaré. —Por lo menos, hasta que descubriera los motivos del rey.

Puesto que sabía que no obtendría la verdad por parte de

George, sólo le quedaba otra fuente de información: Louisa. Quizá ella sabía el motivo que tanto preocupaba al rey.

Pero si se lo contaría o no… Bueno, ésa era otra cuestión. Tendría que abordarla con sumo cuidado, pero pensaba obtener respuestas. Porque no se atrevía a seguir adelante con sus planes hasta que no supiera exactamente qué era lo que planeaba el rey.

Así como el papel que jugaba la tentadora y peligrosa Louisa North en esa trama.

Capítulo dos

Querida Charlotte:

Lo único que he oído son rumores acerca de lo que sucedió entre la señorita North y Foxmoor. ¿Y qué caballero osaría preguntarle al duque sobre esa cuestión, después de la batalla de Kirkee? Personalmente, no me atrevería a provocar a un hombre cuyas palabras son capaces de incitar una reacción tan ardiente de los cipayos como para luchar y vencer a un vasto enemigo.

Temblando de miedo de los pies a la cabeza, vuestro primo,

Michael

Así que el duque altivo y poderoso seguía siendo una fuente de problemas. A Louisa no le sorprendía en absoluto.

El mono, sin embargo, sí que la había sorprendido. ¿Quién se atrevería a presentarse a un evento social con un mono? Sólo alguien tan arrogante y con la absoluta seguridad de que, hiciera lo que hiciera, sería bien recibido; alguien que disfrutaba soltando cumplidos tan insolentes como para hacer que una dama se sonrojara…

—¿Es muy grave? —preguntó una voz quejumbrosa.

Louisa dio un respingo. Se suponía que tenía que estar examinando el cuero cabelludo de lady Trusbut, quien en ese momento yacía sobre su regazo.

—Aún no lo sé.

Ella y la baronesa se hallaban en la sala de estar de la mansión de Castlemaine. Sorprendentemente, después de recuperar la conciencia, la anciana se había puesto sin dudar ni un instante en las manos de Louisa, incluso al tumbarse en el sofá de damasco cuando entraron en la sala, para que Louisa pudiera inspeccionarle la cabeza mientras una criada iba en busca de Regina. Dada la magnífica oportunidad que tenía ahora de convencer a la mujer para que se uniera a su causa, Louisa no debería perder el tiempo con divagaciones sobre Simon.

Por todos los santos; tampoco debería pensar en él como Simon. Para ella, él era ahora el duque de Foxmoor, nada más. Si hubiera tenido un poco de sentido común siete años antes, se habría dado cuenta entonces, y no se habría dejado seducir por las aduladoras palabras de ese truhán sobre sus ojos, y su pelo, y lo que sentía por ella.

¿Lo que él sentía por ella? ¡Ja! Ese hombre no tenía sentimientos. Éstos estaban reservados a mortales inferiores al gran duque. Había sido una necia al creer en lo contrario.

Pero realmente debería de estarle agradecida. Gracias a él, había aprendido a obrar de forma más inteligente, modelando su comportamiento a imagen y semejanza del de Regina y las damas de la corte. Ahora, el duque no era el único capaz de ocultar sus verdaderos sentimientos detrás de una sonrisa enigmática. A pesar de que Louisa había necesitado muchos años para aprender cómo contener sus emociones volátiles, lo había conseguido, al fin. Y esa noche había triunfado, hablando con el poderoso duque con todas las reservas de una dama.

Ahora, lo único que faltaba era que sus manos dejaran de temblar, que su estómago se relajara, y que la sangre en sus venas fluyera más despacio.

Louisa frunció el ceño. No era justo. ¿Cómo podía esa sabandija manipuladora todavía dispararle el pulso con sólo una mirada inquietante con esos fascinantes ojos azules? Ahora no era lo que necesitaba. Finalmente había conseguido la oportunidad de hablar a solas con la asustadiza baronesa, y ese maldito diablo no iba a arruinar esa maravillosa ocasión.

—No logro encontrar la herida —dijo Louisa—. Y parece que el mono ha dejado unos extraños trocitos de desperdicios.

—Ah, eso es alpiste para los pájaros, querida —gorjeó la baronesa.

—¿Alpiste para los pájaros? —¡Por el amor de Dios! ¡Esa mujer se echaba alpiste en la cabeza!

—Mis pájaros no son muy metódicos cuando comen —expuso lady Trusbut, como si eso lo explicara todo—. Pero al menos no atacan a la gente sin un motivo.

—Sí, los pájaros son unas mascotas adorables. —Cuando no depositaban su comida en el pelo de alguien.

—¿Tenéis algún pájaro? —preguntó lady Trusbut, animándose.

Louisa tenía gatos, a los que les encantaba comer pájaros; no, probablemente no era el comentario más adecuado.

—Mi hermano tiene cisnes —contestó con evasivas.

—Nadie tiene cisnes, querida —replicó lady Trusbut despreciativamente—. Son unos bichos meramente ornamentales, y además con muy mal carácter. Pero un bonito canario os alegraría las horas con su melodioso canto, sin pediros nada a cambio. O también podríais comprar un pinzón, que es…

Mientras lady Trusbut lanzaba parrafadas poéticas acerca de sus amigos plumíferos, Louisa se dedicó a quitarle el alpiste esparcido por la cabeza y a preguntarse cómo podía reconducir la conversación de nuevo hacia la Sociedad de las Damas de Londres. Después de todo, no quería apabullar a la baronesa.

Louisa finalmente halló el origen de la sangre y lo limpió delicadamente con su pañuelo.

—No es una herida profunda; sólo un arañazo.

—Pues duele mucho —protestó lady Trusbut.

—No me cabe la menor duda —convino Louisa con un tono afectuoso—. Cuando Regina llegue, os pondrá un ungüento y os sentiréis mucho mejor. Regina hace trabajos de voluntariado en el hospital de Chelsea, ¿lo sabíais?

—Probablemente pillaré alguna horrorosa enfermedad por culpa de ese mono odioso.

Louisa se contuvo para no señalar que lady Trusbut podía pillar también cualquier enfermedad horrorosa por culpa de los pájaros con la misma facilidad.

—Habéis sido muy valiente, querida. De no ser por vos, no habría salido viva de ese infierno. ¡Qué agudeza habéis demostrado, al tentar a ese bicho con el ponche! Jamás se me habría ocurrido. No soy muy rápida, cuando se trata de tomar decisiones. Eso es lo que siempre dicen mis canarios.

—¿Vuestros canarios hablan?

—No seáis ridícula. Son canarios. Pero eso no significa que no pueda entender lo que piensan. —Louisa todavía estaba intentando descifrar lo que acababa de escuchar cuando lady Trusbut añadió—: Estoy segura de que ellos estarían de acuerdo en que vuestra captura de esa perniciosa bestia ha sido magnífica. —Lady Trusbut echó la cabeza hacia atrás para contemplar a Louisa—. ¿Aprendisteis a pensar con tanta agudeza en vuestro pequeño grupo?

¡Por fin! ¡La oportunidad que había estado esperando!

—La verdad es que he aprendido un sinfín de cosas de esas mujeres tan encomiables que están afiliadas a la Sociedad de las Damas de Londres.

—¿Cuánto tiempo hace que formáis parte del grupo?

—Tres años. Fui yo quien lo fundó.

Lady Trusbut emitió un chasquido con la lengua para mostrar su contrariedad.

—Una joven dama como vos debería pensar en el matrimonio, en vez de en trabajos sociales.

Louisa se puso tensa ante la crítica que había oído tantas veces repetida.

—Bueno, pienso en ambos temas. Pero puesto que sólo dispongo de tiempo para dedicarme a uno de los dos, mi conciencia me dicta que me decante por las obras sociales.

Su conciencia… y su terror incontrolable. Aunque era verdad que consideraba que podía hacer más cosas provechosas como una solterona reformista que como la esposa de un lord despótico, realmente era el hecho de pensar en las obligaciones que conllevaba el matrimonio lo que la mantenía alejada de ese mundo.

Dar a luz. Médicos. Sangre y horror…

Después de lo que su hermanastra, la princesa Charlotte, a la que adoraba con locura, había tenido que soportar… No, ella jamás conseguiría sobrevivir a la experiencia de un parto. No importaba cuántas veces se decía a sí misma que un montón de mujeres daba a luz cada día sin morirse, el cruento nacimiento que había presenciado secretamente continuaba provocándole pesadillas. Si una princesa podía morir en tal agonía, rodeada por los mejores médicos, cualquier otra mujer podría sufrir lo mismo, incluida ella.

Louisa se estremeció con un escalofrío. Ningún hombre era tan especial como para que accediera a pasar por ese mal trago, ni siquiera…

Louisa frunció el ceño.

—Él no era digno de nada, esa maldita sabandija.

Con una renovada fiereza, retomó los esfuerzos con lady Trusbut.

—Si vos oyerais la llamada de la conciencia, sería un honor para las Damas de Londres daros la bienvenida en nuestra sociedad.

—¿Y no está vuestro grupo vinculado a la Asociación de Cuáqueras, según he oído?

—Sí, el grupo que dirige la señorita Elizabeth Fry.

Lady Trusbut sacudió la cabeza.

—No me gustan los cuáqueros. Edward dice que desprecian a cualquier cosa que tenga plumas.

Edward era lord Trusbut, quien al parecer había encontrado la forma perfecta de disuadir a su excéntrica esposa de que ingresara en la Sociedad de las Damas de Londres.

—Bueno, sé que no están a favor de las vestimentas extravagantes, pero dudo que no les gusten las plumas en particular. Y la Sociedad de las Damas de Londres no sólo está vinculada con la Asociación de Cuáqueras. La señora Harris también es miembro de nuestro grupo, al igual que algunas de sus pupilas y bastantes damas de rango. —Buscó dentro de su retículo—. Aquí tengo una lista de las mujeres que…

—¿La señora Charlotte Harris? ¿La directora de la Escuela de herederas?

Louisa ocultó una sonrisa al escuchar el nombre con el que popularmente se conocía la escuela donde ella había impartido unas lecciones sobre protocolo en la corte.

—Bueno, el nombre correcto es Escuela de Señoritas.

—La señora Harris tiene pájaros, ¿verdad?

Por Dios, esa anciana sólo sabía hablar de un tema.

—Tengo entendido que recientemente ha adquirido un periquito.

—Oh, los periquitos son entrañables, muy parlanchines. —Lady Trusbut dudó unos instantes, como si estuviera reflexionando, luego levantó la cara y sonrió a Louisa—. Muy bien, donaré fondos a vuestra sociedad. Es lo mínimo que puedo hacer, después de que me hayáis salvado de esa endiablada criatura proveniente del mismísimo infierno.

Dinero. Louisa suspiró.

—Os estaremos sumamente agradecidas por la donación, señora, pero aún estaríamos más contentas si os afiliarais a nuestra sociedad.

—Oh, no sé… A Edward no le parecerá bien.

Antes de que Louisa pudiera replicar, una voz masculina habló desde el umbral de la puerta.

—Bobadas. Ningún hombre muestra reparos ante la organización caritativa que lidera la señorita North.

Perpleja, Louisa levantó la vista y descubrió a su castigador, que las contemplaba con aire divertido. ¡Oh, no! ¿Qué hacía allí? ¿Y cuánto tiempo llevaba plantado en la puerta?

Louisa intentó guardar la lista en el retículo, pero sus manos empezaron a temblar y la lista cayó al suelo.

Simon se agachó para recogerla, y acto seguido le echó una rápida ojeada.

—Un interesante listado de damas, señorita North. ¿Son todas ellas miembros de vuestro grupo?

—Así es. —Una sonrisa coronó los labios de Simon mientras le entregaba la lista.

Probablemente se estaba riendo de ella por ser tan patosa. Simon jamás se mostraba patoso, oh, no, el duque altivo y poderoso jamás lo hacía.

Cuando él la miró con el indiscutible instinto de un tigre que olfatea la presa, ella tuvo que hacer un enorme esfuerzo para no sonrojarse como la chiquilla pánfila que había sido una vez, la que se dejó seducir por una sabandija elegante y embelesadora. Hasta que descubrió que no había nada de embelesador en el hecho de que el elegante duque de Foxmoor le hiciera trizas el corazón.

—Como podéis ver —dijo Louisa con aspereza—, lady Trusbut ya se encuentra bien, así que será mejor que regreséis a la fiesta.

—Oh, no importa —repuso él—. He venido a disculparme por la execrable conducta de mi mascota.

Lady Trusbut se incorporó y se alisó la falda.

—Demostráis una gran gentileza, al pensar en mí, señor duque.

—Es lo mínimo que puedo hacer. —Simon tomó la mano de la anciana y le propinó un beso en la parte superior.

El gesto cortés consiguió que la dama sonriera complacida.

Louisa se puso visiblemente tensa y suspiró. Por lo que parecía, Simon ejercía el mismo influjo detestable en todas las mujeres.

Y pensar las numerosas veces que había rogado a Dios que él regresara a Inglaterra macilento, con los ojos hundidos y la piel quemada por el despiadado sol indio… Mas en lugar de eso, había regresado como un verdadero conquistador, con todos los elogios y honores que uno pudiera imaginar. Su impecable traje de fiesta hecho a medida, acentuaba su complexión delgada y muscular, y sus días bajo el sol habían teñido su piel de un bronceado dorado que se complementaba perfectamente por su pelo rubio con reflejos áureos.

—Permitidme que os explique la desafortunada actuación de *Raji*, por favor —continuó Simon—. Veréis, le encantan los pájaros de juguete, son su perdición; así que no pudo resistirse a intentar acariciar el bellísimo pájaro que vos lucíais en el tocado.

—¿Acariciarlo? —farfulló lady Trusbut—. ¿No estaba intentando destrozarlo?

—De ninguna manera. *Raji* considera a los pájaros, ya sean de verdad o de mentira, sus mejores compañeros de juego. —Simon enarcó una ceja—. Prefiere a los canarios, aunque no sé por qué.

Maldito bribón. Seguramente había oído a lady Trusbut hablar de sus pájaros.

La anciana inclinó la cabeza hacia un lado, como una paloma.

—Los canarios son unos pájaros maravillosos, muy afables y sociables. Yo tengo unos cuantos.

—¿De veras? Oh, a *Raji* le encantaría verlos.

—Pues entonces os invito a venir a verlos cuando gustéis, si estáis completamente seguro de que no les hará daño.

Simon volvió a inclinarse hacia la dama con cortesía.

—Se comportará como es debido; no os quepa la menor duda. —A continuación, le lanzó a Louisa una mirada significativa—. De todas maneras, espero que me permitáis acudir con la señorita North. *Raji* parece responder mejor a sus órdenes que a las mías.

Louisa pestañeó. ¿Qué se proponía ese malandrín?

Antes de que lady Trusbut pudiera contestar, él agregó:

—Oh, lo olvidaba. Eso será probablemente imposible, puesto que vuestro esposo no aprueba los esfuerzos que la señorita North dedica a las obras de caridad.

—No... no he dicho eso —protestó la anciana, visiblemente confundida.

—Supongo que si a vuestro esposo no le parece bien que os afiliéis a su grupo, eso significa que no aprueba las obras de caridad que esas damas llevan a cabo.

La continua insistencia en la palabra «caridad» por parte de Simon dejó a Louisa sin argumentos para intervenir.

Y consiguió poner aún más nerviosa a lady Trusbut.

—Bueno... no... quiero decir... mi esposo es un buen hombre. Defiende la caridad de la iglesia, pero la asociación de la señorita North está vinculada a la política, ¿comprende? Y él no considera que las mujeres deban entrometerse en cuestiones políticas.

Louisa se quedó boquiabierta, perpleja al averiguar que lady Trusbut había hablado de su grupo con su esposo. Durante todo este tiempo, había creído que lady Trusbut estaba simplemente ignorando su capacidad de aportar su apoyo a la Sociedad de las Damas de Londres.

Simon desvió la vista hasta Louisa, y la miró con curiosidad.

—¿Qué queréis decir, con eso de cuestiones políticas?

Louisa le contestó con un marcado orgullo:

—Consideramos que el Parlamento debería instituir ciertas

reformas en las cárceles, señor. Y no tenemos miedo de expresar nuestras opiniones directamente a los miembros del Parlamento.

Él la miró con admiración.

—Entiendo.

Louisa se removió inquieta en el sofá. ¿Por qué tenía la impresión de que él veía más allá de lo que ella le había dicho? ¿Conocía sus otros planes? No, imposible.

Simon volvió a mirar a lady Trusbut y sonrió.

—Entonces, comprendo vuestro recelo, señora. Algunos hombres tienen las ideas muy claras sobre sus tendencias políticas, así que no es conveniente que os arriesguéis a sufrir la ira de vuestro esposo por afiliaros a un grupo. Esa clase de hombres opresores...

—¡Mi esposo no es un opresor! —lo atajó lady Trusbut airada—. ¡Es un hombre afable y generoso!

—Sí, por supuesto. —Simon bajó la voz—. No os preocupéis. Sabremos mantener vuestro secreto. No le contaremos a su esposo vuestra relación con la señorita North y con sus peligrosas compañeras. No nos gustaría que él se enfadase y la...

—Os lo vuelvo a repetir, señor, ¡os equivocáis con mi esposo! —Lady Trusbut se levantó para plantar cara al hombre que osaba poner en entredicho el honor de su marido—. Venid un día a visitarnos, y traed a la señorita North. Será mejor que vengáis un sábado, cuando no hay sesión en el Parlamento, y entonces podréis ver con vuestros propios ojos la gentileza de mi esposo.

Simon asintió, con los ojos brillantes.

—Gracias, así lo haré. —Desvió la mirada hacia Louisa—. Siempre y cuando la señorita North me conceda el honor de acompañarme.

Confusa, Louisa se puso también de pie. ¿Acababa el duque de manipular a lady Trusbut para que le brindara a Louisa una audiencia con ella y su esposo? ¿Pero por qué? ¿Qué posible motivo podía mover a Simon para actuar de ese modo?

Antes de que Louisa pudiera responder, Regina hizo su aparición en la sala.

—Oh, estáis aquí, lady Trusbut. Por vuestro aspecto diría que ya os habéis recuperado.

El orgullo de la anciana acabó de doblegarse al recibir la atención de la hermana tan popular de un duque. La baronesa se acicaló recatadamente el pelo.

—La señorita North ha sido de una gran ayuda.

Louisa sonrió a su cuñada.

—Le he dicho a lady Trusbut que probablemente traerías un ungüento para curar la herida.

—Sí, claro. —Regina ondeó la mano hacia la puerta—. Si me acompañáis al cuarto donde guardo las medicinas…

Lady Trusbut se colocó a su lado rápidamente, pero cuando Louisa empezó a seguirlas, Regina sacudió la cabeza.

—No hace falta que vengas, querida. —Acto seguido, hizo un gesto a su hermano con la cabeza—. Simon, acompaña a Louisa a la fiesta, por favor. Ahora que tu mascota no puede causar más estragos, puedes hacer algo útil.

—Será un honor. —Con los ojos destellantes, Simon le ofreció el brazo a Louisa.

Ella dudó, pero lo último que deseaba era que el duque supiera el estado de alteración que él le provocaba. Además, necesitaba averiguar qué era lo que se proponía. La situación sería para ella una excelente prueba de autocontrol. Si podía permanecer impasible con Simon, conseguiría finalmente librarse de él.

Sin embargo, el simple acto de permitir que la llevara desde la sala de estar hasta el jardín le provocó un extraño cosquilleo en el vientre. Cielos, qué apuesto que era… Podía notar sus músculos apresados debajo de su traje de lana merina. Siempre había sido un hombre viril, pero ahora…

Era evidente que el duque no se había pasado esos siete años apoltronado detrás de una mesa. Sus hombros eran más anchos, y su físico más finamente desarrollado. Antes era Adonis, y ahora parecía Zeus, y se mostraba tan confiado de su poder como ese imperioso dios.

Se apartó a un lado para dejarla pasar por la puerta abierta que conducía a la galería, luego apoyó la mano ligeramente en la parte inferior de su espalda cuando reemprendió la marcha tras ella. Un escalofrío de placer dormido se extendió por la espina dorsal de Louisa.

Dios santo. ¿Cuándo aprendería su cuerpo las lecciones que su corazón ya había aprendido hacía tiempo: que el duque no era un hombre en quien se pudiera confiar? ¿Debería esperar a ser una anciana con un pie en la tumba para entenderlo? Porque era obvio que su cuerpo saltaba de alegría al sentirlo tan cerca.

¡Maldito cuerpo indomable! ¡Ya le enseñaría ella a comportarse debidamente!

Cuando el duque le ofreció de nuevo el brazo, ella apenas lo rozó al depositar la mano encima. Seguramente, podría controlar su pulso desbocado si no lo tocaba.

Lamentablemente, Simon se dio cuenta de su reacción y presionó la mano de Louisa con firmeza sobre su brazo.

—Os lo prometo, no he vuelto de la India con ninguna enfermedad contagiosa.

—No era eso en lo que estaba pensando —respondió ella, sintiendo que un calor sofocante se apoderaba de sus mejillas. Había llegado el momento de demostrarle al duque que ya no era la cándida muchacha a la que él había engañado bastante tiempo atrás—. Me preguntaba qué estáis tramando, señor duque.

—¿Tramando? —repitió él mientras se encaminaban hacia las escaleras que llevaban a los jardines.

—Me refiero a vuestra actuación teatral con lady Trusbut, compeliéndola a que me invitara a su casa. ¿Qué pretendéis? ¿Y por qué? —Le lanzó una mirada inquisitiva, mas los ojos de Simon permanecían duros y fijos en la lejanía.

—Me ayudasteis con *Raji*, así que decidí ayudaros con la baronesa.

—Si ni siquiera conocéis mis intenciones —respondió ella.

—Entonces quizá será mejor que me informéis de vuestros fines.

La petición puso a Louisa en guardia instantáneamente.

—¿Por qué creéis que querría hacerlo?

Él la miró a los ojos.

—Porque fuimos amigos, hace tiempo.

—Nunca fuimos amigos.

Simon escudriñó su cara con unos ojos calientes, siniestros… embriagadores.

—No, supongo que no. —Depositó la mirada en sus labios, y prosiguió en un susurro—: Los amigos no se besan, ¿no es cierto?

Ahora sí que Louisa notaba su pulso a punto de estallar.

—Los amigos no mienten ni se traicionan. Fuimos meramente unos peones en la partida de ajedrez de su majestad. ¿O quizá sería mejor decir que yo fui el único peón? Vos, en cambio, os dedicasteis a dirigir la partida magistralmente con el príncipe.

—Y vos no tuvisteis ningún reparo en vengaros, así que, ¿qué tal si cerramos el desafortunado incidente de una vez por todas?

¿Incidente? ¡Cómo se atrevía a considerar el suceso que había cambiado toda su vida como un simple «incidente»!

—Por si no os habíais dado cuenta, hace tiempo que he dado el tema por zanjado. —Louisa se soltó de su brazo cuando alcanzaron el último peldaño de las escaleras—. Y ahora, si me disculpáis…

Pero Simon parecía mantener toda su atención fija en un punto delante de ellos.

—Vamos —murmuró él abruptamente, ofreciéndole nuevamente el brazo—. Demos una vuelta por los jardines.

—No veo la necesidad de…

—Fijaos en la escena delante de vos —señaló él entre dientes—. Todos los invitados nos están mirando, a la espera de presenciar la explosión, especialmente después de lo que ha sucedido hace un rato con *Raji*.

Ella miró hacia los jardines, y su corazón se encogió. Simon tenía razón. La multitud allí congregada se había quedado extrañamente en silencio, dispuesta a no perderse «la explosión», tal y como Simon lo había descrito.

A pesar de que nadie —excepto sus respectivas familias— conocía la magnitud de la antipatía entre la señorita Louisa North y el duque de Foxmoor, todos sabían que hacía tiempo él la había cortejado formalmente, antes de aceptar el puesto de gobernador general y salir corriendo repentinamente hacia la India.

Las habladurías habían sido mordaces cuando él se marchó, y algunos retazos llegaron hasta los mismísimos oídos de

Louisa: unos decían que ella le había dado calabazas y le había roto el corazón al duque; otros decían que era él quien le había dado calabazas y le había roto el corazón a Louisa; otros apuntaban que su alteza había desautorizado inexplicablemente la unión y que, como consecuencia, les había roto el corazón a los dos.

—Tenéis dos posibilidades —continuó hablando Simon entre dientes—: podéis dar una vuelta por los jardines conmigo para demostrar que ahora mantenemos una buena relación, con lo cual conseguiríamos acabar con las especulaciones; o podéis dejarme plantado aquí delante de todos, aunque con ello lo único que conseguiréis será que la gente hable sobre nosotros durante un año sin parar. ¿Qué preferís?

Ella dudó unos instantes, aunque sabía que no tenía elección.

—Muy bien, señor duque —respondió Louisa con una cadencia melosa mientras aceptaba su brazo—. Será un verdadero honor dar un paseo con usted.

Una fina sonrisa se dibujó en los labios de Simon.

—Celebro vuestra elección.

Mientras descendían el último peldaño, la gente siguió mirándolos y cuchicheando descaradamente. ¡Maldita fuera todo ese hatajo de cotillas! Le había costado mucho que la tomaran en serio en su absoluta dedicación a las acciones benéficas, y ello gracias a su intachable reputación y a su desmedido afán por evitar los escándalos. Había necesitado muchos años en la corte para silenciar los rumores, no sólo acerca de ella y Simon, sino también sobre la posibilidad de que fuera hija ilegítima del mismísimo Príncipe de Gales, y también a causa de los escándalos que su madre y su hermano habían provocado en el pasado.

Había enfocado su vida a acciones comprometidas, se había comportado con un decoro consumado, y había aprendido a controlar sus peores impulsos para que nadie pudiera compararla con su descocada madre. Sin embargo, sabía que todo podría venirse abajo con un leve zarandeo de la cuerda floja por la que ahora bailaba.

Sería terrible que todas las habladurías se dispararan de nuevo, justo ahora que la Sociedad de las Damas de Londres estaba a punto de zarandear a esos lores con ideas tan retrógradas…

—¿Estáis bien? —le preguntó él.

—Sí —respondió ella con una visible tensión.

—Parece como si os acabarais de tragar un sapo.

Ella giró la cara vertiginosamente hacia él.

—¿Un… un sapo?

—En la India comen sapos —aclaró él, con la cara completamente inexpresiva.

—Estáis bromeando, ¿no?

Las comisuras de los labios de Simon se retorcieron hacia arriba.

—De veras, es cierto. Se los comen con mostaza y mermelada. Y añaden unas gotitas de vino de Madeira para matar, el veneno.

—¿El veneno?

Él la guió hacia un sendero bordeado por narcisos y margaritas.

—Los sapos son venenosos si no se los riega con unas gotas de vino de Madeira. Todo el mundo lo sabe.

—Ahora sí que estoy segura de que me estáis tomando el pelo —dedujo ella con una carcajada titubeante.

Pero la ocurrencia de Simon había logrado relajarla. La gente finalmente había retomado sus conversaciones, privada del espectáculo escandaloso tan esperado.

—Así está mejor —declaró él en voz baja—. No soporto que piensen que os estoy torturando.

—No, claro, eso sería terrible para vuestra imagen pública —lo pinchó ella con un tono mordaz.

—Y para la vuestra. —Cuando ella lo miró con estupefacción, él agregó—: Una persona que se dedica a acciones benéficas ha de preocuparse por su imagen pública, también, supongo.

Louisa suspiró. Había olvidado que el duque tenía el don de leer los pensamientos. Siempre parecía mostrar una habilidad innata para saber exactamente lo que ella estaba pensando.

No, eso era absurdo. Él únicamente pretendía dar esa impresión. Era su gran destreza, su modo de manipular a la gente para triunfar.

Y sin embargo… Louisa no podía borrar la sensación de que ambos estaban exactamente en el punto donde lo habían dejado. Él caminaba a su lado como si hubiera emergido directamente de sus memorias y se hubiera materializado en los jardines de Castlemaine. Incluso su aroma era el mismo de entonces… una embriagadora mezcla de brandy, madera de sándalo y jabón.

Y había olvidado lo encantador que podía ser cuando se lo proponía. Si cerraba los ojos, ¿podría trasladarse a esas maravillosas noches cuando fue presentada en sociedad, y él bailaba con ella más a menudo de lo que se consideraba correcto, y le gastaba bromas, y la tentaba?

No, por supuesto que no. Esas noches habían sido una ilusión. Y ahora también lo era.

«Cuidado, Louisa. No esperes sacar nada bueno, mostrándote afable con el duque de Foxmoor», se recordó a sí misma.

Si no iba con cuidado, caería de nuevo en las redes de ese embaucador. Pero esta vez, ella tenía mucho más que perder que sólo su corazón. Y se negaba a permitir que el duque consiguiera arrebatarle de nuevo cualquier cosa; no, eso jamás.

Capítulo tres

Querido primo:

Sé perfectamente bien que vos jamás temblaríais de miedo ante nadie. Además, Foxmoor no me pareció tan temible en la fiesta de lady Draker. Llevaba un mono encaramado en el hombro, aunque, ahora que lo pienso, más tarde ya no volví a ver al mono. Quizá Foxmoor decidiera liquidarlo...

Vuestra prima cotilla,
Charlotte

Simon supo exactamente cuándo Louisa adoptó de nuevo una actitud defensiva con él. Le había parecido que ella se estaba relajando, pero a juzgar por su patente sonrisa falsa y la forma en que inclinaba la cabeza hacia cada persona con la que se cruzaban en los jardines, ese momento se había esfumado.

Maldición. Se había convertido en una mujer muy poco afable. ¿Por su culpa, quizá?

¿O por las acciones benéficas en las que se había metido? Mientras se aproximaban a dos reputados miembros del Parlamento, Simon no pudo evitar fijarse en las miradas oscuras que le lanzaron a Louisa, miradas que se volvieron recelosas cuando recayeron sobre él.

Ella había comentado que su organización no temía expresar abiertamente sus opiniones a los miembros del Parlamento, pero ¿con qué empeño se expresaban? Seguramente no con el suficiente tesón como para molestar a la vieja guardia.

Aunque pensándolo bien... Eso podría explicar la exagerada preocupación del rey por la extremada seguridad de Louisa. La política tenía algo que ver con todo ese barullo; lo único que Simon tenía que hacer era descubrir hasta qué punto.

Él le sonrió.

—Todavía no os he dado las gracias por ayudarme con mi mono.

—¿Cómo es que se os ha ocurrido traerlo?

—Es una velada al aire libre, y a *Raji* le gustan las fiestas.

—Ya, pero a vos no os gusta la posibilidad de hacer el ridículo. El hombre que conocí jamás se habría arriesgado a importunar a sus potenciales partidarios tratando de contentar a su mascota.

—La gente cambia —espetó Simon. Se suponía que era él mismo quien debía dirigir esa inquisición, no ella, por el amor de Dios.

—¿Ah, sí? —Cuando él la miró extrañado, ella añadió—: Confieso que me quedé bastante sorprendida cuando me enteré de que teníais una mascota, que además era tan exótica.

—¿Por qué?

—Porque las mascotas necesitan que los cuiden, y un hombre de vuestra posición dispone de poco tiempo para esas tareas.

—Lamentablemente —manifestó Simon secamente—, nadie informó al pobre *Raji* de mi apretada agenda antes de que él decidiera adoptarme.

Louisa pestañeó.

—¿Adoptaros?

—*Raji* pertenecía a la esposa india de mi ayudante de campo, que murió… trágicamente. Colin, mi ayudante, estaba demasiado aturdido para cuidar de él, así que asistió al funeral con el pequeño personaje, con la intención de donarlo a la familia de su esposa. Pero cuando el pillo me vio, se agarró a mí y no hubo forma de que se soltara.

Y el sentimiento de culpa no le permitió a Simon deshacerse de *Raji*. Lo más extraño del caso era que a pesar de que su mascota le servía como un doloroso recordatorio del terrible error que Simon había cometido en la India, la criatura también había sido su salvación, el único punto de luz en esa época de absoluta oscuridad.

—Desde entonces no se ha apartado nunca de mi lado.

—Eso tampoco me parece propio de vos.

Simon esbozó una sonrisa socarrona.

—Y sin embargo, aquí estoy, con un mono a cuestas. ¡Qué le vamos a hacer!

Las facciones de Louisa se suavizaron visiblemente. Entonces desvió la vista y carraspeó.

—¿Y cuáles son vuestros planes?

Todo dependía de lo que él lograra sonsacarle a ella en los siguientes minutos.

—Todavía no estoy muy seguro. Hace tan sólo tres días que he regresado a Inglaterra. ¿Por qué lo preguntáis?

—¿Ya habéis estado en el Parlamento?

—Sí.

—Entonces ya sé la respuesta.

Simon ni siquiera fingió no comprenderla.

—Desciendo de una larga línea de estadistas por parte de mi madre.

—Y también por parte de vuestro padre —añadió ella—. Una larga línea de pomposos duques cantamañanas.

Él soltó una estentórea carcajada.

—Ya veo que habéis trabado una fuerte amistad con mi hermana.

—Oh, sí, aunque ella habla más de los ilustres antepasados de vuestra madre que de vuestro padre. Es una lástima que los hombres no puedan heredar títulos por parte materna, porque vos habríais sido el perfecto heredero de vuestro abuelo Monteith, el famoso primer ministro. Y por lo que parece, él era de la misma opinión. Regina dice que el viejo conde se encargó de prepararos desde muy pequeño para que siguierais sus pasos.

La mueca divertida se esfumó de la cara de Simon. ¿Tenía idea su hermana de en qué había derivado esa preparación? No, esperaba que no. Prefería que ella no supiera nada sobre esa época tan humillante de su vida. Afortunadamente, Regina había mantenido menos contacto con su abuelo autocrático que él.

—Sí, supongo que se podría decir que soy su sucesor —soltó Simon, con un tono lleno de amargura—. Cuando no estaba en Eton, me pasaba la mayor parte del tiempo con él, preparándome para mi carrera política.

—Eso es lo que todo el mundo espera, que acabéis ocupando el puesto de primer ministro.

Simon la miró fijamente.

—¿Y vos? ¿Qué esperáis de mí?

Él pretendía retomar la conversación sobre el grupo reformista que ella lideraba, pero la cuestión pareció aturrullarla. Louisa desvió la vista.

—Nada. Excepto que seamos capaces de comportarnos como dos personas civilizadas.

—Ahora nos estamos comportando de una forma muy civilizada. —Simon eligió las palabras meticulosamente—. Si queréis, incluso podría ayudaros con vuestro grupo benéfico. Puesto que pretendéis inmiscuiros en la vida política…

—No pretendemos inmiscuirnos en política —lo atajó ella con firmeza—. Somos muy serias con nuestros objetivos. De un modo u otro, nuestra intención es convencer al Parlamento para que lleve a cabo una reforma penitenciaria.

¿De un modo u otro? ¿Hasta qué grado estaba el grupo de Louisa implicado en política?

—Es una buena causa.

—Si supierais las atrocidades que sufren esas pobres mujeres. —Louisa hundió las uñas de sus dedos en el brazo de Simon, y su voz se tornó temblorosa—. Ya es hora de que alguien haga algo al respecto. Y sólo porque un puñado de estúpidos miembros del Parlamento vayan corriendo al rey a quejarse de que soy una influencia negativa para sus esposas no es razón suficiente para que desistamos de nuestros empeños.

Ah, así que eso era realmente lo que tanto preocupaba al rey. Sin embargo, intentar casarla quizá era una solución demasiado extrema.

—A lo mejor, los miembros del Parlamento consideran que una mujer joven y soltera no debería inmiscuirse en un asunto tan peliagudo como es una reforma penitenciaria.

—Especialmente porque el hecho de que esté soltera no les permite vilipendiarme en público.

Simon la miró sorprendido.

—¿Qué queréis decir?

—No pueden alegar que estoy descuidando a mi esposo y a mis hijos, de la forma que hacen con la señora Fry. Dispongo de absoluta libertad para dedicarme en cuerpo y alma a mi causa, y no soportan que no puedan criticarme. Particularmente porque saben que es una causa justa, aunque se nieguen a admitirlo.

—Comprendo.

Así que el rey quería que ella se casara para destruir su incómoda imagen de Juana de Arco. Y cualquier hombre que se aviniera al trato de su majestad, ganaría una significativa ventaja política.

Por todos los santos, ¿pero en qué estaba pensando? Debía de estar loco para considerar la posibilidad de casarse con Louisa. Lo mejor era dejar que las actividades de Louisa enturbiaran la relación del rey con el Parlamento; era lo que George merecía por los estragos que había causado con sus pecadillos privados y sus venganzas personales. Mientras el rey no se opusiera activamente a su retorno a la política, Simon todavía podría conseguir su objetivo. Quizá requeriría más tiempo, pero…

Más tiempo. De acuerdo. Probablemente mucho más tiempo. Después de siete años, la mitad de la Casa de los Comunes estaba formada por caras nuevas, y la otra mitad recordaba a Simon sólo como el hombre que inexplicablemente se había largado a la India cuando estaba a punto de alcanzar la cumbre. Sin el apoyo del rey, tendría ante sí una ardua batalla para llegar a ser primer ministro, y aún le costaría más instituir cualquier reforma política. Así pues, era obvio que necesitaba considerar el trato que le había ofrecido su majestad.

De todos modos, también tenía que casarse, ¿no? Contempló a Louisa de soslayo, que caminaba a su lado con un porte grácil y elegante. El hecho de haber sido la dama de compañía de la difunta princesa Charlotte le había otorgado la posibilidad de pulir sus formas, le había enseñado a ser menos impulsiva. Francamente, Louisa había abordado la situación con *Raji* de una manera admirable. Y su interés por la reforma penitenciaria también era admirable, siempre y cuando no se metiera en el sinuoso campo de la política.

Y le permitiera a su esposo gestionar sus actividades. Si Simon se casaba con ella, podría encaminarla hacia acciones más adecuadas a la esposa de un primer ministro. Incluso quizá conseguía despertar en ella el entusiasmo por sus propios objetivos.

«Lo único que quieres es acostarte con ella», le decía la insidiosa voz de su abuelo, riéndose maliciosamente de él.

Simon se puso rígido. De acuerdo, quizá era verdad que quería acostarse con Louisa. La necesidad de poseerla lo invadió de nuevo de un modo acuciante. Jamás había logrado dejar de pensar en ella. ¿Quién en su sano juicio no desearía realmente acostarse con esa belleza de ojos rasgados, besar esa garganta perfumada con el aroma de mil azucenas, sentir el pulso acelerado bajo la lengua? Pero esa necesidad no cambiaba nada. Mas, al menos, si se casaban, él podría controlar mejor sus deseos lascivos, mantenerlos alejados de la política, para que no volvieran a manchar su carrera tal y como había sucedido siete años antes.

«Eres un patético esclavo de tus pasiones». Las palabras de su abuelo retronaron en sus oídos. Simon lanzó un bufido; su abuelo se equivocaba, y pensaba demostrárselo.

Pero antes de contemplar la posibilidad de estar de nuevo con Louisa, tenía que averiguar hasta dónde llegaba su convicción de no querer ni oír hablar de la posibilidad de casarse.

Simon la desvió hacia un sendero más apartado mientras se explayaba en un tema que sabía que la distraería.

—Supongo que lord Trusbut es uno de esos caballeros que se quejan al rey.

—No, pero creemos que podría apoyar nuestra causa. Si lográramos convencerlo de que no estamos intentando derrocar al gobierno ni cometer ninguna tontería similar…

—Entonces permitiría que su esposa se afiliara a vuestro grupo. Y podríais usar su influencia para defender vuestra causa.

—Exactamente; ésa es nuestra esperanza.

—Es más que comprensible —concluyó Simon al tiempo que la alejaba del bullicio de la fiesta, rezando para que ella no se diera cuenta.

Mas Louisa estaba demasiado ocupada preguntándose por qué el duque mostraba ese inusitado interés en las actividades de su grupo como para fijarse en algo tan inconsecuente como en el sendero por el que paseaban. No podía creer que él se mostrara tan solícito. Quizá sí que era verdad que la gente cambiaba.

Y quizá estaba loca por albergar ese pensamiento. Simon jamás hacía nada sin una finalidad. Jamás. Lo único era que esta vez aún no había descubierto sus verdaderas intenciones.

—¿Hablabais en serio cuando le propusisteis a la baronesa que los dos iríamos a visitarla?

—Por supuesto.

Ella lo miró con suspicacia.

—¿Pero por qué? Y no recurráis otra vez a esa ridícula excusa de que me lo debíais por haberos ayudado con *Raji*.

Simon vaciló unos instantes.

—El apoyo de lord Trusbut es tan importante para mis propósitos como lo es para los vuestros. No veo la razón por la que no podamos aunar nuestras fuerzas.

—Salvo que yo no me fío de vos. —Louisa se arrepintió de haber pronunciado esas palabras tan duras en el mismo instante en que se escaparon por su boca.

A Simon debieron de sentarle mal, ya que se detuvo al lado de un inmenso roble y la miró fijamente a los ojos.

—Pensé que habíais dicho que ya no pensabais en el pasado.

—Pero eso no quiere decir que lo haya olvidado; ni tampoco las lecciones que aprendí de la experiencia —contraatacó ella, intentando hablar con voz calmosa.

La lámpara china que colgaba de la rama más baja del roble desprendía una tenue luz que iluminaba el pelo rubio y los ojos brillantes de Simon. De repente, Louisa se dio cuenta de que, aunque podía oír los sonidos de la fiesta a lo lejos, se habían quedado esencialmente solos, separados de todo el mundo por una valla de abedules.

Simon se acercó más a ella.

—Yo tampoco he olvidado el pasado. Pero, por lo que parece, las memorias que prevalecen en mi mente difieren de las vuestras.

El repentino brillo selvático que emanaba de sus ojos azules consiguió despertar en Louisa los delirios que había reprimido en lo más profundo de su ser durante todos esos largos años.

—¿A qué os referís? —le preguntó, conteniendo la respiración.

—Recuerdo unos valses de ensueño, y unas conversaciones interminables. Y recuerdo una época en la que confiabais en mí.

—Antes de que descubriera vuestras falsas intenciones, querréis decir.

—No todas eran falsas —la rectificó él con suavidad—. Y lo sabéis.

Simon inclinó la cabeza, y Louisa se estremeció con un escalofrío, anticipando lo que iba a pasar.

—¿Se puede saber qué estáis haciendo? —le preguntó, a pesar de que estaba segura de saber la respuesta.

—Averiguar si vuestro sabor es tan dulce como recuerdo.

Acto seguido, cubrió la boca de Louisa con un beso.

Que Dios se apiadara de ella. Realmente, el sabor de Simon era tan dulce, tan rico como ella recordaba. Las memorias la asaltaron y nublaron la realidad, hasta que fue incapaz de distinguir la primera vez que él la besó de ese preciso instante.

Entonces el beso cambió radicalmente: dejó de ser gentil y curioso, y se convirtió en algo más potente, más ardiente… más lascivo. Oh, por todos los santos. Los labios de Simon se movían implacables sobre los suyos, reclamando su respuesta.

Y ella le estaba dando luz verde, permitiendo que esa parte secreta y femenina de su ser se excitara ante la evidencia de que él todavía la deseaba, después de tanto tiempo… y después de lo que ella le había hecho.

«¿Lo que ella le había hecho?» ¿Y qué pasaba con lo que él le había hecho? Louisa se zafó de sus brazos.

—Ya es suficiente, señor duque —balbució, intentando recuperar el porte frío y distante.

—Pues para mí no —murmuró Simon mientras se inclinaba de nuevo hacia ella.

Louisa volvió a liberarse de sus garras.

—Ya es suficiente, caballero.

Visiblemente consternada, se dio la vuelta para regresar precipitadamente al sendero, con ganas de escapar de esa encerrona.

La voz de Simon retumbó en la oscuridad detrás de ella.

—Muy propio de ti, Louisa. No piensas arriesgarte a descubrir si verdaderamente has dejado atrás el pasado. Tienes miedo de que me aproveche de ti.

Ella se detuvo en seco. ¡Maldito fuera él por leer su mente con tanta nitidez! Debería haber ignorado el comentario y alejarse de él, pero las palabras arrogantes continuaban resonando en sus oídos…

Se giró con la fuerza de un torbellino.

—Os equivocáis. Os aseguro que os he olvidado completamente.

Simon enarcó una ceja en señal de incredulidad y avanzó hacia ella.

—Entonces, ¿por qué huyes?

Louisa elevó la barbilla con altivez.

—No quiero que nadie me vea a solas con vos, y que de nuevo se disparen las habladurías.

—Estamos solos, y no veo a nadie que se acerque. —Le lanzó una sonrisa burlona—. Admítelo: tienes miedo de que te bese.

—Os equivocáis. No tengo miedo, porque ya lo habéis hecho…

—Vamos, pero si apenas me has dejado que te roce los labios. Eso no ha sido un beso de verdad. —Simon se encogió de hombros—. Pero, claro, comprendo… no te atreves a darme un beso de verdad, porque podrías descubrir que todavía sientes algo por mí. —Luego desvió la vista hacia sus labios—. A menos que se trate de que no sabes lo que es un beso de verdad, un beso íntimo…

«¿Un beso íntimo?» ¿Se estaba refiriendo a…?

Oh, claro que sí. Una vez, Louisa había sido tan incauta como para permitir que un hombre le diera un beso íntimo. Recordó el asco que había sentido… Entonces, una leve sonrisa se perfiló en sus labios…

¡Claro! ¿Qué mejor manera de terminar con esa ligera atracción que sentía por Simon que permitirle que le propinara uno de esos asquerosos besos íntimos?

—Muy bien. —Ella dio un paso hacia delante y elevó la cara—. Supongo que no descansaréis hasta que obtengáis vuestro beso de verdad, así que adelante.

Simon la observó unos segundos con el semblante incrédulo, sin saber qué hacer ante su repentina capitulación. Pero entonces achicó los ojos y atacó de nuevo esa boca tan sensual, esta vez hurgando dentro de ella con su lengua caliente, inquieta...

Virgen santa. Louisa acababa de cometer un leve error. Por lo que parecía, disfrutar o no de un beso íntimo dependía de lo diestro que fuera el hombre que lo daba. Y Simon era irrefutablemente diestro. Más que diestro.

Ella se estremeció, incapaz de apartar los labios de esa boca tan lasciva. ¿Por qué nadie la había prevenido de que un beso íntimo podía despertar una serie de sensaciones tan embaucadoras, capaces de acelerarle el pulso hasta límites insospechados? ¿Dónde estaban las alarmas, los avisos de que un beso como ése podría abocarla irremediablemente a un serio problema?

Simon la embestía desvergonzadamente, fieramente, como dándole a entender que su beso no era nada más que un preludio al juego de seducción que acababa de iniciar. Irresistible, delicioso; capaz de causar verdaderos estragos.

Él deslizó el brazo alrededor de su cintura para acariciarla... o para acercarla más a su cuerpo, y Louisa notó el tormento de sus manos sobre ella, vencida por el placer de sentir de nuevo cómo la rodeaba con sus brazos...

Dejándose llevar por la situación, Louisa desplegó las manos sobre el pecho de Simon, y entonces, embriagada por los latidos salvajes del corazón del duque, las deslizó hasta su cuello. ¿Cuánto tiempo había pasado desde que un hombre había hecho que se sintiera querida, deseada?

Mucho tiempo. Demasiado tiempo. Había llegado a convencerse a sí misma de que no se sentía atraída por ningún hombre. Mas sólo había hecho falta un beso para que Simon hiciera añicos esa certeza. De la misma manera que hacía años había hecho añicos sus ingenuos sueños y esperanzas...

Louisa apartó la boca súbitamente, abrumada por el pensamiento de con qué facilidad había sucumbido a los encantos de ese bribón.

—¿Por qué hacéis esto? —le preguntó.

—¿Por qué me dejas hacerlo? —contraatacó él con la voz ronca. Luego empezó a besarla suavemente por el cuello, por la mandíbula, por la garganta.

—Porque…

«Porque estoy loca», se dijo a sí misma.

—Porque considero que es mejor que acabemos con esta historia de una vez por todas.

Simon se quedó paralizado.

—¿Acabar con esta historia? —repitió al tiempo que respiraba contra su cuello.

Luchando por vencer el ardor que sentía en el pecho, Louisa se apartó y lo miró a los ojos.

—Vuestra insistencia por un beso de verdad. Ahora que lo habéis conseguido, ya está.

—¡Y un cuerno! —Su respiración era todavía acelerada y entrecortada, y sus ojos la devoraban impúdicamente—. Mira, no intentes convencerme de que no has sentido nada con ese beso.

Louisa simuló quedarse pensativa durante unos instantes.

—Pues la verdad es que tenéis razón —asintió lentamente—. No he sentido nada. Aunque ha sido un experimento interesant…

—¿Cómo que un experimento? —la atajó él, alzando la voz.

—Sí. Para corroborar que os he olvidado. ¡Qué alivio tener esa certeza, ahora! —Orgullosa por cómo había conseguido ocultar sus verdaderos sentimientos, Louisa se zafó de sus brazos y añadió, con una sonrisa forzada—: Parece ser que ya no ejercéis ningún efecto sobre mí, señor duque.

Simon la miró boquiabierto, y ella se sintió más que satisfecha.

Hasta que él desvió la mirada hacia sus labios todavía sedientos.

—Me estás tomando el pelo.

A pesar de que notaba cómo le temblaban los labios, Louisa estaba dispuesta a tener la última palabra.

—Oh, lo siento. No he querido insultaros. Besáis la mar de bien, tan bien como cualquiera de los pretendientes que he tenido hasta ahora. No es eso lo que quería decir. Veréis, tengo planes y objetivos en los que no deseo que os inmiscuyáis, por más bien que beséis. —Elevó la barbilla altivamente—. Y tampoco puedo olvidar que sigo sin fiarme de vos.

—Siempre te has mostrado más que dispuesta a pensar mal de mí —espetó él.

—Estáis enojado porque habéis perdido el poder de manipularme con un solo chasquido de vuestros dedos. Pero así es la vida. Quizá la sociedad os adore y os suplique que le prestéis atención, pero yo sé perfectamente cómo sois.

Simon la miró con el semblante sombrío.

—No sabes nada de mí. Jamás lo has sabido.

Algo en su voz hizo que Louisa recapacitara, que renacieran sus ganas de creer en él. Pero había aprendido que su lengua locuaz le permitía mentir con una habilidad consumada.

—Sé lo suficiente.

Y sin demorarse ni un segundo más, Louisa reemprendió la marcha y regresó al sendero. Había logrado salir airosa de esa situación espinosa, pero no estaba segura de poder actuar del mismo modo una segunda vez.

A partir de ahora, tendría que ir con mucho más cuidado. Se acabaron los encuentros privados con el duque. Se acabaron los paseos por lugares retirados donde él pudiera seducirla.

Y se acabaron los besos. No, no más besos. Simon era demasiado diestro besando como para alterar la paz mental de cualquier mujer.

Capítulo cuatro

Querida Charlotte:
Si la señorita North y Foxmoor no se soportan, según los rumores que corren, entonces quizá ella le robó el mono al duque para enojarlo. Aunque no alcanzo a imaginar para qué querría ella un mono. Aún no he conocido a ningún mono que se dedique a acciones benéficas.

Vuestro amigo chismoso,
Michael

Simon sintió un nudo de frustración en el estómago cuando Louisa se marchó precipitadamente. Esa niñata insolente había aprendido a ser sofisticada en muchos aspectos, durante su ausencia. Alguien le había enseñado a besar. Y a besar muy bien, demasiado bien para no alterarle a Simon la salud mental.

¿Y se atrevía a decir que ese beso era un «experimento»? ¡Esa excusa no se la creía nadie!

Estuvo tentado de ir tras ella y besarla apasionadamente sin piedad, hasta que ella admitiera que no lo había olvidado. Pero él también tenía su orgullo. No quería que Louisa se diera cuenta de lo mucho que todavía pensaba en ella. No quería que supiera las terribles ganas que él tenía de volver a probar su boca… todo el tiempo, sin parar.

¡Que el diablo se la llevara! Ese beso que le había dado debería haber calmado su sed, en vez de incrementarla. ¿Y por qué le tenía que doler, si Louisa lo había olvidado? ¿O si se había pasado esos últimos años aprendiendo trucos seductivos que tenían como finalidad despertar las pasiones y el deseo de cualquier hombre? ¿O si había dejado que cualquier niñato insolente que merodeaba por la corte se aprovechara de esa boquita lasciva y hechizadora?

No le importaba. No tenía que importarle. En el palacio, los hombres a veces conseguían robar un beso a las damas de compañía, que en algunas ocasiones se dejaban besar. Si permitía que esos celos ridículos lo carcomieran, sólo conseguiría acrecentar la pasión que sentía por ella, y eso no era prudente. Especialmente si quería pedir su mano. No podía permitir que su esposa lo subyugara por los incontrolables impulsos de su polla.

«¿Esposa?»

Cerró la mano en un puño crispado. Sí, esposa. No podía negar por más tiempo las ventajas de aceptar la propuesta del rey. Dejando de lado lo que el rey le ofreciera, los miembros del Parlamento le mostrarían su enorme gratitud, si domaba a Juana de Arco.

Aunque no sería coser y cantar. El padre de Louisa tenía razón: seguía siendo tan obcecada como siempre. Louisa simplemente había aprendido a ocultar su férrea voluntad detrás de una sonrisa de princesita.

Simon soltó un bufido. ¿Cómo iba a considerar siquiera ese descabellado plan, después de lo que esa maldita fémina le había hecho pasar? Si ella se enteraba del nuevo pacto con el rey, no pararía hasta que consiguiera que lo quemaran vivo en la hoguera.

Así que lo único que tenía que hacer era asegurarse de que ella jamás lo supiera. Después de todo, él sólo haría lo más conveniente para ella. A juzgar por la información que había obtenido, Louisa se estaba metiendo en un atolladero. Si no se casaba con ella, el rey encontraría otra forma de controlarla, y eso no sería positivo.

Además, no importaba lo que ella alegara, Louisa todavía lo deseaba. Si no, no habría reaccionado a su beso con el dulce fervor de una bailarina del templo, con el cuerpo arqueado contra el suyo, sus deliciosos pechos apretados contra…

Que Dios lo ayudara, porque la deseaba más que nunca. Se moría de ganas de arrancarle esa máscara recatada y altiva, de quitarle las pinzas de su sofisticado tocado y desparramar ese océano de olas negras en una cascada sobre sus hombros y sus pechos y sus caderas. Entonces podría saborear esa boca seductora tanto como quisiera, cuando quisiera, donde quisiera. Podría solazarse con el placer que le provocarían las caricias de esa lujuriosa boca en su garganta, en su vientre… en su polla a punto de explotar…

Volvió a soltar un bufido, esta vez más rabioso. Maldición, después de todo lo que había soportado por culpa de la indómita atracción que sentía por ella, se merecía conquistarla. La mejor manera de abordar su obsesión enfermiza era casarse con ella y saciar su sed. Entonces, sus ganas incontenibles de poseerla se calmarían.

De nada había servido luchar contra sus deseos durante siete años, por lo que tenía que conquistar a Louisa para dominar sus propias pasiones. Y con ello conseguiría, además, obtener el resto de sus objetivos.

—Tienes razón. Mi hija ha perdido todo su interés por ti —pronunció una voz a sus espaldas.

Simon se puso tenso. ¿Cuánto rato hacía que el rey estaba allí?

—Veo que no has perdido la habilidad de espiar. Y ella no ha perdido su interés por mí, te lo aseguro.

—Pues no es lo que me ha parecido, aunque es cierto que sólo he oído el final de vuestra conversación; pero ella se mostraba tan distante…

—¿Quieres que me case con ella o no? —espetó Simon, aliviado al saber que el rey no había presenciado el beso de la pareja.

George contuvo la respiración.

—Dijiste que necesitabas tiempo para considerar mi propuesta.

—Ya he tenido todo el tiempo que necesitaba.

Durante unos momentos, el rey se quedó inmóvil, sin contestar.

—No he retirado la oferta.

Simon lo miró fijamente.

—Entonces discutamos las condiciones.

—¿Qué condiciones? —George lo miró con recelo—. Ya te

he dicho que te nombraría primer ministro. ¿Qué más quieres?

—La verdad. Que tu hija está interfiriendo en la política del país. —Simon se apoyó en el tronco del roble y adoptó un aire distendido—. Que muchos empiezan a considerarla una presencia molesta. Y que cualquier hombre que se case con ella asumirá ciertos riesgos en su propia carrera política.

George se puso lívido.

—No sé de dónde has podido sacar esas ridículas majaderías.

—De tu hija. Quién, a diferencia de ti, se siente orgullosa de exponer su interés por las reformas políticas. —Simon cruzó los brazos por encima del pecho—. Vamos, su majestad, seguro que no creías que podrías ocultarme esa gran verdad. Fui yo el primero en saber que Canning había rechazado a Liverpool, y quien predijo mucho tiempo antes de la conspiración en Cato Street que la sociedad de los Spencean, ese grupo radical que estaba a favor de la revolución, provocaría graves disturbios. Así que admítelo, las Damas de Londres no son una simple asociación de mujeres que se dedica a acciones filantrópicas, ¿no es cierto?

El rey dudó unos instantes, luego suspiró.

—No, maldita sea, no lo son.

—Están presionando al Parlamento para que lleve a cabo una reforma penitenciaria.

Su majestad contestó en un tono tan bajo que Simon tuvo que incorporarse para poder oírlo.

—Primero, esas malditas mujeres empezaron a presionar a sus esposos para que impulsaran la reforma en el Parlamento. Y si los esposos se negaban, ellas les negaban lo que un hombre anhela más.

—¿Acostarse con su esposa?

—¿Qué iban a ganar con ello? Si la mitad de esos hombres tienen amantes, y el resto son demasiado viejos para que se les empine la polla. No, me refiero a «las comodidades caseras». Sus esposas retiraron todos los placeres agradables que hacen que un hombre se sienta a gusto en su castillo, como los puros y el brandy y los periódicos. Algunas damas incluso ordenaron a las cocineras que sirvieran comida mal cocinada, o dieron instrucciones a las criadas que se encargan del mantenimiento de la ropa para que almidonaran más de la cuenta las camisas de sus maridos…

—Estás bromeando. ¿Los grandes estadistas de Inglaterra se sienten coaccionados porque las sirvientas aplican demasiado almidón a sus camisas? ¡Vamos, por el amor de Dios!

—Puedes burlarte tanto como quieras, pero un hombre sólo puede pasar cierto tiempo limitado en su club. —El rey clavó su bastón en la tierra—. Sin embargo, esos políticos no dejaron que la cuestión enturbiara sus mentes hasta que la causa que defendían las Damas de Londres se convirtió en una noticia célebre. Y ahora se rumorea que Louisa está promoviendo una nueva táctica…

—¿Louisa está detrás de… la táctica de retirar «las comodidades caseras»?

—He oído que ella fue la artífice de la idea, sí.

Simon estalló en una estentórea carcajada.

—No es divertido, maldito seas —bramó el rey.

—¡Claro que lo es! Nadie supera a Louisa, cuando se trata de hallar una vía doméstica para ejercer una influencia directa sobre la vida política. Es una chica muy lista, eso no se lo puedo negar. —Y sería una esposa muy lista, también. A pesar de que debería desarmarla para vencerla.

El reto sólo consiguió que Simon la deseara aún más.

—Esa chica tan lista se dará un terrible batacazo si continúa adelante con su nuevo plan.

—¿Qué plan? ¿Conseguir que las mujeres pongan guisantes dentro de los calzoncillos de sus esposos? ¿Retrasar la hora de la cena?

—Presentar a su propio candidato para las próximas elecciones.

La declaración consiguió captar la atención de Simon.

—No puedes hablar en serio.

—Ya me gustaría que fuera una broma. La señora Fry ya ha logrado introducir a su cuñado en la Casa de los Comunes para que apoye la causa que esas cuáqueras defienden, así que, lamentablemente, sí que pueden conseguirlo. Pero circula el rumor de que Louisa está considerando apoyar a un candidato radical. Y sabes perfectamente bien que si anima a sus compañeras a hacer alguna locura, tendremos un problema serio.

Desde luego, un problema bien gordo. Ninguna asociación de damas gozaba de la agudeza política necesaria para manejar a un candidato radical. Lo único que Louisa conseguiría sería que la vieja guardia se pusiera a la defensiva, y con ello se esfumarían todas las posibilidades de aplicar cambios por una vía más moderada, que es lo que él anhelaba. Especialmente cuando el equilibrio de poder en la Casa de los Comunes era tan incierto en esos momentos.

—Ha perdido un tornillo —continuó el rey—. Pero el público la quiere. Consideran a la dama de compañía de la fallecida princesa Charlotte, que era tan amada por el pueblo, como una mujer altruista, que se preocupa por obtener fondos para las pobres reclusas. No se dan cuenta de que esas donaciones podrían ir en cualquier momento a cualquier otra causa descabellada que a ella se le ocurriera apoyar.

—Y si hablas con ella y…

—¿Estás loco? Tal y como están las cosas, Louisa podría enfurecerse y precipitar su empresa. La última vez que un novato radical se dedicó a hablar en público e incitó al pueblo llano, once personas murieron y hubo cientos de heridos.

Simon irguió la espalda. La masacre de Saint Peter's Field había sido tanto por culpa del gobierno como de los radicales, pero eso no le importaba al Parlamento. Después de aquella matanza, el Parlamento aprobó las Seis Leyes, que prohibieron las reuniones, las organizaciones de obreros y toda agitación que perturbara la paz social, y la vieja guardia reaccionó como siempre: manteniéndose en sus trece. Inglaterra no estaba preparada para radicales, ¿acaso Louisa no lo veía?

No, claro que no. Al igual que Juana de Arco, ella sólo veía su causa. La reforma penitenciaria era una buena causa, pero no justificaba provocar una convulsión política.

El rey refunfuñó.

—Algunos de los diputados están tan hartos de las actividades de Louisa que empiezan a tramar cómo pueden dañar su reputación. Creen que si destruyen su credibilidad, podrán poner fin a este despropósito.

Pero eso hundiría a Louisa para siempre.

—Estoy seguro de que no permitirás tal disparate.

—No, pero si no hago algo pronto, el asunto se me escapará de las manos. —Su voz tembló—. Si le hacen daño a Louisa, Draker jamás me lo perdonará.

—Al cuerno con Draker. Si le hacen daño a Louisa, yo mismo seré quien nunca te lo perdonaré. —Cuando el rey le lanzó una mirada desconcertada, Simon frunció el ceño—. Realmente, ese hatajo de idiotas debería promover una reforma penitenciaria.

—Tendrían que hacer un montón de cosas, pero no quieren gastar los fondos. Además, el ministro del Interior está absolutamente en contra en principio, y ya hay suficiente barullo en las filas del gobierno. —Su majestad suspiró—. Les he prometido a Sidmouth y a Castlereagh que convenceré a Louisa para que dimita de la sociedad, pero…

—Ella se niega. Así que el asunto se ha convertido en un asunto de Estado para ti.

—¡Exactamente! No puedo consentir que los miembros del Parlamento crean que accedo a que mi hija ilegítima apoye candidatos radicales. Ya tengo suficientes problemas con el Parlamento para añadir uno más.

Y lo mismo le pasaría a Simon, si se entrometía en ese peliagudo asunto. ¿Por qué había de asumir esa responsabilidad política?

Porque no le quedaba ninguna otra alternativa. No podría conseguir sus objetivos si Louisa confabulaba con los miembros de la Casa de los Comunes. Alguien debía tomar cartas en el asunto.

Y él podía hacerlo. Si se casaba con ella. Que Dios lo ayudara, pero la idea de domar a Louisa le provocaba un delicioso cosquilleo.

—Así que estás dispuesto a ofrecer la mano de Louisa a cualquier hombre que resuelva tus problemas con tus ministros y con el Parlamento.

—No a cualquier hombre —matizó George—. Pero a ti siempre te ha gustado Louisa y…

—Y pensabas que picaría el anzuelo.

Ante el tono seco de Simon, el rey se puso colorado.

—Mira, sólo te oculté la verdad al principio porque tenía miedo de que no aceptaras mi propuesta si averiguabas que las cosas estaban tan mal.

Simon se separó del roble y se sacudió las manos enguantadas.

—¿Cuándo aprenderás que me encantan los retos difíciles? —Especialmente cuando implicaban acostarse con la irresistible hija del rey. Permanentemente—. Pero claro, ahora que lo sé todo, espero una mayor recompensa que la que me ofreciste al principio.

El rey se le acercó con paso cansado. Su cabello plateado brillaba bajo la luz de la luna.

—Si crees que además te voy a pagar para que te cases con mi hija, vas listo, maldita rata egoísta.

—No quiero dinero.

Su respuesta apaciguó al rey.

—Entonces, ¿qué es exactamente lo que quieres?

—Algo más concreto que tu vaga promesa de que me apoyarás. Me nombrarás primer ministro, pero lo harás cuando yo mismo lo diga, y según mis propias condiciones.

Su majestad lo observó con una mirada recelosa.

—¿Qué quieres decir?

—No pienso esperar nunca más a recibir tu indulgencia. Cuando me case, quiero que hayas convencido a Liverpool para que dimita de su cargo. El día de mi boda me entregarás su carta de dimisión.

El rey se puso lívido.

—¿Y si al final no tardas mucho en casarte? No sé sí…

—Pues será mejor que lo sepas, si quieres mantener a Louisa alejada de las urnas en las próximas elecciones. —Cuando el rey continuó mirándolo inquieto, Simon añadió—: No temas; necesitaré bastante tiempo para conquistarla. Louisa no es tonta; sabe que pisa un terreno peligroso. Sospechará de cualquier político que quiera casarse con ella, especialmente de mí.

—Eso es cierto —murmuró el rey.

—Precisamente por ese motivo será mejor que no te acerques a mí hasta que ella y yo estemos formalmente comprometidos. No me costará tanto persuadirla para que se case conmigo si cree que tú te opones a nuestra boda. —Su tono se volvió más incisivo—. No te costará fingir que desconfías de mí; ya demostraste con qué facilidad te lavabas las manos, hace siete años.

Las mejillas de George adoptaron un tono ligeramente encarnado.

—Lo admito; no debería haberme mostrado tan proclive a escuchar la sugerencia de Louisa de enviarte... de disciplinarte por tu error. Pero no volverá a suceder. Esta vez, te aseguro que no te abandonaré.

—Perfecto. Porque la próxima vez que me des a elegir entre el exilio u olvidarme de mi carrera política, te diré que te vayas al infierno. Así que si no logro mi objetivo con Louisa, no habrá ninguna repercusión negativa ni para mí ni para mi carrera, ¿queda claro?

—Te doy mi palabra.

—Ni ninguna repercusión para ella, tampoco. Si no se casa conmigo, no intentarás sobornar a ningún otro hombre para que se case con ella.

—Si Louisa no se casa contigo, entonces no se casará con nadie. ¿Es eso lo que quieres que te prometa?

Simon notó cómo la rabia ascendía por su garganta.

—Si Louisa no se casa conmigo, tendrá la libertad de elegir al hombre que quiera, y no a un mequetrefe pagado por su maquiavélico padre.

—Cuidado, Foxmoor —espetó George—. Todavía soy tu rey. Si crees que puedes dictarme...

—Perfecto. Veo que no me necesitas. —Simon dio la vuelta para marcharse.

—¡Espera, maldito seas! ¡Espera un momento! —gritó el rey.

Simon se detuvo.

—De acuerdo. Si no te casas con ella, no le impondré a ningún otro hombre.

—Y mantendrás a tus estúpidos ministros a raya, para que no destruyan su reputación —ordenó Simon, encarándose al rey.

—Haré todo lo que pueda. —El rey hizo una pausa—. Pero tú no me falles con ella, ¿de acuerdo?

—De acuerdo —convino Simon—. Por consiguiente, será mejor que les digas a toda esa panda de idiotas que dejen a Louisa en paz hasta que yo me encargue de ella. Porque si oigo el menor rumor que tenga como finalidad manchar su reputación, les arrancaré la lengua sin ningún remordimiento. ¿Entendido?

Su majestad esbozó una mueca sibilina.

—Perfectamente.

Simon apretó los dientes. No debería haber dicho eso; revelaba su interés por Louisa, más de lo que quería dejar ver, y menos aún al rey, ya que podría perder su posición negociadora con él.

—En mi ascensión política, no me interesa tener una esposa con la reputación manchada.

—Oh, no había pensado en eso. —El rey le dirigió una amplia sonrisa de complicidad—. Como siempre tan agudo. Me alegro de que estés de vuelta; sin ninguna duda, siempre has sido mi mejor asesor.

—No he acabado con mis condiciones —soltó Simon.

Su majestad se puso serio de repente.

Simon avanzó hasta el rey con paso firme.

—No dejes que Draker sepa ni una sola palabra de nuestro pacto. Tal y como están las cosas, seguramente se opondría al cortejo. Así que, sólo después de que ella y yo estemos comprometidos formalmente, expresarás tu consentimiento y luego usarás tu influencia sobre Draker para conseguir que también él dé su consentimiento.

—Tú tienes más influencia sobre su esposa que la que yo pueda ejercer sobre él —murmuró el rey.

—Draker se negará a escuchar a mi hermana en cualquier asunto referente a mí. Pero es posible que acceda a escucharte a ti, si le aseguras que he cambiado. No deseo tener a Draker por enemigo. Durante mi ausencia, se ha rodeado de figuras con mucho poder. —Esa clase de figuras que se mostraban más a favor de la reforma del sistema electoral inglés que las viejas cohortes de Simon.

—Haré todo lo que esté en mis manos con Draker. —George le lanzó una mirada taciturna—. ¿Alguna cosa más? ¿Mis galgos favoritos? ¿Mi colección de Rembrandts?

—Sólo una cosa. —Se esforzó por hablar con tranquilidad—. Tengo un amigo al que deseo ayudar, y quiero que secundes mis esfuerzos.

El rey apoyó todo el peso de su cuerpo sobre su bastón.

—¿Quién es ese amigo?

Después de escuchar la opinión del rey sobre su ayudante de campo mestizo, Simon no pensaba contarle la verdad a su majestad.

—Prefiero no decírtelo hasta que haya acabado de examinar su situación.

—¿Esperas que te prometa que secundaré a uno de tus amigos sin saber quién es?

Aunque costara creerlo, sí, eso era lo que Simon quería. De ese modo, sería más fácil cumplir la promesa que le había hecho a la esposa de Colin.

—Tú y yo siempre hemos estado del mismo lado políticamente, por lo que puedes estar seguro de que ninguno de mis amigos te causará problemas.

—No lo sé —replicó el rey inseguro—. Tus años en la India pueden haberte aportado un buen número de amigos indeseables.

—Ése es el riesgo que deberás asumir si quieres que me case con tu hija. —Si Simon iba a seguir adelante con su plan de intentar conquistar al torbellino de Louisa North, entonces pensaba obtener del rey todo lo que se propusiera.

Su majestad se quedó meditativo unos instantes, y luego dijo:

—De acuerdo, sabandija manipuladora; secundaré a tu amigo, si eso es lo que he de hacer para que te cases con mi hija.

—Quiero que me entregues todas las condiciones a las que accedes por escrito, con tu firma —insistió Simon.

El rey lo miró confuso.

—¿Y por qué diantre quieres que haga una cosa así?

—Porque si esta vez reniegas de tu pacto, quiero tener una prueba que pueda entregar a los periódicos.

—No te atreverías —se jactó George—. Eso sería un suicidio político.

—Y para ti también supondría un suicidio. —Contempló al

rey con desapego—. Quiero el contrato por escrito. No quiero exponerme a que vuelvas a infligirme en el futuro cualquier otro castigo.

—De acuerdo, maldito seas, de acuerdo. Esperaba que tu destierro a la India doblegara tu insoportable arrogancia, pero veo que me equivocaba.

—Si querías doblegar mi arrogancia, no deberías haberme nombrado gobernador general de medio continente —apostilló Simon.

—Es cierto. Después de haber gobernado la India, diría que puedes presidir Inglaterra con una mano atada a la espalda. Después de todo, naciste para ocupar ese cargo. —Un repentino destello emergió de los ojos del rey—. Pero aún queda por ver si puedes convencer a mi hija. Hasta que no lo consigas, tus posibilidades de presidir Inglaterra quedarán lejos de tu camino.

—No te preocupes. Tal y como me has recordado hace un rato, una vez conseguí que se enamorase de mí, así que estoy seguro de que lo podré conseguir de nuevo. Y una mujer enamorada es más fácil de convencer.

—Siempre y cuando no seas tú el que te enamores perdidamente de ella.

Una sonrisa coronó los labios de Simon ante esa imposibilidad.

—¿No has dicho antes que soy incapaz de amar?

—Sí, pero después de todos estos años, todavía te atrae Louisa, ¿o me equivoco?

Si el rey podía ser tan franco, él también.

—Existe una gran diferencia entre el amor y el deseo. De toda la gente que puebla este mundo, tú deberías ser el primero en saberlo.

George frunció el ceño.

—Estamos hablando de mi hija.

—A la que tú estás dispuesto a vender para acabar con tus problemas con el Parlamento —lo atajó Simon implacablemente—. Tu instinto paternal llega un poco tarde, ¿no te parece?

George se sonrojó.

—Los dos somos un par de alimañas, cada uno a nuestra manera, supongo. Pero eso no significa que no espere que trates bien a Louisa.

—De eso no te quepa la menor duda. Si no, no me casaría con ella. Pero afortunadamente para ti y tus propósitos, soy incapaz de amar. —Las lecciones de su abuelo y de Betsy, la pérfida amante de ese anciano retorcido, le habían enseñado a blindar completamente el corazón—. Lo cual es probablemente positivo, puesto que el amor es un lujo que ningún político se puede permitir. —En eso, el abuelo Monteith tenía razón, aunque los métodos del anciano para enseñarle la lección no hubieran sido los más acertados.

El rey suspiró.

—Tienes razón. Sabe Dios que el amor no me ha traído nada bueno en esta vida.

Y Simon no pensaba permitir que el amor arruinara su propia vida y sus ambiciones políticas. Mantendría su obsesión en el lugar correspondiente. Mientras no dejara que Louisa lo sedujera hasta hacerlo bailar sobre un dedo, los dos tendrían un matrimonio cómodo, amistoso, y realmente honesto; la clase de matrimonio que lo ayudaría a conseguir sus objetivos sin ensuciarse de hipocresía hasta las cejas, como le había pasado a su abuelo en su matrimonio.

Porque lo que él anhelaba era demostrar que podía ser mejor primer ministro —y mejor hombre— que su abuelo. Quizá entonces lograría silenciar de una vez por todas la voz insidiosa del anciano, esa voz que lo atormentaba sin darle tregua.

Capítulo cinco

Querido primo:

Es muy posible que tengáis razón en cuanto a que los monos no son animales consagrados a acciones benéficas. Pero no estoy tan segura de que Louisa no congenie con Foxmoor, ya que ambos dieron un largo paseo por los jardines de Castlemaine con una aparente buena disposición. Quizá hayan limado sus diferencias y se hayan conciliado.

Vuestra allegada,
que es una romántica empedernida,
Charlotte

—¿*N*o hay otra sala donde puedan ensayar vuestras pupilas? —Louisa se frotó las sienes mientras intentaba no perder la paciencia—. Apenas puedo concentrarme, con este ruido infernal.

La señora Charlotte Harris levantó la cabeza rapidamente, y los flamantes ricitos que coronaban su cabeza se zarandearon graciosamente. Regina se echó a reír. Cuatro días después de la fiesta de Regina, las tres estaban sentadas en una mesa en el aula más espaciosa de la escuela de la señora Harris. Normalmente, la señora Harris usaba esa estancia para las «Lecciones para Señoritas» que organizaba una vez al mes, en las que abordaba cuestiones relativas al matrimonio, y a las que asistían algunas de las antiguas pupilas que ya se habían graduado en su escuela. Ese día la viuda había cedido generosamente el aula a la Sociedad de las Damas de Londres para su reunión semanal, que tenía lugar cada sábado por la mañana.

La mañana había tocado a su fin hacía horas, así que la mayoría de los miembros de la sociedad ya se habían marchado. Pero Louisa tenía el firme propósito de tachar ansiosamente una de las cuestiones de su lista de temas pendientes, a pesar de que la habilidad musical de su amiga lady Venetia Campbell no la dejara concentrarse.

—No lo soporto ni un minuto más. —Louisa se incorporó, dispuesta a solicitar a las muchachas que concluyeran su sesión musical, pero entonces se fijó en las miradas de complicidad que intercambiaban Regina y la señora Harris.

—Me debes un chelín —le comentó Regina a su amiga—. Ya te dije que Louisa no aguantaría hasta el final.

Mientras Louisa pestañeaba, la señora Harris sacó una moneda de su retículo de cuentas doradas.

—A modo de defensa de la actitud de Louisa, diré que todas estamos muy cansadas. Ha sido un día extraordinariamente largo.

—Es cierto. —Regina tomó el chelín—. Pero nosotras dos no nos quejamos del ruido infernal que hacen las tres arpistas, que están practicando con tanta discreción.

Louisa alzó la barbilla con petulancia.

—Lo único que decía es que…

—No pasa nada, querida. —La señora Harris se incorporó de la silla—. Ya han ensayado suficiente. Estoy segura de que Venetia y las demás también tienen ganas de descansar. —Llamó a sus pupilas—. Se acabó el ensayo por hoy. Muchas gracias.

Cuando el ruido cesó abruptamente y la señora Harris volvió a ocupar su silla, Louisa hizo lo mismo.

—Gracias; así está mejor.

Regina esbozó una mueca picarona.

—No le prestes atención a Louisa, Charlotte. Desde la fiesta no ha parado de quejarse como una vieja gruñona.

—¡No me digas! —exclamó la señora Harris—. ¿Y a qué se debe ese comportamiento tan inusual?

—A juzgar por su extrema reacción ante los bellísimos ramos de flores que mi hermano le envía cada día a casa, me parece que, de repente, Louisa siente una terrible aversión por las azucenas —comentó Regina, riendo burlonamente—. Lo cual me parece francamente extraño, puesto que son sus flores favoritas.

—¿Es una aversión severa? —De los ojos azules de la señora Harris emanó un destello burlón—. ¿Le cuesta dormir? ¿Suspira desconsoladamente cada noche? ¿Tararea baladas románticas?

—Muy divertido —gruñó Louisa—. Me deshago de las azucenas tan pronto como las recibo, que es la reacción típica de cualquier persona que profese una aversión, ¿no es cierto?

La señora Harris se puso a reír.

—¿Y de Foxmoor? ¿Te has desembarazado ya de él?

—No —apuntó Regina—. Aunque probablemente lo hará. Louisa lo evita como si fuera la peste.

—Bobadas. —Louisa repasó la lista de nombres de la tabla que tenía delante—. Lo que pasa es que estoy demasiado ocupada con la Sociedad de las Damas de Londres como para quedarme en casa a recibir a posibles pretendientes.

—Ya, tan ocupada que te escondes en tu cuarto o te marchas furtivamente cada vez que él viene de visita, querrás decir.

—¿De quién se esconde la señorita North? —preguntó la señorita Eliza Crenshawe, una de las arpistas ofensivas, que se precipitó hacia la mesa junto con Venetia.

—Yo no me escondo de nadie. Tal y como ya he dicho, no tengo tiempo para distraer al hermano de Regina.

—¿Te escondes del duque de Foxmoor? —exclamó Eliza—. ¿Estás loca? ¡Yo temblaría de emoción, si ese hombre viniera a visitarme!

Cuando todos los ojos cayeron implacablemente sobre Louisa, la mayoría de ellos reflejando los sentimientos de Eliza, Louisa irguió la barbilla con arrogancia.

—Os digo que no me oculto de nadie. —Procuró sostenerles la mirada, y empezó a dar golpecitos con los dedos sobre la lista de nombres—. Estoy al borde de mis fuerzas, con esta cuestión sobre la elección del candidato que más nos conviene. Por eso estamos aquí, ¿no? ¿O acaso lo habíais olvidado?

Su comentario consiguió que todas reaccionaran.

—Tienes razón —asintió Regina—. Hemos de repasar las cuestiones pendientes, y una de ellas es decidir nuestro candidato de una vez por todas. Veamos si lo conseguimos hoy, antes de dar por concluida esta reunión.

Eliza y Venetia se dirigieron a la ventana que ofrecía una amplia panorámica de la explanada que se abría frente a la entrada principal de la escuela, y las otras muchachas se acomodaron en las sillas agitando sus vaporosos trajes de muselina blanca.

Louisa repasó a las más jóvenes con un vívido interés.

—Supongo que sabéis perfectamente que lo que oigáis aquí no ha de salir de esta sala.

Ellas inclinaron la cabeza al unísono, con los ojos bien abiertos pero con unas evidentes ganas de no perderse ni un solo detalle de la conversación.

—Si creéis que no podréis mantener la boca cerrada, será mejor que os marchéis ahora mismo. Y con ello me refiero a que ni siquiera se lo podréis contar a vuestras familias —las avisó la señora Harris—. ¿Queda claro, señorita Creenshawe?

Las mejillas de Eliza adoptaron un tono encarnado.

—Sí, señora.

—Bueno, entonces sigamos con la cuestión. —Louisa repasó nuevamente la lista—. De los tres hombres que hemos finalmente acotado, sigo creyendo que Charles Godwin es nuestra mejor elección.

Regina frunció el ceño.

—Y yo opino que es demasiado peligroso. Una cosa es poner al cuñado de la señora Fry en la Cámara de Diputados, pero si empezamos a dar nuestro apoyo a políticos radicales, los miembros del Parlamento nos acusarán de fomentar una revolución. Especialmente si los discursos del señor Godwin son tan fieros como sus artículos en la prensa.

—Pues espero que lo sean. Por más que lo ha intentado, el cuñado de la señora Fry no ha conseguido nada. Ya es hora de que alguien haga tambalearse a esos viejos miembros del Parlamento tan quisquillosos.

—Sí, pero un candidato más moderado…

—No le harán caso; eso es precisamente lo que le ha pasado al cuñado de la señora Fry. Los radicales, por lo menos, saben cómo obtener resultados. —Louisa se giró y miró a la señora Harris—. ¿Se lo habéis comentado ya al señor Godwin?

Hacía muchos años que la señora Harris conocía a ese individuo; había sido compañero de regimiento de su malogrado difunto esposo.

—No, no quería mencionárselo hasta que no tomáramos una decisión. Pero creo que estará dispuesto a pactar. Ya ha mostrado su apasionado interés en otras reformas anteriores.

—Sí, su apasionado interés excesivo, diría —matizó Regina. Cuando las otras dos mujeres enarcaron una ceja, ella suspiró—. Pero supongo que si te fías de él, Charlotte...

—Así es. Ha sido un buen amigo desde la muerte de mi esposo.

—¿Tan buen amigo como el primo Michael? —bromeó Regina.

La expresión de la cara de la señora Harris se tornó más sombría.

—No puedo considerar al primo Michael como un amigo, cuando insiste en mantener su identidad en secreto. Es un cabezota. Ni siquiera estoy segura de que sea el primo de mi difunto esposo, tal y como alega.

—¡Caramba! ¡Menudo pedazo de carruaje! —las interrumpió Eliza, apoyada en la ventana.

—Aléjate de la ventana, Eliza —la amonestó la señora Harris—. Y una señorita no utiliza expresiones tan malsonantes como «menudo pedazo».

—Uy, perdón, pero es que no he podido resistirme, al ver ese magnífico faetón con un blasón tan llamativo que se acerca a la entrada principal. —Venetia volvió a mirar a hurtadillas por la ventana—. ¿Es un blasón ducal?

Mientras todos los ojos recaían sobre Louisa, ella sintió cómo se le aceleraba el corazón hasta alcanzar un ritmo frenético.

—¡Ha de ser Foxmoor en persona! —exclamó Eliza—. ¡Oh! ¡Qué romántico, Louisa! Está tan enamorado que ha recorrido todo este largo trayecto desde la ciudad para estar contigo.

Las más jovencitas emplazaron las manos en el pecho y suspiraron en un perfecto paroxismo de una doncella en pleno delirio.

—No seáis ridículas. —A Louisa le empezaron a temblar las manos, por lo que las ocultó entre los pliegues de su falda de muselina con topitos de color rosa—. Probablemente será el padre de alguna alumna.

La señora Harris esbozó una mueca de incredulidad.

—Dejando de lado que ningún duque osaría nunca matricular a una de sus hijas en una escuela, dudo que a ningún padre de mis pupilas se le ocurra presentarse en un faetón. Esos carruajes están reservados a los hombres solteros.

—El duque jamás se atrevería a ir a buscarme a ningún sitio. —Cuando las otras empezaron a sonreír con risitas maliciosas, Louisa se mostró ostensiblemente contrariada—. Debe de tratarse del primo o del pretendiente de alguna alumna. —No, no podía ser Simon. Louisa había dejado claro que no se sentía atraída por él, ni ahora ni nunca.

Pero sin embargo, él continuaba enviándole esos impresionantes ramos de azucenas, y con cada ramo, la misma nota: «Estoy seguro de que todavía podemos ser amigos», seguido de las palabras: «Tuyo, Simon», en lugar de «el duque», o «Foxmoor». Simon. Como si él jamás hubiera hollado su dignidad. Como si ella jamás lo hubiera enviado a un exilio forzoso.

Como si él no estuviera ahora probablemente confabulando con sus enemigos.

¿Era ése el motivo del interés actual que le demostraba? ¿Le habían pedido los miembros del Parlamento que la distrajera, que la apartara de sus actividades? Louisa no pensaba dejarse engatusar, ni siquiera por él. Ni por un minuto había creído que Simon quisiera ser realmente su amigo.

—¡El faetón se ha detenido! —Eliza apoyó la frente en el cristal para ver mejor—. Y ahora baja un caballero. Lleva una levita de color azul marino, unos pantalones azul claro, y unas botas elegantísimas. Oh, cómo me gustan los hombres que llevan esa clase de botas. —Se giró para sonreírles, con un desmedido brillo en sus ojos castaños—. Especialmente un hombre tan apuesto.

—Y joven, además —agregó Venetia—. No puede tener más de treinta años.

—Treinta y tres —suspiró Louisa. Cuando las demás se echaron a reír, ella se mordió el labio inferior—. Si es que os estáis refiriendo al hermano de Regina, aunque probablemente no se trate de él.

—¡Mirad! ¡Lleva un mono! —exclamó Eliza.

Louisa contuvo la respiración. Fantástico. Ese maldito truhán la acababa de dejar en ridículo delante de sus compañeras. Quizá podría escurrir el bulto por las escaleras de servicio hasta llegar a los establos… pero no, no podía marcharse sin Regina.

Se giró y miró a la señora Harris.

—¿Dónde guardáis las copias del *London Monitor*? —Cuando la institutriz parpadeó, ella agregó—: Las que contienen los artículos del señor Godwin. ¿Están en vuestro despacho? Iré a ver si…

—Esconderte no te servirá de nada —declaró Regina—. Conozco a mi hermano. Tarde o temprano, te encontrará.

—Entonces celebro que esto no tenga nada que ver con él. —Louisa se dirigió hacia la puerta—. Ya os lo he dicho; no puedo perder el tiempo con esta clase de visitas cuando tengo tanto trabajo por hacer.

—Regina tiene razón, querida —aseveró la señora Harris—. No puedes pasarte toda la vida rehuyéndolo. ¿Por qué no le dices que no te sientes atraída por él, y acabas con esta historia, si tanto te incomoda?

—Ya lo intenté en la fiesta. Le expuse mis sentimientos con claridad.

—Y sin embargo, él sigue persiguiéndote. —Regina arqueó una de sus cejas rubias—. Ya veo que fuiste muy convincente.

—No puedo creer que la señorita North no quiera salir con un duque —exclamó una de las muchachas.

—No puedo creer que esté evitando al hombre que ha sido gobernador de la India. —Eliza apretó los labios—. ¿A quién le importa si es un duque o no? El primo lejano de mi padre es también un duque, y es un pelmazo.

—¡Señorita Creenshawe! —la regañó la señora Harris—. ¡Haz el favor de no volver a usar esa palabra!

—Perdón —murmuró Eliza.

Louisa se contuvo para no sonreír, al recordar discusiones similares con su institutriz. Eliza, con su desparpajo y su incipiente belleza de muchacha provinciana, le recordaba a ella misma a los diecisiete años: testaruda pero ingenua, una presa fácil para el maquiavélico Simon.

Pero ahora había madurado, y era más juiciosa. Seguramente podría desembarazarse de un duque terriblemente atractivo.

Y la señora Harris tenía razón: no podía pasarse toda la vida rehuyéndolo, no cuando ella vivía con su hermana. Lo más sensato era aclararlo con él de una vez por todas.

—Bueno, supongo que tendré que mostrarle mi rechazo con más firmeza.

—A veces, algunos hombres no aceptan la derrota a la primera —concluyó la señora Harris.

—Especialmente cuando el hombre sabe que mientes —argumentó Regina secamente.

Louisa fulminó a su cuñada con la mirada.

—Yo no miento.

—¿Ah, no? ¿Entonces por qué te escondes de él? Porque tienes miedo de sucumbir a su propósito. —Regina entrecerró los ojos—. O peor todavía, tienes miedo de descubrir que Simon ha cambiado. No quieres verlo tal y como es ahora.

Louisa puso cara de fastidio.

—Él puede engañarte a ti, con ese cuento de que ha cambiado, pero a mí no me engaña.

—¿Sabías que mi hermano y su majestad no se llevan bien, desde que ha vuelto de la India? Y todo por culpa del interés renovado que Simon ha demostrado por ti.

El tremendo nerviosismo que se había apoderado de todo el cuerpo de Louisa se tornó casi incontrolable y sumamente irritante, especialmente cuando vio cómo las jovencitas la miraban con unas palmarias muestras de admiración y de envidia.

—Me cuesta creer que su majestad no consienta que su viejo asesor me corteje.

—Ayer por la noche, sin ir más lejos, Simon se marchó del club White's tan pronto como llegó el rey —insistió Regina—. Marcus también reparó en ese detalle. ¿No te parece que es una muestra de la sinceridad de Simon?

Louisa reflexionó unos instantes ante la declaración de Regina. Se preguntaba si el rey le había pedido a Simon que la sedujera a cambio de algún favor político. Pero si ya no eran amigos…

—¿No te das cuenta? —continuó Regina—. Lo has odiado tanto durante tanto tiempo que ahora prefieres huir de tus sentimientos con tal de no aceptar que él pueda haber cambiado.

—Te equivocas; te lo aseguro —contraatacó Louisa—. ¡Y no estoy huyendo de nadie!

—¿De quién huís? —inquirió una voz masculina.

Louisa dio un respingo, se giró rápidamente y vio a Simon en el umbral de la puerta, con los ojos brillantes.

—De nadie —respondió ella, con la desagradable sensación de que el corazón se le iba a salir del pecho de un momento a otro—. No huyo de… nadie.

Raji empezó a parlotear, y todas las mujeres detrás de ella excepto Regina se inclinaron hacia el duque en señal de cortesía.

—Pues me alegra oírlo. Porque sólo los cobardes huyen. Y jamás os he considerado una mujer cobarde —proclamó Simon.

Louisa notaba un calor descomunal en las mejillas. Se lo merecía, por haberse comportado como una verdadera cobarde. El desvergonzado beso abrasador que él le había dado en el jardín le había dejado un desapacible malestar, pero sabía que huir de la verdad tampoco la conducía a ninguna parte.

El mayordomo hizo su aparición detrás de Simon, con el semblante azorado.

—Les ruego que me disculpen, señoritas. Mi intención era anunciar a su excelentísima señoría, pero el señor duque insistió en darles una sorpresa.

—Y lo ha conseguido. —Louisa se esforzó por sonreír levemente—. Nadie supera al duque en insistencia. —Igual que su hermana, a la que se parecía de un modo sorprendente, ambos eran rubios, con los ojos azules, y terriblemente descarados. Excepto que el descaro de Regina era vigorizante y, en cambio, el descaro de Simon era peligroso.

Como ahora, que la miraba con una desapacible desfachatez.

—No me habéis dejado otra alternativa, señorita North. Me parece que os habéis olvidado de nuestra cita.

—¿Qué cita?

—Se suponía que ambos teníamos que ir hoy a visitar a lady Trusbut, ¿o es que ya no os acordabais? —Distraídamente, le acarició la barriga a su mascota—. *Raji* tiene muchas ganas de ir, pero cuando he pasado a buscaros por casa de mi hermana, me han comunicado que estabais aquí.

La estancia se llenó de un murmullo excitado. Incluso las

más jóvenes sabían el interés particular que Louisa tenía por conseguir el apoyo de lady Trusbut.

—No creí que hablarais en serio. —Louisa irguió la barbilla con aire beligerante—. Después de todo, señor duque, tenéis la mala costumbre de decir cosas que no creéis.

Ignorando los ruiditos de sorpresa por parte de las mujeres congregadas detrás de Louisa, Simon acarició a *Raji*.

—Entonces, dadme una oportunidad para demostraros que he superado mis malas costumbres.

Como si quisiera confirmar las palabras de su dueño, *Raji* se puso a parlotear como un loco, estrujando un pajarito de madera contra su pecho peludo. Era un juguete de color amarillo, visiblemente ajado. Un canario. Así que Simon no había mentido a lady Trusbut en cuanto a las preferencias de *Raji* por los canarios.

El detalle parecía insignificante, pero sin embargo hizo que Louisa reflexionara.

Simon le ofreció el brazo.

—¿Nos vamos? Tengo el faetón aparcado delante de la puerta principal.

A pesar de que la idea de pasar un tiempo a solas con Simon en un faetón le erizaba la piel, no deseaba perder la oportunidad de conseguir el apoyo de lady Trusbut. Además, Simon no podría excederse con ella en plena luz del día, con un mono y un lacayo por acompañantes.

Pero primero ella y las damas tenían que elegir a su candidato.

—Os propongo una idea, señor: permitidme acabar la reunión y después nos marcharemos. Podéis esperarme en el piso inferior.

Él se puso tenso, pero antes de que pudiera protestar, Eliza intervino con una «magnífica» sugerencia:

—Quizá el señor duque podría participar, también. Probablemente conoce a todos vuestros prospectivos candida…

—¡Chist! ¡Eliza! —Louisa clavó en la muchacha indiscreta unos ojos terribles—. Habíamos quedado en que no se trata de un tema que se pueda debatir abiertamente.

Eliza fijó la vista en el suelo.

—Uy, perdón.

Louisa giró la cara y miró a Simon.

—Especialmente cuando todos sabemos de qué lado está el duque, en estas cuestiones.

—No puedo defenderme, puesto que no habéis sido suficientemente franca conmigo —contraatacó Simon.

—¿Qué queréis decir? —replicó ella.

Él entró en la estancia.

—En la fiesta sólo me dijisteis que vuestra intención es presionar al Parlamento para que escuche vuestra causa, pero os negasteis a contarme cómo pensabais hacerlo. Me he tenido que enterar de vuestras tácticas poco ortodoxas por boca de otras personas.

¿De qué se había enterado?

Todas las presentes estaban todavía mirándolo con la boca abierta cuando él añadió:

—Y desde luego, no me contasteis que pensabais presentar a vuestro propio candidato para la Casa de los Comunes.

Capítulo seis

Querida Charlotte:
A la señorita North le convendría limar sus diferencias con Foxmoor. Todo el mundo está seguro de que el duque reemplazará a Liverpool en el cargo de primer ministro. Aunque para ser franco, me cuesta imaginar a la señorita North como duquesa. Esa muchacha lo obligaría a bailar al son de su música, y por lo que he oído, a Foxmoor no le gusta nada bailar.
Vuestro obstinado primo,
Michael

ALouisa el corazón pugnaba por escapársele por la boca. ¡Era imposible que él supiera las aspiraciones políticas de su grupo! Se suponía que nadie en el Parlamento debería estar informado hasta que las Damas de Londres presentaran a su candidato. Sólo se le ocurría una persona que se lo podía haber contado.

Pero cuando desvió la vista hacia su hermana, Regina se puso a la defensiva.

—A mí no me mires. Yo no le he dicho nada.

—No, no lo ha hecho. —Simon sonrió—. Pero por algo fui una vez el asesor del rey. Sé cómo obtener información, especialmente en lo que concierne a cuestiones políticas.

Mientras Simon entregaba su sombrero de piel de castor al mayordomo, la señora Harris decidió intervenir.

—Entonces, seguramente seréis consciente de que a algunos de vuestros amigos en el Parlamento no les sentará nada bien saber que nos estáis ayudando.

—¿Ayudando?

—Sí, al llevar a Louisa a ver a lady Trusbut.

—Ah, pero yo no considero que esa visita a los Trusbut se pueda interpretar como una ayuda. Aunque si de verdad deseáis mi apoyo, ciertamente podría ofrecéroslo. Si conseguís convencerme de que debería hacerlo.

«¿Convencerlo? ¡Vaya caradura!»

—No nos interesa vuestra ayuda —espetó Louisa.

—Nos interesa la ayuda de cualquier persona —aclaró la señora Harris—. Especialmente si ésta proviene de un hombre de tan destacada talla política. —Lanzó a Simon una mirada reconfortante—. La cuestión no es, señor duque, si de verdad queremos vuestra ayuda, sino por qué nos la ofrecéis.

—Todavía no lo he hecho. Primero quiero saber más detalles acerca de vuestra causa: vuestros objetivos, vuestros métodos…

—Lo que queréis es espiarnos —espetó Louisa.

Simon le dirigió una sonrisa desafiante.

—No me ha costado nada obtener información sobre vuestro grupo, así que si deseara espiaros, señorita North, no perdería el tiempo hablando con un grupo de mujeres desconfiadas. Estaría lejos de aquí, departiendo tranquilamente con algún miembro menos receloso. —Desvió la vista hacia Regina—. O avasallando a mi hermana con un raudal de preguntas.

—Y os puedo asegurar a todas que eso es algo que no ha hecho —confirmó Regina.

—Sólo he venido a cumplir mi promesa de llevaros a casa de lady Trusbut —prosiguió Simon—. Y estabais hablando de política, así que me he limitado a expresar que quizá podría ayudaros. —Sonrió con desgana—. Pero antes de apoyar a ninguna organización, deseo conocer sus objetivos y sus métodos. Estoy seguro de que seréis capaz de comprender mis exigencias. —Cuando todas continuaron mirándolo en silencio y con recelo, él agregó—: Pero no importa, si no queréis mi ayuda…

—¿Qué es exactamente lo que deseáis saber? —preguntó la señora Harris.

—¡Un momento! —se apresuró a intervenir Louisa—. No pienso contarle nada hasta que no estemos seguras de que podemos fiarnos de él.

—Me parece una observación realmente sensata. —Simon la sorprendió con el comentario—. ¿Pero por qué no me permitís observar los movimientos de vuestro grupo durante unos días? ¿Qué problema veis en ello? —Arqueó una ceja—. A menos que… lo que haya oído sea verdad, y la Sociedad de las Damas de Londres esté planeando llevar a cabo una descabellada revolución.

Las otras se echaron a reír, sin poder ocultar su evidente nerviosismo, pero Louisa sintió el peso de la rabia en el estómago. Verdaderamente, en tan sólo una semana, el duque había conseguido mucha información. Y si los otros políticos sabían lo mismo que él, entonces la cosa no pintaba nada bien. Si se negaban a permitirle que hiciera las veces de observador, sólo lograrían despertar más sospechas en cuanto a las aspiraciones políticas de su grupo. Y eso tampoco sería bueno.

Pero si el duque se dedicaba a observarlas, ella tendría que soportar su incómoda presencia.

¿O quizá no? Una idea se iba gestando en su mente.

—¿Qué opináis, señora Harris? ¿Os parece bien que el duque observe vuestro nuevo comité?

—Será un honor. —La señora Harris sonrió—. Si al señor duque no le importa venir hasta aquí dos veces por semana, para asistir a nuestras reuniones.

—En absoluto —dijo Simon—. Podría acompañar a mi hermana y a la señorita North.

—Ah, pero yo no formo parte de ese comité. —Louisa rio con aire triunfal.

La cara de Simon se ensombreció.

—Entonces, permitidme que observe vuestro comité.

Ella sonrió cándidamente.

—El comité de la señora Harris os puede dar una mejor perspectiva de nuestra organización.

Qué alegría mostrar más agudeza que Simon por una vez. Si él pretendía espiar sus objetivos políticos, eso desbarataría sus planes. Y si estaba sinceramente interesado en su grupo, los trabajos que llevaba a cabo la señora Harris le aportarían una excelente visión de sus actividades.

Simon la miraba ahora con suspicacia.

—Y exactamente, ¿qué es lo que hace este comité?

Louisa regresó a la mesa.

—Si nos dedicáis unos minutos, os lo explicaremos, señor duque.

—De acuerdo —convino él, siguiéndola hasta la mesa.

Simon apartó la silla caballerosamente para que Louisa pudiera sentarse. Él la observaba con ojos felinos, y ella comprendió exactamente cómo debía de sentirse una gacela acorralada. Intentó apartar esa desapacible idea de su mente. No, no estaba acorralada. Había encontrado una forma de mantenerlo alejado por un tiempo, ¿no era así?

Y daba gracias a Dios por ello. Con el rabillo del ojo observó al apuesto granuja. Simon había logrado que las otras muchachas se sonrojaran y tartamudearan mientras la señora Harris hacía las presentaciones pertinentes. Incluso Venetia se puso colorada, y eso que no era una chica que se sorprendiera fácilmente ante ningún hombre.

¿Qué tenía Simon, para lograr que unas muchachas perfectamente razonables se comportaran como unas pánfilas? ¿Se debía a su habilidad para hacer que una mujer llegara a creer que él la escuchaba atentamente, como si le prestara atención únicamente a ella?

¿O simplemente se debía a su aire confiado, de absoluto control? Simon acercó otra silla para la señora Harris con una gracia masculina digna de ser observada; cada movimiento deliberado, no sobraba nada. Y cuando todas estuvieron sentadas y él se acomodó en la silla emplazada enfrente de Louisa, ella no pudo evitar fijarse en la intachable maestría con que controlaba a *Raji*. Simon dio unos golpecitos en la mesa con los dedos, y de un salto, el mono se sentó justo en ese espacio, estrujando cariñosamente a su canario de juguete contra su peludo pecho blanco.

Eliza, que se había arrellanado al lado de Simon, lanzó un suspiro propio de una adolescente impresionada.

—Vuestra mascota es una verdadera monada, señor duque.

—No lo has visto enzarzado en la labor de destrozar el tocado de una dama —apuntó Louisa—. Esa monada puede hacerte sangrar, si no vas con cuidado.

—Sólo cuando se le muestra la tentación adecuada —lo excusó Simon—. *Raji* pensó que el pavo real de lady Trusbut era un juguete.

—Como esta figurita de madera que sostiene con tanta ilusión —apuntó Eliza—. ¿De dónde lo habéis sacado?

—Oh, probablemente lo ha tallado Simon —aclaró Regina—. Es muy aficionado a hacer figuritas de madera.

—¿De veras? —La señora Harris contempló a Simon con unos nuevos ojos—. Eso está muy bien.

—Es un trabajo que me mantiene las manos ocupadas mientras mi mente se dedica a pensar en soluciones para determinados problemas —argumentó él.

Louisa se había olvidado de ese extraño hábito que él tenía. Una vez él le había tallado una adorable y exquisita azucena en miniatura, sólo porque ella le dijo que le gustaba esa flor. Era el único recuerdo de él del que no se había desprendido.

—¿Aprendisteis a trabajar con la madera en la India? —le preguntó Eliza.

—No; mi padre me enseñó.

Louisa pestañeó. Muy pocas veces lo había oído hablar sobre sus padres. Sabía más cosas de ellos por Regina que por lo que él le había contado jamás.

—¿Es cierto que habéis sido el primer duque que ha sido gobernador general de la India? —inquirió Eliza con ojos románticos.

—Señorita Crenshawe, ya basta de importunar al señor duque con tantas preguntas —intervino la señora Harris.

—Oh, no os preocupéis; no me molesta, en absoluto. —Simon miró a Eliza con afabilidad—. Y no, no exactamente. Wellington ocupó ese mismo cargo mucho antes que yo, aunque durante la época en que fue gobernador, él todavía no era duque.

—Simon tampoco ha sido el primer miembro de nuestra familia que ha viajado a la India —apostilló Regina—. El hermano menor de mi madre también estuvo destinado allí. El tío Tobias fue teniente durante... ¿cuánto tiempo, Simon? ¿Dos años? ¿Antes de morir a causa de la malaria?

La expresión de Simon se tornó más grave.

—Tres años. —Se acomodó en la silla—. Pero ya basta de

hablar de la India... quiero saber qué es lo que hace el comité de la señora Harris.

Louisa se fijó en su sonrisa forzada. Todo lo que había oído por parte de Regina sobre su tío era que el pobre diablo se había marchado en busca de fortuna, y en lugar de eso, había muerto completamente solo. Una historia muy triste. ¿Era por eso, que Simon se había mostrado tan incómodo?

¡Oh! ¡Y qué más daba! Se esforzó por prestar atención a la explicación de la señora Harris.

—Nos dedicamos a considerar tareas que pueden aportar unos ingresos sostenibles para nuestras reclusas al tiempo que aprenden habilidades con las que después puedan ganarse la vida —explicó la señora Harris—. Ahora estamos evaluando algunos trabajos que requieren cierta formación, aunque no dispongamos de suficientes voluntarias. No obstante, ha de ser un trabajo que nos aporte bastante dinero.

—¿Cuánto dinero? —preguntó Simon.

—Suficiente para sustentar nuestros proyectos: la escuela en la prisión, sábanas y ropa de recambio, y matronas en lugar de guardianes.

—¿Y por qué tenéis que pagar vosotras a las matronas? ¿No es ésa una responsabilidad que recae en el sistema penitenciario? —inquirió Simon mientras le rascaba la espalda a *Raji*.

—Debería serlo. —La rabia ante tal injusticia le abrasó el pecho a Louisa—. Pero en lugar de eso, a los guardianes se les paga con unas tasas que han de abonar las pobres reclusas. Así que no es de extrañar que esos hombres sean unos brutos desconsiderados, que utilizan su posición para abusar de las mujeres, obligándolas a... —Louisa no pudo continuar, al acordarse de las reclusas más jóvenes—. A... a... bueno, que abusan de ellas.

—Y el Parlamento no quiere abordar ese tema —prosiguió Regina—. A pesar de los informes del comité, se niegan a aplicar las reformas convenientes.

—El ministro del Interior alega que con ello eliminaríamos «el miedo al castigo en las clases criminales». —Sólo con acordarse del discurso, a Louisa le hirvió la sangre.

—Muy propio de Sidmouth. —La voz de Simon denotaba

un claro desengaño—. Él asocia cualquier clase de reforma con la revolución y los radicales.

—¿Y vos no? —lo provocó la señora Harris.

La expresión de Simon era inescrutable.

—Depende de la reforma. Pero ahora entiendo por qué deseáis presentar vuestro propio candidato. Y si me permitís la osadía, diría que podría ser de gran ayuda asesorando…

—Sí, claro —lo interrumpió Louisa—. Estoy segura de que vuestros amigos políticos os dirían exactamente cómo nos podéis asesorar.

Simon la fulminó con una mirada implacable.

—¿Me estáis acusando de ser un agente provocador?

—No me parece una idea tan descabellada. —De su voz emanaba un claro sarcasmo—. ¿Acaso no os parece sospechoso que un duque con aspiraciones políticas desee pasar parte de su tiempo con un grupo de mujeres reformistas en lugar de con sus amigotes en el club?

Con una sonrisa indolente, él desvió los ojos hasta su boca.

—Incluso un duque con aspiraciones políticas puede albergar un motivo personal para desear asesorar a… una amiga.

El comentario consiguió que las muchachas más jóvenes se deshicieran en risitas y codazos, y Louisa bajó la cabeza.

—De acuerdo. Siempre y cuando limitéis vuestros consejos a ayudarnos en la labor de obtener fondos para las reclusas, los aceptaré encantada, señor.

Eliza miró a Simon absolutamente encandilada.

—Quizá el duque podría contarnos cómo podemos enseñar a las reclusas a hacer figuritas de madera. ¿Podría considerarse eso una tarea conveniente para obtener fondos?

Simon se arrellanó en la silla.

—A hacer figuritas de madera quizá no, pero vuestras reclusas podrían pintar las figuritas que hagan otras personas.

—¿Y quién nos aportaría esas figuritas? ¿Vos? —lo desafió Louisa.

Él enarcó una ceja.

—No, por supuesto que no. Pero yo podría aportar la pintura.

Regina se puso a dar palmaditas, entusiasmada.

—¡Claro! ¡Lo había olvidado! Las acciones de nuestro abuelo Monteith en la fábrica de pinturas en Leeds. Se las dejó a Simon.

—Cada año, los fabricantes de juguetes de Londres fabrican cientos de carretillas, soldados, incluso arcas de Noé con animales. —Simon se inclinó hacia delante, y sus mejillas se tiñeron de una nota de entusiasmo—. Todavía quedan unos meses antes de Navidad. Si consiguierais convencer a algunos ebanistas que trabajen con madera blanca…

—¿Madera blanca? —exclamó Eliza.

—De pino —explicó Louisa, sorprendida de que Simon conociera incluso ese término.

—Las reclusas podrían pintar los juguetes —continuó Simon—. Y si los vendéis durante la campaña de Navidad, conseguiréis una considerable suma de dinero.

Muy a su pesar, Louisa tuvo que aceptar que la idea era excelente. Empezó a listar estrategias para llevar a cabo la empresa.

—Primero tendremos que contactar con los ebanistas, y también con alguien que transporte la pintura e instruya a las mujeres…

Un objeto contundente golpeó la mesa. Sorprendida, levantó la vista y vio que *Raji* había cruzado la mesa para depositar el canario delante de ella.

—Lo siento, *Raji*, pero si damos luz verde a este proyecto, necesitaremos figuritas completamente nuevas, y no usadas.

Cuando el animal torció la cabeza como si la estuviera escuchando con atención, todas las congregadas se echaron a reír. Acto seguido, la mascota saltó sobre su falda.

—¡Oh! —exclamó ella, mientras *Raji* se aferraba a su corpiño. Cuando Louisa lo estrechó entre sus brazos, la criatura se acurrucó y lanzó un suspiro de satisfacción—. ¡Por todos los santos! ¿Pero qué le pasa a este mono?

—Parece ser que le gustáis —dijo Simon, con una voz ronca—. Y *Raji* no es fácil de contentar. Desde que su antigua dueña falleció, no ha querido ir con ninguna otra mujer.

—¿No es adorable? —suspiró Eliza—. *Raji* cree que eres suya, o algo parecido.

Louisa notó un nudo en la garganta mientras acariciaba al monito.

—No seas ridícula. Lo único que pretende este malandrín es que le dé otra copa de ponche. —Aunque en secreto, se sintió emocionada. Mas no quiso examinar el motivo con esmero, ni tampoco se atrevió a levantar la vista y emplazarla en Simon, por miedo a lo que pudiera descubrir—. Bueno, ¿por dónde íbamos?

—Decíamos que el comité de la señora Harris pondrá en marcha un proyecto para que las reclusas se dediquen a pintar juguetes. —Regina dio unos golpecitos sobre la mesa con un lápiz—. Pero nosotras deberemos encargarnos de sus hijos, para que no se coman la pintura.

—¿Hay niños en Newgate? —Las finas cejas de Simon se elevaron en un arco.

—Lamentablemente, sí —asintió la señora Harris, con la expresión apenada—. Las normas dictan que los niños más pequeños han de ser encarcelados con sus madres. Sólo en Newgate hay doscientas ochenta y siete mujeres y ciento trece niños menores de seis años, encerrados con asesinos a salteadores de caminos.

Louisa podía recordar perfectamente el desconsuelo que sintió la primera vez que vio a esos chiquillos desnutridos, a esos pilluelos desnudos, obligados a presenciar cómo se prostituían sus madres con tal de obtener un poco de comida y de ropa para sus pobres retoños.

Gracias a Dios, la Asociación y las Damas de Londres habían conseguido acabar con esa injusticia. Pero aún no era suficiente; todavía no. Louisa acunó a *Raji* con ternura.

—Algunos de esos niños incluso han nacido entre esos muros. ¿Os lo podéis imaginar? Con sólo un médico, hemos de luchar constantemente para que las mujeres no se mueran mientras dan a luz, desangradas...

—Louisa, querida, me parece que el señor duque ya te ha comprendido —la interrumpió la señora Harris, mirando con inquietud a sus pupilas.

Las muchachas observaban a Louisa con los ojos abiertos como naranjas. Era evidente que jamás se habían parado a pensar en los peligros vinculados con el acto de dar a luz. Simon también la observaba, con unos ojos curiosos. Y la última persona a la que Louisa deseaba revelar su temor más oscuro era a él.

—Por eso hemos de recaudar fondos —se apresuró a añadir rápidamente—. Si no es por las reclusas, por lo menos por sus hijos. —Una sonrisa se dibujó en sus labios—. Y esos chiquillos también se merecen tener juguetes. —Desvió la vista hacia la señora Harris—. Aseguraos de incluir ese punto en el proyecto.

—Siento interrumpiros, señorita North, pero deberíamos marcharnos a visitar a los Trusbut. —Simon echó un vistazo a su reloj—. Ya son las tres y media.

La señora Harris inclinó la cabeza hacia Louisa como muestra de consentimiento.

—Vamos, vete. Lady Trusbut es un objetivo demasiado importante como para que la podamos ignorar. Ya hablaremos de los candidatos el martes.

Simon ya se había incorporado de la silla y había rodeado la mesa.

—¿Qué pasa el próximo martes?

Louisa también se levantó.

—Es el día en que… —Se calló un momento. De repente se le ocurrió una idea intrincada—. El martes es precisamente el día que deberíais venir a observar nuestras actividades. Y si queréis ayudarnos, venid en el carruaje más grande que tengáis, y si podéis traer más vehículos, mejor.

—Mira, Louisa —la previno Regina—, no creo que mi hermano quiera…

—Ha dicho que deseaba hacer de observador, ¿no es cierto? ¿Y qué mejor manera que desde su propio carruaje? Además, podríamos usar el espacio que quede libre en los otros carruajes.

—Es cierto —la secundó la señora Harris, con una perceptible nota de picardía en su voz.

—¿Para qué? —Simon las miró con suspicacia.

Louisa sonrió.

—Es hora de que nos marchemos, ¿no? Aunque la casa de los Trusbut no quede muy lejos de aquí, se está haciendo tarde. Si queremos regresar antes de que anochezca…

—De acuerdo. —Simon recogió el canario de juguete de *Raji*

de encima de la mesa—. Pero espero que me deis una explicación fehaciente durante el trayecto de por qué queréis mis carruajes.

Él señaló hacia la puerta y ella apretó el paso, con una sonrisa cada vez más amplia. Si su idea no lograba desmoralizarlo para que no siguiera adelante con su plan maquiavélico —fuera cual fuese—, entonces nada lo conseguiría.

Capítulo siete

Querido primo:

La atracción que Foxmoor siente por el baile debe de haberse acrecentado, puesto que está persiguiendo a Louisa descaradamente. Incluso ha accedido a ayudar a las Damas de Londres, lo cual me preocupa. Porque de todos los hombres capaces de malograr nuestros objetivos políticos, el duque es el más peligroso.

Vuestra amiga preocupada,
Charlotte

Simon estaba a punto de estallar de furia mientras él y *Raji* aguardaban a Louisa delante de la puerta del despacho de la señora Harris. Esa maldita fémina engreída se había negado a verlo durante toda la semana, y cuando finalmente la había acorralado, ella lo había engatusado para que aceptara hacer de observador del comité incorrecto.

Louisa quería que él tirase la toalla en sus propósitos, ¿no? Muy bien, la dejaría llevar la voz cantante, pero sólo por un tiempo. Primero tenía que averiguar hasta dónde estaban dispuestas esas mujeres a llegar con sus planes políticos, lo cual significaba que tendría que ganarse la confianza de Louisa. Además, cortejar a una mujer resultaba terriblemente agotador, cuando la mujer no deseaba ser accesible.

Por lo menos, esa tarde estaría con ella, y el martes también. Simon frunció el ceño. Probablemente, Louisa había decidido ponerlo a prueba con ese cuento de que necesitaba sus carruajes.

—¿De veras? —exclamó ella cuando salía del despacho de la señora Harris, luciendo un peculiar sombrerito de piel de foca y una ajustada chaquetilla blanca.

Simon contuvo la respiración. ¿Cómo conseguía esa fémina estar siempre tan atractiva, incluso con ese atuendo tan recatado? Durante su estancia en la India, había visto a cientos de *devadasis* vestidas con unos saris esplendorosos, y sin embargo, ninguna de ellas le había parecido tan encantadora como Louisa con esa chaquetilla abotonada hasta el cuello. Ninguna de ellas había conseguido excitarlo tanto, imaginando las sedosas curvas femeninas que se ocultaban debajo del satén…

—¿Simon? —dijo ella, y sus mejillas se sonrojaron ante la mirada lujuriosa de su acompañante.

—Sí, estoy listo. —Maldita fuera; tenía que hacer algo por controlar sus instintos. Sólo le pedía a Dios que ella dejara de resistírsele pronto, porque si no, no tardaría en postrarse a los pies de esa diosa, en actitud suplicante.

Se dirigieron hacia el faetón que los esperaba delante de la puerta. Puesto que a él le gustaba conducir y a *Raji* le gustaba encaramarse a la parte superior del vehículo, le entregó la mascota al mozo de cuadra que lo acompañaba, que iba montado en el pescante trasero más elevado. Unos momentos después, los dos bayos parejos trotaban alegremente a lo largo de la carretera que llevaba a Londres.

Simon miró a Louisa por encima del hombro y la vio sentada con la espalda erguida y con aspecto presuntuoso; era la viva imagen de su hermana, cuando ésta pretendía mostrarse altiva. Excepto que la sonrisa que coronaba la bonita boca de Louisa era demasiado maliciosa para ser de Regina. Y enervantemente seductora.

Intentó concentrarse de nuevo en la carretera para no dejarse llevar por la acuciante necesidad que sentía y asaltar esa boca suntuosa allí mismo, en pleno día, delante de todo el mundo.

—¿Por qué necesitáis varios carruajes para el martes? —espetó él, para alejar la imagen de esos labios carnosos.

—Necesitamos transportar a algunas reclusas, eso es todo.

Entonces, ¿por qué estaba sonriendo tan maliciosamente?

—¿No se encarga la prisión del transporte de las reclusas?

—Sí, pero normalmente las llevan en carretas, y eso es algo que queremos evitar porque… —Louisa borró la sonrisa del rostro—. Bueno, porque no es una idea acertada.

—Permitid que intente adivinar el motivo: llevar a las reclusas en carretas atrae la atención de los que las ven pasar. Y eso significa que las mujeres han de soportar toda clase de vejaciones.

—Sí, hay gente despiadada que disfruta maltratándolas. —Su voz se tornó más apasionada—. Las atacan con tomates y huevos podridos y… —Se calló cuando se dio cuenta de que había revelado más detalles de la cuenta—. Bueno, la cuestión es que estamos seguras de que con vehículos cubiertos podríamos evitar esas situaciones tan tristes y agobiantes.

—De eso no me cabe duda —arguyó él con un tono irritado—. Especialmente con mis carruajes particulares. ¿Y por qué no exponéis vuestros propios carruajes a la multitud alborotada? A mí me parecería un espectáculo más hilarante que ver cómo destrozan mis vehículos.

—No os pedimos que hagáis nada que no hagamos nosotras mismas. —Louisa le lanzó una mirada retadora—. Habíais dicho que deseabais desempeñar el papel de observador del comité.

—Así es. —Y esa marrullera pensaba sacar ventaja de todas las ocasiones que se le presentaran para mortificarlo—. Pero por mucho que me guste pasear en medio de una lluvia de verduras podridas, preferiría aportar vehículos más apropiados a vuestros fines.

Ella alzó la barbilla con petulancia.

—¿Queréis decir coches de alquiler? Ya lo hemos intentado. Pero no quieren alquilárnoslos, a ningún precio. No para transportar reclusas.

Sin embargo, a esa embrolladora no le importaba que él expusiera sus carísimas carrozas al abuso del pueblo llano.

—Los propietarios de los coches de alquiler asumirían ese riesgo si les dierais el incentivo apropiado. Como la promesa de un duque de que se les resarcirán todas las pérdidas.

Qué bien que él dispusiera de una fortuna para gastar. De otro modo, convencer a su escéptica futura esposa para que se fiara de él lo conduciría inevitablemente a la ruina.

Cuando Louisa no dijo nada, él agregó:

—¿Os parece bien? ¿O estáis decidida a ver cómo la multitud destroza mis carruajes?

—No se trata de ninguna frivolidad —repuso ella—. Somos un grupo serio. Lo único que deseamos es conseguir un trato más humanitario para esas mujeres.

—Pues vos no me parecéis suficientemente seria —le recriminó Simon con encono, recordando cómo ella lo había manipulado antes—. Porque si no, no rechazaríais mi talento y mis influencias, sabiendo que el beneficio que podríais obtener sería más que considerable.

—¿Queréis dejar de una vez por todas de provocarme para que acepte a que os entremetáis en nuestros asuntos políticos? —Louisa apoyó las manos en el regazo—. A mí no me lo podéis ocultar. Sé perfectamente bien que vuestro objetivo no es ejercer de observador de nuestros movimientos.

—Es cierto, no es mi único objetivo —murmuró él.

—¿Qué queréis decir?

Simon dudó unos instantes, pero era mejor ser honesto mientras pudiera. La vía honesta siempre le había reportado una mejor relación con Louisa que la del engaño.

«Todo este cortejo es una patraña», se burló su abuelo, con frialdad. «¿Y tú me llamas hipócrita?»

Simon apretó los dientes. No era una patraña; él tenía el firme propósito de casarse con ella. Simplemente se limitaba a ocultar sus razones porque era el único modo de obtener lo mejor para todos, incluyéndola a ella.

—Estoy seguro de que es más que evidente: Quiero estar contigo, Louisa.

Ella lo miró con suspicacia.

—¿Por qué? ¿Os ha pedido algo el rey? No cesa en insistir para que abandone mis actividades…

—No tiene nada que ver con el rey —espetó él, y acto seguido se arrepintió de su falacia. Pero es que ella a veces no le dejaba ninguna otra alternativa—. Eres la mujer más desconfiada que jamás he conocido. Que Dios se apiade de los hombres como yo, que intentan cortejarte…

—¡Cortejarme! —Su risa musical le trepanó los oídos—. ¿Cortejarme? ¡Menuda tontería!

—No es la respuesta más alentadora —refunfuñó Simon.

—No, no, perdonad. Me siento completamente adulada, de veras. —Sus hombros se convulsionaban a causa de las carcajadas, y entrelazó las manos enguantadas con una visible crispación.

—Ya veo lo adulada que te sientes. Te estás desternillando.

Ella le lanzó una mirada maliciosa.

¿De verdad queréis ver cómo me desternillo?

—No, me gustaría que me tomaras en serio. Porque esta vez no pienso detenerme hasta conseguir que seas mía.

Los ojos de Louisa se ensombrecieron.

—¿Habláis en serio?

—No lo diría si… —Simon se detuvo en seco, pero ya era demasiado tarde.

—¿Si no lo sintierais? —concluyó ella, con una sonrisa irónica en los labios—. Creo recordar que la primera vez que os declarasteis, que, por cierto, lo hicisteis con una pasmosa facilidad, no estabais enamorado de mí.

Simon perdió la paciencia.

—Las cosas han cambiado mucho desde entonces. Yo he cambiado. —Más de lo que ella pudiera imaginar, incluso aunque todavía tuviera un motivo ulterior para cortejarla.

—No sois el único. —Louisa hablaba como si intentara convencerse tanto a él como a sí misma—. Por eso no vale la pena que me hagáis la corte; ya no soy la ingenua chiquilla tonta que se derretía ante cada una de vuestras palabras.

—Jamás fuiste una chiquilla tonta. —Simon se puso tenso, pero no veía el sentido a continuar evitando esa discusión. Era obvio que no llegarían a ningún lado si no se enfrentaban al pasado.

Gracias al parloteo excitado de *Raji*, probablemente el mozo de cuadra, desde su posición en el pescante trasero, no podía oírlos. Pero por si acaso, Simon bajó la voz.

—El único tonto fui yo, Louisa. Creí que podía hacer lo que me había pedido el rey sin que nadie saliera perjudicado. —Su tono se tornó más ácido—. Lamentablemente, muestro una tendencia desagradable a ejercer más presión de la necesaria, cuando otros hombres tirarían descaradamente la toalla.

—¡No me digáis! ¿De verdad? —exclamó ella con una voz teatral.

—No quería engañarte, te lo aseguro. —Sus manos asieron las riendas con más fuerza, y fijó la vista en la carretera empedrada—. Esa noche, cuando me dijiste que no te volvería a ver hasta que fueras mayor de edad, pensé que todos mis planes se venían abajo. Por eso te dije que…

Simon no continuó. Era consciente de lo frágil que parecía su argumento. Pero era la verdad. Desesperado ante la posibilidad de perder la influencia del rey, había pronunciado las palabras malditas que cambiaron su vida para siempre: «Huyamos juntos. Te quiero. Cásate conmigo».

Un segundo más tarde, ya se había arrepentido de haberlas dicho. Incluso sufriendo la agonía de su ambición, se dio cuenta de que había ido demasiado lejos. Pero aun así, no retiró las palabras.

Y cuando ella elevó la cabeza y le dijo que sí, besarle la mano le pareció perfectamente natural. Especialmente cuando era lo que tanto había anhelado, durante semanas, soñando con ella cada noche, consumiéndose por tocarla…

—La cuestión es, señor, que ya no me interesa si habéis cambiado o no —terció Louisa—. No pienso casarme. Nunca. Ni con vos ni con ningún otro hombre.

Simon se negaba a creerla. Su hermana había profesado el mismo deseo hasta que había sucumbido a las caricias de Draker. Así que si Louisa pensaba disuadirlo, tendría que esmerarse más.

—Di lo que quieras; pero no eres la clase de mujer que…

—¿Dedica su vida a una causa?

—Que reniega de los hombres. Eres demasiado apasionada para convertirte en una solterona amargada para el resto de tu vida.

—Sólo porque me derretía como la mantequilla cuando me besabais hace siete años no…

—Y hace cuatro noches, también —contraatacó él.

—Ya os lo dije; era simplemente un experimento. No significó nada para mí.

Simon la miró con incredulidad.

—Y por eso me evitas. —Su sarcasmo se acentuó—. Por eso hoy mismo estabas dispuesta a salir disparada para esconderte...

—¡No es verdad! —Lanzó una mirada furtiva a su espalda y bajó la voz—. Lo que pasa es que mi causa es más importante que vos o que yo o que lo que una vez pasó entre nosotros.

Mas sus mejillas se tiñeron de un delicioso azoramiento y sus manos temblaron, lo cual propagó en Simon el sentimiento de triunfo.

—Demuéstramelo.

—¿Cómo decís?

—Demuéstrame que tu causa es más importante que nada más. Permite que sea el asesor de tu propio comité. Sabes perfectamente bien que puedo ser una valiosa ayuda para ti. Y no me salgas con esa excusa de que no te fías de mí. Si de verdad quisiera sonsacarte hasta el último de tus secretos, lo conseguiría. Pero dame una oportunidad; puedo serte extremamente útil y ayudarte a navegar por las tumultuosas aguas de la política. Quiero realmente serte útil.

Por lo menos, hasta que se casara con ella. Simon no tenía nada en contra de su admirable grupo, pero esas mujeres acabarían metidas en un grave problema si continuaban escuchando a Louisa. Los grupos reformistas siempre se decantaban hacia el lado equivocado de la opinión pública, únicamente para lograr el éxito de sus causas.

Puesto que Louisa era la que las empujaba hacia la política, estarían mejor sin ella. Entonces podrían volver a aplicarse en ayudar a las reclusas hasta que sus reformas fueran legisladas por una vía razonable y por unos hombres razonables, como él mismo.

¿Y si apartar a Louisa del grupo dañaba sus causas benéficas también?

«Sólo en Newgate hay doscientas ochenta y siete mujeres y ciento trece niños menores de seis años, encerrados con asesinos y salteadores de caminos», recordó las duras palabras. Niños, por el amor de Dios, menores de seis años.

No importaba, se dijo a sí mismo, ignorando el remordimiento de conciencia que lo abordaba. A veces, era necesario incluso sacrificar causas admirables para conseguir un mayor beneficio. Costara lo que costase, pensaba mantener el diabólico trato que había hecho con el rey. Cuanto antes se alejara Louisa de sus intenciones políticas, mejor para todos.

Azuzó a los caballos y miró a Louisa de soslayo.

—Si tu causa es más importante que tú o yo, ¿por qué no permites que sea tu asesor? Pero claro, si no soportas estar cerca de mí porque el pasado te resulta demasiado doloroso, o porque te tiento a abandonar tus inamovibles ideas sobre el matrimonio…

—No os creáis tan irresistible —soltó ella.

—Entonces, aprovéchate de mis conocimientos. Hace siete años, te utilicé para conseguir mis propios fines. Ahora tienes la oportunidad de usar la incontrolable atracción que siento por ti para tu propia causa política.

Simon podía notar el escrutinio al que lo estaban sometiendo los ojos de Louisa.

—¿Cómo puedo estar segura de que no se trata de otro de vuestros pérfidos planes?

—Puedes dejar que te demuestre mi sinceridad. Si de verdad crees que todo el mundo puede formar parte de un grupo reformista, entonces ¿por qué no puedes darme la misma consideración que les concedes a tus reclusas? ¿Qué perderás, si te aprovechas de mis contactos y de mis conocimientos políticos?

—Lo perderíamos todo, si usarais lo que descubriréis de nuestro grupo en nuestra contra.

—También podéis acabar perdiéndolo todo, si no sabéis lo que hacéis ni dónde os metéis. —Por eso precisamente Simon deseaba casarse con ella y alejarla de la política—. Además, arriesgaré mi propia carrera si apoyo públicamente a un grupo que ha conseguido exaltar a los miembros del Parlamento.

—¿Pero entonces por qué lo hacéis, si sois tan consciente del riesgo que asumís? —espetó ella.

—Porque te quiero —declaró en voz baja—. Quiero que seas mi esposa. Y si la única forma de conseguirlo es erigiéndome como asesor de tu grupo, no te quepa la menor duda de que lo haré.

Louisa se quedó inmóvil ante la declaración. Parecía como si ella misma pensara darle a Simon una respuesta. Pero entonces pestañeó y señaló hacia una amplia avenida flanqueada por unos magníficos olmos que partía de la carretera principal, inmediatamente delante de ellos.

—Tenéis que girar aquí, y ya estaremos en casa de lady Trusbut.

Maldición, habían llegado. El carruaje tomó la curva con una velocidad excesiva, y Louisa salió proyectada contra él. Cuando se aferró a la pierna de Simon para no perder el equilibrio, cada uno de los músculos de la pierna de él se tensó completamente a causa del contacto. Ella empezó a retirar la mano, pero Simon se la agarró y la emplazó sobre su muslo. Luego la miró a los ojos, y por unas décimas de segundo, vio su propia excitación reflejada en los ojos de Louisa.

Esa aseveración lo embraveció. Mientras se acercaban a la mansión, Simon entrelazó sus dedos con los de ella.

—¿Me permitirás que te asesore? ¿O me condenarás a adorarte a distancia, a pensar en ti desesperadamente, cada noche solo en mi cama, atortolado y...?

—¡Basta de tonterías! —Pero una sonrisa indecisa emergió en los labios de Louisa, y no intentó apartar la mano—. Te doy una semana como mucho antes de que te canses de hacerme la corte y dediques toda tu atención a una mujer más apropiada.

—No me cansé de cortejarte la última vez, ¿no es cierto? —Simon le lanzó una mirada llena de picardía, animado al ver que ella volvía a tutearlo—. Sólo dejé de hacerlo porque tú te empecinaste en facturarme a la India.

—No tenías la obligación de ir. —Irguiéndose sobre su espalda, empezó a retirar lentamente la mano—. Podrías haber desafiado al rey, desistir de la idea de convertirte en primer ministro, y casarte conmigo. Pero no lo hiciste.

Simon se maldijo a sí mismo por haber sacado nuevamente a colación el tumultuoso pasado que habían compartido. Detuvo el faetón delante del impresionante palacete de los Trusbut, y luego se inclinó hacia ella.

—Tienes razón. Elegí el exilio en vez del matrimonio. Porque al igual que tú, antes creía que existían ambiciones más importantes que tú o que yo.

Ella enarcó una ceja.

—No me dirás que ahora ya no opinas del mismo modo.

—Ahora ya no creo que uno deba pasarse la vida eligiendo entre varias posibilidades. No hay ningún motivo por el que ambos no podamos alcanzar nuestras ambiciones y... —Mientras el mozo de cuadra se apeaba con *Raji* de un salto del carruaje, Simon bajó la voz—. Y nuestras pasiones.

—En un mundo perfecto, cabría la posibilidad de soñar con conseguirlo todo, pero en el mundo real...

—Nosotros podemos cambiar el mundo real, Louisa. —Simon se apeó de un salto—. Si no lo creyeras, no serías una reformista.

Simon cogió a *Raji*, y el malandrín se encaramó rápidamente a su hombro.

—Así que haz que el mundo sea como tú quieres. Como ambos queremos. Dame una oportunidad. —Alzó la mano para ayudarla a descender de la carroza—. Déjame estar contigo.

Ella se quedó mirando fijamente su mano durante un largo momento. El sol brillaba en el horizonte, detrás de su cabeza, rodeándola de una aureola de luz ambarina, que también escudaba su expresión.

Pero al final aceptó que Simon la ayudara a descender. Mientras Louisa dudaba al lado del faetón, con las mejillas sonrosadas y los ojos bajos, él apenas podía ahogar las incontenibles ganas que sentía de besarla allí mismo, hasta que cayera rendida a sus pies y le dijera a todo que sí. Si la humillaba delante de la puerta de los Trusbut, ella jamás se lo perdonaría.

—Consideraré tu... ejem... vuestra proposición —dijo finalmente Louisa—, y os daré una respuesta antes de que acabe el día... señor duque.

Simon torció el gesto ante el repentino formalismo por parte de Louisa. Asió gentilmente la mano de ella y la emplazó sobre su brazo, después la guió hacia las escaleras.

—Conseguiré que vuelvas a llamarme Simon, te lo juro. Tal y como solías hacer antes.

—Eso era cuando creía que vos erais alguien distinto. —Ella recuperó su tono pausado y su aire desinteresado—. El Simon que conocía era fruto de mi imaginación. El duque de Foxmoor real era... es un desconocido para mí. Y hasta que no tenga la certeza de que lo conozco, lo trataré como a cualquier otro desconocido.

«No por mucho tiempo, mi bello e inteligente amor», pensó él mientras subían la escalera. «No si puedo hacer algo por evitarlo».

Raji descendió por su espalda, y luego dio un saltito. Cuando aterrizó en el hombro de Louisa, ella se echó a reír.

—Está claro que le gustas. —Simon fijó los ojos en sus labios lascivos—. Le gustas tanto como a su dueño.

A pesar de su turbación, ella continuó mirándolo con unos ojos llenos de escepticismo.

—Si fuera mal pensada, pensaría que habéis entrenado a *Raji* para que salte sobre mi hombro.

—Lo he entrenado para hacer ciertas cosas, pero lo de saltar sobre ti no es una de ellas. La atracción que siente por ti y por los pájaros es algo innato en él.

La puerta se abrió, y el mayordomo los invitó a pasar; luego desapareció por el pasillo, para llevar sus tarjetas de visita a su señora mientras la pareja se quedó esperando en el amplio vestíbulo.

—Bueno —susurró Louisa—, esperemos que *Raji* no se sienta atraído otra vez por el tocado de lady Trusbut.

—Siempre y cuando esa señora evite lucir pavos reales de juguete, *Raji* no cometerá ninguna tontería. Pero eso me recuerda que... —Sacó el canario de *Raji* del bolsillo de su abrigo y se lo ofreció al mono—. Se portará mejor si tiene su propio juguete.

—Perfecto —respondió ella al tiempo que *Raji* agarraba su juguete—. Necesitamos causar una buena impresión a lady Trusbut.

—¿Necesitamos? ¿Los dos? —Simon esbozó una sonrisa de victoria.

—Y a lord Trusbut también, por supuesto —agregó ella.

—Por eso estoy aquí —dijo Simon.

La situación iba a ser francamente delicada. Ambos necesitaban el apoyo de lord Trusbut, pero si a Simon no le fallaba la memoria, ese caballero era de los que opinaban que las mujeres deberían ser protegidas del mundo cruel y despiadado a toda costa. Lo cual significaba mantenerlas bien alejadas de las cárceles. Y aun más del Parlamento.

El mayordomo regresó y los invitó a seguirlo, entonces reanudó la marcha con un paso tan precipitado que Simon no pudo examinar la mansión con detenimiento, tal y como le gustaba hacer cuando sondeaba a sus adversarios. Tras una acelerada carrera por un vestíbulo sin enmoquetar, forrado de retratos y con un ligero olor a aceite de linaza, penetraron en una sala de estar abarrotada de jaulas para pájaros, algunas de ellas vacías, si bien la mayoría no lo estaban.

Con una sonrisa, lady Trusbut realizó una reverencia mientras su viejo esposo se inclinaba de un modo casi imperceptible sobre el imponente bastón de marfil en el que se apoyaba. A juzgar por la amarga expresión en la cara del barón, el anciano no estaba tan encantado con la visita de la pareja como su señora parecía estarlo.

La baronesa avanzó hacia ellos, y sus ojos castaños reflejaron su alegría.

—Señor duque, estamos tan orgullosos de que hayáis venido a visitarnos. —Inclinó la cabeza hacia Louisa—. Y a vos también, señorita North, por supuesto. ¿No os acompaña vuestra cuñada, en esta ocasión?

—Hemos venido en mi faetón, así que no había sitio para ella —explicó Simon.

Lady Trusbut se acercó un poco más a *Raji*, que estaba encaramado en el hombro de Louisa, y lo observó con cautela.

—¡No me digan que está jugando con un canario de madera!

—Es su juguete favorito —dijo Simon—. Aunque como vos bien sabéis, también muestra cierta devoción por los pavos reales en miniatura.

Lady Trusbut soltó una risita bulliciosa.

—Sí, ya me acuerdo. —Señaló hacia un sofá anegado de plumas amarillas—. Pero siéntense, por favor.

Cuando él y Louisa se hubieron acomodado juntos, frente a los Trusbut, que prefirieron sentarse en un par de sillas, la baronesa ordenó a uno de los criados que trajera el té. *Raji*, tan pillo como siempre, se instaló inmediatamente en la curva del brazo de Louisa y hundió la cara en su corpiño.

Louisa se echó a reír.

—No me digas que ahora te has vuelto tímido, pequeño granuja. Después de todos los problemas que ocasionaste la otra noche.

Cuando *Raji* levantó la cara y la miró con una visible adoración, ella le propinó unos mimitos excesivos. Un escalofrío recorrió la espina dorsal de Simon. No le costaba nada imaginar a Louisa acariciando al hijo que tendría con ella, en lugar de a *Raji*. Se la imaginó arrullando a su pequeño retoño de ojos endrinos y pelo oscuro, o acariciando tiernamente a su hijita con el pelo ensortijado. Simon notó un nudo en la garganta que no lo dejaba respirar, y tuvo que desviar la vista hacia otro lado.

«Todo a su tiempo. También eso llegará, si demuestras que puedes ser paciente». Qué pena que en esos instantes se sintiera tan alterado, con el recuerdo aún fresco del tacto de la mano de Louisa sobre su muslo.

—Vamos, pequeñín, no tengas miedo de nosotros —le dijo lady Trusbut a *Raji* mientras el señor Trusbut continuaba con la misma expresión agriada—. Estás entre amigos. —Ondeando la mano en el aire, empezó a hacer una serie de extraños chasquidos con la lengua—. ¡*Garnet*, *Opal*, *Ruby*, *Sapphire*! ¡Venid, tenemos invitados!

Mientras los cuatro canarios se posaban en los brazos y en los hombros de la anciana, Simon preguntó:

—¿Y dónde está *Diamond*?

—*Diamond* está enfermo. —Lady Trusbut señaló hacia una jaula emplazada al final de la sala—. Está descansando, pobrecito. ¿Cómo sabíais que tenemos otro canario llamado *Diamond*?

—¡Oh! Ha sido por casualidad —contestó Simon, intercambiando una mirada con lord Trusbut, que estaba sentado con porte taciturno, con las manos sobre las rodillas.

Lady Trusbut invitó a uno de sus pájaros a encaramarse a su dedo.

—Vamos, *Emerald*, saluda a *Raji*.

Emerald hizo algo más que eso: se puso a cantar. *Raji* levantó rápidamente la cabeza, y antes de que nadie pudiera reaccionar, lanzó su juguete al suelo y correteó hacia lady Trusbut.

—¡*Raji*, no! —gritó Louisa al tiempo que se incorporaba para agarrar al malandrín.

Pero Simon la detuvo.

—No pasa nada; tranquila.

El mono trepó por la falda de lady Trusbut, se sentó en su regazo y se puso a escuchar la música melodiosa en un estado de puro trance.

Lady Trusbut sonrió.

—Oh, no me lo puedo creer. Pero si es un verdadero caballero.

—*Raji* puede distinguir la diferencia entre un pájaro de verdad y uno de juguete —explicó Simon—. Es muy respetuoso con los pájaros de verdad. Sólo estruja con pasión los pájaros de juguete.

Lady Trusbut aproximó el pajarito a *Raji*, quien visiblemente suspiró con placer. Cuando el canario dejó de cantar, Simon le dijo algo a *Raji* en hindi.

Raji empezó a aplaudir, y todos se echaron a reír, incluso lord Trusbut, antes de adoptar nuevamente ese aire distante.

—¿Qué le habéis dicho? —preguntó Louisa.

—Le he pedido que muestre su satisfacción por la dulce canción. Ciertas órdenes sólo las comprende si se las digo en hindi.

—¿Habláis hindi? —inquirió Louisa, claramente sorprendida.

—Un poco. —Desconocer el idioma de la gente que uno gobernaba podía conducir a un innegable desastre, tal y como él mismo había comprendido tras las tragedias en Poona. Si hubiera sido capaz de escuchar los chismes en los mercados, tal y como aprendió a hacer más tarde, quizá…

No, esa clase de pensamientos únicamente conllevaba un horrible desasosiego. Y Simon estaba intentando enmendar el grave error. Cuestionarse constantemente a sí mismo sobre los fallos que había cometido sólo conseguía desgastarle enormemente las energías que tenía que dedicar a poner cada cosa en su lugar.

Louisa ahogó un grito, y Simon desvió la atención hacia *Raji*, que había empezado a acariciar al canario.

—Con cuidado, muchacho —lo avisó Simon, y luego repitió la orden en hindi.

Pero *Raji* era tan cuidadoso como siempre, y acariciaba al pajarito con devoción.

—No puedo creerlo —suspiró Louisa—. Mirad a ese diablillo. Parece que esté hipnotizado, y además se muestra tan delicado… —Miró a Simon de soslayo—. Y está tan bien educado. ¿Lo habéis entrenado vos mismo?

—No, pertenecía a un artista nómada antes de que se lo quedara la esposa de Colin. Parece ser que solía ir ataviado con un chaleco ridículo y con un sombrero rojo. —Sonrió mientras miraba a *Raji*—. Pero ahora no le hacemos lucir esa vestimenta tan humillante, ¿verdad, muchacho?

Raji parloteó animadamente a modo de respuesta.

—¿Qué ha dicho? —preguntó lady Trusbut con absoluta seriedad.

Simon parpadeó.

—Pues la verdad es que no lo sé. Probablemente algo como: «¡Eh, tú, grandullón! ¿Cuándo piensas darme de comer?».

—Oh, no, no creo que haya dicho algo tan insolente. —Lady Trusbut giró la cabeza hacia los otros tres pajaritos que se peleaban por ocupar el mejor puesto sobre su hombro—. ¿Qué es ese alboroto, señoritas? Sí, lo sé. El duque está bromeando. Jamás permitiría que su mascota se muriese de hambre, estoy segura.

—Los pájaros de lady Trusbut le cuentan cosas —murmuró Louisa.

—Ah —dijo Simon—. Pues será mejor que *Raji* no lo sepa, porque entonces también esperará a que yo haga de intérprete.

Lady Trusbut irguió la espalda.

—Mis canarios son extremadamente inteligentes, señor. Son las joyas de mi corona. —Le lanzó a su esposo una mirada recatada—. Edward me compra uno cada Navidad, ¿no es cierto, querido?

Las orejas del anciano caballero adoptaron un tono sonrosado.

—Sí, salen más baratos que una joya de verdad, ¿eh, Foxmoor?

—Supongo que sí. —Al ver la mirada indulgente que el barón lanzaba a su esposa, Simon añadió—: Aunque he oído que cualquier gasto está justificado, cuando se trata de mantener a la propia esposa contenta.

Lord Trusbut se tomó el comentario en serio, ya que rápidamente hundió la mano en el bolsillo de su traje.

—Mi mujer considera que la causa que defiende la señorita North es muy digna. —Frunciendo el ceño, sacó un papel doblado del bolsillo—. Por eso le he dicho que estoy dispuesto a ofrecer una pequeña donación.

El barón le ofreció el cheque a Simon. Ignorando la cara de sorpresa de Louisa, Simon intentó cogerlo, pero el barón no lo soltó.

—Supongo, Foxmoor, que esta cantidad será suficiente para que la señorita North cese en su intento de involucrar a mi esposa en la Sociedad de las Damas de Londres.

—¡Edward, por favor! —exclamó lady Trusbut.

—Hablo en serio. —El barón miró a Simon con cara de pocos amigos—. No permitiré que mi esposa se pasee por las prisiones. Y si a vos os preocupa la señorita North, deberíais mantenerla también alejada de las prisiones. Estoy seguro de que compartís mi opinión, señor, de que las damas no deberían acercarse a Newgate.

La conversación había adoptado un giro incómodo repentinamente, pero afortunadamente no imposible. Simon miró a lord Trusbut y esbozó una amplia sonrisa.

—Estoy totalmente de acuerdo, señor. Newgate no es un lugar adecuado para unas damas.

Capítulo ocho

Querida Charlotte:

Tenéis buenos motivos para estar preocupada. Por lo que sé, la ambición de Foxmoor por llegar a ser primer ministro no ha cambiado, así que si la señorita North finalmente se casa con él, ocupará un segundo lugar, por detrás de su ambición.

Afectuosamente,
Michael

*L*ouisa estuvo a punto de sufrir un fallo cardiaco. ¿Cómo se atrevía Simon a mostrar su pleno acuerdo con ese individuo? Se inclinó hacia delante, preparada para expresarle a lord Trusbut sus ideas, pero Simon depositó la mano sobre su brazo y lo estrujó delicadamente.

—Newgate no es un lugar adecuado para damas —repitió. Lord Trusbut soltó el cheque. Simon lo examinó, luego frunció el ceño, lo dobló y lo colocó sobre su rodilla—. Estoy totalmente de acuerdo, no es un lugar adecuado para mujeres. Sin embargo, allí dentro hay cientos de ellas, y reciben un trato peor que algunos animales. Estoy seguro de que a vos eso tampoco os parecerá bien, ¿o me equivoco?

Louisa contuvo la respiración y miró a lord Trusbut con ojos interrogantes.

Lord Trusbut los contempló con una excesiva seriedad.

—Esas mujeres son delincuentes. Eso es distinto.

Simon le soltó el brazo a Louisa, se acomodó en el sofá y le lanzó una mirada de complicidad, como si la invitara a intervenir.

Ella no perdió la ocasión que Simon le brindaba.

—No todas son delincuentes. Casi un tercio de ellas están a la espera de ser juzgadas, lo cual significa que aún no las han declarado culpables de ningún crimen. Y también hay niños, obligados a sufrir mil y una penurias y humillaciones simplemente porque sus madres han sido recluidas en esa prisión. Seguramente, no pensaréis que los niños deberían estar encerrados en una prisión, señor.

—Claro que no, pero...

—A pesar de lo que diga lord Sidmouth, no abogamos para que las mujeres no cumplan sus condenas; pero hemos descubierto que si se les aplica unas normas justas y se les proporciona algún quehacer adecuado, cuando abandonan la prisión se convierten en unas ciudadanas respetuosas con la ley.

Louisa eligió las palabras meticulosamente.

—Pero hasta que el Parlamento no acceda a proporcionar fondos permanentes que permitan contratar a matronas y a maestras, necesitaremos recurrir a todas las mujeres con espíritu caritativo para poder ofrecer esos servicios. No soportamos ver cómo las reclusas adoptan nuevamente malos hábitos sólo porque no disponen de la ayuda de algunas damas misericordiosas como vuestra esposa y yo.

—Y si lo que verdaderamente os preocupa es la seguridad de vuestra esposa —intervino Simon, mirando a lord Trusbut fijamente—, a partir de ahora, me ofrezco voluntario para acompañar a las damas a la prisión.

—¿De verdad? ¿Las acompañaréis a Newgate? —preguntó lord Trusbut, sorprendido.

Louisa estaba tan sorprendida como el barón.

—Siempre que pueda. —Simon le lanzó al barón una mirada reafirmante—. Es una buena causa. Y las mujeres han de poder luchar por sus propias causas, así que, ¿por qué no complacerlas?

A Louisa le molestó que Simon hablara de la reforma penitenciaria como si se tratase de un antojo femenino, pero no podía negar el efecto que esas palabras estaban surtiendo en lord Trusbut.

El anciano se acomodó en la silla y se puso a frotar la empuñadura de marfil de su bastón como si fuera la bola de cristal de un adivino e intentara hallar respuestas en la superficie nacarada.

Simon continuó con su ofensiva.

—He adoptado un interés personal por la organización que lidera la señorita North. Un interés muy personal.

El comentario pareció colocar a lord Trusbut entre la espada y la pared, ya que el anciano desvió la vista y miró a su esposa.

—¿Qué opinas, Lillian? ¿Te gustaría intervenir en esa labor benéfica?

Lady Trusbut clavó los ojos en su regazo, donde *Raji* hablaba animadamente con su canario.

—Verás…, Edward, la verdad es que muchas de mis amigas han decidido colaborar. Y no puedo evitar pensar en esos pobres niños que sufren por culpa de los delitos que han cometido sus madres. Si pudiera hacer algo útil por ellos…

De repente, Louisa recordó que el matrimonio Trusbut no tenía hijos, a pesar de que la pareja llevaba casada prácticamente toda la vida. El corazón se le encogió de dolor al pensar con qué cariño la baronesa cuidaba de sus pájaros, y al ver la extrema delicadeza con que la anciana estaba tratando a *Raji*.

—Estaríamos realmente encantadas si pudierais traer vuestros canarios a la cárcel de vez en cuando —declaró Louisa suavemente—. A los niños les entusiasmará oírlos cantar.

La expresión de lady Trusbut se iluminó.

—¿De veras? *Opal* es la que canta mejor, aunque *Emerald* también tiene una voz muy melodiosa. —Elevó a *Emerald* hasta colocarla a la altura de sus ojos—. ¿Qué opinas, bonita? ¿Te gustaría entretener a unos pobres niños desvalidos?

El pajarito decantó la cabeza, y lady Trusbut asintió, y a continuación dirigió a Louisa una sonrisa de complicidad.

—Estaremos encantadas de colaborar con vuestro grupo.

Louisa miró a lord Trusbut, y al ver con qué ternura rebosante el anciano contemplaba a su esposa, se le formó un nudo en la garganta. Oh, amar de ese modo… Seguramente, por ese sentimiento valía la pena incluso asumir el riesgo de dar a luz.

Simon también debía de haberse percatado del afecto que

emanaba de los ojos del barón, porque su voz fue más afable cuando volvió a hablar.

—Entonces está decidido. Lady Trusbut formará parte del pequeño y selecto grupo de la señorita North.

Lord Trusbut desvió la vista hacia Simon y lo miró con unos ojos severos.

—Pero mi esposa sólo irá a Newgate si vos también vais.

—Por supuesto —convino Simon—. Os doy mi palabra de que velaré por su seguridad en todo momento.

Durante el resto de la visita, Louisa se sintió envuelta en una nube de satisfacción. Mientras explicaba el proyecto que estaban considerando llevar a cabo, se maravilló de la facilidad con que Simon expuso los detalles a lord Trusbut y de la firmeza con que defendió las enormes probabilidades de éxito. ¿Cómo podía ser? ¿Era posible que Simon se mostrara tan entusiasta por su causa?

¿Y era posible que todo lo hiciera por ella?

Louisa prefería no creer en esa posibilidad. Sin embargo, Simon la acababa de defender delante de un lord que tenía una enorme influencia. Incluso había accedido a acompañarlas a la prisión, y delante de testigos.

Seguramente, su actitud no duraría demasiado. Simon tenía cosas más importantes que hacer, antes de escoltar a un grupito de mujeres en sus idas y venidas a Newgate. A menos que fuera sincero en su interés por cortejarla…

Una agradable sensación de calidez se instaló en su estómago. Ese diablo sabía ciertamente cómo tentarla. No debería olvidar que no era una persona de fiar. Incluso era posible que Sidmouth lo hubiera convencido para que mediara a favor del Parlamento.

Pero en ese caso, Simon estaba actuando erróneamente, expresando públicamente un «interés personal» por su grupo. Al ministro del Interior no le haría ni pizca de gracia.

Cuando se levantaron para marcharse, Simon la sorprendió nuevamente al devolverle el cheque a lord Trusbut.

—Seguramente ahora estaréis dispuesto a ser más generoso.

Visiblemente contrariada por las muestras de desfachatez de su acompañante, Louisa no pudo contenerse.

—Señor duque, no creo que…

—No, el duque tiene razón —la interrumpió lord Trusbut—. Si mi esposa está decidida a colaborar, entonces estaré más que encantado de donar una suma superior.

El anciano invitó a Simon a que lo acompañara a su despacho, y Louisa se quedó a solas con lady Trusbut. Después de lanzar una mirada furtiva hacia la puerta abierta, lady Trusbut bajó la voz.

—El señor duque parece muy enamorado de vos.

«No hay ningún motivo por el que ambos no podamos alcanzar nuestras ambiciones y nuestras pasiones.»

Louisa soltó una carcajada nerviosa.

—Sólo me está ayudando por los vínculos familiares que nos unen.

—Bobadas, querida. Ningún hombre se muestra tan solícito con la cuñada de su hermana si no es por algún motivo en particular. Sé distinguir a un pretendiente serio cuando lo veo.

Justo lo que Louisa no necesitaba. O quería.

Excepto cuando él la miraba. Y entrelazaba sus dedos con los de ella. Y asaltaba su boca bajo la tentadora oscuridad de la noche…

—Chist, ya vuelven —la avisó lady Trusbut. Mientras los dos hombres se acercaban por el pasillo, la anciana agregó—: Les hablaré a mis amigas, la señora Peel y la señora Canning, sobre vuestro grupo; ellas siempre están dispuestas a colaborar en cualquier acción benéfica.

Louisa se quedó boquiabierta, tanto por la generosidad de la baronesa como por su acertada elección de amigas. Robert Peel y George Canning eran dos miembros del Parlamento que se habían mostrado a favor de apoyar la causa de Louisa. Si sus esposas se unían a…

Incapaz de contener su excitación, Louisa apretó la mano de la baronesa efusivamente.

—¡Eso sería fantástico! ¡Gracias! Las espero a las tres la semana que viene; así podré explicarles los objetivos de nuestro grupo.

Después, ella y Simon se despidieron de la pareja de ancianos y regresaron a Londres. Un manto oscuro, suave como la seda, iba extendiéndose lentamente por la campiña inglesa.

Louisa suspiró aliviada.

—¡No puedo creer que todo haya salido tan bien! Llevaba semanas intentando convencer a lady Trusbut para que se uniera a mi grupo. —Entusiasmada, le propinó a Simon un codazo afectuoso—. Pero tan sólo ha hecho falta vuestra intervención y la de *Raji* para que, de repente, la baronesa se ofrezca a presentarme a sus amigas más influyentes. ¿No es maravilloso?

Cuando Simon no respondió, ella levantó la vista para contemplar a su acompañante, que conducía el faetón con la habilidad de un experto. Su porte era pensativo.

—¿Qué pasa? —La animosidad de Louisa se empezó a diluir—. ¿Os preocupa que lord Trusbut cambie de parecer e intente dañar vuestra carrera política?

—No. —Cuando Simon vio cómo ella lo contemplaba con ojos interrogantes, se esforzó por sonreír—. Trusbut es un hombre de palabra. Si dice que secundará tu grupo, lo hará.

—Entonces, ¿por qué estáis preocupado?

—No estoy preocupado. Sólo es que… —Se giró nuevamente y contempló la carretera. Sus manos se tensaron sobre las riendas—. ¿No viste cómo Trusbut la miraba?

—¿A su esposa? Sí, me pareció francamente enternecedor.

Por un momento, él no dijo nada. Cuando volvió a hablar, de su voz emanaba una tristeza que a Louisa le atravesó el corazón.

—Mi padre jamás miró a mi madre de ese modo, ni una sola vez, durante todos los años que estuvieron casados.

Ella se quedó sorprendida de que él quisiera hablar de algo tan personal.

—Regina me contó que vuestros padres se mostraban siempre muy formales, cuando estaban juntos.

—¿Formales? —Simon soltó una estentórea risotada—. Diría que el adjetivo que mejor definiría su actitud sería «fríos». Mi padre se pasaba todo el día en el club, y mi madre con sus amigas. Su entusiasmo por las cartas, sobre todo por jugar al faro, era un tema candente para el abuelo Monteith. Mi abuelo decía que mi padre había pervertido a su hija.

—¿Fue por eso que vuestro abuelo decidió tomaros como

su protegido? ¿Porque su yerno era un jugador empedernido?

—Sí, supongo que sí. —Su voz continuaba mostrando un matiz extraño—. Probablemente no fue una coincidencia, que el abuelo Monteith asumiera mi tutela cuando el segundo de sus dos hijos murió. Con mi madre casada, ya no tenía a nadie de quien abusar.

—¿Abusar? —Sus palabras llenas de rencor la sorprendieron—. ¿A qué os referís?

—Mi abuelo era un hombre de ideas fijas —contestó Simon rápidamente, con una expresión encubierta. Luego le lanzó una sonrisa socarrona—. Como yo.

—Pero no como vuestro padre, supongo.

—No. Mi padre no tenía ninguna ambición. Sólo le interesaba la caza de perdices y jugar al *whist*. En los primeros años de su matrimonio, esa actitud le molestaba mucho a mi madre. —La voz de Simon adoptó ahora un tono resignado—. Cuando ella murió, a ninguno de los dos le importaba ya lo que el otro hacía.

—Si os sirve de consuelo, eso también fue lo que le sucedió a mi padre.

—¿A cuál de ellos?

Louisa suspiró.

—Bueno, a mis dos posibles padres. La atención que el rey demostraba por mi madre se limitaba a los placeres en la alcoba. Y el hombre que me dio su apellido no demostró ningún interés por mi madre; si no, no habría permitido que su majestad continuase con esa vergonzosa aventura amorosa con su esposa, que se prolongó durante tanto tiempo y de la que todo el mundo hablaba.

La tristeza en la cara de Simon no consiguió sosegar la pena que ella sentía en su corazón.

—Lo siento, Louisa.

—¿Por qué? —Ella se esforzó por hablar con un aire distendido—. No es culpa vuestra, que mi madre fuera una… —«Puta.» Mas Louisa no pudo pronunciar la palabra, aunque había oído a su hermano llamar así a su madre muy a menudo.

Con la vista perdida en un punto de la carretera, ella procuró mantener la compostura. Qué extraño; con qué pasmosa facilidad el pasado de uno podía emerger de repente para clavar una dentellada a una persona en el momento más inoportuno.

—Conocisteis a mi madre, ¿verdad? Ella se fue a vivir con vuestra familia después de que Marcus le prohibiera volver a pisar Castlemaine.

Él se puso tenso.

—Yo estaba en un internado.

—Pero seguramente no todo el tiempo. —Cuando él no dijo nada, ella agregó—. ¿Era tan… descocada, como Marcus dice?

Simon dudó demasiado tiempo como para que Louisa no supiera la respuesta.

—No.

—Mentiroso.

Simon giró rápidamente la cabeza y la miró.

—¿Acaso importa?

—La escandalosa reputación de mi familia fue una de las razones por las que me considerasteis no apropiada para casarme con vos, como seguramente recordaréis.

—¿Qué te hace pensar que te considerara inapropiada para casarte conmigo?

—Fue más que obvio, cuando os marchasteis sin casaros conmigo. Y después no me escribisteis ni me demostrasteis de ningún modo que me echarais de menos.

—Pensé que no te gustaría recibir mis cartas, después de cómo me había portado contigo. De verdad, incluso después de mi regreso, no pensé que permitirías que te cortejara de nuevo. No hasta que nos besamos.

—Cuando me mostré tan descocada como mi madre.

—Louisa…

—No, quiero saberlo. No se trata de vos y de mí; supongo que comprendo por qué os comportasteis de ese modo conmigo. Pero quiero saber cómo era mi madre. —Aspiró aire y lo retuvo unos instantes en los pulmones—. Siempre me he preguntado cómo era. Cuando yo era una niña, ella casi nunca estaba en casa. —Porque no le importaba en absoluto ignorar a sus hijos y a su esposo a cambio de los privilegios que gozaba por ser la amante del rey—. Luego, cuando papá murió, yo tenía diez años, y Marcus la echó de sus tierras. No se me permitió volver a verla.

Louisa tragó saliva con dificultad. Marcus sólo había obrado del modo que consideraba correcto. Pero aún le dolía que durante los cuatro años que su madre vivió todavía, después de abandonar Castlemaine, no hiciera ningún amago de ver a su hija. Por eso Louisa se había aferrado tanto a su hermanastra. Porque Charlotte también había sido abandonada; había sufrido la indiferencia de su padre, el rey, mientras su madre, la reina Caroline, se iba constantemente de viaje con sus amantes.

No era justo. Ninguna mujer debería dar prioridad a sus pasiones antes que a sus vástagos. Era mejor no tener hijos que tratarlos con tan poca consideración.

O morir mientras los alumbraba, dejándolos en manos de las inconstantes atenciones de sus padres.

Continuaron el trayecto en silencio. Atravesaron interminables campos de avena, con ese brillo verdoso descollando bajo el mortecino sol. Cuando penetraron en una sección de la carretera cerca de Richmond Park, flanqueada por unos magníficos robles, incluso el ruido de los cascos de los caballos pareció amortiguarse.

Louisa suspiró.

—Bueno, pero pensaba… que me podríais contar…

—Aparte del enorme parecido físico entre tú y ella, no te asemejas a tu madre en nada más, si eso es lo que te preocupa —contestó Simon.

¿Preocuparla? Era una idea que no la dejaba dormir. La sospecha de haber heredado la naturaleza lasciva de su madre la atormentaba constantemente. Simon no tenía ni idea de cómo se consumía cada noche, mientras se deshacía de placer al tocarse en esos lugares prohibidos, esas partes de su cuerpo tan privadas, sabiendo que lo que hacía no era bueno para ella.

Pero claro, quizá él sí que lo sabía.

—¿No dijisteis esta tarde que soy demasiado apasionada para ser una solterona de por vida? —lo provocó ella con un retintín impertinente.

—Una mujer puede ser apasionada sin ser una viciosa, igual que un hombre puede disfrutar de un buen ágape sin ser un glotón. Las mujeres desvergonzadas, al igual que los canallas, buscan con avidez el placer carnal. No son capaces de discriminar, ni de dejarse gobernar por la conciencia o por la razón; por eso actúan normalmente de un modo tan perverso.

—Como mi madre.

Louisa interpretó el silencio de Simon como una respuesta.

De repente, se le ocurrió una idea que le provocó un desapacible escalofrío en la espina dorsal.

—¿Alguna vez ella intentó… quiero decir… tuvisteis alguna vez… mi madre y vos…?

—No. A tu madre le gustaban los hombres más maduros. Cuando estuvo en nuestra casa, yo sólo tenía dieciocho años; era demasiado joven. —Simon clavó la mirada nuevamente en la carretera—. Al menos para ella.

—¿Qué queréis decir? —¿Qué otra mujer habría deseado un amante tan joven? ¿Y por qué la imagen de un Simon adolescente entre los brazos de alguna mujer madura y con experiencia le provocaba una terrible sensación de celos en el estómago?

—Nada. —Simon no apartó la vista de la carretera. Su impenetrable máscara de hombre de Estado estaba de nuevo firmemente emplazada en su lugar—. Así que estás contenta con los resultados de nuestra visita a los Trusbut, ¿no es cierto?

Ella deseaba continuar presionándolo sobre la otra cuestión, pero tenía miedo de descubrir lo que él quería decir.

—Más que contenta. Parece que teníais razón; podéis ser muy útil para mi grupo.

Simon agitó las riendas.

—¿Significa eso que me permitirás que te asesore?

Verdaderamente, resultaba difícil rechazar su tentadora oferta. Si Simon decidiera secundar sus ideas reformistas en el Parlamento, seguramente ganaría; bueno, eso si lograba recuperar la influencia que había tenido antes de marcharse a la India, y a juzgar por las reacciones de lord Trusbut, no tardaría demasiado en conseguirlo.

¿Pero era eso lo que él le estaba ofreciendo? ¿O simplemente pretendía acabar con todos los esfuerzos políticos de su grupo?

—Todavía no os habéis pronunciado en cuanto a vuestra posición sobre la reforma penitenciaria.

—Todavía no he visto lo que conlleva.

Eso era precisamente lo que la preocupaba: el modo en que él evitaba contestar a sus preguntas.

Y el hecho de que, si decidía aceptar su ayuda, se vería obligada a estar cerca de él, a hablar con él... a refrescar los viejos sentimientos que sentía por él. Unos sentimientos a los que no deseaba enfrentarse.

Louisa podía oír los latidos de su propio corazón retumbando en sus oídos. ¿Valía la pena arriesgarse?

Antes de que pudiera contestarse a sí misma o a él, algo peludo se precipitó sobre su hombro y se dejó caer sobre su regazo. Ella se echó a reír, aliviada ante la idea de poder postergar la decisión un poco más.

—*Raji*, pequeño granuja. Creía que preferías ir montado en la parte superior del carruaje.

—Pues parece que no, cuando tú estás cerca. —Simon miró a su mascota con unos ojos severos—. Deberías dejar en paz a la pobre señorita. No es tu guardiana.

—No me importa —repuso ella, arrullando a la adorable criatura entre sus brazos.

Simon le dijo algo a su mascota en hindi. En ese momento, pasaron por debajo de una rama muy baja y, de repente, *Raji* volvió a encaramarse al techo del faetón, saltó sobre el roble y desapareció entre las ramas.

—Maldita sea. —Simon detuvo el faetón bruscamente—. A ese diablillo le encantan las travesuras. Iré a buscarlo antes de que se aleje demasiado. —Saltó del vehículo, luego se giró hacia ella—. Será mejor que vengas. Puesto que le gustas tanto, quizá logres embaucarlo para que regrese.

—De acuerdo. —Louisa dejó que Simon la ayudara a apearse del vehículo, y después se dirigió al bosque siguiendo la línea por la que *Raji* había desaparecido. Simon le dio al mozo de cuadra unas cuantas instrucciones antes de unirse a ella.

No había ni rastro de *Raji*, y Louisa empezó a inquietarse. ¿Y si no lograban encontrarlo? Tras varios minutos caminando y llamándolo a gritos, la pareja llegó al otro extremo del pequeño bosque. Todavía no había señales de *Raji*.

Simon se giró hacia ella.

—Tendremos que esperar a que se canse de explorar.

—¡Pero podría pasarle algo! ¡Podría hacerse daño!

—Es un mono. Quizá no te hayas dado cuenta, princesa, pero esos animales se pasan la mayoría del tiempo entre los árboles.

—Muy ingenioso —replicó ella, pero la palabra «princesa» resonó en su interior de un modo indiscutiblemente alarmante.

—Lo más apropiado será que esperemos a que él nos encuentre a nosotros. —Simon señaló hacia un roble caído—. Podemos sentarnos ahí, si te parece bien.

Ella lo fulminó con la mirada.

—¿Y no le será más fácil encontrarnos en el faetón?

—No necesariamente. —Simon avanzó hasta el tronco y limpió la superficie con sus guantes de piel, después se los quitó y los sacudió contra su muslo—. Además, prefiero estar aquí sentado que en el margen de una carretera polvorienta, ¿no te parece un lugar más agradable para esperar?

Simon se quitó el abrigo, lo depositó sobre el tronco y, a continuación, la invitó a sentarse con un gesto cortés. A él no parecía importarle el hecho de haberse quedado vestido de un modo inapropiado ante una dama: únicamente en mangas de camisa y exhibiendo su chaleco a rayas.

¿O quizá sí? Louisa no podía apartar esa sospecha de su mente.

—¿Qué le dijisteis a *Raji* en hindi, para que saliera corriendo del faetón?

—Le dije que te dejara en paz. —Simon lanzó su sombrero de piel de castor sobre el tronco—. Aunque tal vez entendió que le daba permiso para ir a dar una vuelta.

—No os creo. —Louisa plantó ambas manos sobre las caderas—. Hoy he sido testigo de la maestría con la que lo domináis; en casa de los Trusbut, *Raji* obedecía cada una de vuestras órdenes. Así que admitidlo: no le dijisteis que me dejara en paz, ¿no es cierto?

Una sonrisa picarona se perfiló en los labios de Simon.

—Eres demasiado lista para tu propio bien.

—Demasiado lista para las maquinaciones de un bribón como vos —terció ella—. Y ahora decidme: ¿Qué le habéis dicho a *Raji*?

Los ojos de él destellaron maliciosamente.

—Le he dicho: «Anda, corre. Ve a buscar un plátano».

—¡Sabéis perfectamente bien que no hay plataneros aquí!

—Exactamente. —Simon se acercó a ella con una evidente intención.

Un escalofrío recorrió la espina dorsal de Louisa.

—Pero podría perderse o…

—No te preocupes tanto. —Su sonrisa siniestra consiguió que a ella se le erizara el vello en los brazos—. Está entrenado para salir a dar una pequeña vuelta y luego regresar al lado de su amo.

Ella se apartó de él, sin decidir qué era mejor: si echarse a reír o mostrarse indignada.

—¿De veras habéis enviado al pobre animal a buscar plátanos? ¡Eso es muy cruel!

—Confía en mí; no hay nada que le guste más a *Raji* que un buen rato columpiándose en los árboles. —Simon la abordó con la gracia de un felino—. Además, un hombre ha de encontrar la forma de quedarse a solas con la mujer que está cortejando, ¿no es así?

Las palabras quedaron flotando en el aire, embriagándola con ideas prohibidas, alarmándola con la realidad.

De nuevo Louisa había cometido un error de cálculo. Y a juzgar por la mirada depredadora de Simon, lo más sensato era encontrar la forma más rápida de huir de ese truhán.

Capítulo nueve

Querido primo:

¿Por qué no pueden la señorita North y el duque intentar satisfacer las ambiciones de ambos? Esa clase de suposiciones como la vuestra motivan que muchas mujeres —entre ellas, yo misma— se nieguen a casarse, porque una vez alcanzamos el sueño de nuestra vida, nos vemos obligadas a arrinconarlo por los dudosos placeres del matrimonio.

Vuestra airada prima,
Charlotte

Simon no se sorprendió de que Louisa hubiera descubierto su estratagema tan rápidamente. Le costaba creer que le hubiera permitido llegar hasta tan lejos.

Ella regresó apresuradamente al sendero que conducía hasta la carretera.

—Se está haciendo tarde, señor. Deberíamos regresar a la ciudad.

Era obvio que pretendía escapar de él. ¡Pues no lo conseguiría!

Simon hundió la mano en el bolsillo de su chaleco y gritó:

—¿No quieres saber cuánto dinero ha donado lord Trusbut a la Sociedad de las Damas de Londres?

La pregunta surtió el efecto deseado: ella se detuvo en seco. Louisa dudó unos instantes, probablemente sopesando el peligro de quedarse con el enemigo en ese rincón tan íntimo y acogedor, pero la reformista que llevaba dentro ganó la batalla a la solterona prudente.

Cuando lo miró, él jugueteaba con el cheque entre sus dedos.

La cara de Louisa se ensombreció.

—Ese cheque me pertenece, y lo sabéis. —Alzó la mano—. Dádmelo, por favor.

—¿Así que esperas que te lo dé, sin más? —se jactó él—. Ese truco puede funcionarle a mi hermana, cuando intenta convencer al patoso de tu hermano, pero yo no me dejo convencer tan fácilmente. —Con una risita maliciosa, volvió a guardarse el cheque en el bolsillo—. Si lo quieres, tendrás que venir a buscarlo.

A pesar de que un poderoso rubor se apoderó de sus mejillas, los ojos de Louisa brillaron bajo la luz mortecina del atardecer.

—No pienso caer en la trampa de vuestros jueguecitos caprichosos —replicó ella con el típico tonillo femenino condescendiente—. Entregadme el cheque, señor duque.

La mueca socarrona se desvaneció de la cara de Simon.

—Tutéame y te lo daré.

—Señor duque, su excelentísima señoría, milord…

—Conseguiré que me llames Simon, aunque sea lo último que haga en esta vida —bramó él, y luego se precipitó sobre ella.

Pero Louisa se giró rápidamente, con la intención de escapar de él.

—Jamás le tutearé, señor —gritó mientras corría entre los abedules y los olmos, con los ribetes del corpiño ondeando graciosamente a su espalda como la cola de un cometa.

Afortunadamente, su falda no le permitía avanzar a la velocidad deseada, así que Simon le dio alcance en tan sólo unos segundos. Agarrándola por la cintura, la estrechó con tanta fuerza contra él que le derribó su bello sombrerito.

—Tutéame. Llámame Simon —siseó él en su oreja mientras notaba el delicioso roce de esa sinuosa espalda contra su torso—. Llámame Simon o no volverás a ver ese cheque nunca más.

Louisa dejó de forcejear, y por un segundo él pensó que había ganado la partida. Hasta que ella le propinó una patada con el tacón de su robusto botín en la espinilla. Con todas sus fuerzas.

—¡Ay! —Simon la soltó de golpe. ¡Esa maldita fémina le había dado una coz!

Ella se giró y deslizó la mano dentro de su bolsillo, se apoderó del cheque y lanzó un grito de júbilo. Cuando leyó la cantidad que lord Trusbut había escrito en el trozo de papel, se quedó paralizada.

—¡Santo cielo!

Simon la miró con desdén mientras se frotaba la espinilla dolorida.

—Espero que esa cifra edulcore tu pequeño corazón mercenario.

—¡Doscientas libras! ¿Sabéis lo que podemos hacer con doscientas libras?

—¿Contratar coches de alquiler? —gruñó él mientras erguía de nuevo la espalda.

—Añadirlos a nuestros fondos para nuestro candidato.

Él la miró con estupefacción. Si podía evitarlo, no lo permitiría.

Louisa continuó contemplando el cheque, y empezó a sentir un leve arrepentimiento.

—¿Qué cantidad… os ofreció lord Trusbut antes de que lo convencierais para que la cambiara?

—Veinte. —Cuando Louisa lo miró atónita, él añadió—: Le sugerí que agregara un cero. —Después de prometerle en privado que intentaría que el grupo abandonara sus aspiraciones políticas. Trusbut podía acceder a que su esposa se enfrascara en sus nuevas ideas reformistas, pero al igual que los otros lores, se mostraba reticente a permitir que un grupo benéfico secundara a un cuestionable candidato político, para que éste se paseara por todo el país dando discursos incendiarios.

—Muchas gracias. Os estoy sumamente agradecida.

Su agradecimiento sincero le provocó a Simon un leve remordimiento de conciencia, pero se dijo a sí mismo que recompensaría esa perfidia cuando estuvieran casados.

Con una visible nota de contrición en los ojos, Louisa dobló el cheque y se lo guardó en el bolsillo de su traje de paseo.

—Siento haberos dado una patada. No ha sido una reacción generosa por mi parte. Este cheque es mucho más de lo que esperaba, señor duque.

Si lo llamaba «señor duque» otra vez, la obligaría a arrodillarse ante él sin piedad.

—Considero que merezco algo más que un simple agradecimiento verbal —espetó él.

Ella se puso rígida.

—Un momento, no soy la clase de mujer que esté dispuesta a ofrecer...

—Llámame Simon, maldita sea.

—Ah. —Louisa abrió descomunalmente los ojos.

Simon se fijó en sus mejillas sofocadas.

—Pensabas que te iba a pedir algo más, ¿no es así?

Ella bajó la mirada.

—No, pensaba... bueno, sólo creía que...

—Que te iba a pedir un beso. O algo idénticamente escandaloso. —Simon se acercó más a ella—. A lo mejor incluso deseabas que te lo pidiera.

—¡De ningún modo! —Pero ella no se atrevía a mirarlo a los ojos—. Ya os dije antes que no tengo el menor deseo de...

Tomándola desprevenida, Simon la estrechó entre sus brazos y la besó. Súbitamente, con firmeza... brevemente. Cuando ella levantó sus ojos sorprendidos, él dijo:

—Ya está. Ya tienes tu beso. Ahora llámame Simon.

A Louisa se le escapó una carcajada nerviosa antes de poderla reprimir. Después, sus labios se cerraron en una fina línea, pero el brillo de sus ojos la traicionaba.

—Ya os lo he dicho. No pienso recurrir a un tono tan familiar con vos. —Le propinó un empujón en el pecho—. Y francamente, no deseaba que me dierais un...

Simon volvió a besarla, pero antes de que ella pudiera empujarlo para separarse de él, tuvo la audacia de declarar:

—No tengo reparos en darte tantos besos como desees, siempre y cuando me llames Simon.

Louisa se debatía entre echarse a reír o mostrarse enojada.

—Sabéis perfectamente bien que no os estaba pidiendo que me...

Él se inclinó nuevamente para besarla, pero ella interpuso su mano entre los labios de ambos.

—¡Parad de una vez, señor!

—Simon —pronunció él sobre los dedos enguantados de Louisa—. Llámame Simon y pararé.

Otra carcajada nerviosa estuvo a punto de escapar de entre sus labios y estallar en el aire silencioso.

—¿Estáis sordo? Os lo repito: no pienso llamaros Simon hasta que no os conozca mejor.

Apresando la mano contra sus labios, Simon empezó a besar sus dedos enguantados, uno a uno.

—Así que prefieres que siga besándote…

—Sabéis que eso no es lo que quiero —replicó ella en un susurro ronco.

Sin embargo, no le propinó ningún empujón ni intentó detenerlo mientras él le desabrochaba los diminutos botones de su guante y tiraba cuidadosamente de la tela para estamparle un beso en su muñeca perfumada con aroma de azucenas. Cuando su pulso se aceleró hasta adoptar un ritmo frenético, el pulso de Simon también se aceleró como respuesta. Ella no era tan inmune a él como pretendía, gracias a Dios.

—Tienes unas manos tan bellas. —Empezó a quitarle el guante muy despacio, besando cada centímetro de su piel desnuda—. Unos dedos tan delicados.

La respiración de Louisa se tornó indomable, hasta alcanzar un ritmo de *stacatto* contra la frente de Simon.

—No seáis ridículo. Tengo unos dedos cortos y regordetes. Por eso toco tan mal el arpa. Eso es lo que todo el mundo dice.

—Pues el mundo entero se equivoca. —Se guardó el guante en el bolsillo de su pantalón, y luego deslizó los labios a lo largo de su dedo índice para besar la palma desnuda. Cuando ella extendió los dedos sobre su mejilla en algo similar a una caricia, él se sintió exultante—. Recuerdo cómo tocabas el arpa. Era maravilloso.

Ella rio y tembló a la vez.

—Entonces he de suponer que o bien estáis loco o bien estáis completamente sordo, o quizá es que recordáis a otra mujer distinta tocando el arpa. Quizá a Regina.

—No eran las manos de mi hermana, con las que soñaba en Calcuta. No eran los dedos con los que soñaba que me acariciaban la mejilla. —Su voz se tornó más grave—. De la misma forma que lo estás haciendo ahora.

Louisa se puso rígida e intentó apartar la mano, pero él no se lo permitió; continuó acariciándole la palma con su boca abierta hasta que ella se ablandó.

—No os creo; es imposible que soñarais con mis dedos —titubeó Louisa, aunque el brillo en su mirada denotaba su deseo de que él le estuviera contando la verdad.

—¿Ah, no? —Simon se detuvo un momento para asir su otra mano, luego le acarició el dedo corazón, oculto bajo su guante—. Tienes una pequeña cicatriz en el nudillo de este dedo, justo aquí, por culpa de un terrier que te mordió. Me lo contaste en una cena en casa de los Iversley. —Cuando le permitió cogerle la mano unos instantes debajo de la mesa.

—¿Os… os acordáis de ese detalle? —Sus ojos se agrandaron hasta ofrecer una profundidad tan oscura y tan seductora que Simon no pudo evitar perderse dentro de ellos.

Le arrancó el otro guante y se lo guardó en el bolsillo. Acto seguido, la agarró por las muñecas y la obligó a emplazar las manos sobre sus hombros, luego se arrimó completamente a ella, pegándose a su cuerpo, desde el torso hasta los muslos.

—Lo recuerdo todo —proclamó con una voz ronca.

A continuación se apoderó de sus labios, con una imperiosa necesidad de devorar esa boquita de miel. ¡Al diablo con actuar con precaución! Con ir con cautela para que ella no se asustara ante un ataque rápido y fulminante. La única forma de hacer añicos su escudo de Juana de Arco era recordarle que era una mujer deseable, demasiado apasionada para languidecer bajo la aburrida máscara de solterona.

Demasiado apasionada y demasiado lasciva para malgastar el tiempo con palabras. Su boca sabía a té y a pastelitos de limón, un gusto tan embriagadoramente inglés y a la vez tan exótico para él como cualquier bebida basada en leche de almendras y coco. Y cuando ella abrió esos labios tan suaves como la seda, invitándolo a penetrarlos, entrelazando su lengua juguetona con la de él, Simon tuvo que contenerse para no tumbarla allí mismo, debajo de los álamos y los olmos, y satisfacer su pecaminosa necesidad.

Para ser una mujer que parecía haber llevado una intachable vida de beata, besaba de maravilla. El mero pensamiento de los hombres que podrían haberla besado mientras él estaba en la India hizo que la besara apasionadamente, posesivamente…

Ella apartó la boca de él, intentando respirar, con las manos ahora hundidas entre su pelo.

—¿Qué otras cosas recordáis… del tiempo que estuvimos juntos?

Por lo menos no lo había rechazado con un empujón.

—Obviamente, recuerdo más que tú. —Las palabras estallaron con más dureza de la que Simon quería, y se precipitó a acariciarle su esbelto cuello de cisne con la punta de la nariz—. Supongo que has estado demasiado ocupada con esos idiotas en la corte para pensar en mí.

—¿Idiotas en la corte? —repitió ella.

—Los que te han enseñado a besar tan bien.

Cuando ella se retiró para mirarlo con una expresión herida, Simon deseó haber sido capaz de mantener su maldita boca cerrada.

—Así que creéis que soy una descocada como mi madre.

Maldición. Simon sabía que Louisa era extremadamente sensible con ese tema.

—Si pensara que eres una descocada, no te estaría cortejando. —Al ver que ella intentaba zafarse de su abrazo, él no se lo permitió—. Pero está claro que alguien te ha enseñado a besar.

Louisa lo miró con desdén.

—¿Y qué, si eso es cierto? ¿Cuántas docenas de mujeres habéis besado mientras vivíais en la India?

—Si me sincerase, no me creerías.

—Estoy segura de que sí. —Alzó la barbilla con altivez—. Probablemente, teníais una fila tan larga de amantes indias capaz de rivalizar con un rajá.

—No, no tenía amantes —replicó él tensamente.

Los ojos de Louisa refulgían luminosamente bajo la atenuada luz del atardecer.

—Entonces, recurríais a mujeres de la vida.

—No, tampoco. Me he pasado estos siete años en absoluto celibato, como un monje.

Ella lo miró con escepticismo.

—Ya no soy la chica ingenua que conocisteis, por lo que no hay necesidad de que intentéis proteger mis delicados sentimientos. He visto y oído lo suficiente en Newgate como para saber que los hombres no suelen negarse a… ciertas cosas. Podéis ser franco conmigo.

—¿Y por qué habría de mentirte?

—Para hacerme creer que os habíais reservado para mí, o alguna sandez parecida.

Simon le propinó una sonrisa maliciosa.

—Mis razones eran más prácticas. No quería arriesgarme a exponerme a ninguna enfermedad… o traición. Tuve numerosas oportunidades de observar los peligros de adquirir una amante india, especialmente para un hombre en mi posición.

—Ante las alternativas, darse placer a sí mismo le había parecido la opción más prudente.

Louisa, sin embargo, no se mostraba convencida.

—Entonces, lo mejor sería que os fuerais ahora mismo a un burdel, señor.

—¿Cómo dices? —No era posible que ella le estuviera proponiendo que…

—He visto cómo se enfurruña Marcus cuando Regina se marcha unos cuantos días, así que puedo hacerme a la idea de lo que debe de haber sido mantener el celibato durante siete años. Lo cual explica por qué estáis cortejando a una mujer que no desea casarse con vos. Necesitáis una solución menos permanente, una amante o una mujer pública…

—No quiero estar con ninguna meretriz. —Ya había conocido a suficientes meretrices durante el «adiestramiento» de su abuelo como para aborrecerlas para el resto de su vida. Ése fue el principal motivo por el que se mantuvo alejado de ellas en la India, aunque no se lo podía contar a Louisa—. Y tampoco busco una amante. —No después de su encuentro con Betsy, la despiadada amante de su abuelo. Le acarició la mejilla—. Quiero una esposa. Te quiero a ti.

Deslizó el dedo pulgar sobre el labio inferior de Louisa, y notó cómo éste temblaba.

—Pero yo no os… no te quiero —protestó ella, con una nota de desesperación en su voz.

—Entonces, ¿por qué estás celosa de mis supuestas compañeras en la India?

Simon la había acorralado, y ella lo sabía. Bajó la vista mientras notaba un intenso ardor en las mejillas.

—Estamos hechos el uno para el otro, Louisa. —La arrinconó contra un árbol, sin darle escapatoria—. Y ambos lo sabemos. Así que de nada servirá que te resistas.

Engreído por su triunfo, Simon bajó la boca para volver a besarla.

Capítulo diez

Querida Charlotte:

Sabéis que admiro vuestros logros. Pero no me negaréis que a veces os sentís sola. Sí, vuestro matrimonio
fue un desastre, mas si pudierais volver a vivir vuestra
vida, ¿no existe ningún otro hombre con el que creáis
que podríais haber sido más feliz? ¿Y no habríais apartado a un lado vuestras ambiciones para estar con él?

Mil disculpas de vuestro primo,
Michael

Louisa gimió cuando Simon empezó a besarla de nuevo. Precisamente eso no era lo que ella quería, esa sensación... tan cálida... hummm... por todos los santos, la estaba seduciendo
otra vez, él y su robusto cuerpo inflamado, que la aprisionaba
contra el olmo sin piedad. ¿Cómo podía aniquilar su resistencia
tan fácilmente?

Jamás le había sucedido con otros hombres, sólo con Simon. Sólo él era capaz de tentarla hasta hacerle olvidar su objetivo, sus temores...

Una carcajada triunfal se escapó de los labios de Simon.

—Te lo dije. Conseguiría que me tutearas antes de que acabara el día.

Ahora jamás lograría convencerlo de que no lo deseaba. Y
él se aprovecharía totalmente de ese descubrimiento... como
siempre.

—Conoces de sobra mi naturaleza descocada —contraatacó ella con amargura.

—No descocada, sino apasionada. —Simon respiró acaloradamente—. No hay nada malo en ello.

Sí, claro, siempre y cuando ella continuara besándolo, no había nada malo en ello, pensó Louisa con irritación.

«Si pensara que eres una descocada, no te estaría cortejando.»

Louisa se quedó helada. ¿Podía ser tan simple como eso, hallar la forma de disuadirlo?

Cualquier hombre que no hubiera estado con una mujer durante siete años para evitar complicaciones o enfermedades no desearía una esposa promiscua. Y ella tenía que hacer algo antes de que se encontrara irremediablemente casada con un hombre que sin duda alguna la apartaría de su causa para que pudiera cuidar de sus hijos…

No, eso no podía suceder.

—Descocada es exactamente lo que quiero decir —murmuró Louisa pegada a su mejilla—. Tenías razón en cuanto a eso de los idiotas de la corte. Me enseñaron a besar. Y a hacer otras cosas.

Él se quedó inmóvil, con la boca pegada a su garganta.

—¿Qué otras cosas?

Con el corazón latiendo desbocadamente, ella expandió la mentira.

—Sí, he intentado luchar contra mis instintos, he intentado ocultarlos, pero me has descubierto.

Simon retrocedió un paso para mirarla con unos ojos que desprendían llamas azuladas de recelo.

—¿Se puede saber de qué estás hablando?

Ella dudó. Se arriesgaba mucho, con esa declaración. Después de su duro trabajo para lograr alejarse de la mala reputación de su familia, ¿estaba dispuesta a echar por la borda todos sus esfuerzos?

¿Y por qué no? A pesar de que él la había ayudado con lord Trusbut, eso no significaba que pudiera fiarse de él. Su persistente interés por los candidatos de la Sociedad de las Damas de Londres era alarmante. ¿Y si ella cedía a sus encantos, y luego descubría que sólo era parte de otro plan maquiavélico…?

No, no podría soportarlo. Además, él era el único hombre que no podía o no se atrevería a dañar su reputación. No se arriesgaría a provocar un escándalo que salpicara a la familia de su hermana. Si lo intentaba, ella simplemente diría a la gente que Simon estaba mintiendo para vengarse de ella por haberlo enviado a la India.

Louisa le lanzó una mirada provocativa, o al menos intentó mirarlo del modo que imaginó que lo habría hecho su madre, si hubiera deseado provocar a un hombre.

—Después de que te marcharas a la India, cuando me fui a vivir a la corte, me sentía terriblemente enojada. Así que hice unas cuantas cosas de las que luego me arrepentí. Permití que algunos hombres se sobrepasaran conmigo.

Los ojos de Simon se convirtieron en estrechas rendijas.

—¿De qué modo se sobrepasaron?

—Ya me entiendes… con besos y con caricias íntimas, y… bueno, otras cosas que una dama no debería hacer.

—¿Cómo permitir que un hombre te hiciera el amor? —dijo él con un tono acusador.

Ella intentó no abochornarse y mantener el porte distendido.

—Soy… soy la hija de mi madre, ya lo sabes.

—Eso es lo que tú aseguras —repuso él en un tono tan inescrutable como su expresión bajo la tenue luz del atardecer—. Aunque me parece extraño que no haya oído habladurías sobre ti. Al revés, lo que la gente cuenta es que durante todos estos años te has comportado de una forma modélica.

—Me encargué de ser cauta y de actuar con discreción.

—No me digas. —Pero Simon no la había soltado, y Louisa no sabía si él se había creído su historia o no.

—Sucedió en la corte, así que el rey se encargó de que la noticia no trascendiera. Ya me entiendes.

El alegato obtuvo una reacción instantánea por parte de Simon.

—¿El rey estaba al tanto de esos… deslices?

La pregunta se quedó suspendida en el aire durante unos instantes, pero si Regina estaba en lo cierto, y el rey y Simon ya no eran amigos, Simon jamás intentaría confirmar su declaración.

—Sí. Fue él en persona quien se encargó de silenciar a los caballeros implicados. —Alzó la barbilla con petulancia—. Si no me crees, pregúntaselo directamente a él.

—No desearía crearte ningún problema —adujo Simon, con un tono extraño—. Aunque me pregunto por qué me cuentas tu pequeño secreto.

Ella se encogió de hombros.

—Tú quieres cortejarme, así que he pensado que sería injusto que no supieras que ya no soy virgen. Antes de que nuestra historia siga adelante, ya me entiendes.

—Ah, sí, ya te entiendo. Y te aseguro que ahora me siento mucho más aliviado, al saber ese detalle de tu pasado.

—¿Más… aliviado? —Ella no esperaba esa reacción.

Ni tampoco el modo con que ahora la estrechaba entre sus brazos, mientras con una mano la acariciaba por la cintura de un modo tan estimulante que a Louisa se le aceleró más el pulso. Simon le rozó la oreja con la boca.

—Oh, sí —le susurró—. Siempre te he deseado. Estoy seguro de que lo sabes.

Que él fuera capaz de decirle eso, a pesar de que ella le acabara de aseverar que era una descocada, la excitó sobremanera.

Pero entonces Simon rompió la magia del momento.

—Y ahora ya no necesito casarme para acostarme contigo. Por eso me lo has contado, ¿no es así? ¿Para hacerme saber que permitirás que adopte ciertas libertades contigo?

—¡De ningún modo! Maldito bribón, caradur…

—¿Quieres ser mi amante, Louisa? —Con su aliento caliente todavía rozando la oreja de ella, Simon empezó a desabrocharle la chaquetilla, luego deslizó una mano dentro para acariciarle el pecho por encima del vestido—. No tienes nada que perder. Y yo puedo ser tan discreto como cualquier otro de tus amantes.

Maldito fuera ese canalla. Nada estaba saliendo según sus planes. Louisa intentó en vano apartarle la mano.

—No estaba intentando sugerir que…

—No, claro. Quizá me equivoco, y sólo has inventado esta majadería sobre tu sórdido pasado para disuadirme.

Louisa se quedó helada, luego retrocedió un paso y lo miró a los ojos. La cara de Simon refulgía con una mueca de diversión.

¡Ese arrogante bribón se estaba riendo de ella! Oh, debería de haber supuesto que él no la creería. Siempre se mostraba tan horriblemente seguro de sí mismo, siempre tan seguro de ella. Pues pensaba borrar esa maliciosa sonrisa de su cara, aunque fuera lo último que hiciera en la vida.

Louisa forzó su mano a presionar más firmemente la de Simon contra su pecho.

—¿Mentir sobre mi pasado? No. Sólo intento prevenirte. —Rodeándolo por el cuello con sus brazos, acercó la parte baja de su cuerpo hasta arrimarla a la de Simon y empezó a moverse sinuosamente, tal y como había visto a algunas de las féminas más desvergonzadas en Newgate hacer con los reclusos.

Para su satisfacción, la sonrisa se borró de la cara de Simon. Sólo entonces se irguió más para besarlo, intentando aplicarse con tanta impudicia como pudo, jugueteando con la boca y los labios y los dientes.

Pero su triunfo duró poco. La mano de Simon se movió sobre su pecho, acariciándolo con más premura, con más fuerza. Louisa pudo sentir su tacto incluso a través del traje de muselina y de la camisola de lino, incluso a través de la delgada tela de algodón de su ropa interior. Las firmes caricias despertaron un alud de sensaciones en todo su cuerpo, desde la cabeza hasta los pies, y su pezón se puso duro como una piedra. Sin poderlo evitar, soltó un gemido desde lo más profundo de su garganta.

Entonces él se hizo con el control del beso, también, y ella se sintió perdida, ahogándose en el gusto y en el aroma de él. Los asaltos efusivos de esa lengua y de esa mano tan diestra consiguieron que la cabeza le empezara a dar vueltas como un tiovivo, especialmente cuando él empezó a ejercer presión con su muslo en la parte más delicada entre sus piernas, logrando que ella deseara algo hasta entonces desconocido. Louisa estaba cayendo en ese paraíso ondulante que únicamente parecían habitar ellos dos.

Medio mareada, notó cómo él le quitaba finalmente el *fichu*, y luego deslizaba esa mano desvergonzada dentro de su vestido y su camisola y su ropa interior para acariciarle el pecho desnudo. ¡Qué obscenidad!

Y qué delicia. Extenuada, apartó los labios de él, pero Simon no dejó de acariciarla. Con su penetrante mirada acribillándola como una refrescante lluvia veraniega, empezó a acariciarle el pezón, y Louisa dejó escapar un gemido de sus labios. Quería más.

—¿Todavía no lo entiendes? —La sed codiciosa en la cara de Simon era un complemento salvaje de la sed que se había apoderado del pecho de Louisa—. No me importa que hayas besado a todos los soldados del ejército, o si te has acostado con uno o con diez hombres. Te deseo. Siempre te he deseado. Has sido mi obsesión durante muchos años. Así que estoy decidido a poseerte. Miéntete a ti misma y miénteme a mí si quieres, pero al final, serás mía.

Louisa sintió un escalofrío en todo el cuerpo, tan poderoso como alarmante.

—¿Tu amante, quieres decir? —le preguntó, acariciándole el pelo con las manos.

—Mi esposa. —Simon le desabrochó los lazos del corpiño y de la camisola—. Aunque no soy tan mojigato como para desear esperar a nuestra noche de bodas, créeme.

Mientras ella contenía la respiración, él desplegó una fila de besos a lo largo de su mandíbula y su garganta hasta alcanzar la parte superior de su escote, después estiró la ropa hacia abajo, lo suficiente como para exponer uno de sus pechos.

Louisa abrió descomunalmente los ojos.

—Simon…

—Sólo deseo probarte. Para recordar tu gusto hasta que logre acostarme contigo.

—Jamás nos…

Él encajó su boca ardiente sobre el pecho de ella.

Que Dios se apiadara de Louisa. ¿Qué locura era ésa? La sensación resultaba más embriagadora que las fantasías secretas que con frecuencia poblaban sus noches, mucho más erótica que sus propias caricias furtivas por la noche. La lengua de Simon estaba haciendo maravillas con su pezón, y Louisa no pudo contener el gemido que se escapó de su boca.

A continuación, y de un modo escandalosamente insolente, le acarició ese punto tan íntimo, situado más abajo del ombligo. A veces ella también se tocaba allí, pero nunca había sentido lo mismo que ahora… como si su cuerpo y su mente fueran a derretirse de un momento a otro, a arder en una llamarada fiera y letal...

—Tienes gusto a néctar —exclamó él sobre su pecho—. Increíblemente dulce.

Louisa inclinó la cabeza para hundir un beso en ese pelo dorado.

—Eres como... oh... cielos... —Ahora, con la otra mano Simon le acariciaba el otro pecho por encima de las diversas capas de tela, y las llamas de pasión que Louisa sentía en su estómago se acrecentaron, devorándola como un fuego incontrolable, consumiéndola. Si Simon no paraba...—. Simon, por favor, no...

—¿Qué quieres pedirme? ¿Que no me desvíva por ti? —Él la colmó de besos desde el pecho hasta la garganta—. ¿Que me convenza de que no te necesito? ¿Tienes idea del influjo que ejerces en mí?

Simon apretó las caderas contra su entrepierna, y ella notó cómo se le clavaba la inconfundible dureza del miembro viril.

—Esto, princesa, es lo que me pasa cada vez que te veo. —Volvió a rozarle la oreja con los labios—. Quiero estar dentro de ti. Quiero demostrarte que la pasión que existe entre nosotros dos no es un error. Y sé que puedo hacerlo. Sólo dame una oportunidad.

Él inclinó la boca sobre su otro pecho y lo lamió y lo mordisqueó con tanto fervor, de una forma tan experta, que ella se arqueó contra él, seducida ante la promesa de que cuando él la penetrara, lograría satisfacer esas necesidades tan acuciantes, tan ardientes...

De repente, una bola peluda se dejó caer sobre la cabeza de Simon, parloteando y propinándole golpes en la cabeza sin parar. De ese modo, *Raji* logró sacarlos del estado de embriaguez absoluta en el que ambos estaban sumidos.

Simon dio un respingo, y sus ojos expresaron la tremenda frustración que se había apoderado de él mientras agarraba a su mascota.

—¡Maldita sea, *Raji*! Eres el bicho más inoportuno que he conocido jamás.

—O el más oportuno, según cómo se mire —susurró ella.

Louisa se había atrevido a arrimarse demasiado al borde del mismísimo infierno como para sentir el calor de las llamas que pretendían devorarla. Gracias a Dios, *Raji* la había retirado a tiempo.

Mientras Simon forcejeaba con su enfadado mono, ella intentó frenéticamente aderezarse la ropa. Cómo podía haberle permitido a Simon… qué clase de lagarta era, consumida por los fuegos y los deseos carnales, vaya desvergonzada…

Raji saltó sobre su hombro, y luego se giró para gruñirle a Simon. A juzgar por la expresión de sorpresa de Simon, su mascota jamás se había comportado de ese modo antes.

—¿Qué diantre te pasa?

El mono se puso a parlotear con tanta rabia que Simon frunció el ceño.

—Oh, por el amor de Dios, no pensarás que le estaba haciendo daño a Louisa.

Cuando *Raji* lanzó sus brazos alrededor del cuello de Louisa, ella lo estrechó también con fuerza.

—Me parece que *Raji* me está intentando proteger de ti —aclaró ella temblando, temerosa de que jamás pudiera mostrarse serena después de esa experiencia.

—¡Y un bledo! —Simon intentó agarrar a *Raji*, pero su mascota le pegó un manotazo. Simon miró a *Raji* boquiabierto—. Ahora verás, pequeño granuja…

—¡No lo castigues! —exclamó ella mientras intentaba calmar al mono agitado—. Por lo menos él demuestra tener el suficiente sentido común como para saber que no deberíamos hacer… estas cosas.

Simon le lanzó una mirada febril. Sus ojos azules habían adoptado ahora un tono tan oscuro como el de una noche sin luna.

—Tienes razón. Lo siento, me dejé llevar por mis instintos. Pero puedo controlarme, te lo aseguro. Sólo tienes que darme una oportunidad…

—¿Para seducirme? ¿Para deshonrarme?

—¡No! —Se alisó el pelo con sus dedos crispados—. Claro que no. Para cortejarte.

—¡Pero es que no quiero que me cortejes!

Su ardiente mirada de conquistador cayó implacablemente sobre ella.

—Y sin embargo, te derrites en mis brazos cuando te beso. No intentes negar que me deseas; puedo sentir cómo…

—Sí, es cierto —se apresuró a interrumpirlo ella, antes de que sus palabras consiguieran tentarla de nuevo. Todavía no se había recuperado de su sorprendente confesión: «Has sido mi obsesión durante muchos años».

Sólo porque la deseara no significaba que no pudiera fiarse de él… con su corazón o sus sueños. Pero claro, Simon jamás había mostrado ningún interés por las ideas reformistas previamente… ¿Podía ser que su estancia en la India hubiera cambiado tanto a ese hombre?

Lo dudaba. Y no se atrevía a arriesgarse a averiguar la verdad. La última vez la había traicionado, la había destrozado completamente.

—Admito que sabes tentarme. Y tienes razón; todavía siento… una atracción hacia ti. —Louisa acarició a *Raji* y bajó la voz—. Pero eso no cambia nada. Sigo con la firme determinación de no casarme. Por eso he… he tomado una decisión.

Simon se puso rígido.

—¿Sobre qué?

—Si de verdad quieres ayudarnos, entonces lo más apropiado será que te dediques a observar al comité de la señora Harris. Nada más. Porque tú y yo jamás trabajaremos juntos.

—Maldita sea, Louisa… —empezó a acercarse a ella, pero *Raji* se puso a gruñir de nuevo.

Apretando los puños, Simon la miró con una clara expresión de desazón.

—Tómate un tiempo para considerarlo. Ahora estás alarmada por lo que hemos estado a punto de hacer.

—No necesito más tiempo. Sé lo que quiero. —«Sé lo que he de hacer para mantenerme a salvo.»

Louisa sintió que se le encogía el estómago cuando vio la furia que reflejaban los ojos de Simon.

—Por el amor de Dios…

—Es mi decisión final, Simon. —Recogió rápidamente el sombrerito y el *fichu*, y salió disparada hacia la carretera, con *Raji* aferrado a su corpiño. Tenía que regresar al faetón, donde estaba el mozo de cuadra; delante de él, Simon se vería obligado a actuar como un caballero, y ella podría escudarse de nuevo en su postura distante y reservada, como toda una dama.

Evitó las miradas curiosas del mozo, instaló a *Raji* en el asiento, luego se arrebujó en su *fichu*, se abrochó la chaquetilla, y se puso el sombrero. Cuando el mozo se encaramó al pescante trasero, ella ya había ocultado la evidencia de su indecoroso encuentro con Simon. Sólo rezaba para que el mozo fuera discreto.

Oyó los cascos de unos caballos acercándose; era un carruaje que provenía de Londres, y por si acaso era alguien que conocía, se inclinó hacia delante para ocultar la cara.

Pero fue inútil; el carruaje se detuvo en seco a escasos metros, más adelante. Demasiado tarde, Louisa reconoció el escudo y la cresta plateada del vehículo de su hermano.

Marcus saltó a tierra, seguido de cerca de Regina.

—¿Qué haces aquí sentada, en el margen de la carretera?

—Lo siento, Louisa —se apresuró a decir Regina—, pero ya conoces a tu hermano. Cuando se ha enterado de que te he dejado ir sola con Simon a casa de lady Trusbut, se ha sulfurado.

Gracias a Dios que Louisa había regresado al faetón antes de que Marcus llegara. Si no, ahora mismo su hermano le estaría propinando una buena tunda de puñetazos a Simon.

—¡Maldita sea! —exclamó la voz de Simon desde el bosque—. ¿Por qué no me has...?

Louisa se puso tensa. Nadie superaba a Simon, cuando se trataba de elegir el peor momento para hacer su aparición. Con el corazón a punto de salírsele por la boca, ella lo observó quedamente, y soltó un suspiro de alivio cuando confirmó que iba completamente vestido.

Su hermano volvió el rostro encolerizado hacia el duque.

—¿Se puede saber qué diablos pasa aquí, Foxmoor?

—La mascota del duque se escapó —explicó Louisa antes de que Simon pudiera contestar—, y el duque salió tras él para buscarlo.

Su explicación sólo consiguió que su hermano canalizara toda su rabia hacia ella.

—¿Ah, sí? Entonces, ¿qué hace el mono sentado en tu falda?

Ella alzó la barbilla con insolencia. Estaba muy acostumbrada a discutir con su hermano sin amedrentarse.

—Porque *Raji* encontró el camino de vuelta mientras el duque continuaba buscándolo. —Fulminó a Simon con una mirada al tiempo que estrechaba a *Raji* entre sus brazos—. ¿Lo veis, señor duque? *Raji* está a salvo. —«Por favor, no me crees más problemas», le suplicó en silencio.

Simon inspiró aire y, por un instante, Louisa temió que él fuera a acusarla de mentirosa. Si la comprometía delante de su hermano, entonces Marcus intentaría probablemente obligarla a casarse con él. Pero Simon se llevaría una sorpresa, puesto que ella jamás accedería a casarse con nadie a la fuerza.

Simon soltó el aire ruidosamente, luego se acercó a ellos con una expresión tan serena como Louisa esperaba que fuera la suya.

—Muy típico de *Raji*, me temo. Este malandrín se escapó saltando entre los árboles, y por un momento temí que se perdiera en el bosque. —Sonrió fríamente a su cuñado—. Pero parece que se ha encariñado de la señorita North. Debí figurármelo, que daría un paseo y regresaría al lado de vuestra hermana.

—Sí, y ahora está sano y salvo —agregó ella.

A pesar del semblante receloso de su hermano, su mirada se suavizó.

—Bueno, la cuestión es que no deberíais andar por caminos solitarios y peligrosos cuando cae la noche.

—Sí. —Simon desvió la vista hacia Louisa, conteniendo una plétora de emociones en las profundidades de su mirada azul—. Precisamente hace un rato estábamos hablando de eso, de caminos peligrosos, ¿no es así, señorita North?

Bribón impudente... él y sus «caminos peligrosos». ¿Qué sabría él, de peligros? Jamás tendría que dar a luz, en medio de un charco de sangre y de horror; jamás tendría que asumir el riesgo de confiar en alguien que pudiera fácilmente convertirse en un tirano después de casarse con ella. Los hombres ostentaban todo el poder en Inglaterra. Y si una no estaba plenamente segura de poder confiar en el hombre escogido...

Louisa sonrió dulcemente.

—Y ya que hablamos de caminos peligrosos, preferiría realizar el resto del trayecto de regreso a la ciudad con Marcus. Llegaréis más rápido a vuestra casa si no tenéis que desviaros hasta la casa de mi hermano, señor duque.

—Oh, no me importa llevaros —soltó Simon, con la mandíbula tensa de rabia.

—Lo sé. —Acomodó a *Raji* en el asiento, luego saltó del faetón antes de que nadie pudiera detenerla—. Pero así será más fácil.

Ahora que ya no tenía miedo de que la pillaran fundida en un abrazo apasionado con Simon, sintió unos enormes deseos de besar a su hermano protector por venir a buscarla.

Mientras caminaba hacia el carruaje de Marcus, se despidió de Simon.

—Espero que disfrutéis observando el comité de la señora Harris, señor. Y gracias por ayudarme con los Trusbut. Ha sido todo un detalle por vuestra parte.

—Te veremos el martes, ¿no, Simon? —sugirió Regina alegremente detrás de ella.

Louisa soltó un bufido. Había olvidado que lo habían invitado a asistir a la reunión del martes. Ahora sería imposible escapar airosa.

Ese maldito truhán lo sabía, también, ya que una repentina sonrisa de triunfo coronó sus labios.

—Por supuesto. Allí estaré. Tengo muchas ganas de asistir a esa reunión.

Apartando rápidamente la vista de la cara de satisfacción de Simon, Louisa se dispuso a subir al carruaje de su hermano, mas antes de que Marcus pudiera ayudarla a entrar, Simon añadió:

—¿No os olvidáis algo, señorita North?

Ella se giró hacia él, lívida y con el corazón a punto de estallar de miedo, y entonces vio lo que él le mostraba. Sus guantes, que él se había guardado previamente en el bolsillo.

Ignorando la mirada iracunda de su hermano, ella bajó del vehículo y se acercó a Simon. Cómo deseaba poder usarlos para abofetearlo en plena cara y borrar esa sonrisa socarrona.

—Gracias. —Se los puso atropelladamente—. Olvidé que me los había quitado en casa de lady Trusbut para dar de comer a *Raji*. Celebro que me hayáis recordado que os los había entregado, para que me los guardarais.

Era un cuento plausible, pero la pequeña carcajada que soltó Simon hizo que ella quisiera volver a propinarle otra patada en la espinilla. Por lo menos, él no intentó sabotear su declaración.

—No hay de qué, señorita North. Ya sabéis que para mí es un placer poder estar a vuestro servicio.

Simon bajó los ojos hasta emplazarlos en su *fichu* arrugado, y ella dio gracias a Dios de estarle bloqueando la vista a Marcus con su espalda, para que su hermano no viera esa mirada tan descarada.

La voz de Simon se tornó en un murmullo ronco.

—La próxima vez que estemos solos, me aseguraré de dejar a mi mono revoltoso en casa.

Louisa comprendió perfectamente lo que Simon quería decir, así como la firmeza del propósito que ensombrecía sus bellas facciones.

—No habrá una próxima vez —murmuró ella—. Os lo prometo.

Mientras regresaba al carruaje de Marcus, Louisa notó la ardiente mirada de Simon clavada sobre ella. Si ese bribón conseguía que se quedaran de nuevo a solas, el fuego que lo abrasaba era capaz de encender el fuego que ella intentaba aplacar en su interior, e irremediablemente se fundirían en una llamarada juntos, una llamarada que lo arrasaría todo, hasta que sólo quedaran las cenizas; todo lo que ella había planeado, todos los esfuerzos por los que tanto había luchado.

Marcus y Regina subieron al carruaje después de ella. Louisa no osó mirar por la ventana para ver si Simon estaba aún allí de pie, plantado, contemplando cómo se marchaban. Con Regina y Marcus a su lado, no se atrevía a mostrar su curiosidad.

Cuando sorprendió a su hermano observándola con cara de reproche, ella le sostuvo la mirada.

—¿Tienes algo que decir, Marcus?

—Vigila, bonita. Foxmoor sigue siendo un hombre peligroso.

—¡Marcus! —exclamó Regina—. Mi hermano no es tan ogro como lo pintas.

—¿No? ¿Acaso has olvidado cómo te manipuló incluso a ti?

—Pero eso sucedió hace muchos años —apostilló Regina—. No es el mismo hombre; ha cambiado.

—No estoy tan seguro —la corrigió Marcus—. Sigue jugando con los sentimientos de mi hermana.

—Bobadas. —Louisa intentó hablar con un tono distendido—. Mi corazón ha permanecido blindado contra el duque durante muchos años. No te preocupes por mí.

Marcus enarcó una ceja.

—Entonces, ¿por qué tenía tus guantes? No soy tan ingenuo, Louisa. Sé perfectamente cómo se las ingenia un hombre de su calaña para seducir a una mujer.

—Probablemente, de un modo muy parecido al que tú mismo utilizaste en numerosas ocasiones, cuando tú y Regina os liasteis antes de que te casaras con ella.

La carcajada sofocada de Regina sólo consiguió que Marcus mirase a su hermana con más enojo.

—Eso era distinto. Regina y yo estábamos enamorados.

Louisa suspiró. No podía alegar lo mismo de ella y Simon. Sólo porque parecía que no podían mantener las manos alejadas el uno del otro cuando estaban juntos, no quería decir que estuvieran enamorados. Depravados, quizá. Locos, seguramente. Pero no enamorados.

—Simon y yo no estamos festejando. Él ha accedido a ayudar a la Sociedad de las Damas de Londres, eso es todo. —Le dirigió a su hermano una sonrisa de complicidad.

Marcus lanzó un sonoro bufido.

—He visto cómo te miraba, como si fueras una perdiz rolliza que él anhelara cazar. ¿No se te ha ocurrido que su repentino interés pueda formar parte de sus maquinaciones para consumar su venganza por lo que le hiciste?

La sensación de frío que se adueñó del cuerpo de Louisa consiguió borrarle la sonrisa de los labios. Era verdad; no se le había ocurrido. Había estado tan ocupada pensando en qué razón política podía impulsarlo a actuar de ese modo tan sospechoso, que no se había parado a pensar que su motivo podría ser tan simple como el de una venganza personal.

Porque él había dicho que había olvidado el pasado. Porque

él había declarado que reconocía que lo que le había hecho estaba mal.

Porque él la había besado con el fervor de un hombre sincero.

Pero sus besos podían mentir… Ya lo habían hecho antes. Oh, qué idiota que había sido, al no considerar la razón más obvia para desconfiar de él.

—No le hagas caso a Marcus —intervino Regina—. Simon jamás sería tan diabólico…

—Eso mismo fue lo que dijiste hace siete años —espetó Marcus.

—Entonces sólo era un pobre botarate, joven y alocado. Desde entonces, ha hecho innumerables cosas buenas por su país. Ha aprendido de sus errores; estoy segura. —Miró a su esposo fijamente—. Incluso tú admitiste que su labor como gobernador general ha sido intachable.

Un músculo se tensó en la mandíbula de Marcus.

—Eso fue antes de que empezara a acosar a mi hermana otra vez. Y antes de que me enterase de que…

Cuando no terminó la frase, Louisa sintió un nudo en el estómago.

—¿De qué te has enterado?

—Sólo es un rumor, y ni siquiera estoy seguro de si es verdad… —Marcus suspiró—. Parece ser que Sidmouth y sus amigos estaban pensando en dañar tu reputación de un modo irrevocable, intentando que algún pobre botarate accediera a casarse contigo.

El dolor en su estómago se intensificó.

—Y crees que Simon…

—No lo sé, cariño. Sólo digo que es posible.

—¡Él jamás haría una cosa tan horrible! —protestó Regina.

—Sí que podría. —Louisa se encogió angustiada al recordar que Simon le había preguntado si quería ser su amante. No hablaba en serio, ¿no?

—No importa cuáles sean sus motivos —proclamó ella con una visible tensión—. Haré todo lo posible por no quedarme con él a solas de nuevo; de ese modo, no podrá arruinar mi reputación.

—Vamos, Louisa… —empezó a decir Regina.

—Hablo en serio, Regina. Sé que esperas que Simon y yo nos casemos algún día, pero eso no sucederá jamás. Es lo mejor para todos, te lo aseguro.

Ahora, lo único que faltaba era que Louisa fuera capaz de convencer a su propio corazón.

Capítulo once

Querido primo:

No es necesario que os disculpéis. En lo que concierne a Foxmoor y a Louisa, si el duque cree que casándose con ella conseguirá subyugarla a su voluntad, se llevará una buena sorpresa. Jamás he conocido a una mujer con tanta determinación por seguir su propio camino como Louisa.

Vuestra amiga incondicional,
Charlotte

*E*l lunes por la noche, después de la última vez que había besado a Louisa, Simon deambulaba con paso desapacible por uno de los salones del club Travellers. De todos los clubes de los que era socio, el Travellers era el único con una suficiente diversidad de periódicos para satisfacer sus propósitos. Pero después de estudiar detenidamente todas las noticias de la prensa radical durante dos horas, perdió la paciencia y abandonó su empeño.

En parte, porque lo que había leído lo había dejado más intranquilo de lo que esperaba. Pero sobre todo porque la misma maldita fémina que había plagado sus noches, ahora lo perseguía también de día. Todavía podía sentir el aroma de azucenas que perfumaba su piel, todavía podía oír sus deliciosos gemidos de placer, todavía podía notar el tacto de esa suave carne trémula en la palma de su mano, en la punta de sus dedos.

Maldita fuera. Siguió paseando entre las esbeltas columnas, dando gracias de que los socios del club se hallaran en la sala de juego o cenando, dejándole la sala para él solo. Si lo vieran tan agitado, lo atormentarían inclementemente con mil y una preguntas.

Ya había sufrido suficiente tormento. ¿Y qué diantre iba a hacer ahora, después de haber conseguido alejarla de él?

«Eso es lo que sucede cuando permites que tu polla nuble tu razón.»

—Cállate, viejo alcahuete —farfulló al escuchar la voz de su abuelo. Las memorias de los comentarios mordaces de su abuelo no lo habían asaltado de un modo tan sofocante en la India. Excepto por el breve periodo que siguió a su fatal error de cálculo en Poona, las voces habían desaparecido cuando Simon se enteró de la muerte de su abuelo, muy pronto después de su llegada a la India.

Pero ahora, el viejo había regresado, y Louisa lo estaba asfixiando…

Lanzó un bufido de exasperación. Esta vez se merecía las duras críticas de su abuelo; era cierto: había permitido que su polla nublara su razón. Había conseguido espantar a Louisa. Y no se le ocurría ningún modo de recuperar el campo perdido.

Tras la fría despedida de ella, Simon había temido que Louisa evitara su visita esa mañana. Mas en lugar de eso, ella lo había recibido como una buena dama, con una cortesía y una seguridad impenetrable. Sólo la presencia de Regina lo había frenado para no agarrarla por sus delicados brazos y zarandearla vigorosamente en un intento de arrancarle esa máscara de insensibilidad.

¿Qué tenía que hacer para convencerla de que podía confiar en él? Los besos y las caricias no funcionaban, y ella había rechazado su oferta de ayudarla con la excusa de que no quería estar cerca de él.

Maldita fémina testaruda.

—Foxmoor —pronunció una voz bravucona detrás de él, y Simon se giró rápidamente, preparado para partirle la cara al mentecato que osaba molestarlo.

Pero se tragó las palabras de rabia al ver a su interlocutor: el ministro del Interior en persona, acompañado de su buen amigo Castlereagh, el ministro de Asuntos Exteriores.

—Sidmouth —lo saludó tensamente.

Sidmouth se acercó a Simon con la premeditada cautela de un perro de caza que husmea a un puercoespín. E hizo bien en comportarse de ese modo; en ese momento, Simon habría disfrutado propinándole un buen puñetazo en su escuálida nariz.

Sidmouth desvió la mirada hacia el periódico que Simon tenía desplegado encima de la mesa, un boletín llamado *London Monitor*, que publicaba un tipo con ideas exaltadas llamado Godwin. El ministro del Interior esbozó una mueca de disgusto, luego volvió el rostro hacia Simon.

—He oído que ahora dedicáis parte de vuestro tiempo a esa manada de ovejas que pulula alrededor de la señorita North.

—Mi hermana es una de esas ovejas, así que tened cuidado con lo que decís.

—El rey me ha contado confidencialmente vuestros planes para obstaculizar sus actividades. Sin embargo, me he enterado de que habéis conseguido sacarle a Trusbut doscientas libras para su causa. —Las carnosas mejillas de Sidmouth se sonrosaron—. Seguramente sabréis que usarán ese dinero para apoyar a su candidato.

—Si pueden, lo harán, aunque mi intención es evitarlo.

Los delgados labios de Sidmouth se contorsionaron en una mueca insidiosa.

—¿Y cómo pensáis hacerlo? ¿Casándoos con la señorita North? ¿Sabíais que esa mujer ha rechazado a todos los pretendientes que se le han acercado?

—A mí no me rechazará —replicó Simon—. Sólo necesito un poco de tiempo para…

—¿Tiempo? No tenemos tiempo. Cada día que pasa, su grupo recluta a más mujeres para su causa. Antes de que os deis cuenta, estarán secundando a varios candidatos en las elecciones; la Casa de los Comunes se verá desbordada por miembros radicales, y nos encontraremos de nuevo con otra organización tan radical como la Manchester Patriotic Union Society…

—Y entonces, os aseguraréis de que las arresten o las fusilen en Saint Peter's Field, igual que hicisteis con los miembros de la Manchester Society —lo atacó Simon.

Sidmouth palideció y Castlereagh se quedó boquiabierto.

Pero antes de que ninguno de los dos individuos pudiera hablar, Simon añadió:

—No, esta vez no podríais actuar del mismo modo, ¿no es cierto? Porque una cosa es arrestar a un puñado de granjeros que exigen una representación en el gobierno, y otra cosa es arrestar a un grupo de damas cuyo único objetivo es conseguir dinero para vestir y alimentar a los niños que viven en la prisión y evitar que unas pobres mujeres sean violadas brutalmente por sus guardianes.

Sidmouth adoptó el semblante altivo y condescendiente que tanto lo caracterizaba.

—¿De qué lado estáis, Foxmoor?

Sólo con un enorme esfuerzo, Simon consiguió controlarse para no perder los nervios. ¿Qué locura se había apoderado de él para hablar de ese modo tan impulsivo? Probablemente todo lo que había leído sobre *La masacre de Peterloo*, tal y como los radicales llamaban a los graves incidentes que habían tenido lugar en Saint Peter's Field. En la India sólo había leído la versión del *Times*, que, aunque simpatizaba con la multitud, no había sido tan incisivo en sus críticas como la prensa radical.

Simon se propuso calmarse antes de soltar la mentira.

—De vuestra parte, por supuesto.

—Ah, pues empezaba a dudarlo —espetó Sidmouth—. Pensaba que queríais seguir los pasos de vuestro abuelo; pero estoy seguro de que él habría elogiado mi actuación en el caso de Saint Peter's Field. Monteith sabía que la gente necesita una mano firme.

—Ya, pero yo no soy Monteith —contraatacó con una visible tensión—. Sin embargo, vos y yo compartimos bastantes intereses. Estoy de acuerdo en que la señorita North y sus amigas se están excediendo del límite permisible. Y si queremos evitar otro caso como el de Saint Peter's Field, lo más indicado es que las alejemos del charco antes de que todos salgamos salpicados de barro. —Miró a Sidmouth con ojos gélidos—. Pero habéis de concederme un poco más de tiempo.

Para que cuando toda esa historia concluyera, pudiera asegurarse de que los lores de la calaña de Sidmouth no continuaran gobernando Inglaterra con un puño de hierro. Simon estaba seguro de que jamás toleraría ningún comportamiento similar en su posible gabinete de ministros.

Sidmouth asintió con desgana.

—De acuerdo. Pero sólo unos días; si no lo conseguís, resolveremos la cuestión a nuestra manera.

¡Y un bledo lo harían! Conteniendo su ira, Simon también asintió con la cabeza.

—Y ahora, si me disculpan, caballeros, me marcho. Llego tarde a una cita.

Si permanecía un segundo más en presencia de Sidmouth, diría algo de lo que seguramente después se arrepentiría. Pero es que ese desgraciado lo sacaba de quicio. ¿Acaso no se daba cuenta de que si no pactaba con aquéllos que exigían representación en el gobierno, se verían obligados a continuar expuestos a la merced de las masas exaltadas?

No, Sidmouth pertenecía a otra época; aún vivía en una versión de Inglaterra del Reinado del Terror.

Simon abandonó el club a grandes zancadas, deteniéndose únicamente para recoger el sombrero y el abrigo que le entregó el portero y pedir que condujeran el faetón hasta la puerta principal. Había engullido todas las lecturas que su estómago podía soportar por esa noche.

Había descubierto más de lo que había esperado. Deseaba averiguar qué amigos de la Sociedad de las Damas de Londres podían ser unos posibles candidatos para la Casa de los Comunes. En lugar de eso, había leído numerosos artículos ensalzando el trabajo de esas mujeres, loando las buenas obras que habían llevado a cabo a pesar de la oposición de personajes desequilibrados como Sidmouth.

Pero eso era lo que había leído en los periódicos radicales. En cambio, la prensa más moderada no se mostraba tan a favor de las reformistas, sino que se limitaba a quejarse como siempre sobre una panda de mujeres que había metido las narices en temas que no eran de su incumbencia. El enfoque le pareció provocador. Simon se sintió alarmado al enterarse de lo cerca que esas mujeres estaban del límite, especialmente ahora que pretendían inmiscuirse en política.

Mientras se dirigía a su casa, intentó apartar esos desagradables pensamientos de la mente. Mañana volvería a insistir con Louisa, para intentar que cambiara su decisión inamovible de no casarse. Hasta entonces, no había nada que hacer.

Además, aún le quedaba un trabajo por terminar. Con sus días en el Parlamento o trotando detrás de Louisa, y sus noches repletas de eventos sociales que no podía ignorar si deseaba reincorporarse a las filas políticas, no le había quedado demasiado tiempo para investigar la situación de Colin. Pero no podía postergarlo más. Después de todo, tenía que cumplir su promesa.

Tan pronto como llegó a su casa, llamó al mayordomo para que éste se personara en su estudio.

—Tráeme otra de las cajas de la correspondencia del abuelo Monteith. —Simon se quitó el abrigo—. Y dile a uno de los lacayos que me traiga algo de comer; hoy no he cenado en el club.

—Muy bien, señor.

El mayordomo se alejó, y Simon echó un vistazo a su alrededor en busca de *Raji*. Lo vio enseguida. La mascota dormitaba en su rincón favorito, junto al fuego. El estudio hacía las funciones de celda temporal del mono, cuando éste no salía de excursión con Simon. Los criados tenían la orden de no dejarlo salir si la puerta estaba cerrada.

Simon encendió más velas y se preparó para una intensa labor, rebuscando entre las páginas polvorientas de las numerosas cartas del abuelo Monteith, aunque tenía pocas esperanzas de encontrar lo que buscaba. Su abuelo era demasiado listo como para dejar ningún documento que pudiera incriminarlo. Probablemente había quemado las cartas pertinentes tan pronto como las había recibido.

Sin embargo, el viejo podía haberse olvidado de alguna. O por lo menos, Simon esperaba encontrar una carta inocua en la que se mencionara a alguien que pudiera corroborar la versión de Colin. Simon tenía que intentarlo.

Cuando el mayordomo regresó con la caja, Simon se instaló delante de la mesa con todos los papeles. Pero tras una hora de búsqueda infructuosa, sus ojos empezaron a cerrarse. Maldito fuera su abuelo por mantener cada pieza de correspondencia de cada lacayo. A pesar de que Simon desechó algunas simplemente por la firma, ojeó un sinfín de cartas. Quién sabía si una nota de un sirviente podía contener una referencia importante.

Simon se acababa de acomodar para dar buena cuenta de su emparedado cuando el mayordomo entró en la sala.

—Lord Draker está aquí, señor. Desea verlo.

Simon llevaba esperando esa visita desde el sábado por la noche, pero ahora no estaba de humor para soportar los sermones de su cuñado.

No obstante, tampoco deseaba tener a Draker por enemigo.

—Hazlo pasar. —Apenas tuvo tiempo de confirmar si *Raji* continuaba durmiendo antes de que su pariente llenara la estancia con su presencia monumental.

—Buenas noches, Foxmoor —saludó el vizconde con un tono poco amistoso.

—Buenas noches, Draker. —Simon desvió la vista hacia su mayordomo y dijo—: Déjanos solos, por favor. —Después se levantó y rodeó la mesa para servirse una copa de brandy.

Cuando Draker hubo cerrado la puerta detrás del mayordomo, Simon alzó el decantador hacia él y enarcó una ceja.

Cuando el vizconde asintió con la cabeza, Simon le sirvió a su cuñado una copa de brandy también, luego avanzó hacia él para ofrecérsela.

—¿No os parece que es un poco tarde para ir de visita?

—Sabes perfectamente bien que esto no es una maldita visita de cortesía.

Si su cuñado podía ser descortés, él también.

—Es obvio que no os satisfizo ver a Louisa conmigo, el sábado por la noche. —Simon volvió a dirigirse a la mesa y se sentó tras ella.

—Satisfacer no es la palabra más indicada. —Draker se dejó caer en otra silla ubicada frente a la mesa—. Pero le he prometido a Regina que no me entrometería. —Sin dejar de fruncir el ceño, tomó un sorbo de brandy—. Pero claro, eso fue antes de que me enterase de que hoy has ido a visitar a mi hermana. Y le has llevado flores. Después de que ella me hubiera asegurado que no has demostrado ningún interés romántico hacia ella.

—¿Eso es lo que os ha dicho? —Simon depositó la copa de brandy sobre la mesa con tanto ímpetu que un poco del licor se desparramó por encima de la superficie de madera. Con una mueca de indignación, limpió la mesa con la servilleta que había en la bandeja con su cena—. Maldita fémina testaruda...

—Cuidado, Foxmoor, estás hablando de mi hermana.

Simon lo observó irritado.

—No me diréis que no opináis lo mismo.

Draker lo miró fijamente, luego asintió con la cabeza.

—Lo admito: a veces puede ser más terca que una mula.

—¿Terca? ¿Es así cómo describís a una mujer que pretende no sentir nada por mí, cuando sé perfectamente bien que...? —Al ser consciente de con quién estaba hablando, Simon moduló su tono—: Estoy cortejando a vuestra hermana. Y tanto si Louisa es capaz de admitirlo antes vos como si no, a ella se lo he dejado absolutamente claro.

Draker se acomodó en la silla y lo traspasó con la mirada.

—Quizá lo que pasa es que a Louisa le cuesta confiar en ti.

—Maldita sea; primero me lo dice ella, y ahora su hermano. —Simon asió el cuchillo y un trozo de madera que había sobre la mesa, y empezó a tallarlo con unos golpes furiosos y afilados—. Demostráis ser un par de... de malditos desconfiados, siempre dispuestos a creer que el mundo entero quiere traicionaros.

—El mundo no; sólo tú —matizó Draker con sequedad.

Simon se quedó callado unos instantes mientras acribillaba a Draker con una mirada cansada.

—Quiero casarme con ella, y esta vez no necesito vuestro consentimiento. Louisa es perfectamente capaz de adoptar sus propias decisiones. Así que lo mejor será que no os entrometáis.

—Me entrometeré hasta que esté seguro de los motivos que te mueven a querer casarte con mi hermana.

—Los mismos que cualquier hombre que quiera casarse con una mujer. Creo que puede ser una buena esposa, y disfruto de su compañía...

—¿La quieres?

Evitando la mirada penetrante de Draker, Simon se ensañó con la talla de madera con el ceño fruncido. Debería mentir, pero mentirle a ella y a su familia sólo le había llevado a un callejón sin salida con Louisa, siete años antes. No, ahora deseaba hacer las cosas bien hechas.

—El rey me dijo una vez que soy incapaz de amar, y me temo que sea cierto. Pero os aseguro que siento un enorme afecto hacia ella.

—Eso no me sirve de consuelo; no es suficiente —gruñó Draker.

—Lo sé. Pero estoy intentando ser sincero. —Volvió a fijar la vista en Draker—. Considero que es lo mínimo que os merecéis.

Draker seguía mirándolo con desapego.

—Quizá esto sirva para calmaros. —Simon dejó a un lado la madera y sacó algo de un cajón que luego lanzó sobre la mesa.

Mientras Draker ojeaba la voluminosa pila de papeles, una expresión de incredulidad se apoderó de su cara marcada por una enorme cicatriz al tiempo que murmuraba:

—Son las condiciones de matrimonio.

—Sí. Las preparé la semana pasada. Como podéis ver, ella dispondrá de una generosa pensión, una seguridad económica para nuestros hijos, una…

—Dudo que a Louisa le interesen esos matices. Bueno, excepto por los hijos. —Para sorpresa de Simon, Draker sonrió—. Aunque la existencia de este compromiso matrimonial aleja una de mis sospechas.

—¿Ah, sí?

—Bueno, no importa. —Draker volvió a ojear el acuerdo, luego se relajó en la silla con una mirada extraña en sus ojos—. Estás muy seguro de tus probabilidades, ¿no es cierto?

—Lo estaba hasta esta mañana —se quejó, sintiéndose aliviado al ver cómo Draker estaba abordando la cuestión de un modo civilizado, sin dejarse llevar por la ira—. Vuestra hermana puede ser tan fría como un témpano de hielo cuando se lo propone.

—Échale la culpa a Regina. Louisa ha adoptado los viejos hábitos de tu hermana en cuanto al comportamiento intachable y esperado de una dama. —Draker clavó la vista en su brandy—. Será mejor que te hable con franqueza; Louisa asegura que jamás se casará.

—Regina decía lo mismo hasta la noche que accedió a casarse con vos.

—Después de que yo la comprometiera. —La mirada incisiva de Draker lo fulminó—. Espero que no estés planeando hacer nada similar.

—¿Planear? No. —Simon reflexionó unos momentos, antes de añadir, con afán de sincerarse—: Pero no puedo prometer que eso no suceda. Cuando se trata de Louisa, siempre demuestro una habilidad por enredarlo todo... —Simon decidió no continuar por esa vía cuando vio que el semblante de Draker se empezaba a oscurecer—. Todo lo que os puedo prometer es que intentaré evitarlo por todos los medios.

A pesar de que la expresión de Draker continuaba siendo sombría, el vizconde no dijo nada. Simplemente se arrellanó en la silla y sorbió otro trago de brandy.

Tras unos momentos, Simon se aventuró a comentar:

—No parecéis tan preocupado como esperaba, ante la posibilidad de que consiga casarme con Louisa.

Draker removió el licor que quedaba dentro de la copa.

—No puedo preocuparme por algo que posiblemente no sucederá. Y la verdad es que... —Suspiró—. Me preocupa su obsesión por la Sociedad de las Damas de Londres. Es una buena causa, lo admito, pero no puedo dejar de pensar...

—Que ella se merece algo mejor.

Draker alzó la vista y la fijó en los ojos de su interlocutor.

—Exactamente. Hace tiempo tenía la absoluta certeza de que jamás me casaría. Fue un periodo solitario y difícil de mi vida, y no se lo deseo a nadie, así que mucho menos a mi hermana.

—Ni yo tampoco. —Simon jugueteó con el trozo de madera, luego suspiró—: Draker, ya sé que tenemos nuestras diferencias, y no os culpo por despreciarme después de lo que le hice a Louisa hace siete años. Pero he cambiado; ya no soy el mismo. —Miró a su cuñado fijamente—. Creo que podría ser un buen esposo para ella. Y pienso tratarla con toda la gentileza y el respeto que merece.

Draker se alzó de la silla y depositó la copa vacía sobre la mesa.

—Espero que así sea. —Se apoyó en la mesa, con sus hombros masivos listos para la batalla—. Porque si le haces daño a mi hermana, te juro que te mataré, aunque seas mi cuñado.

Simon le sostuvo la mirada sin parpadear.

—Comprendo. —Le costó un enorme esfuerzo contenerse para no escupirle a la cara que Draker sólo lo vencería si peleaban con los puños, porque Simon podría vencerlo sin ningún problema en un duelo con espada o pistolas, incluso con una mano atada a la espalda.

Draker se dirigió a la puerta, pero se detuvo antes de atravesar el umbral.

—Quería preguntarte otra cosa. Desde que Regina oyó que tu ayudante de campo se llamaba Colin Hunt, no ha dejado de sentir curiosidad por saber si se trata de una mera coincidencia que su apellido sea el mismo que el de vuestro difunto tío que sirvió en la India. Regina me ha contado que incluso te lo preguntó en una de sus cartas, pero no le contestaste.

Los dedos de Simon se tensaron alrededor del trozo de madera que descansaba sobre la mesa.

—Es un apellido bastante común.

—Eso no es lo que te he preguntado. Y me parece que Regina está en su derecho de saber si tiene un primo al que no conoce, aunque sea ilegítimo.

—Estoy de acuerdo. —Un suspiró se escapó de los labios de Simon—. Pero no estoy seguro de la respuesta.

Draker enarcó una ceja.

—¿No estás seguro? ¿O no quieres decírmelo?

—No estoy seguro. —Señaló hacia las cartas—. Precisamente eso es lo que estaba intentando averiguar ahora mismo.

—¿Acaso alega ese individuo que es el hijo ilegítimo de tu tío? —inquirió Draker.

—No. —Eso era cierto, aunque la verdad absoluta era demasiado increíble como para comentársela a su cuñado sin estar del todo seguro.

—Y sin embargo, estás examinando el caso.

—Sí. Os prometo que vos y Regina seréis los primeros en

enteraros cuando sepa algo. —No pensaba soltar esa sorpresa de golpe sin estar absolutamente seguro de poder probar sus declaraciones.

Después de que Draker se marchara, Simon regresó a la mesa y asió otra carta. A pesar de sentirse totalmente agotado y de saber que al día siguiente tendría que levantarse temprano para ir a Newgate a ayudar a Louisa, necesitaba averiguar la verdad. Sólo entonces podría empezar a enmendar su terrible error en Poona.

Capítulo doce

Querida Charlotte:

Hace poco me he enterado de que Foxmoor mantuvo un encuentro en privado con lord Sidmouth el pasado lunes. Quizá no sea significativo, pero dada la aprensión que el ministro del Interior profesa por la Sociedad de las Damas de Londres, os sugiero que ni vos ni vuestras amigas bajéis la guardia.

Vuestro preocupado primo,
Michael

*E*l disco del sol apenas se había levantado por encima del horizonte el martes por la mañana, cuando Louisa se encaró a Brutus *el Matón* dentro del recinto de la prisión de Newgate.

Louisa llevaba tiempo desconfiando del señor Treacle, porque el guardián sólo había ocasionado problemas desde que las Damas de Londres habían contratado a una matrona para reemplazarlo y, como consecuencia, lo habían destinado a vigilar las celdas de los hombres. A Brutus no le gustaba el nuevo trabajo, oh, no. Los reclusos no se mostraban tan dispuestos a satisfacer sus gustos lascivos.

Si la decisión hubiera dependido de Louisa, ya haría tiempo que habrían despedido a ese energúmeno, pero el primo de Brutus era el señor Brown, el gobernador de la prisión, así que no había nada más que hablar.

Ese día el vigilante estaba a punto de acabar con la paciencia de Louisa.

—La semana pasada me dijo que sería suficiente con ocho coches de alquiler —le recriminó ella.

—Para transportar a las mujeres, señorita North. —Brutus hundió los dedos pulgares en los bolsillos de su chaleco mugriento—. Pero los guardianes también tendrán que ir en algún vehículo, digo yo.

—Los guardianes siempre van montados a caballo.

—Sí, cuando las reclusas van en carreta, pero hoy no irán en carretas, y no podemos arriesgarnos a que se escapen.

—¡Están encadenadas! ¿Cuántos metros lograrían correr antes de que los guardianes les dieran alcance?

Brutus cruzó sus gruesos brazos por encima del pecho.

—Un carruaje se podría separar del resto y desaparecer antes de que un guardián pudiera reaccionar.

—¡Por el amor de Dios! —Louisa sintió unas terribles ganas de abofetear a ese tipo tan retorcido. Le costaba mucho aguantar impasible ante la sonrisita siniestra de ese pervertido.

«Calma, Louisa, calma. De nada te servirá perder la paciencia.»

En lugar de eso, lo traspasó con una mirada glacial.

—Emtonces, ¿cuántos coches necesitamos?

—No lo sé. Pero con dos vigilantes en cada vehículo, uno en el pescante y otro en el interior, no cabrán todos, junto con las reclusas, en ocho vehículos.

—Le pedí a Simon que alquilara uno extra —intervino Regina—, pero aun así no será suficiente.

—Me parece que no quedará más remedio que recurrir a las carretas. —Brutus ni siquiera se preocupó en ocultar su satisfacción.

—No usaremos las carretas —tronó Louisa con firmeza.

—¿Qué sucede? —preguntó la señora Fry, atraída por el barullo que se iba extendiendo por el recinto.

Ella y el resto de las mujeres cuáqueras estaban ocupadas distribuyendo paquetes que contenían agujas de coser, hilo, y trozos de tela para que las reclusas pudieran confeccionar edredones de parches que luego serían vendidos en Australia, y Louisa odiaba tener que distraerla de su labor. Sin embargo, la hija del banquero, una mujer de cuarenta años que siempre iba impecablemente vestida y cuyos rasgos refinados ocultaban una voluntad de hierro, era la única que conseguía hacer cuadrar a Brutus.

Tras la explicación de Louisa, la señora Fry fulminó al señor Treacle con unos ojos tremendamente severos.

—Ahora mismo iré a exponer los hechos al gobernador, señor.

Brutus se encogió de hombros.

—Vaya si quiere, pero eso no cambiará nada. Todavía faltan vehículos para llevar a las reclusas.

—Podríamos usar mi carruaje, también —propuso la señora Harris—. Puesto que hoy sólo hemos venido Venetia y yo, queda espacio para tres reclusas.

Las mujeres seguían hablando sobre quién más se ofrecía a llevar a algunas reclusas en sus carruajes cuando llegó Simon.

—¿Por qué están alienadas esas carretas en la explanada delante de la cárcel? —preguntó mientras se unía a ellas.

Louisa lanzó a Brutus una mirada desdeñosa.

—Porque el señor Treacle se muere de ganas de ofrecer un espectáculo público de las reclusas.

—No tengo la culpa de que usted no pensara en los guardianes —espetó el hombre.

—¡Usted no lo mencionó! —Louisa irguió la barbilla hacia delante de un modo tan beligerante que el cuello elevado de su capa le arañó la garganta—. Así que, dígame, ¿qué propone que hagamos ahora?

Simon se colocó entre ella y el guardián.

—¿Pero cuál es el problema?

Ataviado con una levita y unos sencillos pantalones de algodón de color marrón, Simon iba decididamente vestido de un modo demasiado informal como para parecer un lord, así que Brutus ni siquiera lo miró a la cara.

—Hay demasiadas mujeres para los vehículos de alquiler.

—Entonces alquilaremos más —apuntó Simon—. O realizaremos dos viajes.

—Imposible. No hay tiempo. El *Cormorant* zarpará de aquí a dos horas, cuando suba la marea. Así que no queda más remedio que usar las carretas; no hay otra alternativa.

Ése no era el tono ni el mensaje que Simon esperaba. Irguiendo la espalda amenazadoramente, se dirigió hacia el guardián y pronunció en un tono aterradoramente glacial:

—Quiero hablar con el gobernador de la prisión.

—El gobernador no tiene tiempo para ver a un puñado de cuáqueros —replicó Brutus con insolencia.

—No soy un cuáquero. Soy Foxmoor. Y quiero hablar con el gobernador ahora mismo —exigió, con toda la arrogancia que se podía permitir un aristócrata.

Brutus necesitó un segundo para reconocer el apellido. Cuando lo hizo, su pérfida sonrisa se borró de un plumazo de su cara.

—¿Fox… Foxmoor? ¿El duque?

—El mismo. —Sin apartar la cruda mirada de ese tipo, Simon hizo un gesto hacia Regina—. Esa mujer es mi hermana. La señorita North es su cuñada y una de mis amigas más preciadas. Quizá desee mencionárselo al gobernador, cuando lo encuentre.

—Sí, se… señor duque —farfulló el hombre, y luego se marchó disparado como una flecha.

Tan pronto como desapareció, Simon miró a las damas.

—Y ahora, explicadme lo que ha sucedido.

Cuando Brutus regresó, Louisa había puesto a Simon al corriente de las tácticas generales a las que recurría ese tipo así como su palmaria aprensión hacia las reformistas.

El señor Brown trotaba al lado de Brutus, sin aliento, como un perrito faldero que se dirigía a su amo tan rápido como le permitían las patitas, dispuesto a no disgustarlo.

—Su excelentísima señoría, me parece que ha habido un lamentable malentendido…

—Sí, eso parece —lo interrumpió el duque en esa imperiosa manera que Louisa sabía que jamás lograría superar. Simon desvió la vista hacia Brutus y lo degradó con una mirada, como haría con una miserable cucaracha—. Ese guardián nos dijo que alquiláramos ocho vehículos, y ahora alega que no son suficientes.

Brutus le lanzó a Simon una mirada asesina, pero el señor Brown ladeó la cabeza furiosamente.

—Un fallo imperdonable. Le aseguro que llegaré hasta el fondo de esta cuestión.

—Eso espero, puesto que estas damas y yo ahora tendremos que usar nuestros propios carruajes para acomodar a todo el mundo. A menos que se le ocurra alguna otra sugerencia.

—Cuando el señor Brown abrió la boca, Simon añadió—. Y me refiero a una sugerencia que no implique recurrir a las carretas.

El señor Brown cerró la boca.

—Comprendo. Y usted, ¿tiene un carruaje que pueda poner a nuestra disposición?

—Sí, el gobernador tiene una calesa. Está aparcada en la parte de atrás —repuso uno de los guardianes antes de que el aludido pudiera contestar.

Louisa lo reconoció de inmediato; era uno de los pocos guardianes amables, que siempre se comportaba con las reclusas con una extraordinaria gentileza.

—Perfecto. —Simon le dirigió al gobernador una sonrisa efímera—. Estoy seguro de que estará encantado de ceder su carroza a nuestra comitiva, ¿verdad?

Louisa tuvo que contenerse para no echarse a reír.

El señor Brown se quedó pálido como la cera.

—Ejem… sí… su excelentísima señoría, por supuesto.

—Porque, de no ser así, me vería obligado a comentar este lamentable malentendido a mi buen amigo, el señor alcalde, y estoy seguro de que no le haría ni pizca de gracia.

—Estaré… encantado de que usen mi calesa, su excelentísima señoría.

Simon asintió con la cabeza satisfecho y se dirigió hacia las mujeres, que parecían sorprendidas de la efectividad de su método.

—¿Cuántos vehículos más necesitamos, señoras?

—Dos —especificó la señora Harris—, si sentamos a los niños en las rodillas.

—Hay un par de tipos que alquilan carruajes en la próxima calle —comentó el guardián gentil—. Si quiere, señor duque, puedo ir a hablar con ellos, a ver cuántos puedo alquilar.

Simon le entregó varias coronas.

—Págales con esto, y quédate el cambio.

Louisa sabía que era más de lo que el guardián cobraba en un mes. Con la cara iluminada, el hombre dio profusamente las gracias a Simon antes de salir corriendo.

Con un porte altivo, Simon se giró hacia Brutus.

—Bueno, parece que hemos resuelto el problema. —Su tono era claramente sarcástico—. Así que quizá será mejor que nos pongamos a trabajar, puesto que los barcos esperan nuestra llegada con tanta impaciencia.

Louisa sólo tuvo tiempo de lanzarle a Simon una mirada de agradecimiento antes de que los guardianes iniciaran el tedioso proceso de cargar a las mujeres encadenadas y a sus hijos en los carruajes.

Oh, ¿cómo iba a resistirse a Simon, si éste se comportaba de un modo tan adorable, como por ejemplo encarándose a Brutus para defender a las reclusas? ¿O informando a Marcus de que tenía la firme intención de casarse con ella? Todavía no se acababa de creer lo que su hermano le había contado la noche anterior: que Simon le había enseñado a Marcus los papeles en los que se establecían las premisas del matrimonio.

La presunción de Simon debería de haberla molestado. Pero en lugar de eso, consiguió que su sangre bullera de efervescencia, y todo porque estaba demostrándole que lo que hacía por ella no formaba parte de un maquiavélico plan.

Debía de estar loca. Lo observó de soslayo, mientras Simon acababa de cerrar el trato con uno de los tipos que alquilaban carruajes. Él la pilló observándolo, y la embelesadora mirada que le lanzó consiguió que a Louisa se le acelerase el corazón, especialmente cuando él redondeó la actuación con una sonrisa tan resplandeciente que prácticamente la deslumbró.

Mientras su corazón pugnaba por escapársele por la boca, Louisa apartó la mirada. Ése era el problema con Simon: deslumbraba a todo el mundo, de la misma forma que Lucifer debió de haber hecho cuando descendió del cielo como un ángel de luz.

Incluso su hermano se había mostrado encantado con la disposición de Simon. Tras su charla con él, Marcus había cesado en su intento por protegerla. Incluso había admitido que se equivocaba al pensar que Simon pretendía cortejarla con el único fin de arruinar su honra.

Lamentablemente, la señora Harris no podía apartar de la mente las malas noticias que había recibido esa misma mañana: alguien había visto a Foxmoor hablar en privado con lord Sidmouth, justo antes de que Marcus fuera a visitarlo.

La preceptora notaba un nudo en el estómago cada vez que pensaba en ello. Pero sus sospechas eran del todo fundadas. Por más que le molestara, Foxmoor era miembro del partido de Sidmouth. Eso no significaba que estuviera necesariamente de acuerdo con el ministro del Interior; muchos miembros del partido de Sidmouth divergían de sus ideas.

Pero ¿era el duque uno de ellos? ¿O su magistral actuación con las Damas de Londres, incluso el interés que mostraba por casarse con Louisa, constituía simplemente un engaño elaborado maquinado por él para acabar con la reputación de Louisa?

No, no podía ser. Seguramente Foxmoor sabía que Marcus jamás se lo permitiría. Aunque la negativa de Marcus no había conseguido frenarlo siete años atrás…

¡Maldito fuera Simon! Después de todos esos años, todavía conseguía ejercer una indiscutible influencia en su vida, pensó Louisa. Y, por lo que parecía, esta vez no estaba mejor preparada que la vez anterior para indagar los motivos que podían moverlo a cortejarla. Virgen Santa, algunos hombres deberían presentarse con un manual de instrucciones.

Y sin embargo, la había defendido ante Brutus.

—¿Señorita North? —dijo un guardián, sacándola de sus pensamientos obsesivos—. La hemos colocado en un carruaje con las reclusas a las que ha estado dando clases, ¿le parece bien?

—Perfecto. Gracias. —Ella siguió al guardián hasta uno de los coches de alquiler. Antes de subir, contempló la explanada de la cárcel. Cada vehículo estaba lleno excepto el faetón de Simon. Afortunadamente, sólo quedaba una reclusa en tierra, que llevaba a cuestas a un niño que no podía tener más de tres años.

Mientras Louisa se debatía por si cederle su asiento en el carruaje a la mujer, Simon se acercó a la reclusa, sonriendo con afabilidad.

—Me parece, señora, que usted y su hijo tendrán que ir en mi carruaje.

Louisa se quedó mirando a Simon con la boca abierta. ¿Estaba dispuesto a llevar a una reclusa en su carruaje favorito? ¿De verdad?

Los ojos de la mujer se abrieron como un par de naranjas cuando se fijó en el faetón, con sus paneles dorados y su tapicería de damasco, y tirado por dos magníficos bayos idénticos. La identidad de Simon todavía no se había filtrado entre el grupo de reclusas, pero la mujer no pudo evitar fijarse en que el carruaje —y su dueño— era de una calidad superior.

La reclusa sacudió la cabeza efusivamente.

—No, señor. Es… es un coche demasiado lujoso para… para alguien de mi condición.

Simon se inclinó hacia ella.

—Es cierto. Incluso es demasiado ostentoso para mí, pero lo soporto porque los caballos prefieren este carruaje. Les hace sentir importantes, así que lo hago para que mis caballos se sientan felices, si no, andan muy despacio.

Brutus apareció en escena.

—No puede poner a esa mujer ahí, señor duque. Tiene que ir acompañada de un guardián para que la vigile, y no hay espacio para tanta gente.

Simon torció el gesto y miró a Brutus con ojos iracundos. Pero se limitó a decir, en un tono seco:

—El guardián tendrá que conformarse con ir sentado en el pescante, con mi mozo de cuadra. Si de verdad le preocupa tanto que esta mujer encadenada y con un niño a cuestas no se escape, lo emplazo a que sea usted mismo el que se suba al pescante para vigilarla.

El rostro de Brutus se puso rojo como la grana ante tal provocación. El duque lo estaba llamando mentiroso a la cara.

Mas antes de que pudiera replicar, la reclusa dijo:

—Por favor, señor, preferiría no molestarlo. Mi hijo ha estado enfermo, y podría… podría vomitar el desayuno sobre su precioso carruaje. Montaremos en una carreta. No pasa nada. —Tragó saliva y colocó una mano sobre la cabecita del chiquillo—. La gente no se atreverá a tirar huevos a una madre con un niño, supongo.

—Claro que no lo harán. —Los ojos de Simon refulgían con furia—. Porque primero se las tendrán que ver conmigo. —Acto seguido, la levantó en volandas y la depositó en el faetón. Luego se arrodilló ante el niño.

—Si te duele la barriga, dímelo, y nos detendremos para que puedas vomitar, ¿de acuerdo?

La criatura miró al duque con los ojos descomunalmente abiertos, sin sacarse el pulgar de la boca, y asintió con la cabeza.

Simon cogió al niño con tanto cuidado que a Louisa se le formó un nudo de emoción en la garganta. ¿Y por qué ese chiquillo tenía que ser un adorable querubín, con esos ricitos dorados danzando graciosamente sobre su cabecita, mientras se encaramaba a la falda de su madre? Era demasiado fácil imaginar que se podía tratar del propio hijo de Simon, listo para salir a dar un paseo con papá. O imaginarse a sí misma como la madre de la criatura, acunando esa dulce cabecita contra su pecho, colocándole bien la gorra, y murmurando palabras dulces y sin sentido en sus diminutas orejitas.

No podía apartar la vista de Simon, mientras éste se encaramaba al faetón. Un guardián trepó hasta el pescante trasero. Jamás había pensado en Simon en esos términos, como padre. Arrastrado por sus ambiciones, sí. Como un maestro en el arte de la seducción, también. ¿Pero capaz de dar cariño a un hijo o a una hija? Jamás.

Hasta ahora.

Oh, ¿pero en qué estaba pensando? No deseaba pasar por el mal trago de dar a luz, doblegada irremediablemente y chillando de dolor, asediada por médicos crueles, con sus escalpelos y sanguijuelas.

Louisa se reafirmó en su decisión inamovible. Por más que Simon la tentara, el matrimonio no estaba hecho para ella.

Se acomodó en el asiento y soltó un suspiro de alivio. En ese entorno, rodeada de sus reclusas, se sentía mucho más cómoda. A ese grupo en particular, les había enseñado a leer durante la larga espera para ser juzgadas. A pesar del abismo que separaba su vida de la de ellas, se sentía cómoda con esas mujeres porque a ellas no les importaba ni su forma de vestir ni su forma de pensar. Incluso la incluyeron en sus cuchicheos cuando el carruaje se puso en marcha.

Amy, una mujer a la que habían encarcelado por robar unas vetas en la lencería donde trabajaba, se inclinó hacia delante.

—¿Es el hombre que ha puesto a Lizbeth y a su niño en su impresionante carroza un duque de verdad, señorita North?

Martha, la reclusa sentada al lado de la primera, soltó un estentóreo bufido.

—No seas tonta. ¿Por qué vendría un duque a la cárcel?

Cuando las otras empezaron a burlarse de Amy, Louisa se apresuró a contestar:

—Sí, efectivamente; es un duque.

—¿Veis? —Amy cacareó con retintín—. ¿No os parece que esto es el inicio de un cambio? Me apuesto lo que queráis a que Lizbeth jamás imaginó que llegaría a sentarse al lado de un duque.

—Pues no sé por qué te parece tan extraño ——se jactó Martha—. Seguramente se ha sentado en la falda de más de un duque, cuando trabajaba en la taberna. —Le propinó un codazo a Amy—. O incluso diría que ha hecho algo más, que simplemente sentarse en la falda de un duque.

Las otras mujeres empezaron a reírse, y Louisa frunció el ceño.

—Señoras, ¿qué dijimos sobre el hecho de realizar comentarios ordinarios?

Todas se pusieron serias de golpe.

—Perdón, señorita —replicaron al unísono.

Pero Louisa no las podía culpar por incurrir en viejos hábitos; se sentían extremadamente nerviosas por el futuro que les esperaba en Australia. En el reducido espacio del coche de alquiler, y con las cortinas cerradas, por las que apenas se filtraba la tenue luz del amanecer, el compartimento se convirtió en una agobiante muestra del viaje que las aguardaba en el barco, en el que tendrían que amontonarse bajo cubierta en unas diminutas celdas.

Amy clavó la vista en el suelo, con aire pensativo.

—Seremos buenas, de verdad. Pero hemos oído tantas cosas terribles sobre lo que les pasa a las mujeres que suben a esos barcos…

—Lo sé. —Louisa también había oído esas historias. Tres años antes, un barco de reclusas había sido incluso apresado por piratas—. Pero si actuáis con orgullo, los hombres decentes os tratarán con respeto.

—¿Y los otros? —espetó Martha—. Son los otros los que nos preocupan.

—Por lo menos tenéis que intentar manteneros firmes a vuestros principios. Es la única esperanza que tenéis para poder iniciar un nuevo tipo de vida. Pero tenéis que ser fuertes.

—De todas formas, me alegro de que mi amiga me haya conseguido un par de esponjas —dijo Martha tranquilamente.

Louisa la miró sin comprender.

—¿Esponjas?

—No hables de eso delante de la señorita North, idiota —la regañó Amy.

—¿Por qué no? —replicó Martha—. Tal vez también puede ser útil para ella. Y todas sabemos que ninguno de esos hombres refinados ni esas damas repipis se lo contarán. —Martha contempló a Louisa con descaro—. Una esponja es lo que las mujeres se ponen para no quedarse embarazadas. La remojas en vinagre y la introduces en…

—¡Martha! —espetó Amy—. No seas maleducada.

—No te preocupes —suspiró Louisa, mientras notaba cómo se le aceleraba el pulso. ¿Cómo era posible que no supiera nada sobre ese método anticonceptivo? En la cárcel había oído muchos detalles interesantes sobre el acto de fornicar. También había oído a los hombres mencionar la eficacia de los condones, ¿pero de qué le servía un preservativo a una mujer, si ésta deseaba mantener en secreto su propósito? No podía deslizar una funda sobre el miembro viril de su esposo sin que éste se enterase. Pero en cambio…

—Y esas esponjas… ¿son efectivas?

—Sí —respondió Amy—. Bueno, una nunca puede tener la certeza absoluta de que no se va a quedar preñada. Pero usted no necesitará usar esponjas, señorita. Seguro que el hombre rico con el que se case tendrá dinero de sobras para mantener a todos sus hijos.

—Quizá la señorita North no quiere casarse —comentó Martha maliciosamente—. Quizá sólo quiere un amante…

—Eso ni pensarlo. —El rubor se apoderó de las mejillas de Louisa—. Sólo tengo curiosidad, porque las reclusas más jóvenes me preguntan sobre estas cuestiones.

Parecía que las otras mujeres habían aceptado la burda mentira, pero Martha enarcó una ceja y se arrellanó en el asiento al tiempo que se cruzaba de brazos.

Louisa carraspeó.

—Y... los hombres... ¿no notan la esponja?

Amy se echó a reír al ver a su maestra tan tan azorada.

—Oh, señorita, me parece que será mejor que deje que las damas casadas instruyan a las jóvenes sobre ese tema.

—A mí no me importa explicárselo. —Martha atravesó a Louisa con una mirada perspicaz—. Un hombre no se da cuenta de nada cuando la tiene metida dentro del coño de una mujer. Mientras la mujer se tumbe y le deje hacer lo que quiera, él jamás notará la diferencia.

—También es más rápido de ese modo —intervino otra reclusa, y todas se echaron a reír.

Louisa pestañeó. Eso sonaba tan horroroso... como las escenas que había presenciado inadvertidamente en la prisión, antes de que ella y sus compañeras reformistas hubieran logrado instaurar el orden. Desde luego, no le sonaba a nada parecido a la salvaje tempestad que los besos de Simon habían desatado en su interior.

Miró a Martha a los ojos, intentando mostrarse perfectamente impasible.

—¿Y dónde puede... una mujer comprar esas esponjas?

Martha se encogió de hombros.

—Sé que la señora Baker las vende en su tienda, en Petticoat Lane.

—Esa vieja incluso vende una preparación especial para humedecer las esponjas, ¿no es verdad, Amy? —agregó otra reclusa.

Pero Amy parecía haber perdido interés en la conversación. Había retirado la cortina y tenía la mirada fija en la calle.

—Miradlos. Hatajo de buitres... esperando para atacar...

Louisa apartó la cortina y su semblante se entristeció cuando divisó a las personas que se habían apostado en el margen de la calle. Algunos llevaban cestas repletas de verduras podridas.

—¿Por qué no nos atacan? —preguntó Amy—. Seguro que saben que somos las reclusas que van al puerto. La información sobre la salida de los barcos siempre aparece en los periódicos, y han de saberlo a la fuerza, por la cantidad de guardianes que nos rodean.

—Sí, pero el hecho de que vayáis recluidas en carruajes en lugar de expuestas en carretas acaba con la diversión de la función —especuló Louisa. Sin embargo, sintió un escalofrío en la espalda al ver a la multitud quieta, murmurando mientras lanzaban miradas extrañadas hacia la procesión.

—Es ese duque que va delante, lo que frena a toda esta gente —apostilló Martha—. No saben qué hacer con los carruajes de los nobles.

Louisa asintió. No obstante, no podía desprenderse de la poderosa sensación de miedo que se iba adueñando de su ser, especialmente cuando se dio cuenta de que todavía les quedaba un buen trecho. Por eso rezó; rezó para que la presencia de Simon fuera suficientemente impactante como para aplacar a la masa tumultuosa hasta que los carruajes llegaran al puerto.

Capítulo trece

Querido primo:

Gracias por el consejo, pero jamás bajo la guardia cuando hay un soltero cerca. Esa clase de hombres posee una deplorable tendencia a sorprender a cualquiera, y a una mujer mayor como yo ya no le convienen sorpresas.

Vuestra prima y amiga,
Charlotte

Simon mantenía el semblante serio mientras conducía el faetón a través de las calles abarrotadas de basureros, pertrechados con cestas llenas de desperdicios, vendedores ambulantes, ayudantes de panaderos... cualquiera con el suficiente tiempo libre y la inclinación a desahogar sus frustraciones con el gobierno en las pobres reclusas. Tenía la sensación de que si los miraba directamente a la cara, el extraño sortilegio que los mantenía inmóviles se resquebrajaría e, inevitablemente, estallaría una revuelta.

Poco a poco, el murmullo iba incrementándose de tono. ¿Cuánto tiempo podría contenerse esa multitud enfurecida? Simon no quería descubrirlo.

Apretó los dientes y su mandíbula se tensó visiblemente. No era el lugar más conveniente ni para Louisa ni para Regina ni para ninguna otra dama. Lo más conveniente sería dejar en manos de las mujeres cuáqueras esos desagradables asuntos penitenciarios, porque ellas sabían cómo controlar a la plebe. Sólo con recordar a Louisa enfrentándose a ese guardián marrullero un rato antes, se le disparó el miedo en el corazón.

No permitiría que volviera a suceder. Jamás. Si ella no aceptaba que él guiara su camino, entonces se aseguraría de que Draker recibiera un informe conciso sobre los sucesos de ese día para que él se implicara. De un modo u otro, Simon pretendía poner punto y final a las actividades reformistas de Louisa.

—¿Es ése el barco? —se atrevió a decir el chiquillo sentado a su lado, señalando hacia delante, donde varios mástiles sobresalían por encima de la línea del río.

—Sí, uno de ellos es vuestro barco —explicó Simon.

—¿Y veré a mi papá allí? —preguntó con la esperanza de sus tiernos años.

—Calla, Jimmy —murmuró la madre antes de que Simon pudiera contestar. La mujer miró a Simon con ojos avergonzados y confesó—: le dije que su padre era marinero.

No hacía falta ser muy astuto para darse cuenta de que eso era mentira, pero a juzgar por la expresión desilusionada que emanaba de los ojos de la reclusa, probablemente el padre de la criatura los había abandonado incluso antes de que naciera Jimmy.

Esas situaciones eran bastantes frecuentes, pero la cruda realidad le provocó a Simon una enorme tristeza. En ese momento comprendió cómo debía de sentirse Louisa, al no poder erradicar esa clase de miserias tan corrientes entre la gente más desatendida.

¿Pero hasta dónde pensaba llegar? Una cosa era dar clases en la prisión, y otra cosa era exponerse a la furia del pueblo insatisfecho. O a la merced de ese guardián villano que ahora cabalgaba delante del faetón. Treacle le recordaba dolorosamente a los abominables *maratha* que habían arrasado y quemado Poona, hasta que los ingleses llegaron para establecer el orden. O para recoger los fragmentos que quedaban de esa sociedad deshecha, según cómo se mirase.

El intenso olor a humo y a sangre todavía acompañaba a Simon en sus peores pesadillas cada noche.

Ahora, la procesión sombría se acercaba a una bifurcación abarrotada de gente, cerca del puerto, y Treacle hizo una señal con la mano para que todos los carruajes se detuvieran hasta que pudieran pasar. Mientras esperaban, la sensación de inseguridad de Simon se fue acrecentando, especialmente cuando vio a Treacle hablando con un curioso que se había detenido a contemplar la comitiva.

El desdichado miró a Simon y, seguidamente, el curioso se perdió entre el hervidero de gente y empezó a contar algo en viva voz. En cuestión de segundos, unos gritos apagados hicieron erupción entre la multitud, como las chispas de calor que se encendían a lo largo del gran desierto indio.

Simon contuvo la respiración cuando oyó retazos de lo que la gente decía: «el duque y su amante» y «el bastardo de Foxmoor» y «privilegios de la nobleza». No necesitó mucho tiempo para interpretar el resto de la historia que se iba expandiendo entre la multitud: que él estaba llevando personalmente a su amante —presumiblemente, la mujer sentada a su lado— al puerto. Que le habían permitido saltarse los métodos usuales por el mero hecho de ser un duque. Que se iba a quedar con su hijo bastardo después de obligar a su amante a embarcarse en uno de esos navíos.

Era una muestra evidente de la enorme burbuja de tensión, a punto de estallar, en la que estaba sumida toda esa gente, capaz de creer una patraña de Treacle en lugar de considerar su absurdidad. Si un duque deseaba evitar que su amante pagara por las fechorías que había hecho, habría usado su influencia mucho antes de que se la juzgara ante un tribunal.

Pero las masas no solían mostrarse lógicas. Ni tampoco ayudaba que el hijo de la reclusa tuviera su mismo color de pelo.

La gente se apartó de la bifurcación, y Simon puso a los caballos en marcha antes de que Treacle diera la orden de continuar, pero el daño ya estaba hecho. Los murmullos entre la multitud fueron en aumento hasta convertirse en un sordo rugido, y la revuelta estalló en un abrir y cerrar de ojos. En tan sólo unos segundos, empezaron a volar proyectiles.

Simon oyó cómo la basura impactaba sobre los carruajes detrás de ellos, chocando contra los paneles, asustando a los caballos. Mientras los guardianes que iban montados en los vehículos intentaban poner orden, Simon atizó a los caballos para que corrieran, y los hombres que conducían los coches de alquiler tras él hicieron lo mismo. Recorrieron el último kilómetro que los separaba del puerto en medio de una lluvia de verduras podridas y otros desperdicios.

Puesto que muy pocos en la multitud se atrevían a lanzar nada contra Simon, la reclusa que iba con él y su hijo salieron del desafortunado percance prácticamente indemnes; no obstante, él no tuvo reparo en cubrirlos con su abrigo. Afortunadamente, cuando llegaron al puerto, se encontraron con más guardianes que los estaban esperando. Entre los nuevos refuerzos y los que iban montados en los carruajes, consiguieron contener a la masa para que las reclusas pudieran apearse sin ser alcanzadas por la basura.

Pero las mujeres no pudieron escapar a los insultos, y mientras se vaciaban los primeros carruajes, una reclusa en el grupo de Louisa no pudo contenerse y les plantó cara, insultando también a la gente.

Simon acababa de ayudar a su pasajera y a su hijo a apearse del faetón cuando se dio la vuelta y vio a Louisa regañando a la reclusa enojada. También avistó a un hombre entre la multitud, que se abría paso a empellones entre los guardianes y alzaba la mano, y antes de que nadie pudiera reaccionar, lanzó su proyectil.

Pero no se trataba de un tomate putrefacto, sino de un pedrusco.

Simon gritó para avisar a Louisa, pero todo sucedió muy rápido. Lo único que pudo hacer fue presenciar con horror el terrible impacto. Louisa se balanceó, y acto seguido se desplomó en el suelo.

—¡Louisa! —Simon se precipitó hacia ella, aterrorizado.

Cuando el tipo que había lanzado la piedra se dio cuenta de que había hecho diana en la mujer incorrecta, huyó despavorido, pero Simon estaba demasiado alterado para ir tras él.

Mientras Simon se inclinaba sobre Louisa, la reclusa que había provocado el incidente empezó a chillar histérica.

—¡Cállate! —le ordenó él, al tiempo que notaba cómo el miedo se apoderaba de su corazón. Se arrodilló al lado de Louisa y le cogió la muñeca. Por lo menos, su pulso latía firme y con fuerza, aunque sus ojos permanecían cerrados y su brazo yacía inerte entre las manos de Simon.

—¡Por Dios! ¡No me diga que está muerta! —La reclusa se tapó la boca con las manos, sin apartarse del lado de Louisa—. ¡La han matado! ¡Y todo por mi culpa! Ella me dijo que no les hiciera caso, pero no me pude contener; tenía que mostrarles mi rabia…

—¡No está muerta! —bramó él—. Y ahora vete, y déjanos que la atendamos como es debido.

Un vigilante empujó a la mujer mientras Regina se abría paso hasta ellos.

—¿Cómo está?

—No lo sé. —Simon apenas podía respirar a causa de la enorme presión que sentía en el pecho—. Está inconsciente. ¿Tienes las sales para oler? Podríamos intentar reanimarla.

—No llevamos los retículos, cuando vamos a la cárcel.

A Simon no le costó imaginarse el motivo.

—Pues he de sacarla de este polvorín.

—Llévala hasta ese coche de alquiler. —Regina señaló hacia un vehículo cercano que tenía la puerta entreabierta—. Ya me aseguraré yo de que no le pase nada a tu faetón.

—Harías bien en regresar conmigo, tanto tú como tus amigas. Este sitio no es nada seguro.

—Bobadas —terció Regina—. Los guardianes ya han conseguido controlar a la multitud exacerbada. Y necesitamos entregar los paquetes a las mujeres que han llegado desde otras prisiones. Vete. Volveré a casa tan pronto como pueda.

A Simon lo alarmaba la cara pálida de Louisa cada segundo que pasaba. Después de llevar su cuerpo inerte hasta el coche de alquiler, apoyó la cabeza de Louisa en su regazo. La multitud, más sobria ahora, ante la imagen de una reformista derribada por culpa de una piedra, despejó la carretera para que pasara el carruaje, y el vehículo salió disparado como una flecha hacia la casa que Draker tenía en el lujoso barrio de Mayfair. Con el miedo agolpado en su garganta, Simon le quitó a Louisa el sombrerito. Con toda la delicadeza que pudo, le pasó los dedos por el pelo, para palpar la herida. Su pánico se incrementó al palpar el chichón que sobresalía en esa bella cabecita. Era enorme.

La respiración de Louisa seguía un ritmo pausado, pero aun

así, él no se sentía tranquilo. ¿Cómo iba a estarlo, cuando ella permanecía con los ojos cerrados y su cabecita colgaba sin reaccionar con cada nueva sacudida del carruaje? Con sumo cuidado, le quitó las pinzas que mantenían su melena recogida en un moño y le desabrochó los botones superiores de la capa. Cuando ella no se movió, Simon le quitó los guantes y empezó a acariciarle las manos heladas, sin saber qué más podía hacer.

Si Louisa salía bien de ese desaguisado, él se aseguraría de que jamás volviera a suceder. Se casaría con ella y la encerraría en una de las casas que tenía en la campiña inglesa. Haría un trato con las Damas de Londres para que no la incluyeran en sus actividades. Recurriría a cualquier método que fuera necesario para asegurarse de que ella no corría peligro.

El trayecto le pareció a Simon el más largo de toda su vida.

Cuando llegaron a la casa de Draker, él descendió del carruaje con Louisa en brazos y subió las escaleras de dos en dos.

Mientras irrumpía en el interior de la mansión, apareció el mayordomo de Draker.

—¡Señor duque! ¿Qué ha sucedido?

—La señorita North ha sufrido un accidente. Ve a buscar a su hermano, rápido.

—El señor no… no está —respondió el mayordomo—. Ha salido. Quería comprar caballos en Tattersall.

—Entonces envía a alguien a buscarlo, por el amor de Dios. Y trae un médico, también. —Enfiló hacia la escalinata central—. ¿Cuál es la habitación de la señorita North?

—La que está al final del pasillo, a mano derecha.

—Haz que suba un lacayo con sales para oler; intentaremos reanimarla. —Simon subió las escaleras sin perder ni un segundo, con su preciada carga.

La alcoba de Louisa era simple y espartana, con una sencilla alfombra de Bruselas y un mobiliario modesto. Perfecto para Juana de Arco. Simon sólo rezaba porque ella no acabara como la famosa santa: muerta en manos de los que la perseguían.

Louisa no se movió cuando él la depositó con cuidado sobre la cama; llevaba demasiado rato inconsciente, y Simon se sintió aún más inquieto y temeroso. Su ayudante de cámara debió de haber sentido el mismo pánico cuando salieron corriendo hacia Poona y encontraron a la esposa de Colin agonizando a causa de la herida mortal provocada por la espada que le habían clavado en el vientre.

La familiar sensación de culpabilidad se adueñó nuevamente del cuerpo de Simon, pero hizo todo lo posible por deshacerse de ella. Louisa no iba a morir, no, ¡no iba a morir! No lo permitiría.

Se abalanzó sobre el escritorio para asir una silla, y se quedó paralizado al divisar un objeto situado al lado del tintero: la azucena que él le había tallado tantos años atrás. Ella la había conservado a pesar de sus terribles mentiras y engaños.

Agarró la silla, la arrastró hasta emplazarla al lado de la cama, y luego se sentó, no sin antes quitarle a Louisa los botines para que estuviera más cómoda. Sus pies se veían tan pequeños y frágiles, arropados por las medias blancas de algodón. Simon desvió la vista de nuevo hasta su carita pálida. No podía morir. No podía. La vida sin ella sería…

No, se negaba a considerar esa barbaridad. Tomó las manitas heladas entre las suyas y se puso a rezar. Jamás se había mostrado proclive a los actos religiosos, pero rezó con todas sus fuerzas.

Todavía estaba rezando cuando Louisa lanzó un gemido, y sus párpados se abrieron de golpe.

Visiblemente confundida, miró a su alrededor.

—¿Qué hago en casa? ¿Y qué haces tú aquí, Simon?

Él suspiró aliviado. ¡Louisa sabía dónde estaba! Eso quería decir que el batacazo no había sido tan tremendo, gracias a Dios. Tragando la enorme emoción que pugnaba por escapar de su garganta, Simon le estrujó cariñosamente las manos.

—Chist, mi dulce niña. Será mejor que intentes no hablar.

—¿Por qué? —preguntó ella, frunciendo el ceño—. Lo último que recuerdo es que estaba bajando de un carruaje…

—Cuando alguien te tiró una piedra y te derribó.

Las cejas de Louisa se enarcaron con una evidente confusión.

—Eso explica el dolor de cabeza que siento. -Se frotó la coronilla y se quedó pensativa—. Pero ¿por qué querría alguien atacarme con una piedra?

—No iba dirigida a ti, sino a una de las reclusas.

—Las reclusas… ¡Oh, no! ¡He de regresar al puerto! —intentó incorporarse, pero soltó un gemido.

Simon profirió una maldición, y la empujó para que volviera a tumbarse en la cama.

—Debes descansar. Por lo menos hasta que estemos seguros de que estás bien.

—Pero he de ayudar a distribuir los paquetes —farfulló ella abatida, y luego entornó los ojos.

—No vas a ir a ninguna parte. Regina y las otras damas tienen la situación absolutamente controlada. Además, no estás en condiciones de ayudarlas. Te ha salido un enorme chichón, y no sabremos si es grave o no hasta que te vea un médico.

—¡Un médico! —Sus ojos se abrieron descomunalmente, y el pánico que emanaba de ellos dejó a Simon helado—. ¡Ni hablar! Estoy bien, de verdad. —Louisa se sentó, y antes de que él pudiera detenerla, pasó las piernas hasta el borde de la cama y se levantó.

Simon también se levantó. La cogió por la cintura antes de que ella volara hacia la puerta.

—Maldita sea. —Él se sentó de golpe en la silla, sin soltarla—. ¿Quieres dejar de comportarte como una loca? Si no te calmas, te darás de bruces contra el suelo, y en lugar de un chichón tendrás dos.

Gracias a Dios que Louisa no se le resistió, sólo se acomodó en su regazo.

—De… de verdad; estoy bien. Sólo necesito un minuto para… para superar esta desagradable sensación de mareo.

Él la obligó a apoyar la cabeza contra su pecho.

—Eres la mujer más testaruda que existe sobre la faz de la Tierra. ¿Lo sabías?

—No lo creo. —Abriendo los ojos, le dirigió una sonrisa débil—. Seguro que hay alguien más testarudo que yo.

—Pues me estremezco sólo con pensarlo —repuso él con la voz ronca.

Ella se acurrucó entre sus brazos, y frotó la mejilla contra la tela áspera de su chaleco. De repente, retiró la cabeza para contemplar su pecho.

—¿Dónde está tu abrigo?

—Quién sabe. Lo utilicé para resguardar a la reclusa y a su hijo que iban montados en mi faetón, cuando la gente empezó a lanzar objetos. Probablemente esté por ahí tirado, en uno de los muelles.

Los ojos de Louisa mostraron un desapacible remordimiento.

—¿Esa gente horrorosa ha destrozado tu bonito faetón?

Simon no podía creer que a ella le preocupara esa nimiedad, después de lo que había pasado.

—Ni lo sé ni me importa.

Louisa pestañeó, al darse cuenta de su tono irritado.

—Si no estás preocupado por tu faetón, entonces, ¿por qué estás tan enojado?

—¿A ti qué te parece? Casi me da un infarto, al ver cómo te desplomabas en el suelo. —Le acarició el pelo con la punta de la nariz, y su voz se tornó más ronca—. No me importa mi faetón ni mi abrigo, ni siquiera el hecho de que ahora haya un montón de gente que crea que tengo una amante y un hijo bastardo que están a punto de embarcar hacia Australia. Sólo me importas tú.

Las facciones de Louisa se suavizaron, y empezó a sonreír. Hasta que asimiló el resto de la declaración.

—¿Amante? ¿De qué estás hablando?

Simon le explicó los motivos que él creía que habían sido el detonante para que la multitud se sublevara.

Louisa torció el gesto.

—Muy propio de Brutus.

—¿Brutus?

—El señor Treacle. Le llamo Brutus *el Matón* por el modo en que trata a las mujeres.

Él la estrechó entre sus brazos con más fiereza.

—Y ésa es la clase de tipos pendencieros con los que tienes que lidiar…

—Es mejor que sea yo quien me enfrente a ese tipo, y no las reclusas indefensas. Por lo menos él sabe que no puede abusar de una mujer de mi rango.

—¡No me digas! —espetó Simon acaloradamente—. Sólo puede incitar un motín para que te ataquen…

Ella se echó hacia atrás, y lo miró con aire beligerante.

—Dijiste que la piedra no iba dirigida a mí.

—Eso no importa. La cuestión es que fuiste tú la que saliste lesionada.

Unos golpecitos en la puerta precedieron la entrada de un lacayo, que se detuvo en seco cuando vio a Louisa entre los brazos de Simon.

—Disculpe, señor… señor duque. He traído las sales que había pedido.

Louisa se sonrojó y de un saltito se incorporó del regazo de Simon. Esta vez, fue capaz de permanecer de pie sin tambalearse.

—Gracias —respondió ella, al tiempo que intentaba zafarse de las manos de Simon, que se había levantado también e intentaba arrastrarla de nuevo hasta la cama—. Pero tal y como puedes ver, ya no las necesito.

La vista del criado iba de Louisa a Simon, y de Simon a Louisa.

—Señor, he ido a avisar al médico, pero no estaba en casa. ¿Quiere que vaya a buscar a otro doctor?

—¡No! —gritó ella al tiempo que Simon decía: «Por supuesto».

—¡Simon! —exclamó Louisa asustada—. Ya te lo he dicho. No pienso permitir que me vea un médico.

Ignorando su protesta, Simon se dirigió al escritorio y garabateó el nombre y la dirección de su médico particular. Luego avanzó hasta el criado y le entregó el trozo de papel.

—Si no está en esta dirección, entonces lo encontrarás en el hospital de Saint Bartholomew.

El lacayo asintió con la cabeza y abandonó la estancia rápidamente. Louisa también salió disparada hacia la puerta.

—¡Ven aquí ahora mismo! No he dicho que tú pudieras…

Simon la atrapó por la cintura, luego cerró la puerta con llave y se guardó la llave en el bolsillo.

—Ya basta de actuar como Juana de Arco. —La arrastró hasta la cama—. No irás a ninguna parte hasta que el médico diga que puedes salir.

Haciendo gala de una sorprendente fuerza, Louisa forcejeó con él hasta zafarse de sus garras.

—¡No permitiré que me vea ningún médico!

—No seas ridícula, por el amor de Dios. Podrías tener una fractura o…

—No me he fracturado nada. Estoy segura de que lo sabría, si me lo hubiera hecho realmente daño.

—Dejemos que sea un médico quien determine la gravedad de la lesión.

—¡No me gustan los médicos! —La alarma se desbordó en sus mejillas—. Sangran a las mujeres ante la más mínima excusa. Además, ya me siento mucho mejor. —Dio una vuelta sobre sí misma sin tambalearse—. ¿Lo ves? Estoy bien. No necesito que me vea ningún médico.

—Ya veremos qué opina tu hermano.

Los ojos de Louisa destellaron con rabia.

—No puedes contarle a Marcus lo que ha sucedido.

—¿Cómo que no? Ha de saber los peligros que tú y Regina corréis a sus espaldas.

—Ya lo sabe.

—Lo dudo. O jamás permitiría que su esposa participara en esa clase de situaciones tan turbulentas. —Achicando los ojos, se acercó a ella—. Y tú no me estarías suplicando que no se lo contara. Así que vuelve a meterte en la cama; ahora mismo.

Ella abandonó su intento.

—Simon, no le cuentes nada a Marcus. Sé que… que harás que parezca peor de lo que es.

—¿Peor? —bramó él—. ¿Cómo podría conseguir que pareciera peor? ¡Si casi te matan!

Louisa alzó la barbilla con altivez.

—Y a ti casi te matan en la batalla de Kirkee, cuando ni tan sólo eras un soldado. En esa ocasión, nadie dudó de tu valentía al arriesgar tu vida, pero en cambio yo he de permanecer en casa y estarme quietecita como una buena chica, ¿no es así?

—Maldita sea, Louisa.

—No se lo cuentes, por favor.

Murmurando una grosería, Simon se pasó los dedos crispados por su pelo completamente enmarañado.

—Lo descubrirá igualmente mañana, cuando lo lea en la prensa.

—Los periódicos jamás se han hecho eco de estos altercados antes —concluyó ella encogiéndose de hombros—. No sé por qué crees que lo harán ahora.

—¿Antes? —Simon dio un paso hacia ella—. Quieres decir que no es la primera vez que intentan lincharte…

—¡No! —Mientras ella reaccionaba rápidamente dando un saltito hacia atrás para alejarse de él, se apresuró a explicar—: No es la primera vez que presenciamos cómo la gente lanza objetos a las reclusas. Antes no nos permitían acompañarlas en las carretas, pero esperábamos a las reclusas en el puerto para entregarles los paquetes que habíamos preparado para ellas. Y cuando veíamos lo que las pobres tenían que soportar…

Louisa torció el gesto.

—Es atroz. Y los periódicos jamás lo mencionan, te lo aseguro. No hacen ninguna alusión a ese comportamiento. Por eso decidimos que no debería volver a suceder.

Lanzándole una mirada implorante, ella añadió:

—Y si se lo cuentas a Marcus, mi hermano se negará a dejar que Regina y yo vayamos otra vez a la cárcel, y los otros esposos seguirán su ejemplo, y la Sociedad de las Damas de Londres perderá la mitad de su apoyo… y todo por culpa de una simple piedra.

«Genial», pensó él.

—La próxima vez, alguien podría lanzarte un ladrillo.

—La próxima vez me protegeré con un casco de metal.

Simon la miró con el ceño fruncido.

—Aunque yo no se lo cuente a Draker, lo hará Regina.

—Tonterías. Ella muestra tanta pasión por estas labores benéficas como yo. Y sabe perfectamente cómo reaccionaría Marcus. Cuando vea que estoy bien, no dirá ni una sola palabra.

Probablemente no lo haría. Regina era tanto o más recalcitrante que Louisa.

—Vamos, no querrás enemistarte con las dos, ¿no? —La repentina sonrisa coquetona de Louisa consiguió que Simon se quedase un momento sin aliento—. Al menos, estoy segura de que no quieres enemistarte conmigo.

¿Acaso pretendía seducirlo para que olvidara lo que había sucedido? Pues no lo conseguiría.

—Mi relación contigo no es que marche viento en popa, ¿recuerdas? Después de hoy, tu intención era que no volviéramos a vernos más. Así que no me importa si te enfadas conmigo; lo único que pretendo es que no te pase nada.

—Quizá me precipité un poco ayer. —Volvió a alzar la barbilla con petulancia—. ¿Qué dirías si te dijera que accederé a que hagas de observador de mi comité?

Simon se la quedó mirando un buen rato, luego contestó suavemente:

—No es suficiente.

—Entonces, ¿qué dirías si te digo que accedo a que me cortejes? —Aleteó las pestañas seductoramente—. Eso es lo que quieres, ¿no es cierto?

Por el amor de Dios, claro que sí. Eso y mucho más. Y si podía cortejarla, procuraría que ella jamás volviera a arriesgar su vida.

Simon soltó un bufido. No creía que ese último deseo llegara a materializarse. Louisa podía meterse en un sinfín de problemas mientras él intentaba ganarse su confianza, especialmente si lo mantenía bailando a su alrededor durante semanas, sin dejar que la sedujera. Por lo menos con Draker, Simon tenía la esperanza de ver cómo ella se alejaba de sus actividades peligrosas de una vez por todas... bueno, eso si ese tipo no permitía que esas malditas féminas lo convencieran con sus ideas reformistas.

—No pienso arriesgarme a ver cómo te matan. —Avanzó otra vez hacia ella—. Y ahora sé buena y túmbate en la cama, para que pueda ir a ver si ya ha llegado tu herm...

Ella acalló sus palabras con un beso. Un beso muy dulce, muy tierno, que a Simon le disparó el pulso. Cuando Louisa se apartó, sus bellos ojos brillaban con la misma oscuridad seductora de las danzarinas indias que tentaban a los soldados.

A pesar de que él quiso resistirse, su cuerpo reaccionó igual que el de uno de esos soldados hambrientos.

—¿Se puede saber qué es lo que pretendes? —A Simon le costaba respirar. Apretó los puños para contenerse y no abalanzarse sobre ella y llevarla a la cama.

—Simplemente me limito a demostrarte lo bien que podrían ir las cosas entre nosotros. —Lo rodeó por el cuello con sus brazos, luego se puso de puntitas para besarlo de nuevo, esta vez palpándole los labios tentadoramente con la lengua.

Y lo hizo de un modo tan inocente… tan excitante. Y él no era más que un ser humano. Pensaba que la había perdido para siempre, y ahora…

Simon lanzó un gruñido, la estrujó entre sus brazos y la besó intensamente, apasionadamente, introduciendo la lengua entre sus ávidos labios una y otra vez.

Cuando finalmente se apartó de ella, la respiración de Louisa se había acelerado ostensiblemente, y lo contemplaba con una mirada decididamente seductora.

—¿Ves cómo podría ser nuestra relación? —susurró ella—. Y si no cuentas nada sobre lo que ha sucedido hoy, yo… yo… —Se obligó a sonreír—. Yo te daré tantos besos como quieras.

Simon hizo amago de soltarla, en parte sobresaltado de que ella se atreviera a negociar con él recurriendo a besos, y en parte porque todavía estaba preocupado por el golpe que había recibido. Pero Louisa no tenía aspecto de estar mal. Al revés; parecía estar bien… muy bien.

Lo suficientemente bien como para devorarlo de un solo bocado, con su melena negra como la noche cayendo en una deliciosa cascada sobre sus hombros, y sus labios rojos que parecían requerir urgentemente sus besos.

Simon creyó oír el eco de sus propios latidos desenfrenados en los oídos.

—¿Ahora? ¿Aquí? —inquirió él, con la voz ronca.

Ella empezó a juguetear con uno de sus mechones.

—Si eso es lo que he de hacer para que mantengas el secreto…

—No creo que sea conveniente. Tu hermano llegará de un momento a otro, y cuando nos encuentre juntos…

—Todavía tardará varias horas en volver. Se marchó a Tattersall esta mañana muy temprano, y nunca regresa hasta bien entrada la tarde.

Pero él mismo le había pedido al mayordomo que fuera a avisar a Draker…

Pero claro, Louisa no lo había oído. Cuando Simon habló con el mayordomo, ella seguía inconsciente. Quizá era la oportunidad que estaba esperando para conseguir casarse con ella. Para acabar con su tormento. Sí, casarse con ella.

La agarró por la cintura mientras urdía un plan. Aunque le había prometido a Draker que no comprometería a su hermana, eso sucedió antes de verla a punto de morir.

—Y Regina aún se quedará en la cárcel durante un par de horas —continuó ella, obviamente deseosa de decir cualquier cosa con tal de convencer a Simon para que no largara su secreto—. Además, los oiríamos si entraran en casa, por lo que tendríamos tiempo de sobra para dejar de besarnos y disimular.

Él lo dudaba. Así como también albergaba serias dudas de que Draker pusiera punto y final a las actividades reformistas de su hermana si se lo contaba todo. Mas mientras Louisa lo creyera, Simon podría conseguir lo que tanto anhelaba: una oportunidad para comprometerla.

Tendría que convencerla de llegar lo suficientemente lejos como para que Draker le exigiera que enmendara la afrenta casándose con ella, y pensaba hacerlo. Por Dios, vaya si lo haría, aunque luego tuviera que soportar la tremenda reprimenda y la tunda de sopapos que el bruto de su hermano seguramente le propinaría.

—Entonces, ¿estamos de acuerdo? —preguntó ella alegremente.

—Todavía no. Quiero algo más que unos meros besos por mi silencio. —Simon desvió deliberadamente la vista hacia el cuello desabrochado de la capa, que exponía una tentadora porción de piel desnuda—. Bastante más.

El rubor se extendió por sus mejillas, hasta teñirlas de un tono escarlata intenso, pero no se apartó de él.

—¿A qué te refieres?

Simon alzó la mano y la emplazó sobre su pecho; acto seguido, se inclinó para susurrarle algo al oído:

—Caricias prohibidas. Caricias muy íntimas. Quiero recorrerte. Quiero sentir el gusto de tu piel en mi boca, acariciar tu piel desnuda…

—Eso es inaceptable. —Se apartó de él, aunque sus ojos desprendían ahora un calor embriagador que debía derivar del fuego que le abrasaba las entrañas.

—Entonces, tu hermano y yo tendremos una larga charla sobre tus actividades tan pronto como llegue.

Simon detestaba presionarla de ese modo tan pérfido, pero probablemente jamás se le volvería a presentar una ocasión como ésa. ¿Qué otra forma mejor se le podía ocurrir, para que ella deseara casarse con él, que despertar su deseo carnal? Si fuera capaz de mostrarle las atractivas ventajas de estar casada...

—No pretendo deshonrarte —le dijo para reconfortarla—; sólo quiero que los dos lo pasemos bien, que nos demos placer mutuamente. —Lo suficiente como para comprometerla—. Cuando hayamos acabado, podrás volver a ponerte tu máscara recatada.

Pero él se aseguraría de que Louisa no deseara recurrir nuevamente a esa máscara. Nunca más. Y seguramente, lograría controlarse el tiempo necesario para darle placer sin sentir la imperiosa necesidad de penetrarla. Llevaba siete años esperando ese momento; seguro que podría esperar un poco más, hasta poseerla en su noche de bodas.

Louisa apartó la vista. Su cara era un mapa de rabia combinada con un deseo contenido. Probablemente, ella pretendía continuar luchando para no caer en las seductoras redes de Simon, pero también debía de estar realmente preocupada ante la idea de que Draker decidiera paralizar todas sus actividades benéficas; de no ser así, ni tan sólo se habría detenido a considerar ese acuerdo infame.

Al cabo de un rato, volvió a mirarlo a los ojos.

—Quiero que jures por tu honor que no me deshonrarás.

—Lo juro. —Simon sólo tenía que excitarla lo suficiente como para hacerle perder el mundo de vista.

—Y has de jurarme que ésta será la única vez que me propones comprar tu silencio con... caricias escandalosas. Porque si regresas mañana amenazándome con contárselo a Marcus...

—Por mi honor, juro que ésta será la única vez. —Una vez era todo lo que necesitaba. A menos que...—. Pero tú has de prometerme que me dejarás hacer lo que quiera. No te quejarás por alguna caricia que consideres que es demasiado íntima. Yo te he dado mi palabra de que no te deshonraré. —Simon bajó la mirada despacio, muy despacio, repasando su cuerpo impúdicamente—. Eso es lo único que aceptaré.

El pánico se materializó en la cara de Louisa.

—Pero no pretenderás pasarte todo el día…

—Pararé cuando llegue el médico, ¿de acuerdo? —Sólo rezaba porque Marcus llegara primero.

—De acuerdo. Siempre y cuando despaches al médico cuando llegue. —Simon frunció el ceño, y ella agregó—: No quiero médicos, y tampoco quiero que le cuentes a Marcus lo que ha sucedido. Ése es el trato.

Louisa se felicitó por ser tan lista.

—No estás en posición de regatear —le recordó él.

—Bueno, si no aceptas mi oferta… —soltó ella con altivez, y empezó a darse la vuelta lentamente.

—De acuerdo. Lo acepto. —Sin darle la oportunidad de cambiar de parecer, la estrechó entre sus brazos.

Capítulo catorce

Querida Charlotte:

No creo que se pueda calificar a una mujer de treinta y dos años como mayor. Ni tampoco puedo imaginar que todas las sorpresas os resulten incómodas. No sois tan poco aventurera como queréis aparentar.

Vuestro preocupado primo,
Michael

*L*ocura, pura locura. Louisa se derretía bajo los osados besos de Simon. ¿Qué la había impulsado a lanzar esa propuesta? Claramente, el impacto del pedrusco en plena cabeza le había provocado alguna clase de desequilibrio mental.

Pero no podía dejar que Simon le refiriera a Marcus lo que había ocurrido. Si su hermano se enteraba de que había sufrido un accidente… No, era mejor no arriesgarse. Si tanto ella como Regina se veían obligadas a apartarse de las acciones sociales, el grupo reformista no sobreviviría.

«Bobadas. Lo que pasa es que sientes curiosidad por saber qué es lo que Simon ha querido decir, con eso de "caricias íntimas"», le dictaba su conciencia.

Como las que le estaba propinando ahora, con su mano, acariciando su pecho mientras que su lengua asaltaba su boca sin piedad, con una sed que reflejaba su propia necesidad. Cielo santo, las partes más inesperadas de su cuerpo se estaban tensando, tensando, pidiendo a gritos las caricias de esos dedos, de esa boca…

Simon le desabrochó la capa y la lanzó a un lado. Acto seguido, empezó a quitarle el vestido.

—¡Simon! —exclamó ella, mientras su sobrio traje de lana caía a sus pies.

—Piel desnuda, ¿recuerdas? —Se le colocó a la espalda para desabrocharle el corsé.

—Pero si alguien entrara…

—No temas, mi dulce niña. —Con besos húmedos y acalorados, excitó la piel sensible en su oreja, su mejilla ardiente, el pulso que latía furiosamente en su cuello—. La puerta está cerrada con llave.

Louisa quiso apartarse, en un intento por recuperar la razón.

—¿Y qué pasa con los criados? Ellos tienen llaves.

—Sí, pero no se atreverán a usarlas sin permiso. El lacayo ha salido en busca de mi médico. Cuando llame a la puerta para informarnos de la llegada del doctor, bajaré hasta el recibidor, y allí es donde tu familia me encontrará cuando regrese.

—Y… y el doctor… ¿no dirá nada… a nadie?

—Le pago muy bien por su discreción. —Le quitó el corsé y lo dejó caer al suelo—. Si es necesario, también pagaré a los criados de la casa para que se estén bien calladitos.

Su alegato parecía absolutamente sensato… demasiado sensato, teniendo en cuenta el modo en que él la hacía sentir. La mano de Simon se había apropiado ahora de su pecho, y lo acariciaba con tanta devoción como para hacerla perder el sentido. Y su otra mano… Oh, cielos… ¿qué se proponía?

Simon le acariciaba la entrepierna, como había hecho en el bosque, pero esta vez con unas caricias más íntimas, mucho más… eróticas. Puesto que Louisa nunca llevaba enaguas, únicamente la etérea capa de lino de su ropa interior separaba esos dedos maliciosos de su parte más íntima.

—Hummm… Estás tan húmeda y tan cálida —pronunció él con una voz gutural—. ¿Sabes qué efecto me produce eso?

¿Simon sabía lo que significaba esa humedad, ese calor? Por supuesto que sí. A pesar de su declaración de no haber mantenido ninguna relación sexual durante siete años, probablemente había conocido a muchas mujeres a lo largo de su vida. De no ser así, ¿cómo podría estar haciéndole esas… cosas… tan… maravillosas? Virgen Santa. ¿En qué punto preciso la estaba tocando ahora, para conseguir excitarla tanto…?

Louisa soltó un gemido. Impulsivamente, se arqueó hacia las manos de Simon, pidiendo más. Él la besó fieramente a lo largo del cuello, y ella giró la cabeza para buscar sus labios.

Cuando se vio a sí misma reflejada en el espejo, con las diestras manos de Simon sobre ella, y esa boca devorando su cuello, la imagen la excitó aún más... hasta que se dio cuenta de cómo reaccionaría cualquier persona que los viera.

—Simon, si los criados... abren la puerta...

—Te encontrarán tumbada en la cama, con un bonito *deshabillé*, a la espera del médico. —Tomándola por sorpresa, la elevó entre sus brazos—. Porque ahí es precisamente donde pienso llevarte.

Louisa contuvo la respiración y lo rodeó por el cuello con sus brazos. Existía una lógica irrefutable en su plan, aunque había algo en la mirada selvática con que él devoraba su cuerpo que no conseguía descifrar.

No se podía decir que estuviera desnuda; llevaba puesta la ropa interior, aunque jamás se había mostrado tan ligera de prendas ante un hombre. Y Simon parecía ser capaz de ver perfectamente a través de la fina tela mientras la depositaba sobre la cama, ya que, mientras se inclinaba hacia ella, sus ojos se oscurecieron hasta adquirir ese tono azul cerúleo que siempre lograba provocarle un delicioso escalofrío en la espina dorsal.

Con un movimiento certero de sus dedos, le desató las vetas de la ropa interior, luego tiró de la tela hacia su vientre, para que sus pechos quedaran expuestos. Louisa sintió un terrible calor en las mejillas, pero sus pezones descarados, flagrantemente rebeldes, se mostraron duros como una piedra bajo la penetrante mirada de Simon.

—¿Sabes cuántas veces te he imaginado así? —confesó él mientras se tumbaba a su lado—. ¿Cuántas noches calurosas en Calcuta he soportado, conjurando imágenes de ti desnuda, bajo mi cuerpo? ¿Preguntándome si tus pechos eran tan orondos como parecían? —Los acarició con lascivia—. ¿Preguntándome si tus pezones serían rosados como las cerezas antes de estar maduras, o si tendrían el color de las ciruelas oscuras? ¿Si reaccionarían poniéndose duros cuando los tocara?

—Se inclinó sobre sus pechos—. O cuando los chupara, así…

Lamió un pezón con avidez, y Louisa ahogó un gemido. La estaba seduciendo tanto con sus palabras como con sus caricias. Sólo la visión de esa cabeza dorada sobre sus pechos la hizo estremecerse de placer.

Ese pacto había sido un error. Mucho más que eso, ¡y ella le había implorado que lo aceptara! Aunque sólo lo había hecho para aplacar las cosquillas que sentía en el pecho y en el vientre. Sin olvidar esa zona entre las piernas, que él ahora parecía tan decidido a explorar, quitándole lenta, muy lentamente, la ropa interior. Incluso se había atrevido a acariciarla precisamente ahí, con un dedo, atormentando ese punto que parecía adolecer por sus…

Por todos los santos. No podía permitir que Simon continuara; si no, acabaría por perder la noción de la decencia. No pensaba permitir que él la deshonrara, por más que estuviera demostrándose a sí misma que estaba lo suficientemente loca como para sucumbir al deseo, como para afirmar que lo deseaba.

Mas Louisa había aceptado que él la acariciara, la probara, y si ahora rompía su palabra, él echaría por la borda todo el trabajo por el que ella tanto había luchado.

«Mientras la mujer se tumbe y deje que el hombre haga lo que quiera, él jamás notará la diferencia.»

¡Sí! Eso era lo que tenía que hacer… tumbarse y dejar que él hiciera lo que quisiera. No permitir que sus sentimientos desvergonzados la tentaran a intervenir, a hacer cosas también obscenas o eróticas, como acariciarle el pelo o devorarlo con la boca tal y como él estaba haciendo en esos precisos instantes…

Tumbada en la cama, Louisa se obligó a sí misma a relajarse.

«Sólo deja que él haga lo que quiera, y luego todo habrá acabado, y tu virtud se mantendrá intacta», se dijo a sí misma.

Simon se movió para lamer el otro pezón, y ella tuvo que luchar para no deslizar las manos por ese mar dorado que se extendía sobre sus pechos. En lugar de eso, agarró la colcha de la cama y la estrujó con todas sus fuerzas.

«Piensa en alguna otra cosa que no sea su maldita boca. Piensa en Newgate.»

Louisa fijó la vista en el baldaquín de la cama sobre su cabeza, cubierto por una muselina blanca.

«Blanco. Sí, piensa en el proyecto de pintar figuritas de madera con pintura blanca; en todo lo que podréis hacer con ese dinero.»

¿Había hablado Simon más sobre ese proyecto con la señora Harris? Se lo tendría que preguntar más tarde. Quizá…

—¿Qué estás haciendo? —espetó Simon.

Ella dio un respingo y apartó la vista del baldaquín para contemplar esa cara con expresión irritada que tenía ante sí.

Un rubor irremisible se extendió por sus mejillas.

—No sé… no sé a qué te refieres.

—Ya lo creo que lo sabes. Hace escasamente unos segundos estabas excitadísima, y ahora… —Clavó la mirada significativamente hacia sus manos, que seguían asiendo la colcha con una tremenda crispación—. Ahora estás resistiéndote.

—Quizá no soy tan apasionada como pensabas. —Ella se esforzó por sonreír cándidamente—. O quizá no encuentro que estos actos sean tan sugestivos como te lo parecen a ti.

La rabia cegó los ojos de Simon.

—O quizá estás intentando escapar airosa de nuestro pacto del único modo que se te ocurre.

Maldito fuera ese hombre y la impresionante habilidad que demostraba por leer sus pensamientos.

—Ésa es una forma más bien arrogante de enfocar la cuestión. Estás dando por sentado que yo…

—No doy nada por sentado. Te conozco, y sé que preferirías morirte antes que dejar que yo ganara la partida. Así que estás intentando evadirte de nuestro trato.

Con una insolencia deliberada, él se inclinó para realizar un círculo con la lengua alrededor de su pezón, y Louisa sintió un delicioso escalofrío en la espalda.

Desesperadamente, ella intentó luchar contra sus sentimientos.

—Dijiste que querías tocarme y probarme; no especificaste nada acerca de cómo debía reaccionar yo. O si tenía que hacer las mismas cosas que tú.

—Ah, pero es que soy tan arrogante como para quererlo

todo. Así que… adelante, intenta seguir resistiéndote. Túmbate y piensa en Inglaterra y mantén las manos alejadas de mi cuerpo. —Le mordisqueó el pezón, y éste se puso instantáneamente duro ante el contacto con su lengua. Luego lo soltó para dirigirle una sonrisa oscura y licenciosa—. Pero con ello sólo conseguirás consolidar mi determinación a conseguir verte debajo de mí, jadeando, tocándome y probándome con tu boca, y suplicándome que te dé placer.

¡Oooh! ¡Vaya presunción! ¿Cómo se atrevía?

—Guardad vuestros discursos jactanciosos para el Parlamento, señor duque. No creáis que ganaréis esta batalla con palabras.

Louisa se arrepintió de su amenaza tan pronto como la soltó. Ahora, él no descansaría hasta lograr conquistarla.

—Pues entonces es una suerte que no pretenda recurrir a mis discursos —contraatacó él con una durísima voz gutural.

Y la batalla continuó.

Louisa apenas había tenido tiempo de tomar aire cuando él agarró su ropa interior y tiró de ella hacia arriba, con lo cual su cuerpo quedó completamente expuesto, desde los pechos hasta las medias ligadas justo por debajo de las rodillas.

Simon contempló con lascivia su cuerpo desnudo, devorándolo con unos ojos selváticos. Acto seguido, como Wellington en la batalla de Waterloo, arrasó todo ese nuevo territorio con una resolución implacable, conquistando sus pechos desnudos y sus pezones con una lluvia de besos, repasándolos con unos acalorados lamidos con su lengua, mientras hundía la mano sin piedad entre sus piernas.

Esta vez, Simon no se contentó con sólo acariciarla, oh, no. Deslizó su incansable dedo por el pegajoso pasaje con unos movimientos tan chocantes como libidinosos. Louisa aún estaba intentando recomponerse ante la audacia de esa invasión cuando él empezó a embestirla con un ritmo cadencioso, hacia dentro y hacia fuera, arriba y abajo, primero con un dedo, y después con dos dedos exploradores.

Que Dios se apiadara de ella y la salvara de esa mano tan inteligente, que parecía saber con tan pasmosa precisión cómo excitarla. Louisa se tragó el grito que se le formó en la garganta y estrujó la colcha hasta casi romperla, en su esfuerzo por no ceder. Entornó los ojos, pero con ello sólo consiguió ser más consciente de la boca de Simon, que ahora describía una senda de besos húmedos por su vientre. La lengua se hundió en su ombligo, y acarició ese punto fugazmente antes de continuar su trayecto hacia abajo... hacia...

Louisa abrió los ojos de golpe.

—Simon, ¿qué estás...?

Él irguió la cabeza y rezongó:

—Puedo probarte allá donde me apetezca, ¿recuerdas?

A continuación, apartó los dedos, pero sólo para poder separar los rizos enmarañados y exponer las partes tiernas ante su codiciosa mirada. Mientras ella contenía la respiración, con una combinación de alarma y curiosidad, Simon cubrió su pubis con la boca.

¡Cielo santo! ¿Qué diantre... estaba él...? Ohhhh, eso no era justo.

Ahora había hundido la lengua dentro de ella, tentándola pero sin darle lo suficiente. Si Simon había gobernado la India de un modo tan competente como gobernaba su cuerpo, no era de extrañar que todo el mundo alabara sus acciones.

Los obscenos movimientos de esa lengua la excitaron hasta límites insospechados y, de repente, se sintió rodeada por una sensación de vértigo y se oyó a sí misma gemir como si estuviera inmersa en un sueño; también notó cómo arqueaba las caderas hacia arriba, para acercarse más a su boca. No pudo hacer nada por frenar sus instintos, mientras las imágenes fluían por su mente... Simon llevándola en brazos, terriblemente preocupado por ella, y luego conquistándola, embistiéndola sin clemencia, hundiendo la lengua en su cuerpo, más intensamente, más hondamente.

Louisa ni tan sólo se dio cuenta de que lo agarraba por la cabeza, ni que enterraba las manos en su pelo, hasta que él le preguntó con la voz ronca:

—¿Me deseas?

El sonido de su voz la sorprendió, y ella clavó los ojos en su cara. Esperaba ver una expresión triunfal, pero sin embargo, vio unos ojos que refulgían con un deseo tan incontenible como hipnótico, y se estremeció por lo que podía pasar a continuación. Era un deseo tan poderoso que se sentía incapaz de negarlo por más tiempo. Louisa asintió.

—Dilo. Di: «te deseo, Simon».

—Te… te deseo… Simon —repitió ella mientras seguía impulsando las caderas hacia arriba, intentando en vano alcanzar esa boca que le prometía el paraíso.

Con los ojos brillantes con una satisfacción oscura, él reanudó sus caricias pecaminosas. Muy pronto, ella empezó a jadear y a convulsionarse, hasta que su voz derivó en unos graves gemidos, hasta que pensó que se moriría si no alcanzaba esa cumbre que esa boca parecía ofrecerle…

Y entonces se desencadenó la tormenta, anegándola de una impactante energía positiva, desde la punta de los pies hasta la coronilla. Un grito se escapó de su garganta, y Louisa se aferró a él y se pegó a su boca sin sentir vergüenza ni temor, sin tan sólo lamentarse por haber perdido la batalla. Porque la sensación que tenía era de haber vencido.

Simon también se sentía como si hubiera ganado. A pesar de que la había tentado para que le diera placer, y ella todavía no lo había tocado. Por eso la agarró por las manos.

Tras un último suspiro ante el estallido de sensaciones que acababa de provocar, Simon la invitó a sentarse en la cama.

—Tócame, mi amor, por favor… —le pidió él, apenas consciente de sus palabras—. Tócame… te lo suplico…

—¿Dónde? ¿Cómo? —Con unas inesperadas ganas de complacerlo, ella empezó a besar sus hombros. Los besos delicados lo volvieron loco.

Simon se liberó de la camisa, apresada en la parte inferior por los pantalones, luego se desabotonó los pantalones y los calzoncillos, agarró la mano de Louisa y la invitó a hundirla dentro de su ropa interior. Su polla estaba dura y lista para sus caricias. Ella se sobresaltó ante el primer contacto. Tras unos segundos, volvió a depositar la mano sobre ese miembro viril, y él suspiró sonoramente.

—Así, muy bien. —Simon le cerró la mano alrededor del pene. Gracias a Dios que ella no opuso resistencia, porque de haberlo hecho, él habría caído fulminado de deseo ahí mismo—.

Ahora muévela. —Le enseñó cómo acariciarlo—. Sacúdemela, firmemente. —Cuando Louisa obedeció, él dejó escapar un gemido—. Hummm… Sí, muy bien. Por Dios, no tienes ni idea… de lo agradable que es…

—Puedo imaginármelo —se burló ella con una sonrisa picarona. Luego lo estrujó con más fuerza, hasta arrancarle un grito de placer.

—Sabía que eras realmente… Cleopatra… y no Juana de Arco. —Simon se propulsó hacia su pequeño puño cerrado—. Te encanta seducir a los hombres hasta que se rindan a tus pies, ¿eh?

—¿Seducir? —Ella le estampó un beso en la garganta—. Me lo has suplicado, ¿no te acuerdas?

En esos momentos, Simon apenas recordaba ni su propio nombre, aunque sí que se acordaba de haberle suplicado, de haberle implorado que lo tocara. Y que ella también le había suplicado.

—Admítelo. Tú te rendiste primero.

—¡Ja! Eso son imaginaciones tuyas —replicó ella con una sonrisa socarrona en los labios, mientras incrementaba el ritmo de las sacudidas.

Por Dios, esa fémina estaba hecha para la pasión.

—No es cierto. Admítelo. Conseguí hacerte suplicar. —Simon se inclinó para rozarle los labios—. Y lo volveré a hacer, te lo prometo.

Entonces, mientras él caía inexorablemente en un pozo de pasiones, la besó en la boca, le manoseó los pechos satinados, hasta que ella de nuevo empezó a jadear y a convulsionarse contra él.

En algún lugar recóndito de su mente, Simon oyó unos golpes, pero apenas registró el ruido cuando otro sonido lo siguió, el de una llave abriendo una puerta.

Ni siquiera tuvo tiempo de soltar a Louisa antes de que la voz de Draker penetrara en su mente enfebrecida.

—¡Maldito seas, Foxmoor! ¡Suelta ahora mismo a mi hermana!

Simon lanzó un bufido. No quería que sucediera de ese modo, que Draker viera a su hermana en esa situación tan embarazosa. Combatiendo la necesidad acuciante que sentía por estallar en un orgasmo, se puso de pie rápidamente y se apresuró a cubrir el cuerpo desnudo de Louisa con la colcha.

Dándole la espalda a Draker, se abotonó los pantalones. Entonces clavó la vista en la cara de susto que tenía ante sí y murmuró:

—Lo siento, mi amor; perdóname.

Antes de darse la vuelta, Simon oyó otras voces detrás de él, entre ellas la de su hermana, que decía:

—Marcus, ¿qué tal está Louisa? —Luego, una pausa dolorosa—. ¡Virgen Santa!

Eso fue todo lo que Simon necesitó para que su polla perdiera la erección. Profiriendo maldiciones entre dientes, se encaró a ellos, chocando contra las expresiones horrorizadas no sólo de Regina, sino de, por lo menos, tres miembros más de la Sociedad de las Damas de Londres, que ahora se agolpaban en la puerta de la alcoba. Entonces desvió la vista hacia Draker, y tragó saliva.

Se había equivocado completamente, en cuanto a la reacción de su cuñado. Después de todo, no iba a sufrir una paliza en manos de Draker.

Draker iba simplemente a matarlo.

Capítulo quince

Querido primo:

¿Os sorprendería saber que el duque y mi amiga Louisa contraerán matrimonio muy pronto? Yo misma estaba presente, cuando la pareja anunció su compromiso. Pero no creáis todo lo que oigáis acerca de ellos. Foxmoor no estaba en cueros en la alcoba de Louisa. A pesar de que posiblemente lo había estado un poco antes, puesto que ella sí que estaba prácticamente desnuda.

Vuestra amiga,
tan cotilla y descarada como siempre,
Charlotte

—¡*N*o saldrás vivo de ésta, Foxmoor! —bramó Marcus con una voz demoledora que consiguió que Louisa temblara de la cabeza a los pies.

—¡No! —gritó ella al mismo tiempo que Regina. Se arrebujó con la colcha y saltó de la cama—. No habrá duelo, Marcus. Simon no tiene la culpa de lo que ha sucedido; sólo yo.

Marcus la fulminó con la mirada.

—¡Por el amor de Dios! Se ha aprovechado de ti porque estabas herida.

Ella contuvo la respiración.

—¿Cómo sabes lo de…? ¿Y por qué no estás en Tattersall? Nunca regresas tan pronto.

—Un lacayo vino a buscarme —replicó Marcus.

—¿Quién lo ha enviado? Yo no…

—He sido yo —confesó Simon tensamente—. Mientras estabas inconsciente.

Louisa estaba todavía intentando digerir la información cuando Marcus soltó un rugido.

—¿Inconsciente? —Marcus avanzó hacia Simon con pasos amedrentadores—. ¡Maldita sabandija asquerosa! ¡Te arrancaré la cabeza!

—¡No lo harás! —Louisa se colocó entre su hermano y Simon—. No me ha tocado, mientras estaba inconsciente. Y tan pronto como he recuperado el sentido, ha ordenado que vayan a buscar a un médico.

Después de haber ordenado a un lacayo que fuera a avisar a Marcus. Louisa empezó a asimilar el maquiavélico plan. Que Dios se apiadara de ella; Simon había urdido ese horrible…

—Tú sabías que Marcus vendría. —Louisa apenas podía respirar a causa de las intensas punzadas de dolor que sentía en el pecho, y lanzó a Simon una mirada de pura traición—. Cuando aceptaste mi trato, sabías que él nos encontraría juntos, antes de que llegara el médico.

—¿Qué trato? —espetó Marcus.

—¡Cállate, Marcus! —Louisa volvió a mirar a Simon—. Lo sabías, ¿no es cierto?

Él dudó, luego asintió.

—Pero ¿por qué? —De repente, su gesto se torció con una mueca de consternación—. No, no contestes. Ya sé el porqué.

Para conseguir lo que Simon se proponía. Louisa desvió la vista hacia las mujeres que contemplaban la escena con una palmaria curiosidad, y luego lanzó un bufido. Oh, y encima, ese bribón lo había hecho de un modo tan efectivo… Podía pedirles a Regina y a la señora Harris que mantuvieran la boca cerrada, pero con las otras dos…

La desesperación se adueñó de ella. Una de esas mujeres era una cotilla empedernida, y la otra se acababa de incorporar a la asociación. La historia no tardaría en correr como la pólvora entre el grupo, y las mujeres empezarían a abandonar la Sociedad de las Damas de Londres.

—Supongo que también sabías que ellas vendrían —pronunció con voz temblorosa.

—No, no lo sabía —espetó él—. Regina me dijo que se quedaría en el puerto, repartiendo los paquetes entre las reclusas.

—Es lo que íbamos a hacer, todas nosotras —intervino Regina rápidamente—, pero la señora Fry dijo que las damas cuáqueras se encargarían de eso y me pidió que me marchara a casa. La señora Harris y las otras mujeres decidieron venir conmigo porque estaban preocupadas por tu estado, tras el accidente.

—Pues está claro que no era de eso de lo que deberían haberse preocupado —gruñó Marcus—. Y no me detendré hasta ver la cabeza de este canalla servida en una bandeja de plata…

—¡Cállate, Marcus! —exclamaron Louisa y Regina al unísono. Louisa se dio la vuelta y miró nuevamente a Simon—. Así que ha sido una feliz coincidencia para ti, que ellas también se hayan presentado aquí.

—Si quieres enfocarlo así… —respondió él, con cautela.

Y ahora su reputación estaba irremediablemente manchada. Bueno, eso si Simon no se casaba con ella. ¿Y por qué iba a hacerlo? Ya había conseguido su objetivo: desacreditarla delante de sus compañeras reformistas. Y ella se lo había permitido; había caído en la trampa como un conejito, dando saltitos hasta meterse en la mismísima cueva del tigre.

El dolor se convirtió en furia.

—¡Maldito granuja!

Los ojos de Simon reflejaron su arrepentimiento antes de adoptar un tono de absoluta resolución.

—Te dije que pretendía casarme contigo. Así que vi la oportunidad y no la dejé pasar.

Louisa pestañeó, visiblemente confundida por unos instantes.

—¿No… no lo has hecho porque Sidmouth te lo ha pedido?

—¡No! —gritó con un gesto de consternación—. ¿Cómo puedes llegar a pensar algo así? Jamás te haría esa atrocidad.

Simon no trabajaba para Sidmouth. Realmente quería casarse con ella, tanto como para arriesgarse a comprometerla delante de su propio hermano.

Debatiéndose entre un sentimiento de alivio y de rabia,

Louisa no se resistió cuando Simon deslizó el brazo alrededor de su cintura y la atrajo hacia él.

—Creo que es el mejor momento para anunciar nuestra intención de casarnos, ¿no te parece, mi amor? —La fulminó con una mirada implacable, como si la retara a atreverse a decir lo contrario.

Regina soltó un suspiro, y lo mismo hicieron las otras damas, pero Marcus seguía mirando a Simon con recelo.

—Pues yo me decanto por estrangularte —lo amenazó mientras iniciaba la marcha hacia él, con un claro aspecto belicoso.

—¡No lo harás! —Regina agarró a su esposo por el brazo—. Con ello únicamente lograrías arruinar la reputación de Louisa. Ahora ella ha de casarse con mi hermano, y lo sabes.

Louisa miró a Simon y luego a Regina, con el corazón en un puño. Regina tenía razón. Pero… ¡Santo cielo! ¡Vaya decisión! Si no se casaba con Simon, perdería todo, absolutamente todo, por lo que tanto había luchado. Y si se casaba con él…

—¿Louisa? —la acució Simon. Cuando ella continuó inmóvil a su lado, él lanzó al resto de los congregados una mirada inflexible—. Desearía poder hablar unos momentos a solas con mi prometida, así que si no os importa dejarnos solos…

—¿Solos? —bramó Marcus—. Ya habéis tenido la oportunidad de estar demasiado rato solos.

—¡Por el amor de Dios, Marcus! —lo amonestó Regina severamente.

Con la mandíbula tensa, Marcus miró a Louisa.

—¿Qué opinas, cariño? ¿Quieres que te deje con este bribón? Ella esbozó una sonrisa forzada.

—Sí, por favor. —Necesitaba estar a solas para retorcerle el pescuezo a ese desconsiderado.

—De acuerdo, pero sólo diez minutos —espetó Marcus—. Dentro de diez minutos, si los dos no estáis en la sala de estar, completamente vestidos, subiré para arrancarle el corazón a Foxmoor con mis propias manos. —Acribilló a Simon con la mirada—. ¿Comprendido?

—Comprendido —murmuró Simon, aunque sus dedos se crisparon sobre la cintura de Louisa.

Los otros ya estaban a punto de abandonar la escena cuando Marcus se detuvo de golpe.

—¿Podrás… bajar hasta el piso inferior? —le preguntó a su hermana—. El lacayo no me comentó nada sobre tus heridas, ni tampoco me contó cómo había sucedido…

—Tropecé —repuso ella antes de que Simon pudiera abrir la boca—. Al salir del carruaje, en el puerto. Tropecé y me caí de cabeza. Me quedé inconsciente, pero ahora me siento mucho mejor, de verdad.

Louisa miró a Regina, implorándole con los ojos que no la delatara. Regina asintió secamente con la cabeza. Afortunadamente, las otras damas ya estaban en el pasillo y no oyeron la excusa de Louisa. Ahora tendría que confiar en que Regina consiguiera silenciarlas.

Especialmente cuando Marcus la escudriñaba con un escepticismo visible. Su hermano desvió la vista y la clavó en Simon.

—¿Es eso lo que ha sucedido, Foxmoor? ¿Ha tropezado?

Louisa contuvo la respiración. Si él la traicionaba ahora…

—Sí. —Los dedos de Simon se clavaron dolorosamente en la cintura de Louisa.

Marcus dudó. Entonces, una sonrisa casi imperceptible coronó sus labios.

—Bueno, de todos modos, supongo que eso ya no importa. A partir de ahora, serás tú el que te ocupes tanto de mi hermana como de sus actividades, y no yo. Y te aseguro que disfrutaré enormemente viendo cómo te hace la vida imposible.

Tan pronto como Marcus abandonó la alcoba, Louisa se propuso hacer precisamente eso. Se giró hacia Simon, con la voz temblando de rabia.

—¿Cómo te has atrevido? Planeaste quedarte a solas conmigo, y luego…

—Fuiste tú la que sugeriste el pacto. Y yo no planeé quedarme a solas contigo, por el amor de Dios.

Maldito fuera ese bribón. Lo que decía era cierto. Apretando los dientes, ella dejó caer la colcha y se puso la ropa interior, luego se apresuró a buscar una camisola. Jamás lograría atarse el corsé y la capa, en ese corto intervalo que su maldito hermano les había concedido para estar solos.

—De acuerdo, pero no me digas que no planeaste que nos encontraran juntos. —Se puso la camisola de mala gana—. Deberías haberme dicho que Marcus regresaría muy pronto. No deberías haberme permitido proponer ese trato.

—Te dije que no era conveniente, pero tú decidiste ignorarme.

Era cierto; ella se había comportado como una desvergonzada, y él se había aprovechado de la situación. Porque Simon, más que nadie, sabía la naturaleza impulsiva que se ocultaba dejado de la superficie, esperando una ocasión como ésa para emerger.

—Vamos, Louisa, ¿de verdad crees que será tan horrible casarte conmigo?

El matiz de orgullo herido que se escapaba de su voz la incomodó todavía más.

—No lo sé. Apenas te conozco.

Ése era el problema. Casarse con el Simon que acogía a niños mareados en su bonito faetón le parecía un sueño maravilloso.

Pero el Simon que deliberadamente la manipulaba hasta el punto de conseguir comprometerla… con ese Simon sí que convenía andar con pies de plomo, aunque después demostrara un claro remordimiento por sus maquinaciones. «Lo siento, mi amor; perdóname».

Simon se le acercó por la espalda. El maldito bribón deslizó un brazo alrededor de su cintura.

—Antes creías conocerme lo suficientemente bien como para querer casarte conmigo. ¿Qué es lo que ha cambiado, ahora?

—Todo —susurró ella—. Tú, yo, mis planes. —No quería que Simon interfiriera en sus labores benéficas. Y si antes ya se había mostrado obcecadamente protector con ella, no le costaba demasiado imaginárselo cómo actuaría cuando estuvieran casados.

—El único cambio significativo es que ahora sí que tenemos la certeza de que estamos hechos el uno para el otro, y eso es algo que no puedes negar. —Simon se arrimó a su espalda.

Su voz, dolorosamente tierna, consiguió que Louisa claudicara por unos momentos. ¿De veras se atrevía a creer lo que oía?

—¿Me quieres, Simon?

Él irguió la espalda, y luego contraatacó con:

—¿Y tú, me quieres?

Ella pestañeó.

—Desde luego que no. —Era cierto. Tenía que ser cierto. Porque si se atrevía a quererlo, él usaría ese conocimiento para hundirla sin piedad.

—Entonces, no veo dónde radica el problema —contestó Simon con frialdad.

—Así que se trata de un matrimonio de conveniencia, ¿no es cierto? —Louisa parecía francamente molesta.

—Desde luego que no. —Simon lanzó un prolongado bufido—. Quiero un matrimonio real, Louisa. Seguramente existe suficiente afecto entre nosotros como para conseguir que funcione. Me gustas. Y si tú pudieras tragarte tu maldito orgullo, también admitirías que te gusto.

—Te deseo —murmuró ella—. Que no es lo mismo.

—Para mí es más que suficiente. —Le acarició la mejilla con la nariz—. Si no te seduce la idea de un matrimonio satisfactorio, con un hombre que te desea y que piensa tratarte como una reina, entonces quizá quieras considerar otro punto decisivo: los dos podemos hacer muchas cosas buenas en el mundo.

—Querrás decir que tú podrás hacer muchas cosas buenas. —Forcejeó para zafarse de sus garras, luego lo miró a los ojos—. Y a mí no me quedará más remedio que convertirme en la esposa perfecta de un político, una mujer que jamás creará ninguna clase de problemas, ni nunca se meterá en ninguna causa que pueda suscitar controversia; de ese modo, tú conseguirás llegar a ser primer ministro.

Simon la miró con unos ojos oscuros y penetrantes.

—Jamás te he mentido en cuanto a mis ambiciones. Pero éstas no tienen por qué mantenerte alejada de las obras caritativas. Cuando no te estés ocupando de nuestros hijos, por supuesto.

—¿Hi… hijos? —Maldito fuera. Louisa se había olvidado

de esa cuestión. Claro, Simon querría tener hijos con ella, sus hijos. Y Louisa se vería rodeada de médicos, y de sangre...

—Sí, hijos —terció él—. Necesito un heredero; estoy seguro de que lo sabes.

Al darse cuenta de lo cerca que había estado de revelar sus miedos, ella agregó rápidamente:

—Sí, claro. —Acto seguido, frunció el ceño—: Y tú esperarás que yo abandone mis objetivos personales para cuidarlos, supongo.

—No todos. —Él la miraba decididamente con cautela—. Regina tiene hijos y colabora con sociedades benéficas. No te quepa la menor duda de que la gente esperará que la mujer del primer ministro se dedique precisamente a esa clase de actividades.

—Siempre y cuando elija causas que no generen controversia, ¿correcto? ¿Sería la Sociedad de las Damas de Londres una de esas organizaciones caritativas que se me permitiría apoyar, tal y como hace tu hermana? —Cuando él farfulló una impertinencia y desvió la vista, ella asintió—: No, obviamente no.

Por un segundo, Louisa consideró si la idea del matrimonio podría formar parte de los planes de su enemigo. ¿Era Simon capaz de haberla comprometido precisamente para poder casarse con ella y controlar sus movimientos?

No, eso carecía de sentido; seguramente, Sidmouth no le habría pedido a Simon que hiciera algo tan extremo. Y de haberlo hecho, seguramente Simon no habría aceptado. No cuando él podría casarse con una mujer menos problemática, que pudiera resultarle más útil para sus ambiciones políticas.

Lamentablemente, ese pensamiento no consiguió que se sintiera mejor. De un modo u otro, había caído en la trampa de Simon.

¿O quizá no? Louisa plantó ambas manos en las caderas.

—Perfecto, entonces será mejor que estipule mis términos para casarme contigo. Podré continuar colaborando con la Sociedad de las Damas de Londres y en todas las actividades caritativas y políticas que se deriven de esa participación.

Simon la fulminó con la mirada.

—¡Maldita sea! No estás en posición de negociar.

—Y a ti ya te va bien tenerme en esa posición, ¿no es cierto? Entre la espada y la pared. Sólo que esta vez he decidido que no acepto esas acotaciones. Porque si, haga lo que haga, igualmente me veo obligada a abandonar la Sociedad de las Damas de Londres, entonces prefiero vivir en deshonra antes que casarme. —Cuando la mirada de Simon se ensombreció hasta el punto de lanzar unos pequeños destellos de rabia, ella dudó, pero no veía otra forma de sortear la situación—. Si no me permites continuar con mi grupo, entonces te agradezco mucho la oferta, pero no puedo casarme contigo.

—¿Cómo que no puedes? —La furia trazó unas líneas profundas en su frente—. Si le cuento a Draker lo que ha sucedido hoy, te negará el derecho a participar en las actividades de tu grupo.

—Y yo sabré que eres un mentiroso y un tramposo. Porque me juraste por tu honor que si te permitía tomarte ciertas libertades con mi cuerpo, no dirías nada.

Simon lanzó una maldición en voz alta, luego se pasó los dedos por el pelo, con el semblante abatido. Louisa empezó a sentir un cosquilleo de alegría en el vientre. Ahora era ella la que dominaba la situación, la que lo había atrapado. Simon podía ser un manipulador, pero una vez daba su palabra, no se atrevía a desdecirse.

—Tu hermano te obligará a que te cases conmigo. Y si él no lo consigue, lo hará mi hermana.

—Ya nadie puede obligarme a hacer nada contra mi voluntad. Ni tú ni tu hermana ni mi hermano. Estoy segura de que ya te habías dado cuenta de eso.

—Así que se supone que he de dejarte hacer lo que te dé la gana; por ejemplo, pulular por Newgate arriesgando tu vida, y arriesgando la vida de nuestro hijo, cuando estés embarazada…

—Jamás haría eso —aseveró ella—. No permitimos que las mujeres embarazadas de la asociación vayan a la prisión, y puedes estar seguro de que no obviaré esa norma.

Su declaración pareció surtir cierto efecto en Simon.

—¿Te apartarías de tus actividades si te quedaras embarazada?

—Por supuesto. —Afortunadamente, ella no pensaba tener hijos durante mucho tiempo. Ahora que sabía cómo evitar quedarse embarazada, se aseguraría de darle a Simon un heredero cuando a ella le conviniera, y no al revés. Seguramente, después de varios años de matrimonio —después de que las Damas de Londres consiguieran sus objetivos vinculados a la reforma penitenciaria— se sentiría lista para tener vástagos. Tenía que darle a Simon su heredero; no sería justo que no lo hiciera.

Pero sólo después de haber logrado su objetivo personal. Y de haber superado sus miedos a dar a luz.

Louisa echó un vistazo al reloj de sobremesa de bronce.

—Se acaba el tiempo. ¿Qué decides? ¿Casarte conmigo, aceptando mis términos? ¿O mi ruina?

—Sabes perfectamente bien que no permitiré que vivas en deshonra —espetó él.

Louisa le lanzó una mirada confiada.

—Entonces, estamos de acuerdo.

Él dudó, mas sabía que había sido derrotado. Acribillándola con una hosca mirada, concluyó:

—Sí, estamos de acuerdo.

Louisa dio un paso hacia la puerta mientras se ataba el lacito de la capa, pero él la agarró por el brazo y la atrajo hacia sí lo suficiente como para incomodarla:

—No pienses que siempre te saldrás con la tuya tan fácilmente, Juana de Arco. —Bajó la voz hasta un murmuro seductor—. Ahora sé exactamente cómo tentarte, cómo hacerte suplicar. Y si la única forma de dominarte en el matrimonio es dominarte en la cama, estaré encantado de llevar a cabo esa labor.

A pesar de que un agradable escalofrío le recorrió la espalda ante el mero pensamiento de ser dominada por él, no apartó la vista de sus ojos.

—Olvidáis, señor, que yo también sé cómo conseguir que supliquéis. —Deslizó la mano hasta sus pantalones, y se puso contenta al confirmar cómo, con sólo unas ligeras caricias con sus dedos, había conseguido excitarlo palmariamente. Con una sonrisa, lo acarició a través de la tela rugosa—. Así que ya veremos quién se rinde primero. Me juego lo que quieras a que no seré yo.

Louisa enfiló hacia la puerta, y Simon se quedó rezagado, profiriendo maldiciones e intentando recuperar el control de su miembro viril excitado. Las líneas de la contienda estaban trazadas en el tablero. Y a pesar de los temores que Louisa sentía por su futuro y la inseguridad por lo que le reportaría su matrimonio, sentía unas intensas ganas de librar la batalla.

Capítulo dieciséis

Querida Charlotte:

No he dado crédito al rumor de que Foxmoor estaba totalmente desnudo, puesto que no me parece que sea de esa clase de hombres tan depravados. La señorita North es otra cuestión. Después de tantos años dedicada en cuerpo y alma a las obras benéficas, ¿qué mujer se resistiría a la promesa de pasión por parte de un hombre tan apuesto como el duque?

Vuestro primo,
Michael

*C*uatro días más tarde, Simon contemplaba a su nueva esposa mientras ésta departía con los invitados durante la cena nupcial. Apenas podía creerlo: Louisa era suya, al fin. Había viajado hasta el infierno y había regresado para conquistarla, y lo había conseguido, sí, lo había conseguido. Probablemente, todo sería más fácil a partir de ahora.

Como si ella sintiera su mirada, Louisa desvió la vista hacia él y sonrió, y esa sonrisa resonó dentro de Simon como una cuerda de cítara acabada de tensar. Louisa estaba bellísima, con su traje de satén plateado, con los diamantes de Foxmoor engalanando su garganta, y las flores de naranjo repartidas por su pelo oscuro. Se moría de ganas de yacer con ella en la cama, ataviada sólo con esos diamantes y su sonrisa de Cleopatra.

Sus sentimientos debieron de reflejarse en su mirada, ya que la sonrisa de Louisa se tornó más picarona mientras ella enarcaba una ceja. Cuando él alzó la copa llena de champán en un brindis silencioso, ella se giró hacia la señora Harris con una risotada musical. Simon sintió cómo se excitaba cada centímetro de su piel.

Al final, todo había valido la pena: las condiciones draconianas que Draker le había impuesto para convenir el matrimonio, y las prisas para obtener una licencia especial para casarse. Incluso los términos que Louisa había estipulado el día que la comprometió ante todos.

Sonrió para sí mismo, recordando ese día. Cualquier otra mujer se habría sentido inmensamente feliz de casarse con un duque rico, después de que él la hubiera deshonrado públicamente. Cualquier mujer menos Louisa. Ella había impuesto sus normas con toda la indignación lícita de una mujer ultrajada.

Simon había aceptado sus términos porque estaba seguro de que ella no podría saborear su triunfo durante mucho tiempo. Al convenir que cuando se quedara embarazada abandonaría sus actividades con las Damas de Londres, Louisa había sellado su destino. Él sembraría su semilla dentro de su esposa en un tiempo récord.

Y además, pensaba pasárselo más que bien, haciéndolo.

Su hermana se le acercó tranquilamente por la espalda.

—Pareces muy contento.

—Igual que tú. —Simon saboreó un buen trago de champán—. Todos sabemos que desde hace muchos años tú anhelabas verme casado con ella.

—La tratarás bien, ¿verdad?

—Tu esposo ya se ha asegurado de eso. Louisa dispone ahora de suficiente dinero como para fundar su propio imperio. Y esa dote…

—Ya sabes que no me refiero al dinero.

Simon desvió la vista hacia Louisa, que en esos momentos se estaba llenando el plato de carne y verduritas maceradas.

—No temas, Regina. Me cortaría un brazo antes de hacerle daño voluntariamente.

Simon se sorprendió a sí mismo por las palabras que acababa de pronunciar. Era cierto, pero lo último que necesitaba era que su hermana o su nueva esposa lo supieran. Ambas ya se habían aprovechado demasiado de su obsesión.

Esbozó una sonrisa forzada.

—He de felicitarte por tu espectacular destreza. Mis jardines jamás habían ofrecido un aspecto tan formidable.

Su hermana había planeado una ceremonia religiosa muy simple y una modesta cena de unas impresionantes proporciones gustativas. Los pocos invitados estaban degustando un suculento festín, a partir de sopa de tortuga y caldereta de langosta, bajo una marquesina a rayas erigida precipitadamente. Un dúo de arpa y violín amenizaba la velada con unas melodías muy apropiadas para la solemnidad del evento.

A Simon le había llamado la atención un complemento extravagante, que sobresalía entre el resto de los preparativos.

—Tengo curiosidad por esas figuritas indias que hay sobre la mesa. ¿Ha sido idea tuya?

—No, de Louisa; pensó que probablemente te gustarían.

—Ah. —Se preguntó si su esposa sabía que esas esculturas talladas en madera eran de *devadasis*, las danzarinas de los templos indios con un carácter decididamente sensual. Se lo tendría que explicar más tarde, aunque sólo fuera para ver cómo se sonrojaba. Le encantaba hacer que se ruborizara.

—Louisa se desplazó hasta Petticoat Lane para encontrarlas —añadió Regina.

Simon frunció el ceño.

—Supongo que no salió sola; esa parte de la ciudad es peligrosa.

—Fue con un lacayo. —Regina lo miró con severidad—. Pero espero que te des cuenta de que Louisa está acostumbrada a moverse por Londres con absoluta libertad.

—Aunque me pese, lo sé —apuntó él con visible tensión.

—Has de comprender que ella lo ha pasado bastante mal durante estos siete años. Ya tuvo bastante con soportar los rumores malintencionados sobre su madre y sobre Marcus, cuando fue presentada en sociedad, pero entonces, tú y ella... bueno, los chismes no la dejaban vivir cuando tú te marchaste a la India. Al principio pensé que su amistad con la princesa

Charlotte la ayudaría a salir de esa depresión, pero cuando ésta murió mientras daba a luz a su hijo, Louisa acabó de hundirse.

—¿Louisa estaba presente en el parto?

—No, claro que no. No permitieron que las damas solteras asistieran a la princesa. —Regina suspiró—. Pero de todos modos, el drama afectó a Louisa profundamente. Creo que es por eso por lo que se volcó enteramente en las Damas de Londres, para encontrar un sentido a su vida.

Los dedos de Simon se crisparon alrededor del vaso.

—Bueno, pero ahora ya no tendrá que hacerlo más. Me tiene a mí. A nuestra vida en común. Y pronto, espero, a nuestros hijos.

—Sí, pero no la presiones en ese aspecto. Es un cambio enorme para ella, así que, por favor, intenta comprenderla. Todo esto ha sucedido tan rápidamente…

—Sí, claro. —Era lo mínimo que le debía, después de cómo la había manipulado para que se casara con él. Aunque no se arrepentía ni lo más mínimo.

—Habría preferido que os hubierais esperado un poco más antes de casaros.

—Sabes que no podíamos arriesgarnos a exponernos a las habladurías. Y Louisa no quería robar tiempo a sus actividades para planificar una boda más elaborada. —A decir verdad, él tampoco deseaba darle tiempo para reflexionar y cambiar de idea. Cuanto antes se casara con ella, mejor.

—¿Pero por qué no una luna de miel? Os vendría muy bien a los dos.

—La haremos, después de que se acaben las sesiones del Parlamento. —Él sonrió levemente—. Bueno, eso si puedo apartar a Louisa de la Sociedad de las Damas de Londres. Jamás debería haber propuesto ese proyecto para Navidad. Tendré suerte si consigo estar con mi esposa un par de días, así que no me hago ilusiones de poder pasar dos semanas a solas con ella.

—Deberías llevarla a Brighton. A Louisa le encanta el mar.

—¿De veras? —No lo sabía. Realmente, había muchas cosas que desconocía de su esposa.

—Le encantaba ir allí con el rey y con la princesa Charlotte. —Regina frunció el ceño—. Y hablando de su majestad, estoy realmente disgustada con él. No puedo creer que no haya venido a la boda ni a la cena. Louisa está muy dolida por esa falta de tacto, y no la culpo.

Simon la comprendía perfectamente. Pero tenía una leve sospecha de por qué el rey no se había presentado; una sospecha que no le hacía ni pizca de gracia.

Regina suspiró.

—Supongo que será por tus desavenencias con él, aunque, francamente, no lo comprendo. Si Louisa y Draker y yo hemos dado nuestro consentimiento a la boda, no sé por qué él ha de continuar empecinado en mostrar su desacuerdo con que te cases con Louisa.

—Su majestad es un niño mimado, ya lo sabes —se excusó él, incapaz de mentir a su hermana. Louisa no había sido la única persona a la que él había engañado siete años antes. Su hermana lo había perdonado, pero eso aún era casi peor, puesto que enfatizaba lo idiota que había sido al actuar ladinamente a espaldas de Regina.

—Bobadas… —Ella interrogó a Simon con la mirada—. No tendrás nada que ver con su ausencia esta noche, ¿no?

—Claro que no.

Si todo hubiera salido bien, el rey estaría ahora esperándolo en su despacho para entregarle la carta de dimisión de Liverpool. Simon había intentado ver a George desde el día en que Louisa accedió a casarse con él, pero los lacayos del rey siempre le ofrecían excusas para negarle el derecho a ver al rey.

Era la única mancha negra en todo ese asunto. Simon torció el gesto. No le sorprendería que el rey estuviera intentando desentenderse de su pacto.

¿Y si lo hacía?

Entonces, Simon tendría que intentar alcanzar sus ambiciones por otra vía.

A pesar de su amenaza sobre recurrir a la prensa, jamás se atrevería a humillar a Louisa de ese modo. Pero seguramente había otras medidas para conseguir que el rey mantuviera su promesa, y Simon estaba dispuesto a emplearlas si era necesario.

Más tarde.

—Dime una cosa, hermana. ¿Cuánto tiempo más habré de soportar estar aquí, con todos, antes de que pueda echar a mis invitados sin parecer maleducado?

Ella soltó una carcajada.

—Paciencia, hermano. Aún no he servido el pastel.

—Entonces sírvelo de una vez, por el amor de Dios.

—Después de esperar todos estos años tu noche de bodas, no pensé que una hora más pudiera resultarte tan letal —bromeó ella.

—¿Otra hora? —gruñó él con tanta fuerza que Regina se marchó precipitadamente, riendo. Su hermana no tenía ni idea. Después de siete años, incluso un minuto más podía matarlo.

Lamentablemente, tuvieron que pasar más de dos horas antes de que los recién casados pudieran despedirse de los últimos invitados y, después, aún tardaron bastante en desembarazarse de Draker y de Regina. Cuando finalmente se marcharon, el sol del atardecer bañaba con sus mortecinos rayos los verdes prados de Green Park, que se extendían delante de la mansión de Foxmoor.

Cuando la puerta se cerró tras ellos, Simon se giró hacia Louisa con el ceño fruncido.

—Por un momento pensé que tu hermano se proponía pasar la noche aquí.

Ella se puso a reír.

—Supongo que lo único que pretendía era atormentarte un rato.

—Pues qué suerte que haya desistido —comentó Simon mientras la estrechaba entre sus brazos—. Porque si hubiera tenido que esperar un solo segundo más para estar a solas contigo, amor, no habría dudado en echar a tu hermano de mi casa con una certera patada en el trasero.

Simon la besó con un beso generoso, que sólo consiguió acrecentar su apetito.

En los últimos cuatro días, no habían tenido la oportunidad de estar a solas, y sólo el gusto de su boca lo volvió loco.

—Ha llegado la hora de que nos retiremos, esposa —murmuró pegado a sus labios.

Con una sonrisa tímida, ella lo apartó con un suave empujón.

—Todavía no, señor duque. Tienes que darme tiempo para que me prepare.

—Pues para mí estás más que preparada…

—Quiero cambiarme y ponerme el camisón especial que me he comprado para esta noche. —Sus ojos brillaban cuando se dio la vuelta y enfiló hacia las escaleras—. Te gustará. Es de una tela finísima…

—A menos que sea transparente, no me interesa. —Él la siguió sin darle tregua.

—Diez minutos. Es todo lo que necesito. —Su sonrisa burlona tembló—. Por favor.

«No la presiones», le había dicho Regina.

Simon suspiró.

—De acuerdo. Iré a confirmar que nadie haya dejado salir a *Raji* de mi estudio.

—Gracias —dijo ella, y su sonrisa volvió a brillar.

Simon notó un nudo de emoción en la garganta cuando ella empezó a subir las escaleras, contorneando las caderas.

«Pobre idiota», la voz de su abuelo se interpuso en sus pensamientos por primera vez en varios días. El viejo tenía razón. Lo único que Louisa tenía que hacer era sonreír y menear las caderas para que él se mostrara dispuesto a concederle todo aquello que quisiera. Bueno, podía permitirse ser indulgente, ¿no? La había convencido para que se casase con él. Ella era ahora su duquesa, y nada podría cambiar esa realidad.

Su duquesa. Le gustaba cómo sonaba esa aserción.

Sonriendo, se dirigió a su estudio y vio la puerta entreabierta. Echó un vistazo al interior de la estancia, pero su mascota no estaba, ¡cómo no! Apretando los dientes, llamó a un lacayo.

—Encuentra a *Raji* y enciérralo en mi estudio, ¿de acuerdo?

Mientras el lacayo desaparecía apresuradamente de vista

para cumplir las órdenes, Simon apartó a su mascota de sus pensamientos y enfiló hacia el ala este de la casa. Unos segundos más tarde, entraba en la alcoba de su esposa después que Louisa contestara a la llamada en la puerta con un tono gutural:

—Entra.

La visión que se abrió ante sus ojos lo dejó sin aliento. Louisa se hallaba de pie, con la melena suelta, negra y aterciopelada, en caída libre sobre los hombros, al lado de la enorme cama de matrimonio, con un camisón de lino finísimo. Como si se tratara de un sutil reflejo sobre su piel de porcelana, la tela revelaba tanto como ocultaba, resaltando las perlas cárdenas de sus pezones, y brillando encima de la mancha oscura de su atractivo pubis.

Su pene se puso duro al instante, y propinó una patada a la puerta para cerrarla tras él.

Una sonrisa tembló en los labios carnosos de Louisa.

—¿Te gusta?

—Más que eso, amor. —Se desprendió de su chaqué y avanzó hacia ella—. Pienso rasgar ese maravilloso camisón con los dientes.

La sonrisa en los labios de Louisa se agrandó.

—Me he comprado tres camisones iguales.

—Perfecto. —Mientras seguía avanzando hacia ella, se desabrochó el chaleco y tiró de su corbata para deshacer el nudo, luego lanzó ambas prendas al suelo—. Entonces también rasgaré los otros.

—Me han costado mucho dinero —bromeó ella—. Y los he cargado a tu cuenta.

Simon la apresó por la cintura y la atrajo hacia él.

—Pues aún con más razón puedo hacer con ellos lo que me plazca.

Ella soltó una carcajada, y él sujetó uno de los lazos con los dientes con la intención de tirar de la veta y desatarla. Mas antes de que pudiera continuar, una masa peluda aterrizó en su espalda.

Simon lanzó un grito cuando *Raji* tiró de su pelo como un demonio poseído.

—¡Maldita sea! ¡No, otra vez no! —bramó mientras intentaba atrapar a su mascota.

Raji protestó, pero Simon lo mantuvo agarrado a la distancia del brazo.

—Lo siento, malandrín, pero no puedes ganar esta batalla. Ella se ha casado conmigo, no contigo; así que, simplemente, acéptalo. —Las risas de Louisa interrumpieron su plática, y Simon la miró con el ceño fruncido—. No es divertido.

—Sí que lo es. —Ahora ella se estaba desternillando—. El pobrecito está intentando defender mi virtud.

Como si estuviera de acuerdo, *Raji* parloteó e intentó zafarse de la garra de su amo.

—Pues puede defender tu virtud tanto como quiera... en cualquier otra parte de la casa. —Se dio la vuelta y se dirigió hacia la puerta.

—¿Adónde vas? —gritó ella a sus espaldas.

—A encerrarlo en mi estudio —contestó él—. Lo encerraría en el vestidor, pero este alborotador nos volvería locos con sus chillidos.

Cuando Simon abrió la puerta con brío, ella gritó:

—¡Espera! —Entonces corrió para darle un beso a *Raji* en la frente. El pequeño malandrín dejó de protestar el tiempo suficiente para elevar la vista y mirarla con devoción.

—No pasa nada, pequeño —le susurró ella.

Simon esbozó una mueca de fastidio.

—Sólo falta eso, que le des ánimos.

El eco de las carcajadas de Louisa lo siguió a lo largo del pasillo.

Simon bajó corriendo las escaleras con su mascota enfurecida. Pasó por delante de un lacayo, que empezó a decirle:

—Señor duque, he de anunciarle...

—Más tarde —ladró él—. Mañana. La semana que viene.

Entró precipitadamente en su estudio y soltó a *Raji*, entonces se quedó paralizado. El rey en persona estaba inclinado sobre el escritorio, abriendo cajones y rebuscando atolondradamente en su interior.

—Se puede saber qué...

—¡Foxmoor! —El rey tuvo el decoro de mostrarse culpable—. Yo… llegué demasiado tarde a la boda, así que pensé que si me colaba en tu estudio y esperaba…

—¿Mientras rebuscabas en mi escritorio? —Entonces divisó la carta que yacía encima de la mesa—. ¿Es la dimisión de Liverpool?

George desvió la vista.

—Ejem… no exactamente.

Capítulo diecisiete

Querido primo:

No niego que la pasión sea un aspecto positivo en un matrimonio, pero es mejor que un hombre dé amor a una mujer. Yo gocé de una intensa pasión, pero esta clase de desenfreno no dura para siempre. Por el bien de Louisa, espero que el fervor del duque derive en algo más profundo que en satisfacer las necesidades de su cuerpo.

Vuestra prima,
Charlotte

*L*ouisa todavía estaba riendo en su nueva alcoba cuando avistó el canario de madera de *Raji* debajo del tocador. Por lo visto, allí era dónde se había escondido para espiarlos.

Pobre *Raji*. Tendría que buscarle una compañera, una monita divertida, porque el afecto innegable que Simon profesaba por ese malandrín no parecía ser ya suficiente para satisfacerlo.

Con un suspiro, recogió el juguete y se preguntó qué hacer con él. No quería que *Raji* se quedara sin su único compañero de juegos; ya era suficientemente cruel que lo encerraran en el estudio durante toda la noche.

Se puso un salto de cama y enfiló rápidamente hacia la puerta de la alcoba. Simon debía de haber bajado las escaleras corriendo, ya que no había ni rastro de él. Pero ella había estado varias veces en casa de Foxmoor con Regina mientras Simon estaba en la India, así que sabía exactamente dónde se hallaba el estudio.

Louisa bajó las escaleras canturreando animadamente. Qué pánfila que era. A pesar de su negativa inicial a casarse con Simon, no había podido dejar de sonreír como una bobalicona durante los últimos cuatro días.

La reacción de su esposo al verla con ese camisón tan provocador la había ayudado a armarse de valor. Quizá no fuera un error tan grave. Simon había accedido a sus condiciones, así que ya no necesitaba preocuparse por las Damas de Londres. Y había comprado varias esponjas —en esos precisos momentos, llevaba una puesta—. La dependienta en Spitalfields le había dicho que no siempre eran efectivas, pero que era mejor que no usar nada.

Y para ser franca consigo misma, Louisa deseaba acostarse con Simon. ¿Cómo no iba a quererlo, cuando él no podía hacer nada por ocultar con qué ardor la deseaba? El modo en que la había contemplado unos escasos minutos antes… por todos los santos, eso era suficiente como para hacer que incluso una puritana se comportara como una viciosa, y ella no era una puritana, no con él.

Aceleró el paso, con unas terribles ganas de regresar a su alcoba con su marido. Mas cuando se acercó al estudio de Simon, oyó unas voces. ¿Simon y un criado? Seguramente Simon no podía tener visita, en esa noche tan especial.

Entonces reconoció la otra voz. El rey. Su padre.

—Te lo prometo. Hablaré con él cuando sea el momento oportuno —decía el rey—. Te prometo que no faltaré a mi parte del trato.

«¿Trato? ¿Qué trato?»

—¿Y por eso estabas fisgoneando en mi estudio en mi noche de bodas? —espetó Simon—. No, claro que no. Sabías que estaría ocupado en otras labores, así que te colaste en mi estudio para robar el contrato. De ese modo, yo no podría usarlo contra ti, cuando mañana mismo te personaras aquí para anunciar que renegabas del acuerdo.

El pulso empezó a resonar en los oídos de Louisa. ¿De qué acuerdo iba el rey a renegar? ¿Y de qué contrato hablaban?

—No he renegado —protestó el rey—. Sólo es que la boda ha sucedido tan rápidamente que no he tenido tiempo de preparar…

—Sí, eso ya me lo has dicho —remarcó Simon—. Mira, no quiero hablar de esto ahora. Mi esposa me está esperando. Pero sólo para que ceses con tu comportamiento tan ridículo, quizá será mejor que sepas que no soy tan estúpido como para guardar ese maldito contrato aquí, en mi estudio. Lo tiene mi abogado, a buen recaudo, así que de nada te servirá seguir fisgoneando.

—No lo usarás, ¿verdad? —El rey parecía realmente asustado.

—Debería hacerlo.

—Pero has de darme un poco más de tiempo para obtener la dimisión de Liverpool —suplicó el rey, alarmado—. Si vas con la historia a los periódicos…

—No lo haré —lo atajó Simon con un tono despectivo—. Todavía no estoy listo para cometer un suicidio político. Y lo último que quiero es que mi esposa se entere de que su padre me ofreció ciertos incentivos si me casaba con ella.

En ese momento, Louisa sintió que el mundo se hundía bajo sus pies.

«Ciertos incentivos.»

Oh, claro.

Sujetándose el estómago con rabia, Louisa rezó por ser capaz de volver a su alcoba sin vomitar. ¿Cómo podía haber considerado todos los posibles escenarios para explicar el interés que Simon profesaba por ella, excepto el más obvio: su padre y sus maquinaciones? Había sido tan necia como para creer en los rumores del distanciamiento entre Simon y su padre, pero ahora le parecía tan obvio que se trataba de otro de sus planes maquiavélicos.

La ira se adueñó de su garganta, y con la intención de calmarse, se detuvo unos instantes y apoyó la mano sobre una consola. ¡Oh, no! ¿Qué iba a hacer ahora? Había caído en la trampa; se había casado con él. Estaba unida a él… para siempre.

¡Qué estúpida que había sido! ¿Cómo había podido creer que Simon había cambiado, que realmente la quería? Éste y no otro era el Simon real. Así era cómo actuaba.

Se tambaleó unos cuantos pasos más antes de que *Raji* saliera disparado como una flecha del estudio y extendiera los brazos para agarrarse a su pierna. Seguramente había olido el aroma de su dueña.

Louisa intentó frenéticamente deshacerse de él. No quería que Simon supiera que estaba allí, pero *Raji* se negaba a soltarla.

—¡Para! ¡Vuelve al estudio! —le susurró aturdida.

—¡*Raji*! —Simon salió al pasillo tras su mascota, entonces se detuvo en seco—. ¡Oh, no!

Lentamente, Louisa lo miró a la cara, sin ser consciente de las lágrimas que rodaban por sus mejillas. Sintiéndose como una actriz en una farsa horrible, mostró el canario de juguete de *Raji*.

—Pensé que él querría… —No pudo continuar. El juguete se escurrió de sus dedos y rodó por el suelo.

Mientras *Raji* se lanzaba tras él, Simon se acercó a ella.

—No es lo que crees. —Parecía terriblemente abatido, incluso sus ojos eran un lago de remordimiento. Pero eso únicamente consiguió empeorar las cosas—. Tu padre y yo…

—¡Calla! —susurró ella—. No inventes ninguna majadería. Sabes que no creeré nada que salga de tu boca.

—¿Qué sucede, Foxmoor? —El rey asomó la cabeza por la puerta, entonces se quedó lívido cuando vio a su hija—. Bue… buenas noches, preciosa.

Louisa continuaba con la vista clavada en los ojos de Simon.

—Os hemos echado de menos en la boda, su majestad. —El dolor anegaba su voz—. ¿No queríais ratificar la recompensa obtenida por el precio que habíais pagado? —Ondeó el dedo con el anillo de esposada, esa alianza de oro puro que ahora parecía pesar como una cadena—. Pues ya está, lo habéis conseguido. Me he casado con vuestro amigo; ahora ya no os causaré más problemas. ¿Estáis contento?

Las rechonchas mejillas del rey adoptaron un repentino tono encarnado cuando se dio cuenta de que su hija había oído toda la conversación.

—Louisa, sólo he hecho lo que creía que era mejor para ti…

—¿Lo mejor para mí? —Las lágrimas cálidas le abrasaban las mejillas—. Me has comprado un esposo; precisamente el hombre que sabías que siempre… me había… despreciado…

Las lágrimas adquirieron plena fuerza ahora, y ella las apartó de su cara con un manotazo, intentando frenéticamente mantener como mínimo la dignidad.

—Jamás te he despreciado —replicó Simon en un susurro desgarrador.

—¿Lo ves, pequeña? Eso no es verdad. —Su padre se acercó a ella—. Sabía que Foxmoor deseaba casarse contigo. Sólo necesitaba un pequeño incentivo para...

—Haz el favor de callarte. —Simon amenazó a George—. Ya has hecho suficiente daño por esta noche.

—Pero quiero explicárselo, maldita sea —contraatacó su majestad.

—Esta noche no —rugió Simon.

—De ningún modo —intervino Louisa encolerizada, con la palabra «incentivo» todavía resonando en su mente—. Quiero escuchar la explicación de su majestad. Quiero oír qué cosa tan terrible he hecho para que él deseara negociar mi boda con el único hombre que me ha traicionado en toda mi vida.

Los ojos de su padre se achicaron.

—Mira, pequeña descarada, te dije que no te unieras a esas cuáqueras. Te supliqué que recapacitaras bien sobre lo que estabas haciendo. Pero eres terca como una mula; incluso en ese aspecto, superas a tu hermano con creces. Y entonces los miembros del Parlamento empezaron a venir a verme, quejándose sobre tus ideas políticas...

—¿Y pensaste que Simon, de todos los solteros disponibles, sabría cómo hacer que picara el anzuelo? —El dolor de la traición amenazaba con destruir cualquier atisbo de orgullo que le quedara.

—¡Maldita sea, muchacha! —El rey alzó la voz—. Estabas hablando de introducir a políticos en el Parlamento, ¡ni más ni menos que políticos radicales!

Ella pestañeó; por un momento su padre la había pillado desprevenida.

—¿Sabías lo de Godwin?

—¿Godwin? —intervino Simon—. ¿Charles Godwin? ¿El propietario del *London Monitor*? ¿Es él tu candidato?

Louisa clavó en él unos ojos terribles.

—¿Y qué pasa si lo es?

—¿Lo ves? —El rey lanzó una mirada triunfal hacia Simon—. Te dije que había perdido un tornillo. Descarada e insensata, eso es lo que es; permitiendo dejarse manipular por un hatajo de radicales…

—¡Ya basta! —bramó Simon mientras Louisa permanecía muda de horror ante las palabras de su padre—. ¡Maldito seas! ¡Márchate!

El rey erigió la espalda con indignación mayestática.

—No consiento que me trates así, Foxmoor, aunque te hayas casado con mi hija.

Simon dio un paso hacia él.

—Si no te marchas ahora mismo…

—De acuerdo, de acuerdo, ya me voy. —El rey irguió la barbilla altivamente—. Pero recuerda que prometiste…

—¡Largo! —rugió Simon, con la expresión tan sulfurada, que incluso Louisa se asustó—. ¡Vete antes de que te haga salir volando por los aires!

—De acuerdo, de acuerdo. —Su padre pasó precipitadamente delante de ella—. Pasaré a veros de aquí a un par de días.

—¡Perfecto! —murmuró Simon mientras el rey desaparecía—. Ahora que has arruinado mi noche de bodas, te emplazo a que vengas a ver si puedes arruinar mi matrimonio.

—No le eches la culpa al rey —espetó ella—. Has sido tú; tú solito has arruinado tu matrimonio.

Louisa corrió hacia las escaleras. Necesitaba estar sola para digerir el dolor. Pero debería haber imaginado que Simon no se lo permitiría.

Él salió disparado como una flecha tras ella.

—¿Así que ya está? —gritó él, intentando mantener el paso acelerado de su esposa—. ¿No me darás ni siquiera la oportunidad de que te lo explique? ¿Piensas encerrarte en tu habitación para amargarte pensando en todas las ofensas que he cometido contra ti?

—Algo así.

Simon la agarró por el brazo y le obligó a darse la vuelta.

—¡Ni lo sueñes!

—¿Acaso no es cierto lo que acabo de oír? —El semblante

abatido de Simon la hirió todavía más—. El supuesto interés en mi grupo, tu declaración de lo que sentías por mí, esa... esa tontería sobre que no habías dejado de pensar en mí durante todos estos años...

—Todo lo que te dije era verdad —la interrumpió él con una voz quejumbrosa—. He hecho todo lo posible por no mentirte.

—Excepto cuando me prometiste que me permitirías continuar con mis actividades después de que nos casáramos.

—Eso también era verdad. Te lo juro por mi honor, y mantendré mi palabra.

—Hasta que me quede embarazada. —Louisa volvió a sentir arcadas de asco—. Por eso aceptaste mis términos, ¿no es cierto? Porque pensaste que me dejarías embarazada en un abrir y cerrar de ojos, y entonces, no me quedaría más remedio que alejarme de mis actividades.

El destello de culpabilidad que atravesó la cara de Simon le sirvió de respuesta.

—Oh, debería habérmelo figurado... —susurró ella.

—No fue todo tan premeditado como supones —se defendió él—. No hagas que parezca como si todo entre nosotros dos fuera sólo...

—¿Parte de tu trato con mi padre? Bueno, pues así es, ¿no? Está claro que le prometiste que te casarías conmigo y me apartarías de mis labores si él te aupaba al puesto de primer ministro. —De repente, encajó otra pieza en el rompecabezas—. Por eso os estabais peleando, ¿no? Por la carta de dimisión que mi padre no ha obtenido de lord Liverpool.

—Muy bien, muy bien, sí. Tu padre acordó ofrecerme el cargo de primer ministro si me casaba contigo, pero...

—Así que todo lo que me dijiste era mentira; cada palabra tierna, cada beso...

—¡No! ¡Maldita sea! —Simon la agarró por los brazos y la atrajo hacia él—. No puedes creer eso. Sabes que te quiero. Desde el momento en que te vi de nuevo esa primera noche en casa de mi hermana, supe que tenías que ser mía. Así que cuando tu padre vino a verme, preocupado por tus actividades, deseando ofrecerme ciertas ventajas si me casaba contigo, lo admito, no vi nada malo en...

—Obtener todo lo que querías. Acostarte conmigo y conseguir el puesto de primer ministro.

—No es tan simple. Había mucho más que eso en juego, maldita sea —declaró él, con los ojos brillantes—. Cuando tu padre me explicó lo que estabas haciendo, me preocupé por ti tanto como él. Y motivos no me faltaban, teniendo en cuenta lo que sucedió en el puerto.

—Ahora no finjas que te has casado conmigo porque verdaderamente sientes algo por mí —susurró ella—. Utilizaste el incidente en el muelle para comprometerme, para obligarme a casarme contigo.

—Ésa no era mi intención inicial, y lo sabes. ¡Llamé a un médico, por el amor de Dios!

«No pienso arriesgarme a ver cómo te matan.»

Louisa intentó no pensar en esa frase que él había pronunciado esa tarde. Nadie superaba a Simon, cuando se trataba de fingir.

—No obstante, le diste la vuelta a la situación para obtener lo que querías, de la misma forma que haces con todo. Querías ofrecerle a mi padre lo que él pedía: apartarme de la política. —La desesperación se adueñó de ella—. ¿De verdad lo que he hecho ha sido tan horrible como para que aceptaras maquinar a mis espaldas…?

—Algunos miembros del Parlamento hablaban de arruinar tu reputación para que dejaras de entrometerte en sus asuntos, Louisa —espetó Simon—, así que claramente algunos opinan que eres peligrosa.

—¿Y tú? —Lo miró a los ojos fijamente—. Viste la prisión, las mujeres, los niños. ¿Piensas que mis actividades son peligrosas?

—Cuando hablas de apoyar a candidatos radicales, sí. —Louisa abrió la boca para contraatacar, mas él se apresuró a añadir—: No pienso discutir cuestiones políticas contigo justo en este momento, cuando estás demasiado alterada como para pensar de forma racional.

La postura condescendiente de Simon sólo consiguió irritarla más.

—Soy absolutamente racional, señor. Lo suficiente como

para saber cuándo he sido derrotada por un genio maquiavélico. —Irguió la barbilla con altivez—. Tú planeaste quedarte
con todo el pastel. Y lo habrías conseguido magistralmente si
yo no… —Un sollozo se le escapó de la garganta sin poder
evitarlo—. Lamentablemente, en este caso sólo hay lugar para
un vencedor.

Simon la soltó, y ella retrocedió.

—No hay nada que pueda hacer para evitar el daño que ya
me has hecho. Aunque fuera posible, el divorcio queda descartado. Un escándalo destruiría mis esfuerzos reformistas de una
forma tan fulminante como seguramente lo hará nuestro matrimonio. —Se arropó con el batín, como si de repente le hubiera entrado frío—. Pero de una cosa estoy segura: no permitiré que te comas todo el pastel.

Louisa giró sobre sus talones y enfiló hacia las escaleras.

—¿Qué diantre significa eso? —preguntó él al tiempo que
corría tras ella.

—Seré tu esposa en público, porque no me dejas ninguna
otra alternativa. Pero puedes olvidarte de acostarte conmigo.

Simon profirió una maldición en voz alta.

—Sólo lo dices porque estás rabiosa. Cuando te hayas calmado, te darás cuenta de que…

—He cometido un grave error. No cometeré otro. No puedes impedir que siga vinculada con mis actividades si no me
quedo embarazada, así que ya me aseguraré de que no consigas apartarme de mi camino.

—¿Qué? —Simon la adelantó en las escaleras para blo-
quearle el paso—. ¡No puedes hacer eso, maldita seas! ¡Soy tu
marido!

—Sí, porque fui lo suficientemente estúpida como para
creer que habías cambiado. Pero eres el mismo Simon de siempre, y no he aceptado casarme con ese Simon.

La furia y la luz de las velas iluminaron la cara de Simon
con un brillo siniestro.

—Lamentablemente, sólo un Simon firmó el certificado de
matrimonio e hizo sus votos, así que, te guste o no, estás casada con ese Simon. —Con unos pasos implacables, la hizo re-
troceder—. Y si te niegas a honrar nuestro matrimonio, en-

tonces puedes estar segura de que tu vínculo con las Damas de Londres concluirá ahora mismo.

Un escalofrío recorrió la espina dorsal de Louisa.

—¡Pero me prometiste…!

—Y tú juraste en la iglesia ser mi esposa, honrarme, servirme, y obedecerme. Si faltas a tu promesa, yo también faltaré a la mía; de eso no te quepa la menor duda.

¿Cómo se atrevía? ¡Ella estaba en todo su derecho a estar enfadada después de lo que él le había hecho! Y encima, ¿él la amenazaba con castigarla por lo que él había hecho?

Maldita alimaña. Louisa no pensaba permitir que Simon se saliera con la suya.

—No puedes obligarme a actuar como tú quieras.

—¿Ah, no? ¿De verdad lo crees? —Simon avanzó inexorablemente hacia ella, obligándola a bajar las escaleras—. Si no fuera por mis ambiciones, tú y yo estaríamos ahora en nuestra luna de miel. Sin embargo, aunque realmente deseo estar en Londres justo en estos precisos momentos, si me entero de que has intentado reunirte con las Damas de Londres, ya sea en la prisión o en casa de alguna de tus compañeras, te juro que te llevaré a Italia o a España o a algún otro remoto país en Europa. Y permaneceremos allí por un año, si eso es lo que he de hacer para que recuperes el sentido común.

Louisa volvió a erigir la barbilla con petulancia.

—No serás capaz. Desaparecer de Inglaterra durante tanto tiempo sería letal para tus ambiciosos planes de convertirte en primer ministro.

—No más que tener una esposa que conspira con radicales. Así que, ¿qué decides, Louisa? ¿Un matrimonio real, tal y como acordamos? ¿O que todos nos quedemos sin pastel?

Ella lo miró con inquina.

—Vete al infierno.

Simon entornó los ojos. Se sentía como si Louisa lo hubiera abofeteado.

—No pienso ir al infierno sin ti. —Y antes de que Louisa pudiera hacer nada por evitarlo, él la apresó entre sus brazos y la besó apasionadamente.

Louisa estaba que se salía de sus casillas. Había levantado los brazos y se disponía a propinarle un fuerte empujón cuando él se apartó y clavó los ojos en ella como dos dardos de hielo.

—Podría obligarte a que te acostaras conmigo, es mi derecho.

—Adelante —lo provocó ella—. Pero después te sugiero que duermas con una daga a tu lado, porque te juro que te mataré por haberme violado.

Tras esa amenaza, Louisa se zafó de sus garras y subió las escaleras como una bala. Gracias a Dios, él no intentó seguirla, porque ella tenía miedo de perder el mundo de vista y empujarlo escaleras abajo si lo hacía.

¡Cómo se atrevía a coaccionarla! Él era el único culpable. Él era quien le había prometido a su padre —¡y además a sus espaldas!— que pondría punto final a sus actividades.

«Pero también ha dicho que romperá su promesa de dejarte continuar con las Damas de Londres si no te acuestas con él.»

Oh, eso era una burda excusa. Tarde o temprano, Simon habría encontrado cualquier otro motivo para obligarla a apartarse de su grupo. A él no le convenía que ella formara parte de las Damas de Londres, y Simon *el Maquinador* siempre hacía lo que más le convenía.

Cuando las lágrimas anegaron de nuevo sus ojos, Louisa se precipitó hacia su alcoba y cerró la puerta de un portazo. No iba a derramar lágrimas por esa sanguijuela. ¡Ni hablar!

Se secó las lágrimas con el dorso de la mano y empezó a pasearse por la habitación. No, no pensaba permitir que él se saliera con la suya. Por algo se había pasado los últimos años enseñando a las mujeres cómo sortear a sus esposos.

Dictarle lo que tenía que hacer, ¿no era eso lo que Simon quería? Así que todos se quedarían sin pastel, ¿eh? Bueno, eso ya se vería. Cuando hubiera acabado con el duque de Foxmoor, él se arrepentiría del día en que tramó casarse con ella.

Capítulo dieciocho

Querida Charlotte:

Seguramente Foxmoor no se habría casado con ella si no sintiera algo más profundo que una pura atracción carnal, no cuando tenía innumerables mujeres más apropiadas al alcance de su mano. Sin embargo, debéis admitir que la pasión es importante en una pareja. Quizá no le dé sentido a todo, pero ciertamente ejerce un gran peso.

Vuestro primo,
Michael

*D*os noches después de su horrorosa noche de bodas, Simon entró a grandes zancadas en el comedor, y acto seguido lanzó una maldición al aire cuando vio la silla vacía en el otro extremo de la mesa. Louisa continuaba enfurruñada, ¿eh?

—¿Dónde está mi esposa? —preguntó al lacayo.

—Pidió que le subieran una bandeja con la cena a su alcoba. Ya se la he llevado.

Así que ni siquiera podía requisar la bandeja en un intento por verla.

Por todos los santos; otra vez estaba pensando como un verdadero idiota. A eso lo había reducido su esposa, maldita fuera.

Y maldito fuera el rey, también, y toda esa aborrecible familia. Debía de estar loco para haberse liado de nuevo con esa gente. Louisa era volátil, su padre estaba como una cabra, y su hermano era un verdadero incordio. Debería haberse lavado las manos y no enredarse con ellos.

Pero ya no podía echarse atrás. Ahora estaba casado con ella. Lo único que le quedaba era rezar porque Dios se apiadara de él.

Soltó un bufido de fastidio, y se sentó en la silla que siempre ocupaba. Su última estrategia no estaba dando los resultados esperados. Después de haberse calmado, había pensado que le concedería tiempo a Louisa para que ella también se calmara, y entonces quizá podrían mantener una conversación razonable, como dos personas civilizadas.

Maldita fémina testaruda. Louisa no conocía el significado de la palabra «razonable».

Aunque claro, su ultimátum tampoco había ayudado a conseguirlo. Pero estaría perdido si rescindiera su orden. Ella no iba a doblegarlo tan fácilmente con el dedo meñique. Él era el dueño y señor de su casa, y ella tenía que aprender a aceptar esa realidad, aunque para ello necesitara toda la vida.

Un suspiro se escapó de sus labios. Genial. Como si él pudiera estar todo el tiempo suspendido en ese limbo. No podía comer, no podía conciliar el sueño. Durante el día, sólo prestaba atención a medias a lo que se exponía en el Parlamento, y por la noche, durante su búsqueda incansable en la correspondencia de su abuelo, tenía que leer casi todas las cartas dos veces para enterarse del contenido.

¿Y qué diantre hacía ella durante el día? No salía a pasear —había encargado a uno de los lacayos que la acompañara, si ella mostraba intención de salir—. Siempre que él estaba en casa, la oía moverse por su alcoba y veía las bandejas vacías al pie de la puerta. Al parecer, Louisa bajaba a almorzar al comedor cuando él estaba en las sesiones del Parlamento.

El lacayo depositó un cuenco con algo blanco delante de él, y Simon se tensó ante esa prueba más que irrefutable de la presencia de Louisa.

—¿Se puede saber qué es esto? —bramó.

—Sopa de pescado ahumado, señor.

Preparada con leche, no había duda. Las sopas basadas en leche y salsas le removían el estómago, siempre lo habían hecho. El cocinero no lo sabía porque había sido contratado después de que Simon regresara de la India, junto con el resto de los sirvientes. Así que todos ellos aceptarían lo que Louisa les contara acerca de lo que le gustaba y lo que le disgustaba a su esposo.

¿Pero cómo podía saber ella sus gustos?

Tenía una vaga idea.

—Mi hermana ha venido hoy, ¿verdad?

—Sí, señor duque. ¿Cómo lo sabe?

—Ah, por pura casualidad.

Dudaba que Louisa le hubiera contado a Regina la guerra que se había desatado entre ellos, o Draker estaría aporreando la puerta para estrangularlo por haber herido los sentimientos de su hermana. Su taimada esposa seguramente había acribillado a Regina con un sinfín de preguntas para obtener información sobre sus preferencias, con la excusa de que quería ser una buena esposa.

Debería habérselo figurado cuando su brandy empezó a tener un gusto menos potente, y el fuego en la chimenea que calentaba su habitación dejó de estar siempre encendido. Pero la noche previa, cuando el criado le dijo que había sido idea de su esposa tirar todos los puros que él guardaba en su estudio, porque así ella podría comprarle otros de mejor calidad, Simon finalmente se dio cuenta de lo que sucedía.

Louisa estaba recurriendo a la táctica de retirar «las comodidades caseras» con él. Y la estrategia estaba demostrando ser verdaderamente efectiva. Jamás se había sentido tan incómodo en su propia casa en toda su vida. Maldita mujer rencorosa.

«Las mujeres son como los caballos. —La voz de su abuelo resonó en su cabeza—. Dales rienda suelta y te pisotearán. Tienes que domarlas, si quieres disfrutar de un apacible paseo al trote.»

—Sí, ya veo cómo tú seguiste tus propios consejos, ¿eh? —espetó Simon—. Por eso la abuela se encogía cada vez que entrabas en la sala.

—¿Decía algo, señor duque? —preguntó el lacayo.

—Ejem… no, nada. Sólo estaba ensayando uno de mis discursos.

Ya sólo le faltaba hablar consigo mismo. Eso era lo que Louisa estaba consiguiendo: volverlo loco.

Simon apartó el cuenco con la sopa.

—Llévate esto, por favor.

El lacayo obedeció sin rechistar, pero cuando trajo el siguiente plato —ternera echada a perder por una gruesa capa de salsa cremosa— Simon perdió la paciencia.

Ya no soportaba más tonterías. No iba a permitirle a Louisa seguir por esa vía. Había tenido tiempo suficiente para superar la rabia que había sentido al averiguar que su esposo había urdido un plan con su padre. Ahora mismo se iba a acabar ese despropósito.

Simon se levantó de la silla con una furia incontenible, abandonó el comedor y enfiló hacia las escaleras. Estaba a medio camino cuando avistó a la asistenta de Louisa salir de la alcoba de su señora con la ropa sucia. Perfecto. Así que Louisa ya se había puesto el camisón para acostarse. La sorprendería sola, y sin que hubiera cerrado la puerta con llave. Eso era otro de los hábitos de su esposa que quería erradicar, que le cerrara la puerta con la llave en las narices.

Asaltó la puerta entreabierta, todavía sintiéndose preso de la rabia y de unas terribles ganas de subyugarla, pero los sentimientos perniciosos se desvanecieron cuando la vio.

Louisa estaba sentada delante de la chimenea; no lo había visto, ya que tenía la cabeza inclinada hacia delante y se estaba peinando el pelo con unos movimientos prolongados y sosegados. Simon contuvo el aliento ante la imagen, su larga cabellera negra como la noche fluía en una maravillosa cascada, y la luz de la lumbre brillaba a través de su ligero camisón para perfilar cada curva suave y seductora. Como si hubiera entrado en un estado de trance, Simon dio unos pasos hacia ella, sin desear nada más que estrecharla entre sus brazos y besarla hasta conseguir acabar con su testarudez.

Entonces un sonido lo paralizó. Era un sollozo. Ella lloraba mientras se peinaba, los gemidos convulsionaban su grácil figura. Escuchar ese llanto le provocó la misma sensación que si le hubieran atravesado el pecho con una daga bien afilada.

Simon continuó inmóvil, sintiendo rabia hacia sí mismo por permitir que esas lágrimas lo afectaran sobremanera, y a la vez sintiendo un enorme deseo de consolarla, de abrazarla y asegurarle que todo saldría bien.

Eso era exactamente lo que ella quería, ¿no? Conseguir que él se postrara a sus pies. Castigarlo hasta que él accediera a dejarle hacer lo que le diera la gana, como confabular con radicales y arruinar cualquier posibilidad de que él llegara a ser primer ministro.

¡Pues no lo permitiría!

Se quedó quieto otro momento, sin saber qué hacer. Pero al final, su orgullo venció, abandonó la alcoba y se dirigió a su estudio, desesperado por borrar de su cabeza los sonidos de esos sollozos plagados de tristeza.

Pero en el estudio empezó a recordar cómo lo había mirado Louisa, con ojos de sentirse engañada, traicionada, cuando supo que él había conspirado con su padre. La había herido de un modo espantoso. Y no sólo una vez, sino dos. ¿Podía culparla de que pretendiera vengarse de él?

Después de una hora inmerso en esos pensamientos martirizantes, se fue a la cama, mas allí continuó atormentado por ellos. Y dormir fue aún peor, ya que la vio en sus sueños, con el fino camisón que lucía la noche de bodas, con una sonrisa de esperanza temblando en sus labios. Hasta que su padre entró y la sonrisa se transformó en una mueca de consternación.

Cuando se despertó al alba, excitadísimo y fatigado a la vez, ella todavía dormía. Y como en los otros dos previos amaneceres, a pesar de que intentó matar el tiempo vistiéndose muy lentamente, al final acabó por ir a Westminster Palace sin siquiera oír ni el más mínimo movimiento en la habitación contigua.

«Unos días más, —se dijo—. Dale tiempo.»

¿Pero cuántos días más podría soportarlo él? ¿Una hora tras otra, una larga y monótona tortura?

Incluso el hecho de ir a despejar la mente a Westminster no lo ayudaba en nada. Sin ningún tema importante en la agenda por el momento, los lores mostraban escaso interés en los temas que se debatían, y los discursos eran aburridos a más no poder. A media mañana, Simon estaba pensando en regresar a casa cuando una voz le susurró:

—¿Qué diantre estáis haciendo aquí?

Simon se giró y vio a lord Trusbut, que lo miraba con cara de estupefacción.

—¿Y por qué no habría de estar aquí?

—Dijisteis que iríais con las damas a Newgate. Confiaba en ello, cuando le di permiso a mi esposa para salir con vuestra mujer.

Simon se quedó contemplando al hombre, con la boca abierta. Seguramente Trusbut se equivocaba. Louisa no se habría atrevido a desafiarlo de un modo tan directo. No después de que él la hubiera amenazado.

—¿Han… han ido esta mañana?

—Sí, tal y como habían planeado —susurró Trusbut—. Vuestra esposa nos dijo el día antes de vuestra boda que la visita de hoy a Newgate no se vería afectada por su nueva situación, así que hace una hora llevé a Lillian a vuestra casa.

Dos individuos los miraron con el semblante enojado, por lo que Simon hizo un gesto a Trusbut para que lo siguiera hasta el vestíbulo. Una vez allí, espetó:

—¿Estáis seguro de que han ido a la prisión?

Había dado órdenes expresas al cochero de que la señora no podía utilizar ninguna carroza sin su permiso.

Trusbut lo miró como si pensara que Simon había perdido la chaveta.

—Pues claro. Vuestra esposa me preguntó si quería ir con ellas, y le contesté que no, que prefería ir al club. Cuando le pedí si podía hablar con vos, me explicó que vos iríais a Newgate desde aquí, para reuniros con el grupo. Por eso me pidió si podía llevarlas a ella y a Lillian a casa de lady Draker, para que vos no tuvierais que dejar dos carruajes aparcados cerca de la prisión. Las llevé encantado; me venía de paso, de camino al club. Pero entonces me acordé de que quería hablar con Peel, así que he venido a ver si lo encuentro, y en lugar de eso, os he encontrado a vos.

—Sí —convino Simon tajantemente. Allí estaba él, en el Parlamento, mientras su esposa hacía lo que le daba la real gana. Una cosa era la táctica de retirar «las comodidades caseras», pero que lo desafiara de forma constante le parecía inaceptable.

Mas no era tan necio como para admitir delante de Trusbut que no podía controlar a su propia esposa.

—Lo siento mucho —se disculpó tensamente—. Me olvidé por completo de mi cita con las damas. Esta mañana he salido de casa muy temprano, antes que la duquesa se despertara, por lo que no ha tenido la oportunidad de recordármelo. —Se dirigió hacia la puerta—. Ahora mismo iré. —«A buscar a mi esposa en persona, maldita sea.»

—Iré con vos —proclamó Trusbut—. De todos modos, no veo a Peel por ninguna parte.

Unos momentos más tarde, ambos estaban montados en el carruaje de Simon, en silencio, en dirección a Newgate. Gracias a Dios Trusbut no era un hombre demasiado parlanchín, porque Simon dudaba de que hubiera podido mantener una conversación civilizada con él justo en esos momentos.

Cuando llegaron a la prisión, un guardián los acompañó a través de varios pasadizos oscuros y enmohecidos. Avanzaban a paso de tortuga, para que lord Trusbut no quedara rezagado, así que cuando llegaron al recinto donde se encontraban ubicadas las reclusas, el enojo de Simon estaba al rojo vivo.

Mas el sentimiento de rabia se disipó ante la visión que se abrió delante de sus ojos cuando el guardián los invitó a pasar. Más de doscientas mujeres se hallaban sentadas en el suelo de piedra en pequeños grupos ordenados, pintando diligentemente unas figuritas de madera. La señora Fry, la señora Harris y Regina se movían entre ellas para ayudarlas. A pesar de que el atuendo de las reclusas era más bien exiguo, todas iban aseadas y limpias, y la mayoría mostraba un aspecto decente.

Un estallido de risas alegres desde una de las esquinas de la sala captó la atención de las mujeres enfrascadas en la minuciosa labor, y les robó de los labios unas sonrisas indulgentes al ver al grupo de niños sentados en círculo, aplaudiendo a causa de algo que los divertía pero que ni Simon ni Trusbut alcanzaban a ver porque estaban demasiado lejos. El espectáculo lo estaban proveyendo la esposa de Simon y lady Trusbut.

Simon hizo un gesto hacia Trusbut, y los dos hombres empezaron a avanzar lentamente entre la multitud. Al acercarse a sus esposas, Simon oyó un pajarito trinar por encima de las conversaciones que se extendían animadamente entre los grupos de las reclusas. Entonces avistó a uno de los canarios de lady Trusbut encaramado en una silla, y a su lado, *Raji*, bailando y haciendo sus típicas patochadas.

Simon se quedó inmóvil. Debería estar enfadado porque Louisa se hubiera atrevido a traer a su mascota a ese lugar sin su consentimiento, mas ¿cómo iba a estarlo, cuando esos chiquillos contemplaban el espectáculo con tanta atención, con sus caritas animadas con ilusión?

Lady Trusbut fue la primera en verlos. Cuando vio a su esposo, esbozó una sonrisa tan amplia que logró borrar por lo menos diez años de su cara envejecida. Simon no tuvo que mirar a lord Trusbut para saber que el anciano le retornaba la sonrisa a su mujer, del modo que un marido considerado y atento debería hacer.

Él mismo se sobresaltó ante tal pensamiento.

Louisa todavía no lo había visto, pero ella estaba sonriendo, también, mientras observaba cómo disfrutaban los niños ante las payasadas de *Raji* y el armonioso canto del canario de lady Trusbut. A Simon se le formó un nudo en la garganta, al ver el brillo de puro placer que irradiaba la cara de su esposa.

Y de repente, el hecho de que ella lo hubiera desafiado no le pareció tan execrable. La única cosa que importaba era descubrir qué podía hacer para mantener esa mirada ilusionada en su cara.

Así que cuando Louisa desvió la vista hacia ellos y la sonrisa se borró de sus labios, él se maldijo por haberse atrevido a conspirar con su padre. Si simplemente la hubiera cortejado como un verdadero caballero antes de casarse, ¿se hallarían ahora en esa situación tan incómoda, sin hablarse? ¿Era demasiado tarde para intentar enmendar el error?

Esperaba que no. Porque en ese momento, sería capaz de caminar sobre cristales rotos con tal de verla sonreír de nuevo.

Capítulo diecinueve

Querido primo:

Después de presenciar cómo Foxmoor miraba a Louisa hoy en la cárcel, tengo la esperanza de que su matrimonio se llene un día de amor, si evitan ahondar en debates políticos. Louisa me ha comentado que su esposo no aprueba la elección de Charles Godwin como candidato de nuestra causa.

Vuestra prima dogmática,
Charlotte

*L*ouisa apartó la vista de su esposo rápidamente, asustada. Virgen santa, ¡Simon estaba allí! ¿Cómo lo había descubierto?

Por lord Trusbut, por supuesto. Debería habérselo figurado, que la pillaría con las manos en la masa. ¿En qué debía de haber estado pensando? Su esposo jamás le perdonaría tal afrenta. La recluiría a alguna localidad de Italia, y eso pondría fin a todas las esperanzas que había depositado en la labor de las Damas de Londres. ¿Pero qué otra cosa podía hacer, cuando lady Trusbut se personó en su casa con el canario, mostrando esa extraordinaria disposición a ir a Newgate? ¿Decirle que Simon le había prohibido salir? No podía destruir el creciente interés que esa mujer profesaba por las Damas de Londres incluso antes de concederle la oportunidad de florecer.

Louisa suspiró. ¿Qué iba a hacer él ahora? ¿Ponerla en evidencia allí mismo? ¿Regañarla delante de sus amigas? ¿Ordenarle a *Raji* que bailara sobre su cabeza?

—*Raji* —dijo Simon, y a continuación añadió una orden en hindi.

El mono hizo una graciosa reverencia a los niños, y luego empezó a desfilar como un soldado, con la mano en la frente a modo de saludo.

Mientras los niños se desternillaban, Louisa volvió a mirar a Simon. Él la estaba observando, pero no parecía enojado. Más bien tenía el aspecto de un chiquillo delante del escaparate de una tienda de juguetes, contemplando algo que sabía que jamás lograría obtener.

Esa mirada la incomodó sobremanera. La hipnotizó, y logró disipar todo el odio que había sentido hacia él durante los últimos días, cada vez que lo oía deambular por su habitación, o lo veía volcado sobre una pila de papeles en el estudio, con la corbata torcida y el semblante preocupado.

Pero tampoco podía olvidar lo que él le había hecho, claro; sin embargo...

Debía admitir que la reciente traición de Simon difería de la que había perpetrado siete años antes. Al menos en una cosa: esta vez se había casado con ella. Teniendo en cuenta que él había conseguido comprometerla delante de varias personas y había destrozado su reputación, no había ninguna necesidad de esposarse con ella sólo para apartarla de la política.

En cambio, le había declarado que se había casado con ella porque la quería. Tenía que ser cierto, o Simon no habría perdido la paciencia cuando ella se negó a acostarse con él. Podría haber optado por ir en busca de una amante.

Louisa tragó saliva. ¿Y cómo sabía que no había hecho eso, precisamente?

Oh, nunca debería haber pronunciado esas palabras tan duras. A pesar del grave error que su esposo había cometido, el mero pensamiento de imaginárselo en la cama con otra mujer empezó a atormentarla.

Y eso era lo mínimo que él podría haber hecho. Si hubiera querido. Otro esposo la habría encerrado en una habitación y la habría azotado; sí, esas cosas sucedían, incluso en las casas de la gente más refinada. Y también podría haber exigido sus derechos maritales a la fuerza.

Esa ridícula amenaza de matarlo no podía amedrentar a un verdadero tirano.

Pero Simon no era un verdadero tirano. En algún recóndito lugar de esa alma calculadora y perversa, se ocultaba un hombre razonable; lo sabía, estaba segura de ello. Un hombre del que ella podría enamorarse. El problema, sin embargo, era cómo llegar hasta ese hombre. ¿Simplemente cediendo, dando el brazo a torcer? ¿Perdonándole su comportamiento imperdonable?

Tenía que hacer algo. Simon era su esposo, tanto si le gustaba como si no. ¿De verdad deseaba mantener esa clase de matrimonio distante, igual que sus padres habían hecho?

Volvió a observarlo de soslayo, y se le desbocó el pulso cuando vio cómo él la estaba mirando.

Cuando sus ojos se encontraron, Simon dijo con una voz ronca: «Para, *Raji*». El mono obedeció; él agregó algo en hindi, y *Raji* se dirigió hacia ella. Louisa bajó la vista y se encontró a la adorable criatura alzando los bracitos. Sin estar demasiado segura de lo que debía hacer, se inclinó y lo tomó entre sus brazos, entonces se quedó sin aliento cuando el monito la besó.

Mientras los chiquillos aplaudían entusiasmados, ella volvió a mirar a Simon. Los ojos de su esposo refulgían con un deseo tan manifiesto que ella temió que le fuera a estallar el corazón.

Un guardián con un parche en un ojo se les acercó, y Simon esbozó una franca sonrisa.

—¡Capitán Quinn!

Simon le ofreció la mano, y el capitán Quinn la estrechó efusivamente.

—Oí que estaba aquí, señor, por lo que he venido a darle las gracias. El señor Brown me dijo que fue usted quien me recomendó para este puesto, a pesar de mis problemas con la vista.

Simon sonrió.

—¿Y por qué no iba a hacerlo? Aunque sólo vea con un ojo, ha demostrado tener más vista que mucha gente con dos ojos.

—Supongo que no era difícil superar al individuo al que reemplacé —comentó el capitán Quinn—. Por lo que parece, ese pendenciero hacía la vista gorda mientras los prisioneros abusaban de las reclusas con regularidad. Recibía dinero de los convictos, claro. Supongo que por eso lo despidieron.

—Ése no fue el único motivo por el que despidieron al señor Treacle, se lo aseguro —matizó Simon tensamente.

Louisa contuvo la respiración. ¿Habían despedido a Brutus *el Matón*? Simon debía de haber insistido para que lo echaran por el incidente en el muelle. ¿Cómo si no habría sugerido que lo reemplazaran?

Y lo que aún parecía más evidente era que el capitán Quinn era una buena persona. Así que mientras ella había estado enfrascada en los preparativos de su boda, Simon se había dedicado a mejorar la situación en la prisión.

Una cálida oleada de alegría se apoderó de su cuerpo. Probablemente lo había hecho por ella. ¿Por qué otra posible razón habría actuado de ese modo?

—¿De qué conoce al duque, capitán Quinn? —inquirió lord Trusbut.

—El señor duque y yo estuvimos en la batalla de Kirkee juntos, señor. Jamás he visto a un hombre luchar con tanta bravura o aguantar de esa manera sin haber recibido formación de soldado. El señor duque puede blandir una espada con una extraordinaria precisión. Pero no vencimos la batalla gracias a su espada, sino a su discurso ardoroso, que infundió ánimos a todos los soldados.

Louisa jamás había visto a Simon tan incómodo.

—Bobadas —repuso él tensamente—. Fueron sus muchachos los que dieron un giro a la batalla, al luchar tan valerosamente.

—Los cipayos habrían huido despavoridos si usted no los hubiera convencido para que lucharan a su lado. El único gobernador general que hizo lo mismo, me refiero a luchar junto con sus hombres, fue Wellington, y él había recibido formación de soldado. —El capitán Quinn repasó toda la estancia con su mirada, para incluir a todos los presentes—. El duque combatió como un héroe, peleando y defendiéndose como un verdadero…

—Perdón, pero me parece que aún no le he presentado a mis amigos —lo interrumpió Simon, con un tono decididamente seco.

Mientras presentaba a los Trusbut, Louisa lo observó especulativamente. ¿Por qué a Simon no le gustaba hablar de la India? La prensa había elogiado su valentía en Kirkee. ¿Era simplemente demasiado modesto para reconocerlo?

Simon se giró hacia Louisa.

—Y ésta, capitán Quinn, es mi esposa.

—Señora duquesa —murmuró el capitán mientras se inclinaba con una reverencia de cortesía.

Ella tuvo que resistir las ganas de echarse a reír. Había sido la señorita North durante tanto tiempo que aún no se había acostumbrado a que la trataran como la duquesa de Foxmoor.

—Es un honor conocer a un amigo de mi marido, señor —dijo mientras le ofrecía la mano.

La cara del capitán se iluminó ante esas muestras de amistad.

—El honor es mío, señora. —Tomó la mano de Louisa y la estrechó efusivamente igual que había hecho con Simon—. Siempre me dije que el señor duque debía de tener una mujer extraordinaria esperándolo en Inglaterra, por la forma modélica en que se comportó en la India.

Mientras Louisa notaba cómo se extendía el rubor por sus mejillas, Simon dijo con un tono grave:

—Así es, capitán. ¿Cómo podría un hombre mirar a cualquier otra mujer, con una dama como mi esposa llenando mis pensamientos?

El día previo, ella habría rechazado el cumplido. Pero hoy...

Ese día deseaba desesperadamente que esas palabras fueran sinceras.

Cuando el capitán Quinn volvió a sus obligaciones, Louisa supuso que su marido lanzaría cualquier excusa para llevársela de allí. En lugar de eso, sin embargo, Simon preguntó qué podían hacer él y lord Trusbut para ayudarlas.

Sintiendo que el corazón pugnaba por escapársele del pecho, Louisa le dijo que podía entretener a los niños, ya que lady Trusbut tenía ganas de enseñarle el recinto a su esposo y explicarle lo que las damas estaban intentando conseguir.

Louisa reunió a los más mayores para iniciar una sesión de lectura, mientras Simon entretenía a los más pequeños con *Raji* encaramado en su hombro. De vez en cuando, desviaba la vista hacia él, escuchando con emoción cómo «dialogaba» con esos pequeñines que apenas levantaban un palmo del suelo.

Le parecía tan extraño verlo allí, en la prisión, ataviado con esa distinguida levita de color verde botella y pantalones marrones, con la corbata anudada de forma inmaculada, y las puntas almidonadas del cuello de la camisa torciéndose por culpa de la humedad…

Su esposo, el duque, estaba en Newgate, ayudándola. Casi no lo podía creer.

La comitiva abandonó la prisión dos horas más tarde. Regina se ofreció a llevar a los Trusbut hasta Westminster, donde estaba aparcado su carruaje. Así que Louisa y Simon se quedaron solos en la cabina de su carruaje, puesto que *Raji* decidió instalarse en el pescante, al lado del cochero.

Un incómodo silencio se instaló en el compartimento cuando el vehículo se puso en marcha. Era la ocasión idónea para que él la amonestara; en cambio allí estaba, sentado frente a ella, mirando por la ventana, sumido en sus propios pensamientos. ¿Debía preguntarle qué pensaba hacer con ella?

No a menos que deseara recordarle que había hecho algo que él le había prohibido. Así que se decantó por una conversación trivial.

—El capitán Quinn parece una persona encomiable. Una indiscutible mejora en ese puesto de vigilancia, comparándolo con el señor Treacle.

—Sí.

Louisa se retorció las manos sobre la falda.

—Supongo que fuiste tú quien pidió que despidieran a Brutus *el Matón*.

—Le recomendé encarecidamente al señor Brown que lo hiciera.

—Gracias —repuso ella suavemente.

Simon clavó en su esposa una vista solemne, intensa.

—De nada.

—Sí, estoy segura de que el capitán Quinn supondrá una indiscutible mejora.

Una fina sonrisa se perfiló en los labios de Simon.

—Eso ya lo habías dicho antes.

Louisa se pasó la lengua por los labios con aire nervioso.

—Parece que ese hombre te admira de verdad. Algún día tendrás que relatarme lo que pasó en Kirkee; seguro que es una historia fascinante.

Simon dejó de sonreír y volvió a desviar la vista hacia la ventana al tiempo que fruncía el ceño.

El comentario no había sido acertado. Louisa no deseaba que Simon se enfadara otra vez. No quería continuar con ese ridículo distanciamiento de su marido. El Simon que había entretenido a los niños en la prisión era el hombre con el que se veía capaz de convivir, siempre y cuando dejara de comportarse como un tirano en lo que concernía a sus actividades.

—Simon, sé que seguramente estás enojado conmigo por…

—¿Desafiarme? —Él volvió a fijar los ojos en ella—. ¿Marcharte a la prisión sin decírmelo? ¿Llevarte a *Raji* a un sitio en el que jamás había estado sin mí?

Louisa sintió cómo se le encogía el corazón ante el tono implacable de su esposo.

—*Raji* está perfectamente bien, y lo sabes. Además, fuiste tú quien empezó esta trifurca, al conspirar con el rey a mis espaldas. Seguramente a estas alturas eres capaz de aceptar que fue una actuación de lo más deplorable. —Cuando Simon tensó la mandíbula, ella prosiguió con un tono más calmado—: Pero no era eso lo que quería decirte.

—Ya —repuso él con amargura—. Probablemente querías remarcar de nuevo mi comportamiento monstruoso, al casarme contigo y compartir contigo mi nombre, mis riquezas, mis conexiones…

—Quiero pastel —balbució ella. Cuando Simon parpadeó, Louisa añadió con una voz suave—: Eso es lo que te quería decir. Quiero pastel. Para los dos.

Capítulo veinte

Querida Charlotte:

Un hombre puede mostrarse afectivo con su esposa, mas eso no significa que cuando tenga que enfrentarse a decisiones importantes, se deje influir por ella. Yo no depositaría demasiadas esperanzas en una tierna mirada, querida.

Vuestro primo directo,
Michael

*P*or un segundo, Louisa no estuvo completamente segura de si Simon había comprendido su mensaje. Entonces, los ojos de su esposo se tiñeron de una mirada selvática y hambrienta, y ella contuvo la respiración. Antes de que pudiera siquiera pensar, él se levantó y se instaló en el asiento que tenía delante; acto seguido, la agarró por la cintura y la obligó a sentarse en su regazo.

—¿Qué estás haciendo? —exclamó ella, mirando con inquietud por la ventana.

—Comer pastel —murmuró él. Después, su boca buscó la suya.

Louisa se olvidó de las calles abarrotadas de gente al otro lado de las ventanas del carruaje, y también se olvidó de su enfado a causa de las maquinaciones entre su marido y su padre. En esos momentos, sólo existía Simon, quien embestía su boca como un intrépido conquistador, manoseaba su cuerpo con un ardor posesivo, y la embriagaba con ese potente y cálido aliento sobre su rostro.

Simon se detuvo unos instantes para cerrar las cortinas, mas cuando volvió a inclinar la boca hacia la de su esposa, ella emplazó un dedo sobre sus labios. Cuando él frunció el ceño desconcertado, Louisa se apresuró a decir:

—Quiero asegurarme de que estamos de acuerdo en el trato: Ambos comeremos pastel, y eso significa que me permitirás continuar con mi labor con las Damas de Londres.

Los ojos de Simon destellaron con un penetrante brillo azulado.

—¿Te acostarás conmigo? ¿Y dejarás de pedirles a los criados que me sirvan cosas que detesto? ¿Y me devolverás mis puros?

Louisa soltó una carcajada nerviosa.

—Pensé que ni te habías dado cuenta.

—Claro que sí. Del mismo modo que me he dado cuenta de las bandejas en la puerta de tu alcoba, y de tu ausencia a la hora de la cena, y del espacio vacío y frío en mi cama… —Sus palabras precipitadas lograron seducirla con el mismo efecto que los besos que ahora él estaba esparciendo por sus mejillas, su nariz, su frente.

—Las Damas de Londres —murmuró ella, sin apenas fuerzas para continuar hablando—. ¿Me permitirás que…?

—¿Piensas desafiarme de nuevo? —contraatacó Simon.

—Quizá. —Lo miró con porte beligerante—. Si me amenazas con chantajes injustos.

—No es la respuesta que esperaba —gruñó él.

Louisa ya había abierto la boca para replicar cuando notó las manos de Simon en su espalda, desabrochándole el vestido.

—¡Para! ¡No podemos hacer un espectáculo en plena calle!

—¿Se puede saber por qué no? —él continuó desabrochándole el traje impasiblemente—. Esta vez no pienso correr ningún riesgo contigo, preciosa. Pienso hacerte mía antes de que cambies de opinión. No soporto la idea de dormir otra noche solo, imaginándote a ti sola, en tu cama.

A pesar de que las palabras la estimularon, no eran lo que ella esperaba oír.

—Pero aún no has declarado que estás de acuerdo con…

—Si quieres negociar términos, dame algún incentivo. —Tras quitarle los guantes, Simon agarró el vestido y la blusa y tiró de ellos hacia abajo, para liberar sus pechos por el escote, luego la contempló con una mirada tan sedienta que disparó el pulso de Louisa.

Mientras ella se excitaba ante la patente admiración que mostraba su esposo, él inclinó la cabeza para acaparar un pecho con su boca, y luego empezó a chuparlo de un modo tan sensual que ella se encogió en su regazo.

Primero Simon devoró un pecho, luego el otro, mientras ella hundía las manos en sus cabellos recios para pegarse más a su cuerpo.

—A esto, preciosa, es a lo que yo llamo pastel —murmuró él con una voz ronca, deteniéndose unos instantes para lamer su pezón.

Pastel, sí. Ese maldito seductor le había hecho olvidar la cuestión del pastel para todos.

—Las Damas de Londres, Simon —susurró Louisa, a pesar de que cada vez le costaba más hablar. Sobre todo ahora, que él había deslizado las manos bajo su falda—. ¿Me dejarás continuar con la Sociedad?

—¿Me prometes que no volverás a desafiarme? —se resistió él.

—Depende…

—Por segunda vez, no es la respuesta que esperaba. —Encontró el punto más húmedo entre sus muslos, y lo frotó con el dedo pulgar hasta que Louisa empezó a jadear—. Eres mi esposa. No permitiré que me lleves la contraria. ¿Queda claro?

—Sí, pero…

—Nunca más aceptaré que un lord me acuse de no mantener mi palabra porque mi esposa le ha mentido.

Ella dio un respingo. Probablemente no debería de haberle dicho a lord Trusbut que su esposo se reuniría con ellas en la prisión. ¿Pero cómo iba a saber que ese anciano saldría corriendo en busca de Simon?

—¿Queda claro, Louisa? —Le acarició la oreja con la boca mientras hundía el dedo índice dentro de ella sin mostrar compasión.

Louisa forcejeó para zafarse de él, pero con ello sólo consiguió agravar la situación, ya que el dedo índice de Simon la acarició a lo largo del pubis con un tacto tan sedoso y erótico que la dejó sin aliento. Sin poderlo remediar, ella se arrimó más a esa mano juguetona, en un intento de sentir más placer.

La respiración de Simon se tornó más rápida cuando la tumbó sobre su regazo para poder tener un mejor acceso a sus pechos.

—¿Queda claro, Louisa? —repitió, mordisqueando su pezón—. No volverás a hacer nada a mis espaldas.

Cuando él matizó su petición con una enloquecedora caricia en su pubis, ella susurró:

—Sí. Hummm… cielos, sí…

Entonces, al darse cuenta de lo que él le había obligado a contestar, se puso rígida. Simon estaba intentando seducirla para que accediera a sus deseos. Y su táctica estaba dando unos resultados extraordinarios.

De acuerdo, la seducción era un juego para parejas, ¿no? Mientras él continuaba recreándose con su pezón con esa lengua lasciva, Louisa le desanudó la corbata y la lanzó a un lado, luego le desabrochó el chaleco y la camisa. Simon se echó hacia atrás, pero sólo para librarse de la ropa.

Ella pestañeó. Eso era un torso, sí señor; bien perfilado y musculoso, tal y como debería ser un torso masculino. Lo contempló con avidez, ya que era la primera vez que veía el cuerpo desnudo de su esposo. El vello rubio oscuro nacía en su garganta y se extendía por todo el pecho, creando unos divertidos remolinos alrededor de los pezones, y luego se estrechaba en una fina línea por encima del estómago liso y duro antes de desaparecer dentro de los pantalones, que contenían un bulto más que notorio.

Y el bulto aumentó de volumen ante la curiosa mirada de Louisa.

—No te quedes ahí mirando, preciosa —la animó él con un tono ronco y profundo—. Tócame.

Louisa notó que el rubor se expandía por sus mejillas. Levantó la vista y lo miró a los ojos.

—¿Qué?

—Que me toques con tus delicadas manos. —Simon prácticamente se rasgó los botones de los pantalones y de los calzoncillos—. Tócame, aquí.

Le agarró las manos e intentó forzarla a que las colocara dentro de sus calzoncillos, pero Louisa se acordó de sus intenciones y se resistió.

—¿Y se puede saber dónde está mi incentivo, esposo mío? Yo también quiero pastel, ¿recuerdas?

Cuando los ojos de Simon se convirtieron en estrechas rendijas, ella deslizó la mano hasta dentro de sus calzoncillos y le acarició el muslo. Ese muslo desnudo y terso. Él respiró con dificultad.

Animada al ver los resultados obtenidos, acercó la mano a sus genitales, sorteándolos, apenas rozándolos… burlándose descaradamente de su acuciante necesidad.

—Es lo que me prometiste, cuando acepté casarme contigo, ¿recuerdas?

Simon lanzó un bufido y después entornó los ojos.

—Sí, pero… eso fue antes de que descubriera que estabas conspirando con… radicales.

—Según mi padre —alegó ella mientras continuaba acariciándole los muslos sin tocar su miembro viril—, tú lo sabías. Dijiste que por eso te casaste conmigo, para inmovilizarme.

Él se convulsionó debajo de su mano. Louisa deslizó un dedo por encima de su pene tremendamente excitado, mas cuando él intentó arrimarse a la palma de su mano, ella la retiró.

Simon abrió los ojos súbitamente y la miró con estupor.

—¿Qué es lo que buscas?

—Que cumplas nuestro pacto original; que no me restrinjas mis actividades con las Damas de Londres. —Le acarició la polla, y él jadeó.

—De acuerdo, maldita seas. —Simon la obligó a levantarse de su regazo, luego la acomodó en el asiento y se arrodilló en el suelo, entre sus piernas—. Acepto los términos del trato original.

La cara de Louisa refulgió con alegría.

—Gracias; es todo lo que quería.

—Pero con una condición. —Con un brillo extraño en los ojos, él le alzó la falda hasta la cintura.

Ella lo agarró por los hombros.

—¿Qué condición?

—Puesto que permitirte que confabules con radicales podría dañar mi futuro en la política, me permitirás que asesore a tu grupo en lo referente a la elección del candidato. Me lo debes; es lo mínimo que puedes hacer.

—Asesorar, pero no intimidar.

—Asesorar —repitió él, luego inclinó la cabeza para chuparle el pecho—. Vamos, preciosa, estoy siendo demasiado flexible, y lo sabes.

—De acuerdo, aunque estoy segura de que luego me arrepentiré.

—Ya me aseguraré yo de que no sea así. —Entonces, una sonrisa maliciosa cruzó su cara, y se bajó los pantalones y los calzoncillos.

—¡Virgen santa! —exclamó ella mientras un instrumento de unas proporciones indiscutiblemente serias emergía con absoluto descaro. ¿Así que esa… eso era lo que ella había estado acariciando? No le había parecido tan enorme. ¿Cómo era posible que una mujer en su sano juicio se quedara tumbada y dejara que un hombre hiciera lo que le diera la gana, cuando la asaltaba con eso… con esa tremenda tranca?—. Ejem… una cosa más…

—Se acabaron las negociaciones —concluyó él mientras empezaba a frotar el miembro viril entre sus piernas—. Las únicas palabras que deseo escuchar de tu boca durante la próxima hora son: «Sí, Simon… más, Simon… por favor, Simon…».

—Por favor, Simon —susurró ella mientras notaba el roce de la punta de ese enorme miembro viril—. Intenta no abrirme en canal con esa tranca.

—¿Tranca? —Simon se detuvo para mirarla a los ojos, entonces soltó una estentórea carcajada—. Por Dios, pero si eres virgen.

—¡Pues claro que soy virgen! —Louisa intentó incorporarse y recuperar la compostura—. Supongo que no creíste las tonterías que dije en el bosque sobre que había estado con otros hombres.

—No, claro que no —se apresuró él a contestar—. Es sólo que cuando estoy contigo olvido que… bueno, quiero decir, te comportas de un modo tan…

—¿Descocado?

—Maravilloso. —Le frotó la mejilla con la nariz—. Por eso me dejo llevar, y me olvido.

Simon apretó de nuevo la polla contra sus muslos; un recordatorio poderoso y caliente de lo que estaban a punto de hacer. Cuando le acarició la entrepierna con su pene, frotándolo y moviéndolo hacia arriba y hacia abajo contra sus rizos húmedos, ella contuvo la respiración; Louisa se deshacía entre el placer que ese trozo de piel le ofrecía y el dolor que prometía.

—En los últimos siete años —prosiguió él—, he hecho el amor contigo tantas veces en mis sueños, que tengo que recordarme a mí mismo que todavía no lo hemos hecho.

—¿De veras soñabas conmigo? —Ahora él la invitaba a abrirse con sus dedos suaves, lubricándola con su propio flujo—. ¿No lo dijiste sólo para que bajara la guardia?

—Por Dios, no tienes ni idea —repuso él con una voz profunda mientras empezaba a penetrarla lentamente.

Para no pensar en esa extraña e incómoda intrusión, Louisa le preguntó:

—¿Y qué era… lo que hacía exactamente… en tus sueños?

—Me tentabas con tu pelo y tus pechos y tu vientre. Frotabas tus pezones contra mi pecho…

—¿Así? —susurró ella mientras hacía lo que él le acababa de referir.

Simon soltó una dura risotada.

—Sí, Cleopatra, exactamente así. —Sus ojos brillaban—. Y ponías las manos en mis… mis nalgas. Inténtalo.

A pesar de que ella se sonrojó, hizo lo que él le ordenaba, pero cuando dio un paso más y estrujó la carne firme, Simon se hundió dentro de ella. Instintivamente, Louisa se tensó al notar todo su volumen.

—Tranquila, lo estás haciendo muy bien —la confortó él con la voz ronca. Acto seguido, deslizó la mano entre sus cuerpos hasta encontrar ese punto que siempre parecía tan deseoso de que él lo tocara. Lo acarició y Louisa se relajó, permitiéndole hundirse un poco más dentro de ella.

Simon jadeó.

—Muy bien, preciosa, déjame entrar. Es incluso mucho mejor que en mis sueños.

—Pues no es tal y como yo lo había soñado —apostilló ella con sequedad.

—¿Qué fue lo que soñaste? —Continuó acariciándole ese punto, lo cual la ayudó a soportar la extraña sensación de tenerlo dentro.

—No… no lo sé. —Recordó cómo Regina se lo había descrito una vez—. Ángeles… arpas… como cuando tú… me hiciste esas cosas con la boca en mi alcoba. Sólo que mejor.

—Dame una oportunidad, y te aseguro que no te arrepentirás. Pero primero… —Se apartó para mirarla al tiempo que esbozaba una mueca embarazosa—. Tengo entendido que las vírgenes, antes de alcanzar el paraíso celestial, han de pasar por el purgatorio.

Louisa lo miró con petulancia.

—¿Purgatorio? —Había oído descripciones sobre los dolores que tenían que soportar las vírgenes. Se decía que eran similares a cuando una iba a dar a luz, y ella había sido una vez testigo de lo acertadas que eran esas descripciones—. ¡Querrás decir el infierno!

—Ya me lo dirás más tarde. —Sin darle tiempo a ponerse más tensa, Simon se hundió dentro de ella.

El dolor fue repentino, intenso… y breve. Al cabo de unos momentos, ya había desaparecido. Entonces ella se arqueó hacia él, aliviada de que no hubiera sido peor.

Simon estampó un beso en su frente.

—¿Y bien?

Louisa se movió experimentalmente, pero sólo notó una ligera molestia.

—Sin lugar a dudas, el purgatorio —sentenció.

—Uf, gracias a Dios. —Él la estrechó contra su cuerpo—. Porque después de siete años, detenerme ahora me costaría más que ir al infierno.

Simon empezó a moverse, y ella contuvo la respiración. Era… intrigante, por decirlo de algún modo. Ciertamente… alentador.

Súbitamente, él la embistió con fuerza, y el pulso de Louisa se disparó. Por todos los santos. La sensación no se asemejaba a ninguna otra que hubiera experimentado antes, ni tan sólo a lo que había sentido esa noche en su alcoba. Decididamente, había algo… sorprendente, en el hecho de estar unida a él de ese modo.

Ahora Simon la estaba besando, con una lengua caliente y vigorosa, hurgando en su boca del mismo modo que hurgaba dentro de su cuerpo, y una plétora de sensaciones empezó a embriagarla. Sus embestidas complementaban el ritmo cadencioso del carruaje, de los cascos de los caballos sobre el asfalto… del clamor de su corazón. Pronto, el ritmo se volvió absolutamente salvaje, como si su cuerpo fuera un volcán que estuviera hirviendo, a punto de estallar en una inmensa erupción…

—¿Me quieres, Louisa? —Simon apartó los labios de su boca, y ella se acordó de ese día en su alcoba, cuando él consiguió hacerla suplicar.

—Sí… te quiero, Simon.

Tras lanzar un suspiro de alegría, él incrementó aún más el ritmo de sus embestidas. Louisa se aferró a sus nalgas y lo empujó hacia ella, de modo que quedaron unidos aún más íntimamente. Simon cabalgó sobre ella jadeando sin parar, hasta que Louisa notó que perdía la noción del espacio y del tiempo, y su cuerpo pareció levitar como si no pudiera permanecer por más tiempo anclado en la tierra…

—Sí, preciosa, sí —pronunció él con un tono áspero—. ¡Sí!

Y en ese momento, los cielos se abrieron, y unos ángeles con arpas inundaron el espacio circundante con una música celestial, que se mezcló con los gemidos de placer de Louisa.

Simon lanzó un grito gutural, y ella se fundió en la esencia de él, aferrándose tan fuerte que terminó por no saber dónde empezaba él y dónde acababa ella.

Por un momento se sintió suspendida en el cielo, unida a Simon inextricablemente para toda la eternidad mientras él depositaba su semilla dentro de ella. El corazón de Louisa latía a un ritmo irrefrenable, enloquecido.

Después, el corazón de Louisa empezó a calmarse y la respiración de Simon a aquietarse. Los crujidos del carruaje se colaron en los pensamientos de ella, junto con la impactante realidad de que una fina pared los separaba de una ciudad bulliciosa, en la que la gente no tenía ni idea de lo que la pareja estaba haciendo dentro de ese pequeño compartimento.

Ligeramente azorada, dejó de estrechar a su esposo con tanta fuerza.

Pero él no había acabado.

—Ahora eres mi mujer —susurró fieramente, todavía abrazándola con pasión—. Eres mía, Louisa. Mi esposa. Dilo.

—Tu esposa —repitió ella. Las palabras parecían un voto más serio que nada de lo que había pronunciado ante el altar el día de su boda—. Soy tuya.

Las facciones de Simon se relajaron levemente, y hundió la cara en el cuello de su mujer, rodeándola con sus brazos con tanta fuerza que Louisa apenas podía respirar.

—No me niegues nunca más el derecho a acostarme contigo. No creo que pudiera soportarlo una segunda vez.

Ella le acarició el pelo con ternura, al tiempo que sentía una potente punzada de dolor en el corazón ante el evidente dolor que se desprendía de su tono. Claramente, esa unión significaba para Simon algo más que el simple hecho de hacer el amor con ella, y Louisa se arrepintió de haber sido tan dura.

—No volverá a suceder —susurró ella.

Además, hoy Louisa se había dado cuenta del riesgo que había asumido con su drástica decisión. Negarle a un hombre la posibilidad de saciar sus necesidades carnales podía llevarlo a buscar alivio en alguna otra parte; especialmente un hombre como el duque de Foxmoor, que podía tener cualquier mujer que quisiera. El mero pensamiento de su esposo haciendo algo como lo que acababan de hacer con otra mujer le provocó unas terribles náuseas.

—A partir de ahora, serás mi esposa de verdad —proclamó él.

—Sí. —Ella dudó, pero tenía que estar segura—. Siempre y cuando tú seas un esposo de verdad para mí.

Simon se echó hacia atrás para observarla.

—¿Qué quieres decir?

—No toleraré que tengas ninguna amante, Simon. Ni tan sólo estoy segura de si podría soportar que fueras a un burdel.

Simon esbozó una mueca de alivio primero, y luego sonrió burlonamente.

—¿Pero no sugeriste hace tan sólo unos días que eso era precisamente lo que debía hacer?

Ella lo escrutó con aire amenazador.

—Mira, ni se te ocurra...

—Sólo estaba bromeando —contestó él al tiempo que le propinaba un beso fugaz en la nariz—. Te lo aseguro, el último sitio en el que me encontrarás será en un burdel.

Lo dijo con tanta convicción que ella lo creyó.

—¿Y una amante? ¿Me prometes que no te buscarás una amante?

Su regocijo se fundió en un gesto solemne.

—Ni siquiera si me prohibieras acostarme contigo toda la eternidad.

Louisa tragó saliva, sin estar segura de creer lo que acababa de escuchar.

—¿Por qué no?

Los ojos de Simon adoptaron un brillo tenue mientras alzaba la mano para acariciarle uno de los pechos.

—Porque a mí únicamente me gusta el sabor de un pastel, preciosa. —La besó en el cuello—. El tuyo.

Mientras le acariciaba el pezón con el dedo pulgar, ella notó que volvía a excitarse. Oh, realmente era la hija de su madre. Y en ese preciso instante se sentía contenta de serlo.

—¿Ves cómo no cuesta nada tenerme satisfecho? —dijo él—. Dame pastel, y podrás hacer lo que quieras. Por lo menos hasta que descubras que estás embarazada.

Ella se puso tensa. ¡Las esponjas! Por todos los santos, se había olvidado de usarlas. Demasiado tarde para remediarlo, aunque procuraría no olvidarse la próxima vez.

Simon le hizo cosquillas en la mejilla con la punta de la nariz.

—Sospecho que no tardarás en tener hijos. Porque cuando un hombre come tanto pastel como yo tengo la intención de hacer, inevitablemente vienen los niños.

La fogosidad que Louisa sentía por todo el cuerpo se moderó al recordar que igualmente pensaba usar las esponjas. Al menos durante un tiempo. Seguramente él la perdonaría por esa pequeña falta.

«Deberías contarle lo de las esponjas. Simon lo comprenderá.»

¿De veras lo comprendería? Ningún otro hombre lo haría. Y Simon mostraba una determinación a obtener siempre lo que quería más firme que la mayoría de los mortales. No, no se lo podía contar, Todavía no. Pero todo saldría bien. Únicamente llevaban una semana casados. ¿Qué suponía, hacer el amor unos cuantos días más tomando medidas de precaución para no quedarse embarazada antes de que se pusiera a pensar en tener hijos? Seguramente, al cabo de un tiempo, superaría el pavor que sentía por el parto.

Pero ¿y si no vencía sus temores?

Ya se enfrentaría a esa cuestión cuando llegara el momento, que, esperaba, no fuera pronto.

Unas horas más tarde, Simon yacía en su alcoba junto a su esposa dormida, preguntándose si sería capaz de satisfacer la lujuria que se adueñaba de él cuando estaba cerca de ella. Ya había comido «pastel» dos veces esa tarde, y de nuevo se moría de ganas de más.

Contempló el pelo despeinado de Louisa y la punta de su hombro que asomaba por encima de la colcha, iluminada por el mortecino sol del atardecer. Al instante, su polla se puso rígida. Por Dios, se había convertido en un viejo verde.

Pero siete años de celibato conseguiría que cualquier hombre normal y corriente acabara transformado en un viejo verde. Incluso ahora, anhelaba lamer cada centímetro de su suave piel de porcelana, hundir la lengua en su ombligo, beber hasta la saciedad del néctar entre sus piernas antes de incorporarse y hundir la polla dentro de ella hasta el fondo…

Profirió una maldición entre dientes. Su pene estaba ahora dolorosamente duro. Y realmente sería muy egoísta por su parte pedirle a Louisa que hicieran de nuevo el amor. Dos veces era más de lo que una virgen debería soportar en su primera noche.

Apoyó la cabeza otra vez en la almohada y se pasó el brazo por encima de los ojos. Tenía que dormir. Ciertamente, había dormido muy poco en los últimos días.

¿Pero cómo podría dormir, con Louisa a su lado, después de esperar tantos años? Lanzó un bufido. Esa obsesión por su esposa tenía que acabar. Ya era suficientemente nocivo que quisiera estar con ella todas las horas del día, pero Louisa había usado su cuerpo sensual para arrancarle concesiones que él jamás debería haber consentido. No, no permitiría que volviera a suceder.

Se suponía que él tenía que apartarla de la vida política, y no asesorarla sobre candidatos. Si no iba con cuidado, ella acabaría convenciéndolo para que secundara a algún pobre radical idiota, quien arruinaría su futuro como primer ministro. ¿Pero qué iba a hacer un hombre cuando su esposa libidinosa ponía las manos donde él había deseado durante muchos años? ¿Especialmente cuando deseaba que ella continuara tocándolo siempre, sin parar?

«Por eso existen las amantes —la voz refunfuñona de su abuelo resonó en su mente—. Para darte placer en la cama y que, de ese modo, no pierdas la cabeza con tu esposa. Una amante no tiene poder. Pero una esposa tiene el poder de arruinarte, si se lo permites.»

Su abuelo podía estar en lo cierto, pero él jamás traicionaría a Louisa de ese modo. Se mantendría firme en no dar el brazo a torcer con ella en las cosas realmente importantes, y le daría libertad en las cosas que carecían de importancia. Porque vivir como su abuelo no era una opción. La devastación que ese viejo desgraciado había sembrado a su alrededor era una irrefutable evidencia.

Lo cual le recordó que… Levantó la vista, pero su esposa seguía durmiendo profundamente. Se podía quedar allí, deseándola, o hacer algo provechoso. Era obvio que no lograría quedarse dormido.

Abandonó el lecho, se vistió, y bajó las escaleras en dirección a su estudio. Cuando entró, *Raji* corrió a su lado.

—Hola, pequeño bribón. —Simon bajó el brazo para que *Raji* pudiera trepar por él—. Siento mucho encerrarte aquí, pero tendrás que irte acostumbrando. Se acabó eso de dormir en mi cama, me temo. —Esbozó una mueca socarrona—. Me niego a pelearme contigo cada noche para poder yacer con mi esposa.

Raji parloteó alegremente mientras Simon encendía unas velas en el estudio completamente a oscuras y agarraba la última caja de cartas. Si no encontraba ninguna evidencia entre ese fajo de papeles, entonces no sabía dónde más podía buscar. Deseaba ayudar a Colin, por supuesto, pero posiblemente no lograría darle lo que realmente quería y se merecía.

Incluso si encontraba la prueba que buscaba, todavía tendría que convencer al rey para secundar la petición de Colin. Hasta ese momento, George no había ni siquiera mantenido su palabra en el pacto con Simon. Su majestad no había obtenido la renuncia de Liverpool, y lo único que hacía era repetirle que lo mejor era esperar a que se acabaran las sesiones del Parlamento.

Sin prestar atención a *Raji*, que le estaba olisqueando el pelo —probablemente olía el aroma de azucenas de Louisa—, Simon tomó la pila superior de cartas y empezó a leer. Ya había repasado una decena cuando un sonido proveniente de la puerta hizo que levantara la vista.

Louisa estaba allí de pie, con nada más puesto que un fino batín y una fascinadora sonrisa.

Su pulso se aceleró al instante.

«Tranquilo, muchacho. Tranquilo. Quizá ella no esté lista para ti otra vez, tan pronto.»

—No quería despertarte —se excusó él cuando ella continuó de pie, en el umbral de la puerta, con una ceja enarcada.

—Supongo que tendré que acostumbrarme a un esposo que sale corriendo hacia su estudio a la primera oportunidad que se le presenta.

—Era eso o bien volver a hacerte el amor, y pensé que un marido considerado no debería forzar de nuevo a su esposa recién desflorada.

Louisa entró en la estancia al tiempo que su sonrisa se volvía más coqueta.

—¿Es tan duro resistirte a mis encantos?

Simon se la comió con la mirada.

—¿Duro? Desde luego.

Ella necesitó un momento para comprender el doble sentido de sus palabras. A continuación, cerró la puerta detrás de ella y se llevó la mano a la cinta que anudaba el batín.

—Bueno, entonces supongo que necesitarás desahogar tus necesidades, cariño.

«Cariño», su esposa lo había llamado «cariño». Jamás lo había hecho antes, y el simple sonido de esa palabra en sus labios lo cautivó. Especialmente cuando ella se dirigió hacia él con esa llama oscura de seducción en los ojos.

Sin embargo, no logró avanzar más de dos pasos, antes de que *Raji* saltara encima de la mesa con la intención de alcanzarla él primero.

Simon soltó una carcajada burlona mientras el mono se acomodaba entre los brazos de su mujer con aire triunfal.

—Me parece que *Raji* no permitirá que intimemos. —Simon se sentó de nuevo en el sillón—. De todos modos, creo que deberías darte tiempo para recuperarte; por lo menos eso es lo que tengo entendido.

Louisa asintió encogiéndose levemente de hombros. Después rodeó la mesa, se colocó detrás de su marido y miró las cartas con curiosidad.

—¿En qué trabajas tan diligentemente cada noche?

Él dudó, pero no había ninguna razón para ocultárselo. Lo único que podría pasar sería que ella se sintiera también conmovida por la historia.

—Estoy revisando la correspondencia de mi abuelo Monteith para ver si encuentro alguna en la que mencione a Colin Hunt.

—Colin Hunt. ¿No era ese hombre tu…?

—Ayudante de cámara, sí. Y posiblemente, también mi primo.

Louisa lo miró fijamente.

—¿Tu primo?

—Por parte de mi tío Tobias, el que murió en la India.

—Pensaba que había muerto solo.

—Pues parece que no. —Simon lanzó un suspiro—. Casi no hay ninguna duda de que Colin sea su hijo. El tío Tobias estampó su firma en la partida de nacimiento de Colin, reconociéndolo como su hijo. He autentificado la firma, así que sé que esa parte de la historia es verdad.

—¿Y la madre? ¿Quién es?

—Una mujer india. Murió cuando Colin era todavía un niño. La hermana de su madre fue quien se encargó de cuidarlo, y es precisamente esa mujer quien dice que la madre de Colin era la esposa legítima de mi tío.

—¡Esposa! Pero eso significaría…

—Que Colin es el heredero del título de mi abuelo materno. Sí, si puedo probar la declaración.

Louisa reflexionó unos instantes antes de volver a hablar.

—¿Y no hay ninguna prueba del matrimonio?

—Lamentablemente, no. Aunque, por lo visto, su madre se casó con su padre en una iglesia, el lugar quedó destruido por una riada poco después de que el tío Tobias falleciera.

—Muy conveniente —remarcó Louisa.

—Sí, pero la iglesia quedó realmente destruida. Esa parte también la he confirmado.

—¿Y el certificado de matrimonio?

—Ahí es donde se complican las cosas. La tía de Colin sostiene que cuando el tío Tobias supo que se estaba muriendo, escribió una carta a mi abuelo para comunicarle lo de su matrimonio. Incluyó el certificado como prueba. A partir de entonces, nadie más volvió a ver ese trozo de papel. Poco después, mi tío murió, dejando a su esposa y a su hijo en una situación financiera muy precaria.

Simon señaló una de las cartas que tenía ante él.

—Quizá no lo sepas, pero en esa época, a las viudas indias de los oficiales se les retiró la paga por viudedad. Así que, según la tía de Colin, cuando el abuelo Monteith le ofreció a la viuda una sustanciosa suma de dinero si desistía de su intención de conseguir que su hijo fuera reconocido como el heredero legítimo del tío Tobias, ella accedió.

Simon se sintió asqueado al pensar que su abuelo se había aprovechado de una pobre mujer de ese modo tan vil, aunque no se sorprendió. Al abuelo Monteith no le habría hecho ni pizca de gracia tener un nieto mestizo. Se había dedicado en cuerpo y alma a pulir su imagen pública como para permitir una «mancha» en la línea de la familia.

—En esa época —continuó Simon—, Colin no era el hijo de un primogénito, así que su herencia tampoco era de una importancia relevante.

Louisa colocó la mano sobre el hombro de Simon.

—Pero cuando tu otro tío murió sin descendencia…

—Colin se convirtió en el heredero. No sólo del título de Monteith, sino de las tierras de Monteith. Que se han incrementado considerablemente desde que yo me encargo directamente de gestionarlas.

La mano de Louisa se tensó.

—Eso podría ser motivo más que suficiente para que alguien mintiera sobre esa herencia.

Él se echó a reír.

—¿Colin? Imposible. Me costó muchísimo convencerlo para que fuera mi ayudante de cámara después de que su tía viniera a contarme la historia. Él deseaba continuar al servicio del ejército del *peshwa*, pero yo vi que había heredado la destacable inteligencia de mi abuelo. Estaba malgastando su talento como un soldado raso. Sin embargo, él jamás mostró ningún interés en convertirse en conde. Cuando intenté convencerlo para que regresara conmigo, se negó, alegando que lo mejor era que ambos nos olvidáramos del tema.

—Entonces, ¿por qué no desistes?

—Colin es un hombre desubicado. Los otros indios no lo aceptan, y los ingleses tampoco. No es justo. Él y su madre se merecían un trato mejor por parte de mi abuelo, así que se lo debo; Colin ha de ser capaz de zanjar este tema de una vez por todas. Y no sólo por él, sino… —Se calló un momento, preguntándose si debía revelar el esto, pero cuando ella le estrujó el hombro cariñosamente, como animándolo a proseguir, Simon se sinceró—: También por su esposa.

—Oh, olvidaba que había estado casado. Era la antigua propietaria de *Raji*, ¿no es cierto?

—Sí, ella también era mestiza. Antes de morir, le juré que me aseguraría de que Colin obtenía lo que era legítimamente suyo. Bueno, eso si conseguía probar su alegato.

—¿Pero por qué hiciste ese juramento? ¿Sólo porque era tu ayudante de cámara y posiblemente tu primo?

—¿No te parecen dos razones suficientes? —contraatacó él. ¿Cómo podía contarle la verdad? Ella ya lo consideraba un hombre taimado y mentiroso, pero por lo menos parecía valorarlo como político. Si supiera que...

—Me parece que me estás ocultando algo. —Louisa apartó la mano—. Sé que algunas mujeres indias son increíblemente bellas...

Maldición. Simon no se había parado a pensar en las connotaciones de sus palabras.

—Ya te lo dije, preciosa. No mantuve ninguna relación con ninguna mujer en la India. Jamás tuve una aventura amorosa con la esposa de Colin, si eso es lo que estás pensando.

—Entonces, ¿por qué le hiciste esa promesa? —susurró ella—. Puedes contármelo, cariño, de verdad; si realmente estabas enamorado de ella o...

—No fue por eso. —Ahora no le quedaba más remedio que contárselo, aunque sólo fuera para que ella no pensara mal. Además, había mantenido el doloroso secreto oculto en su alma durante demasiado tiempo, y éste le escocía como una llaga. Si alguien podía ayudarlo a afrontarlo, ésa era su esposa pragmática y directa. Siempre y cuando ella no lo mirara con repugnancia, cuando supiera la verdad.

—Pero tienes razón. No fue sólo por Colin por lo que hice esa promesa. —Un suspiro desgarrador se le escapó de los labios—. Fue por lo que hice. Yo fui el culpable de su muerte.

Capítulo veintiuno

Querido primo:

Seguramente no me negaréis que una tierna mirada es a veces todo lo que una necesita o anhela. De vez en cuando, esa clase de miradas pueden ser más importantes que la propia opinión de vuestra pareja.

Vuestra prima,
que es una romántica empedernida,
Charlotte

*L*ouisa no sabía qué pensar o qué decir ante la sorprendente confesión que acababa de oír.

—¿Tiene esto que ver con la batalla en la que combatiste junto al capitán Quinn?

Simon cruzó con ella una significativa mirada.

—¿Cómo lo sabes?

—Hoy era evidente que no querías hablar del tema. —Louisa se sentó en el borde de la mesa, y *Raji* se acomodó en su regazo—. La esposa de Colin murió en esa batalla, ¿no?

—De hecho, murió justo antes de que empezara, asesinada por los *marathas*, que son unos guerreros que trabajan para los *peshwas* como soldados mercenarios.

—¿Qué es un *peshwa*?

—Una especie de primer ministro de una región de la India. Baji Rao era el *peshwa*, y ordenó a sus *marathas* que arrasaran Poona. Quemaron las casas de los británicos más destacados, y luego se ensañaron con la ciudad, asesinando y saqueando por doquier. La esposa de Colin fue uno de sus objetivos porque era medio inglesa y estaba casada con mi ayudante de cámara.

—¿Por eso te culpas de su muerte? —inquirió Louisa, depositando la mano sobre su brazo.

Simon le apartó la mano, se levantó abruptamente del sillón y empezó a deambular con paso inquieto por el estudio.

—Si sólo fuera eso. Pero no, mi intervención resultó más… vergonzosa.

A Louisa le dolió la negativa por parte de su esposo a aceptar el consuelo que ella le ofrecía, pero intentó no demostrarlo mientras se quedaba sentada, acariciando el pelaje sedoso de *Raji*, y esperando.

Cuando Simon volvió a hablar, su voz era fría, remota.

—Unas semanas antes del asalto de los *marathas*, Colin me dijo que su esposa había ido a Poona a visitar a su madre y que había oído rumores en el mercado acerca de una revuelta. El *peshwa* estaba enojado por el tratado que los británicos le habían obligado a firmar.

Simon se dirigió a una mesita rinconera y se sirvió una copa de brandy.

—Interrogué a dos oficiales oriundos de esa zona. Me aseguraron que no había ningún problema en Poona. «El *peshwa* sería un loco si se rebelara, es consciente de la imbatible potencia del ejército británico», dijeron.

Una risotada escalofriante se escapó de sus labios.

—Por unos instantes consideré la posibilidad de que los dos oficiales formaran parte de un posible complot, pero eran dos hombres a los que todos teníamos en alta consideración. En cambio, Colin tenía todos los motivos del mundo para estar resentido con los británicos. Pensé que era él quien estaba exagerando la situación.

Simon tomó un sorbo de brandy.

—Yo mismo había negociado el tratado con el *peshwa*. Los otros dos *peshwas* parecían perfectamente satisfechos con sus tratados, así que, ¿por qué Baji Rao iba a disputar el suyo? —Su tono se volvió autocensurable—. Después de todo, yo era el poderosísimo gobernador general. Sabía exactamente lo que sucedía en mis dominios.

—Oh, Simon —susurró ella, pero él no le prestó atención.

—Además, Colin había obtenido la información por parte de su esposa, quien aún tenía más motivos para desconfiar de los británicos que él. Su padre era un desgraciado inglés que se había negado a casarse con su madre. Así que veía rebeliones donde no las había. —Simon se quedó mirando fijamente la copa de brandy—. Pensé que ella quería que yo penetrara en Poona con un ejército y quedara en evidencia.

Como si notara la tensión de su amo, *Raji* se deslizó del regazo de Louisa para ir con él, pero Simon no le prestó atención, tampoco.

—No la conocía demasiado bien, y lo que sabía de ella no me gustaba. Ella pensaba que yo era otro inglés arrogante, y yo pensaba que ella era una embrolladora.

Las manos de Simon empezaron a temblar, por lo que la copa que sostenía también vibró. Con el corazón en un puño, Louisa se apartó de la mesa, asió la copa de su marido y la depositó en la mesa.

—Así que me negué a actuar según sus consejos —concluyó Simon con un hilo de voz—. Colin y yo nos peleamos por esa cuestión cuando los oficiales se marcharon. Le dije que no debería hacer caso a su esposa, que las mujeres eran unas criaturas manipuladoras que se dejaban llevar por las emociones, y que por lo tanto no eran de fiar.

Louisa tragó saliva.

—Supongo que estabas pensando en cómo te desterré yo a la India.

Simon clavó la vista en ella.

—No, desde luego que no. Me merecía lo que hiciste; incluso entonces me di cuenta de eso. —Deslizó una mano crispada por su pelo—. Cuando amonesté a Colin, no estaba pensando en ninguna mujer en particular. Sólo estaba repitiendo las sandeces que mi abuelo me había inculcado de niño.

¿Su abuelo? Nadie había hablado mal jamás del conde de Monteith, cuya actuación como primer ministro había sido considerada impecable tanto por los miembros del partido conservador como por los del partido liberal. Pero eso no quería decir que ese hombre no hubiera sido un déspota en su vida privada.

Simon se hundió en una silla cercana.

—Al final, Colin me hizo caso. No le quedó otra alternativa, ya que no podía enfrentarse él solo al *peshwa*. —Ocultó la cara entre las manos—. Así que cuando los *maratha* incendiaron mi residencia en Poona, nos hallábamos a cincuenta kilómetros de distancia, en dirección a Bombay. Las noticias nos alcanzaron rápidamente, y corrimos hacia Poona con los escasos refuerzos con que contábamos, pero cuando llegamos, encontramos a la esposa de Colin agonizando.

—Y fue entonces cuando le hiciste la promesa —susurró Louisa.

Él levantó la cara y la miró; su angustia se reflejaba en cada una de las finas líneas que surcaban sus bellas facciones.

—Ella siempre había deseado que Colin obtuviera lo que le pertenecía legítimamente. Fue lo único que le pude ofrecer para compensar... Dios mío, para compensar todo el mal que le provoqué.

Esta vez, cuando Louisa apoyó la mano en su brazo, él no se resistió.

—Por eso luchaste con tanta bravura en la batalla de Kirkee —dijo ella suavemente—. Para vengarla.

—Para vengarlos a todos —estalló Simon—. Y para pagar por mi error. ¿Sabes cuántos inocentes fueron asesinados antes de que empezara la batalla? ¿Cuánta destrucción se podría haber evitado en esa ciudad si yo...?

—Si tú hubieras adoptado una decisión fundamentándote en unos simples rumores —concluyó ella—. Actuaste como habría hecho cualquier líder. Sopesaste las posibilidades, y elegiste la que creíste más conveniente.

—No lo entiendes —replicó Simon, sacudiendo la cabeza—. Debería haber ido yo mismo a estudiar la situación. No debería haber confiado en los oficiales incorrectos. Debería haber escuchado...

—¿A una mujer de la que no te fiabas?

—¡Pero ella tenía razón! ¡Maldita sea!

—Sí, pero si hubieras actuado siguiendo su información y

ella se hubiera equivocado, ¿te culparías menos por las consecuencias derivadas a causa de tu error en ese caso?

Simon la miró abatido, luego la arrastró hasta su regazo y la estrechó con tanta fuerza contra su pecho que Louisa apenas podía respirar.

—Eres demasiado condescendiente conmigo, preciosa.

Ella le acarició el pelo.

—Y tú eres demasiado duro contigo mismo.

—No lo suficientemente duro. No viste a la esposa de Colin, desangrándose a causa de la terrible herida, con los ojos descomunalmente abiertos con terror, mientras la muerte se la llevaba irremediablemente. Y Colin llorando sobre ella. Esas imágenes… todavía me asaltan por la noche.

—Y es normal que lo hagan. —Cuando él la miró a los ojos con una asfixiante tristeza, ella le acarició la mejilla—. De no ser así, serías una criatura fría y despiadada, sin sentimientos. En lugar de un hombre bueno, que lo único que pretende es hacer lo que es debido.

—No estoy seguro de saber diferenciar lo que está bien de lo que está mal. Si una vez cometí un error tan monumental…

—Podrías cometerlo otra vez, sí. Eso únicamente demuestra que no eres infalible, sino que eres humano, como todos nosotros. —Louisa le acarició la mejilla con la punta de su nariz—. Y seguramente habrás aprendido de tu error.

—Por Dios, eso espero. —La tormenta de su remordimiento parecía haberse apaciguado un poco, ya que dejó de abrazarla con tanta fuerza.

Durante un largo momento, los dos se quedaron sentados, abrazados, mientras el reloj de pared continuaba marcando con su tictac el paso del tiempo…

—Me alegro de que me lo hayas contado.

—Y yo también —agregó él en un murmuro—. He soportado esta carga durante tanto tiempo solo, aborreciéndome a mí mismo cada vez que a alguien se le ocurría hablar de mis acciones heroicas en la batalla…

—Pero es que fueron heroicas —protestó Louisa—. No puedes pensar lo contrario. Podrías haber ocultado la cabeza bajo el ala, o haber negado tu culpabilidad. Sin embargo, dirigiste a los soldados hasta la victoria. No permitas que tu sentimiento de culpa eclipse algo de lo que deberías sentirte orgulloso. —Señaló hacia las cartas—. Además, sigues intentando enmendar ese error.

—Sí, lo intento, pero no consigo el resultado esperado —repuso con un suspiro.

—Puedo ayudarte, si quieres. Si los dos nos ponemos a buscar, quizá encontremos antes lo que estás buscando.

—Pero eso es sólo una posibilidad remota. Jamás he estado seguro de llegar a encontrar algo. Mi abuelo era demasiado calculador, y demasiado consciente de su imagen pública, como para guardar una carta que pudiera causar un escándalo.

Ella se retiró para mirarlo a los ojos.

—No pareces tener tanta estima por tu abuelo como el resto del mundo profesa.

—El resto del mundo no lo conocía —contestó Simon tensamente—. El resto del mundo no tuvo que soportar su especial adiestramiento.

Louisa achicó los ojos.

—¿Qué hizo exactamente tu abuelo para prepararte para reemplazarlo como primer ministro?

La expresión de Simon se tornó inescrutable.

—Fue un profesor muy severo.

—Pero tiene que haber algo más…

—Mira, ahora no quiero hablar de eso. —Deslizó la mano dentro del batín para acariciarle el vientre desnudo—. ¿No mencionaste algo antes acerca de aliviar mis necesidades?

Cuando ella empezó a hablar de nuevo, él la besó con efusividad, con un fervor que provenía de un sentimiento más intenso que el de puro deseo. Era evidente que no quería hablar de su abuelo.

Louisa consideró por unos segundos la posibilidad de insistir en el tema, pero él le había revelado más cosas sobre su vida en la última hora que en todos los años que hacía que lo conocía. No deseaba desalentarlo para que no volviera a confiar en ella en el futuro.

Así que lo besó y dejó que él pensara que la estaba seduciendo, apartándola de los pensamientos que ahora la asaltaban.

Siempre había pensado que Simon era una persona taimada, pero quizá el adjetivo adecuado era «reservado». Mantenía secretos porque no podía soportar enfrentarse a algunos hechos en plena luz del día. Y a pesar de que sospechaba que él todavía le ocultaba sus peores secretos, se dijo que aguardaría pacientemente hasta que decidiera revelárselos.

Después de todo, comprendía perfectamente el enorme esfuerzo que suponía mantener un secreto. Excepto que su secreto podría afectar enormemente a su matrimonio si lo revelaba. Y aún no estaba preparada para hacerlo, todavía no, ahora que empezaban a conocerse.

Por ese motivo, cuando él la llevó hasta su alcoba, Louisa se sintió aliviada de haberse puesto una esponja fresca justo antes de salir en busca de su esposo.

En el transcurso de los siguientes días, sin embargo, le costó más colocarse las esponjas. Por la noche no suponía ningún problema, ya que simplemente insistía en que quería que fuera su criada la que la desvistiera antes de que Simon entrara en su alcoba. Y a pesar de que él adujo que deberían dormir juntos en la gran cama de matrimonio, ella arguyó que dormiría mejor sola. ¿Cómo si no podía escabullirse rápidamente a su vestidor para quitarse la esponja y lavarse con agua templada, tal y como la dependienta en Spitalfields le había recomendado hacer?

Afortunadamente, Simon aceptó su comportamiento. Tanto los padres de ella como los de él siempre habían dormido separados; todos los que podían permitirse el lujo de tener dos habitaciones, normalmente lo hacían. No obstante, a Louisa le dolía tenerle que pedir gentilmente que se retirase a su propia alcoba cuando acababan de hacer el amor.

Pero el verdadero problema no venía por la noche, sino cuando él la besaba en la sala de estar o en el comedor o en la sala de música. Cuando Louisa notaba que su pulso se aceleraba y que él empezaba a manosearla, necesitaba hacer un ejercicio de control para insistir que subieran a su alcoba en lugar de permitir que su esposo sobreexcitado le hiciera el amor en el sofá, una modalidad que realmente lograba despertar su curiosidad.

Así que ella empezó a pasar el tiempo libre en el estudio, donde *Raji* mantenía a Simon a raya y no permitía ningún movimiento extraño. Pero justo esa mañana, durante el desayuno, Simon había bromeado acerca de que ella se estaba escudando en *Raji*. Si no iba con más cautela, las bromas pronto podrían convertirse en sospechas. Dado su nuevo estado de casados, Simon tenía todos los motivos del mundo de esperar que disfrutaran el uno del otro muy a menudo. Y ella también deseaba que así fuera.

Aunque también quería que él no la forzara a tener hijos todavía.

Esa noche, sin embargo, no tendría que preocuparse por la tentación. Las Damas de Londres habían programado una reunión para debatir sobre su candidato.

Como parte de su acuerdo, Simon planeaba asistir a la reunión. Louisa incluso insistió en que la realizaran al final del día para que él no tuviera que perderse las sesiones del Parlamento.

Simon entró en la sala de música, donde su esposa ya estaba sentada con la señora Harris, Regina y la señora Fry, justo a tiempo, y tomó asiento delante de Louisa, en la mesita de cartas.

En el instante en que la señora Harris mencionó a Charles Godwin, quedó claro que Simon pretendía salirse con la suya, como siempre.

—Supongo que sabéis que Godwin es un radical —adujo Simon.

—¿Y qué hay de malo en eso? —preguntó Louisa—. Unos cuantos políticos radicales no estarían de más en el Parlamento, en los tiempos que corren.

—Sí, es cierto. —Simon la sorprendió con su afirmación—. Y tal como están los ánimos tan alterados en el país justo en estos momentos, a lo mejor incluso conseguiríais que saliera elegido. Su periódico le proporciona una propaganda gratuita que otros candidatos radicales no se pueden permitir.

—Eso era precisamente lo que estaba pensando —admitió Louisa, un poco más sosegada.

—Pero eso no significa que ese hombre esté dispuesto a ayudaros en vuestra causa. —Simon se arrellanó en su silla—. Me pregunto si estáis al corriente de lo que pasó en el caso de Saint Peter's Field.

Louisa frunció el ceño.

—Sí. La actuación de los miembros del Parlamento fue deplorable, demostrando que siguen anclados en el pasado. Ni tan sólo son capaces de secundar una reforma del proceso electoral...

—No, nunca lo harán, si continuáis lanzándoles radicales —explicó Simon.

—Y supongo que tú defiendes la reforma parlamentaria.

—Absolutamente. Si Inglaterra quiere continuar siendo un país poderoso, obligatoriamente ha de permitir el voto a más de un puñado de terratenientes. El pueblo ha de poder elegir.

El fervor en su tono la sorprendió. Sidmouth y su grupo no abogaban por la reforma parlamentaria. Y ellos, al igual que el rey, habían querido que Simon la silenciara casándose con ella.

Louisa no debería olvidar ese matiz. Después de todo, ése era el motivo por el que Simon asistía a esa reunión.

Sin embargo, parecía sincero.

—Pues tú mismo empiezas a tener un discurso que se podría definir de radical.

—No lo creo. A diferencia de Godwin, mi intención es navegar dentro del sistema político actual. En cambio, él sólo desea dinamitarlo.

Esa declaración encajaba más en la línea discursiva de Sidmouth.

—¿En lugar de suplantarlo con otro método mejor? —lo pinchó ella.

—Quizá tengas razón, aunque dudo de que poner a Godwin al timón del país, incitando a la insurgencia, conlleve un cambio de verdad. Únicamente provocará otra masacre como la de Peterloo, y sé que no es eso lo que buscáis.

—Simon tiene razón —intervino Regina.

Sí, era cierto, y eso molestó a Louisa. Simon no podía erigirse como la voz de la razón en esa reunión.

—No obstante, Simon forma parte del grupo de Sidmouth, cuya táctica favorita es meter el miedo a la revolución en los corazones de los votantes.

Simon la observó con una mirada severa.

—Estoy seguro de que confías en que aporto mi propia opinión en esta cuestión, amor mío.

—Me fío de ti en cualquier otro aspecto, pero no estoy tan segura cuando se trata de cuestiones políticas. Eres por naturaleza un animal político, por lo que no resulta tan fácil confiar en ti en esas tierras tan movedizas.

Los ojos de Simon destellaron con una visible irritación.

—¿Acaso no tenéis otros candidatos?

—Sí, dos más —indicó Regina—. William Duncombe y Thomas Fielden.

La cara de Simon se iluminó.

—Fielden es una elección excelente. Dadle vuestro voto de confianza, y nadie discutirá con vosotras.

—Ya, pero es que nadie se dignará a escuchar a ese hombre —apostilló Louisa—. Sucederá lo mismo que con el cuñado de la señora Fry en la Casa de los Comunes. —Le lanzó a la señora Fry una sonrisa encomiástica—. Sin ánimos de ofender.

—No te preocupes, querida —contestó la señora Fry—. Sin embargo, el señor Buxton nos ha allanado el terreno para poder presentar la situación a los Comunes.

—¿Y de qué sirve eso, si ellos no hacen nada al respecto? ¿Por cuánto tiempo más nuestro grupo se podrá permitir continuar costeando a las matronas y a las maestras? Y aunque la situación en Newgate ha mejorado considerablemente, aún existen otras prisiones en las que no contamos con los recursos necesarios para paliar los terribles problemas existentes.

—Estas cuestiones requieren paciencia —dijo la señora Fry.

—Que no es precisamente una de las virtudes de Louisa —agregó Regina.

Louisa miró a su cuñada con el semblante enojado.

—Llevamos tres años luchando por nuestra causa. Necesitamos la ayuda del gobierno, y la necesitamos ahora, no de aquí a tres años más.

—Hace bastantes siglos que Newgate hace las funciones de prisión, corazón —la atajó Simon secamente—. No veo qué daño habría en esperar unos pocos años más.

El comentario inesperado consiguió sacar a Louisa de sus casillas, y miró a su esposo con aire beligerante.

—Eso es exactamente lo que Sidmouth hace para justificar su actitud: ignorar las quejas de esas pobres mujeres.

Los ojos de Simon se convirtieron en estrechas rendijas.

—No, Sidmouth dice que las reclusas no merecen ninguna clase de ayuda. Y eso no es lo que yo digo. Simplemente me limito a señalar que en la política todo avanza lentamente.

A Louisa se le estaba acabando la paciencia.

—Dime una cosa, Simon. Si te dieran la opción de convertirte en primer ministro o de liderar la reforma penitenciaria, ¿qué elegirías?

La sala se quedó en silencio, y él repasó con la vista a las mujeres allí reunidas, que lo miraban con expectación.

Simon se movió inquieto en su silla antes de volver a fijar los ojos en Louisa.

—Ser primer ministro, por supuesto. —Cuando ella torció el gesto, él agregó con firmeza—: Porque puedo hacer más cosas buenas como primer ministro que como un duque en los albores de la política, secundando una reforma penitenciaria. Y a veces, el bienestar mayor es más importante.

—Ésa es la excusa que cualquier tirano en la historia ha usado para justificar sus acciones. Liverpool también recurrió al mismo discurso cuando prohibió la ley de Habeas Corpus hace unos años.

—Y la reacción del pueblo fue tan atronadora que la prohibición no duró demasiado tiempo. Así es cómo mantenemos a los tiranos a raya en Inglaterra, y no eligiendo a radicales.

Louisa echó un vistazo al resto de las congregadas.

—Supongo que todas estáis de acuerdo con él.

—Yo no —intervino la señora Harris con un aire de absoluta seguridad—. Considero que el señor Godwin es perfectamente capaz de realizar una campaña que no degenere en violencia ni anarquía.

—Sí, claro, pero es que el señor Godwin es vuestro amigo —señaló la señora Fry—. Por eso pensáis así.

—Y en cambio vos albergáis serias dudas, señora Fry. —Louisa le lanzó a Simon una mirada fría—. Por eso mi esposo se está aprovechando de la situación. Él sabe que cualquier posibilidad de violencia, por más que parezca remota, hará que las cuáqueras retiren su apoyo al candidato en cuestión.

—Simplemente me limito a señalar —dijo Simon tensamente—, que deberíais analizar a los tres candidatos minuciosamente antes de decantaros por Godwin. Preguntadles cómo reaccionarían en determinadas situaciones, y de ese modo confirmaréis que Godwin no es la mejor elección. Estaré encantado de ayudaros a entrevistarlos, si queréis.

—Ya lo supongo, que estarás encantado —murmuró Louisa.

—Vamos, Louisa, tú estarás allí presente para amonestarme. —Un repentino destello brilló en los ojos de Simon—. Y trae a *Raji*, también. Entonces podrás ordenarle que me muerda cada vez que diga algo que no te gusta. Estoy seguro de que ese pequeño bribón hará cualquier cosa que le pidas.

La pequeña broma arrancó las carcajadas de las otras mujeres, e incluso Louisa no pudo contenerse y sonrió.

—Dudo seriamente que *Raji* fuera capaz de morderte, ni tan sólo si yo se lo pidiera. No es tan ingenuo; sabe quién le da de comer.

—Pues es extraño cómo se olvida de ese detalle cada vez que intento besarte —declaró Simon con la voz ronca—. Entonces se transforma en el caballero andante que intenta proteger a su dama del malvado seductor.

Louisa se sonrojó, y las otras damas intercambiaron miradas de complicidad.

Regina desvió la vista hasta el reloj.

—Se está haciendo tarde, ¿no os parece? Quizá deberíamos dejar a nuestra pareja de recién casados solos.

—Oh, os pido que no deis por concluida esta reunión tan interesante por mí —dijo Simon—. Dispongo de toda la noche por delante para... molestar a *Raji*.

Louisa no sabía si echarse a los brazos de su esposo o estrangularlo por desviar la atención del tema principal de la reunión. Abrió la boca para hablar, mas entonces se quedó petrificada cuando notó que algo le rozaba el pie. Simon se había descalzado y la estaba acariciando con el pie enfundado en un calcetín por debajo de la mesa.

Un delicioso escalofrío le recorrió la espina dorsal, pero intentó mantener la seriedad. Le lanzó una mirada de aviso y apartó el pie.

—No daremos por concluida esta reunión hasta que no decidamos qué vamos a hacer con nuestros candidatos.

—Por supuesto. —Los ojos de Simon la penetraron implacablemente mientras deslizaba el pie bajo su falda para acariciarle la pantorrilla—. Deseo permanecer aquí todo el tiempo que sea necesario.

—No habrá necesidad de prolongar esta reunión —intervino la señora Harris—. Aunque sigo pensando que el señor Godwin es el mejor candidato, no perderemos nada si los comparamos exhaustivamente. El señor duque tiene razón. ¿Por qué no entrevistamos a los tres hombres? Podríamos...

Louisa apenas oyó las siguientes palabras, ya que el pie de Simon seguía deslizándose hacia arriba, por encima de su rodilla, y se sentía horrorizada de que alguna de las otras mujeres se diera cuenta de lo que sucedía.

Al mismo tiempo, la otra Louisa —no la recatada, sino la desvergonzada— se preguntaba hasta dónde sería capaz de llegar su marido.

—¿Louisa? ¿Estás de acuerdo? —preguntó la señora Harris. Ella dio un respingo.

—Yo... ejem... bueno... —Ahora el dedo de Simon estaba trazando unos círculos vagos en su entrepierna—. ¿Podéis repetir la pregunta?

Cuando las damas se echaron a reír, Simon le propinó una de sus sonrisas embaucadoras.

—Sólo di que sí, corazón, para que podamos retirarnos.

La señora Harris se apiadó de ella y volvió a repetir la pregunta sobre la posibilidad de convocar a los candidatos dentro de cuatro días en casa de los Foxmoor. Louisa asintió, maldiciendo a Simon y sus tácticas de distracción. Era obvio que el grupo iba a actuar con cautela tanto si a ella le gustaba como si no, y todo gracias a él.

Louisa se sintió terriblemente indignada durante el breve intervalo que dedicó a despedirse de las mujeres. Tan pronto como se marcharon, miró a Simon con rabia.

—Lo has hecho aposta, ¿verdad?

Él le lanzó una mirada de absoluta inocencia.

—¿El qué?

Ella enfiló hacia las escaleras.

—Desviar el tema de la política mencionando a *Raji*. Y luego... intentar seducirme con el pie.

—Me hubiera encantado intentar seducirte con otra cosa, pero me parece que las damas habrían protestado, si te hubiera obligado a sentarte en mi regazo.

—Maldita sea, Simon...

La retuvo con un beso, y la estrechó entre sus brazos antes de que ella pudiera reaccionar. Por un momento, Louisa sucumbió a la deliciosa dulzura de su boca.

Luego se detuvo y lo apartó de un empujón.

—Sólo me estás besando para que no siga discutiendo sobre política. —Acabó de subir los últimos peldaños precipitadamente—. Igual que sacaste a colación la bromita de *Raji* para desviar la atención de mi reunión.

Simon aceleró el paso para seguir a su lado.

—Me consideras más taimado de lo que realmente soy. La verdad es que me he pasado todo el día pensando en el momento en que podría volver a casa para hacer el amor con mi esposa.

El comentario impúdico consiguió excitarla. Maldito fuera su esposo, siempre cachondo.

Louisa alcanzó la siguiente puerta y se dirigió al estudio de Simon, pero él le bloqueó el paso.

—Sin embargo, he participado en tu reunión. He escuchado atentamente y he considerado las opiniones de tus compañeras. Dadas las diferencias en nuestros puntos de vista —y el hecho de que mi mente vagaba por otros derroteros— diría que me he comportado de un modo más que modélico.

Ella cruzó los brazos sobre el pecho.

—Hasta que la charla se ha desviado de la dirección que a ti te interesaba. Entonces has recurrido a uno de tus trucos para distraer a las damas, y de ese modo influirlas para que aceptaran tu punto de vista.

Simon murmuró una maldición entre dientes.

—Siento decírtelo, pero tú eres la única que defiende la postura radical de un modo tan obcecado. Incluso la señora Harris muestra una actitud más abierta. Y la única razón por la que no te avienes a razones es porque yo no estoy de acuerdo. Admítelo, te molesta que tú y yo estemos de acuerdo.

—¡Eso no es cierto! —protestó ella, a pesar de que en el fondo sabía que él tenía razón—. Y además…

Simon volvió a besarla, esta vez apresando su cabecita con tanto ímpetu que ella no pudo apartar la boca. Cuando él se retiró, Louisa lo observó con ojos somnolientos.

—No juegas limpio. Jamás recurrirías a esta táctica con ninguno de tus adversarios políticos.

Él soltó un bufido.

—¿Imaginas la reacción de Sidmouth si lo hiciera?

Ella contuvo la respiración.

—Sidmouth no es tu adversario.

Simon se quedó helado al darse cuenta de las palabras que acababa de pronunciar.

—No… no era eso lo que quería decir.

Mas él sabía perfectamente lo que le dictaba la mente.

—Dime, ¿estás a favor de la política de Sidmouth? ¿Quieres que ese individuo continúe ocupando su puesto o no?

—Sidmouth es un mal necesario. Tengo que seguir su juego —y el del rey— si quiero llegar a ser primer ministro.

—¿Y qué harás, cuando lo consigas? —Louisa recordó que él se había decantado por el bando opuesto en la cuestión de la reforma parlamentaria. Quizá no era el único tema en el que su esposo no estaba de acuerdo con el ministro del Interior—. ¿Formaría Sidmouth parte de tu gabinete si llegaras a ser primer ministro?

Él dudó durante un largo momento.

—No. —Cuando la cara de Louisa se iluminó, él añadió—: Pero eso no es algo que quiero que la gente sepa, ni siquiera tus amigas, ¿lo comprendes?

—Perfectamente —exclamó ella, demasiado excitada como para contener su alegría.

—Hablo en serio, Louisa; ni una sola palabra.

—Mis labios están sellados —trinó animada.

—No puedo desbancar a Sidmouth en un abrir y cerrar de ojos. Requerirá tiempo y…

—Y paciencia y una planificación meticulosa —añadió ella, sintiéndose de repente con ganas de bromear—. Sí, lo sé, mi cauteloso esposo. ¿Pero cómo piensas hacerlo? ¿Pretendes usurparle el puesto? ¿De veras estás considerando seriamente la posibilidad de deshacerte de él?

Simon la besó con lascivia, luego se apartó; sus ojos refulgían con un apetito voraz.

—¿Podemos discutir esa cuestión mañana? —Apretó su cuerpo contra el de su esposa, para que ella pudiera notar su erección—. En estos momentos, no me apetece hablar de política.

Y ese hombre tan bueno se merecía una recompensa después de su fascinante revelación.

—Claro que sí, esposo mío. —Le lanzó una sonrisa coqueta—. Dame diez minutos para prepararme antes de que entres en mi habitación. —Se dio la vuelta y enfiló hacia su alcoba.

—Me encantaría ser yo quien te desnudara esta vez —apuntó él mientras salía disparado tras ella.

—Rasgarías mi precioso vestido —se excusó Louisa sin apenas aliento—. Y además, perturbarías a mi asistenta.

Gracias a Dios que contaba con su asistenta, cuya presencia siempre lograba mantener a Simon a raya mientras ella se colocaba la esponja.

Simon farfulló una grosería a su espalda, mientras ella aceleraba el paso. Esa no era la noche más indicada para probar la paciencia de su esposo.

Además, su increíble revelación había conseguido que Louisa

se sintiera absolutamente eufórica. ¡Simon pretendía desbancar a Sidmouth!

Después de que él hubiera admitido previamente que abogaba por la reforma parlamentaria, ella había empezado a cuestionarse si su esposo era realmente el político inamoviblemente conservador que ella se había figurado. Aunque Simon compartía la típica aversión de los conservadores por los radicales, Louisa albergaba la esperanza de que lograría convencerlo cuando escuchara lo que Godwin tenía que decir.

Mañana. Porque esa noche, su intención era solazarse entre los brazos de su marido.

Capítulo veintidós

Querida Charlotte:
Espero que tengáis razón. Si Foxmoor no puede influir en su esposa con miradas tiernas, sin ninguna duda
recurrirá a medidas más drásticas, como recluirla en algún lugar apartado. Eso sería lo que yo haría si mi esposa me causara problemas.

Vuestro primo,
Michael

*I*ncluso sin la colaboración de su ayudante de cámara, al que
Simon le pidió que lo dejara solo en el instante en que entró en
su habitación, Simon se desvistió y se puso el pijama en menos
de dos minutos. No le había mentido a Louisa; llevaba todo el
día esperando ese momento. Sólo rezaba para que ese indomable deseo que sentía por su esposa se calmara con el tiempo,
porque la verdad era que resultaba un verdadero incordio.

¿Por qué si no le habría contado sus planes con Sidmouth?
Que Dios se apiadara de él, si a Louisa se le ocurría comentar
las nuevas con sus amigos radicales. Si la noticia se filtraba en
la prensa, sería el fin de sus aspiraciones políticas. Aún no disponía de suficiente apoyo en la Casa de los Comunes como
para desbancar a Sidmouth, y hasta que no estuviera seguro
de contar con ese soporte, no podía demostrar abiertamente su
oposición a ese tipo.

Ahora sólo le quedaba esperar que su mujer fuera discreta.

Por lo menos, tan discreta como lo era en otros asuntos.
Por ejemplo, en su relación conyugal, en la que quizá pecaba
de ser demasiado discreta. Se paseó frente a la puerta que co-

municaba con la alcoba de su esposa. Ella le había dejado claro que prefería estar sola cuando se preparaba para acostarse con él. Hasta ahora, él no había puesto ninguna objeción a su petición, pensando que hasta hacía muy poco Louisa todavía era virgen y que, por consiguiente, necesitaba tiempo para acomodarse a las intimidades maritales.

Pero… quería ver cómo se desnudaba. Quería ser él quien la desnudara. Quería hacer el amor con ella en algún otro sitio que no fuera la cama. Quería dormir con ella toda la noche, y despertarse con Louisa entre sus brazos. Así que, por más que se repetía que tenía que ser paciente, se moría de ganas de poder hacer todo eso y más, hasta un punto enfermizo. ¿Cómo se suponía que iba a controlar su obsesión si ella todavía le negaba gozar de esas intimidades?

Apoyó la mano en el tirador de la puerta. Seguramente le había dado suficiente tiempo como para acostumbrarse a comportarse como una esposa. ¿Qué misteriosos preparativos llevaba ella a cabo que él, su propio esposo, no podía ver?

Abrió la puerta, y se quedó sorprendido al ver a la asistenta de pie, sola. Su esposa no estaba a la vista. Detrás de la criada, la puerta del vestidor permanecía cerrada. Parecía como si la asistenta estuviera montando guardia, lo cual avivó todavía más su curiosidad.

La criada lo vio y se dispuso a hablar, pero él se llevó un dedo a los labios para silenciarla. A pesar de que la alarma se reflejó en la cara de la mujer, él sabía que ella no osaría desobedecerlo. Pero el hecho de que ella lo mirase como si estuviera tentada a hacerlo lo sorprendió.

Se dirigió hacia la puerta principal de la habitación con paso sigiloso, la abrió intentando no hacer ruido, y le hizo un gesto a la mujer para que se marchara. Después de cerrar la puerta con un medido sigilo, atravesó la alcoba, y abrió la puerta del vestidor con la intención de ver a su esposa.

La vela emplazada sobre una de las mesitas reveló a Louisa de pie, con el camisón desabrochado, dándole la espalda. A pesar de que estaba delante de un espejo que reflejaba a su esposo mirándola con atención, ella estaba tan absorta en lo que hacía que no lo vio.

Al principio Simon pensó que se estaba aseando sus partes íntimas, ya que tenía el camisón de lino levantado y una pierna apoyada y doblada sobre el taburete, mientras se llevaba una esponja empapada hasta su delicioso pubis. Simon notó como su polla, que ya estaba medio excitada, se ponía completamente dura y ejercía una terrible presión contra su pijama de seda.

Entonces vio que ella se metía la esponja dentro. Con el corazón en un puño, contuvo la respiración para ver si se la sacaba, pero su mano emergió vacía.

Había visitado suficientes burdeles como para saber lo que Louisa estaba haciendo. Y no le costó nada discernir el porqué. ¡Maldita fuera! ¡Ése era el motivo por el que ella le había negado el derecho a disfrutar de más intimidades!

—¿Cómo te atreves? —murmuró él.

Louisa dio un respingo, y el rubor de culpa que se extendió por sus mejillas cuando lo miró a los ojos a través del espejo fue suficiente para confirmar sus sospechas.

Simon se sintió traicionado.

—No es lo que crees, Simon —susurró ella.

—¿Ah, no? —Él entró en el vestidor y cerró la puerta de un portazo—. ¿Así que no estás intentando evitar engendrar a mi heredero?

Ella bajó la pierna hasta apoyarla en el suelo.

—No… quiero decir… no tiene nada que ver con…

—Me pasé la mitad de mi juventud en un burdel, Louisa. Y sé para qué sirven esas esponjas: para evitar que una mujer se quede embarazada. —Avanzando hacia ella con paso firme, hundió el dedo en el cuenco lleno de líquido que había sobre el tocador, luego se lo llevó a la nariz y lo husmeó. El penetrante olor a vinagre era inconfundible.

Colérico, dirigió el dedo hacia ella, con aire acusador.

—Por eso te metes en mi cama con el pubis tan perfumado. Por eso… por eso no me has permitido que te desnude ni que hagamos el amor en ningún otro sitio que no sea tu lecho…

—Déjame que te lo explique —suplicó ella.

—¿El qué? ¿Que sigues odiándome en secreto? ¿Que a pesar de todos los lujos que te he dado, sigues con la firme determinación de conspirar contra mí? —El dolor que hervía en su garganta amenazaba con estrangularlo—. No me extraña que accedieras tan rápidamente a separarte de tus Damas de Londres cuando te quedaras embarazada. Lo planeaste todo para que eso no sucediera jamás.

—No es verdad. Sólo era por un tiempo, hasta…

—¿Hasta que consiguieras que tu candidato radical saliera elegido? —espetó él, todavía incapaz de asimilar que ella fuera tan cruel como para privarlo de descendencia sin que él lo supiera—. ¿Y destruir de ese modo cualquier esperanza que albergaba para llegar a ser primer ministro? ¿Era así cómo esperabas desafiar mi autoridad? —Simon vació el vinagre en la bacinilla, y luego estampó el cuenco contra la puerta—. ¡Pues no lo toleraré!

Mientras ella lo miraba con la boca abierta, asustada ante ese repentino estallido de violencia, Simon le levantó el camisón, listo para sacarle la esponja sin ningún miramiento.

Entonces Louisa empezó a sollozar.

—Por favor, Simon —masculló—. Yo no pretendía… no quería…

Apenas podía hablar a causa de las convulsiones que le provocaban los sollozos, y eso hizo que él se sintiera fatal, pero entonces se maldijo por sentir pena por ella.

Por todos los demonios; su mujer lo tenía patéticamente ensimismado. Le rasgó el camisón.

—¡Quítatela ahora mismo! —le ordenó con un tono imperativo.

Ella asintió, luego volvió a apoyar el pie en el taburete.

—Int… tenta comprenderme. No esta… ba lista para te… ner hijos. Nece… sito tiempo… para prepa… rarme… para el dolor… y los m… médicos…

El modo en que Louisa pronunció la palabra «médicos», como si estuviera hablando de unas repulsivas serpientes, hizo que Simon se quedara inmóvil. Ella había usado ese mismo tono en su habitación en casa de Draker, cuando desvarió hablando sobre cómo los médicos sangraban a las mujeres ante la más mínima excusa.

—No in… tentaba desafiarte… —Ella continuaba sollozando mientras se quitaba la esponja—. De verdad, no tiene nada que ver con…

No pudo acabar la frase, ya que fue presa de un ataque de llanto. De repente, Simon empezó a atar cabos. Recordó cómo el día del incidente en el puerto, cuando finalmente llegó el médico, y él y Draker estaban negociando los términos del matrimonio, ella se negó rotundamente a dejar que él la examinara, por más que todos insistieron.

Y también se acordó de algunos comentarios que ella había hecho en la escuela, acerca de las reclusas dando a luz... rodeadas de sangre. ¿Pero por qué estaba tan...?

La conversación con su hermana sobre la princesa Charlotte lo asaltó de repente, y Simon soltó un bufido. Dios mío.

Él le retuvo la mano temblorosa cuando ella soltó la esponja sobre el tocador.

—Estabas allí, ¿no es cierto? —dijo con un hilo de voz—. Estabas presente cuando la princesa murió mientras daba a luz.

Incapaz de hablar a causa de las lágrimas, ella asintió con la cabeza.

Así que todo era por culpa del miedo, que él debería haber reconocido si no hubiera sido tan idiota.

Maldiciéndose a sí mismo por su mal carácter, la estrechó fuertemente entre sus brazos.

—Chist... cariño, cálmate —le susurró al oído.

Con un sollozo ahogado, ella lo rodeó con sus brazos, buscando desesperadamente el apoyo de su atormentador, y él intentó confortarla lo mejor que pudo, murmurando palabras de consuelo, frotándole la espalda.

—Se suponía que no te... nía que presenciar el parto —confesó Louisa. Las lágrimas continuaban rodando por sus mejillas—. Nos prohibieron a todas ace... ercarnos a la alcoba.

Simon la estrechó tiernamente. Se sentía como un monstruo, como un verdadero tirano.

Ella intentó calmarse y controlar sus estrepitosos sollozos.

—Pero era mi herm... mi hermana. Y yo la quería. Así que me... escondí en su ves... tidor.

—Oh, no, preciosa.

—Fue horroroso —susurró ella contra su pecho—. Estuvo gritando durante horas...

Simon podía imaginar la escena. Había oído que la princesa Charlotte pasó dos días y medio horribles, intentando dar a luz.

—Pero entonces llegó el momento definitivo, el parto… El bebé era enorme, demasiado grande para… y ellos no querían usar los fórceps y… —Su voz se tornó glacial—. Había mucha sangre… mucha, y no sólo entonces, sino antes, también.

Louisa levantó la cara y lo miró con horror.

—Cuando finalmente nació el bebé, la habían prácticamente desangrado y matado de hambre. ¿Qué esperaban? ¿Cómo puede una mujer sobrevivir después de haber pasado por…?

De nuevo estalló en un torrente de lágrimas, y Simon fue plenamente consciente del miedo latente que la consumía. Se la comió a besos, por el pelo, las sienes, las mejillas húmedas. Se le había quedado la garganta seca al imaginar lo mucho que ella debía de haber sufrido al ser testigo de tal atrocidad. Sólo tenía veintidós años, lo suficientemente joven como para quedar traumatizada por una experiencia tan brutal. Casi la misma edad que la princesa.

—Deberías habérmelo contado —le susurró él—. Oh, cómo desearía que lo hubieras hecho.

Ella se puso rígida entre sus brazos.

—¿Y qué habrías hecho tú? ¿Intentar convencerme de que… mis temores eran infundados? ¿Que Regina había parido dos veces sin… ningún problema? —Louisa tragó saliva—. Sé que no siempre sale mal, pero no logro borrar de mi mente las imágenes que vi…

Cuando ella volvió a convulsionarse con unos sollozos desgarradores, él acunó su cabecita contra el pecho. Probablemente Louisa tenía razón. Con todo lo que había pasado entre ellos, si ella se lo hubiera contado al principio, él habría pensado que su esposa se negaba a tener hijos para vengarse de él.

Ahora comprendía por qué ella se mostraba tan reacia a casarse. Desde luego, no había sido la determinación de una Juana de Arco, lo que le había movido a convertirse en una solterona reformista.

Louisa levantó la cara para mirarlo.

—Quiero darte hijos. Nuestros hijos. De verdad… Y sé que puedo hacerlo. Sé que puedo.

Sin embargo, ella continuaba tensa entre sus brazos, y las lágrimas todavía temblaban en sus ojos.

Por todos los demonios, ¿qué iba a hacer él, ahora? Si se mostraba indulgente con su miedo, ¿cuánto tiempo duraría esa situación? Necesitaba un heredero. Y sabía que ella sería una magnífica madre.

Pero también sabía que no lo sería si se moría de miedo al pensar en el momento de dar a luz.

Simon lanzó un bufido. ¿Cómo podría hacer el amor con ella, sabiendo que le aterraba el inevitable resultado de ese acto?

—Estoy bien, Simon. Puedes tirar las esponjas, si quieres. Yo…

—Chist —susurró él. Sólo tenía una alternativa. Maldiciéndose por ser un botarate tan débil, se inclinó hacia el tocador y recogió la esponja—. Levanta la pierna.

Ella lo miró sin comprender.

—¿Qué?

—Continuarás usando las esponjas durante un tiempo. Hasta que… te sientas más cómoda con la idea de alumbrar a mis hijos.

—No tienes que hacer esto…

—Sí, he de hacerlo —la atajó él con firmeza—. No permitiré que mi esposa se muera de miedo cuando se meta en la cama conmigo. Y ahora levanta la pierna.

Cuando ella obedeció, él insertó la esponja hasta mitad del conducto antes de dejar que ella acabara de introducírsela hasta el fondo.

Louisa levantó la cara y lo miró, y su expresión de alivio le partió a Simon el corazón.

—Gracias —susurró.

Después lo besó, y él se aferró a sus labios como nunca antes lo había hecho, besándola desesperadamente, ardientemente. Deseaba borrar todo el daño que le había causado y, al mismo tiempo, olvidar que su esposa lo acababa de convencer para hacer una cosa que no habría hecho ningún otro marido en su sano juicio.

«Jamás permitas que las lágrimas de una mujer te atormenten hasta el punto de que accedas a hacer algo que no deberías», la voz de su abuelo resonó en su cabeza.

Simon maldijo a Monteith, y luego se maldijo a sí mismo cuando su polla reaccionó con la misma inmediatez con la que *Raji* avistaba a un pájaro. Por Dios; se había vuelto completamente loco. No obstante, no podía hacer nada por controlarse cuando estaba con ella.

Louisa debió de darse cuenta de su excitación, porque apartó la boca y lo miró con unos ojos tentadores.

—¿Vamos a la cama? —preguntó en un murmuro gutural.

Simon desvió la vista y vio la imagen de ambos reflejada en el espejo, con los brazos entrelazados, él absolutamente excitado y ella con la pierna todavía levantada y apoyada en el taburete. Tenía el camisón alzado hasta la cintura, y su pubis sedoso quedaba impúdicamente a la vista…

Notó como su polla se ponía más dura, y sintió una acuciante necesidad de hacerle el amor allí mismo.

—Date la vuelta —le ordenó.

Cuando ella empezó a bajar la pierna del taburete, él le dijo:

—No, no la bajes. Quiero ver todo tu cuerpo. Quiero verme a mí mismo mientras te acaricio.

A pesar de que las mejillas de Louisa se encendieron de rubor, hizo lo que él le pedía. Giró el cuerpo hasta que se quedó mirando hacia el espejo, con un pie apoyado sobre el taburete y el otro en el suelo, exponiendo su pubis en su mayor esplendor.

A Simon se le secó la boca. La desnudó, quitándole el camisón por encima de la cabeza, y luego se quitó él el pijama. Se colocó detrás de ella y empezó a manosearle los pechos con una mano mientras que con la otra acariciaba la piel delicada entre sus piernas. La cara de Louisa se puso roja, al igual que sus partes íntimas; no obstante, ella soltó un gemido de placer que consiguió que la polla de Simon alcanzara la dureza de una barra de hierro.

—A veces te deseo con una intensidad enfermiza —se sinceró él. Frotó el pene hacia arriba y hacia abajo por la deliciosa ranura que se abría entre sus nalgas para demostrarle lo excitado que estaba por su culpa.

Louisa entornó los ojos, con los párpados pesados, y deslizó la mano hacia atrás para acariciarle la polla.

—No. —Él le apartó la mano—. Apoya las manos en el tocador. Quiero hacerte el amor así, por detrás, mientras tú miras. —Con la boca pegada a su oreja, continuó en un áspero susurro—. Quiero que veas lo que yo veo cuando te penetro. —Le lamió el lóbulo de la oreja—. Quiero que veas tu imagen más erótica, la que me consume de día y de noche.

Los ojos de Louisa habían adoptado un tono oscuro y seductor. Hizo lo que él le ordenaba: se inclinó hacia delante y apoyó las manos en el tocador. Su pelo cayó en una libre cascada, ocultándole los pechos, y él se apresuró a recogerlo y a echarlo por encima de uno de sus hombros para poder contemplar cada centímetro de su cuerpo.

Por Dios. Verla en esa situación, bajo el tenue brillo de la vela, con la cara iluminada y ruborizada, y los pechos colgando entre sus brazos como una fruta madura... Parecía tan vulnerable, tan dulce, y tan erótica, que Simon casi se volvió loco.

«Nunca permitas que una mujer te nuble el entendimiento por culpa de tu polla.»

Apartó de la mente la voz de su abuelo, luego le separó las piernas con brusquedad, y se excitó aún más al escuchar el gritito de sorpresa que lanzó Louisa. Deliberadamente, Simon hizo que ese gritito se transformara en un jadeo cuando le acarició con la mano su pubis húmedo. Ella se arqueó contra sus dedos, para gozar más de ese tacto, y él sintió una intensa sensación de triunfo. Quizá sí que ella le provocaba un efecto demasiado embriagador, pero por lo menos, los sentimientos eran recíprocos.

Entonces ella cerró los ojos.

—¡No! —gruñó él contra su cuello—. Quiero que mires cómo te acaricio, cómo me adueño de tu esplendoroso cuerpo.

Louisa abrió los ojos y los clavó en él con una mirada provocadora.

—Pues yo quiero que me penetres.

—No hasta que estés al límite —terció él, entonces atormentó su pequeña y tierna perla, frotándola del modo que sabía que a ella le gustaba—. Quiero que me lo supliques, Louisa.

Ella le sonrió a través del espejo.

—No aguantarás tanto —lo retó con una mirada burlona. Y cuando se inclinó más hacia delante para encajar su bello trasero en el miembro rígido de su esposo, Simon temió que ella tuviera razón. Su erección lo amenazaba dolorosamente con estallar entre esas deliciosas nalgas.

Pero se negaba a dejar que esta vez ganara ella. Después de pasar tanto tiempo con las meretrices del burdel pagadas por su abuelo, había aprendido a controlar su polla insidiosa, por lo que, con un enorme esfuerzo, se propuso hacerlo.

—Para que te enteres, puedo aguantar todo el tiempo que sea necesario, mi tentadora y pequeña Cleopatra.

De acuerdo, le dejaría usar las esponjas si era necesario, pero la obligaría a suplicarle, a admitir que él no era el único en ese matrimonio que parecía atontado por el sexo. La dominaría —a ella y a sí mismo— aunque para ello tuviera que aguantar varias horas las ganas de penetrarla.

Así que le acarició los pechos, primero uno, luego el otro; la visión de Louisa, derritiéndose entre sus manos como la mantequilla, le resultada prácticamente imposible de soportar. Pero la voz de su abuelo lo mortificaba, y por eso añadió en un tono de voz más duro del que deseaba:

—Recuerda que sólo puedes usar esas esponjas porque tienes un marido indulgente, ¿queda claro?

Ella se puso rígida, pero asintió.

—Se acabaron tus típicas rebeliones —ladró él—. No permitiré que mi esposa se ría de mí.

—Nunca quise… Jamás intenté… —empezó a susurrar Louisa.

—Júralo —le exigió mientras la manoseaba entre las piernas con impudicia—. Jura que a partir de ahora serás honesta conmigo.

—Sí, te lo juro.

Simon hundió el dedo dentro de ella, sólo lo suficiente para excitarla más, y luego lo sacó bruscamente.

—Eres mía —bramó mientras la empujaba por las caderas hacia él. Luego deslizó la polla entre sus piernas y le acarició el suave pubis aterciopelado con su miembro viril—. Dilo. Eres mía, en cuerpo, en alma.

—¿Y tú? —Los ojos de Louisa se abrieron súbitamente—. ¿Eres mío?

—Siempre he sido tuyo —contestó antes de que pudiera controlar sus pensamientos.

—Pues entonces, hazme el amor ahora mismo —susurró ella—. Te lo suplico, demuéstrame que me perteneces y que yo te pertenezco...

Y así lo hizo. Buscó el orificio tan deseado, y la penetró con tanta fuerza que Louisa se puso primero rígida, pero luego se relajó y lanzó un prolongado suspiro de puro y dulce placer.

Su reacción consiguió excitarlo más. La embistió una y otra vez por la espalda, sin piedad, mientras con la mano le frotaba su perlita húmeda y cálida. Le lamió la sinuosa curva del hombro, y le mordisqueó el cuello, deseando devorarla por completo.

Cuanto más duro la embestía y la manoseaba, más gemía ella, y con la mirada lo consumía a través del espejo, hasta que los dos acabaron jadeando, moviéndose como dos animales salvajes que luchaban por obtener el dominio, cada uno con la firme determinación de conseguir que el otro perdiera el control primero.

Al final, alcanzaron el orgasmo casi a la vez. El cuerpo de Louisa se tensó antes de soltar un grito penetrante y derrumbarse en los brazos de Simon. Un instante más tarde, él también llegó al clímax y derramó su semilla dentro de ella.

Una semilla que jamás germinaría.

Ese pensamiento errante se le clavó en el subconsciente incluso mientras se corría dentro de ella, llenándola con su semen, con el corazón latiendo en sus oídos en una cacofonía frenética. Apartó esa idea de la mente tan rápido como pudo.

Tiempo. Louisa necesitaba tiempo. Y él pensaba concederle ese tiempo, si era necesario.

Pasaron varios segundos antes de que a Simon se le acompasara de nuevo la respiración, y unos cuantos segundos más antes de sacar su miembro viril saciado del cuerpo de su esposa. Pero tan pronto como lo hizo, ella se giró hacia él para abrazarlo por la cintura y mantenerlo unido a su cuerpo.

Él la besó, primero en la boca, luego en la oreja y en el hueco de la garganta.

—Ha sido muy... interesante —murmuró Louisa mientras él seguía estampándole besos por el cuello. —Nunca imaginé… hacer el amor en esa postura.

—Existen cientos de posturas para hacer el amor, y pienso probarlas todas contigo.

Aunque la excitación se reflejó en los ojos de Louisa, ella lo miró pensativamente.

—¿Dónde aprendiste este surtido de técnicas tan variadas de hacer el amor? ¿Durante tu juventud, cuando ibas a burdeles?

Él se quedó estupefacto, entonces recordó lo que le había revelado mientras se sentía atenazado por la rabia.

—Supongo que sí —respondió evasivamente, inclinando la boca para besarla.

Ella giró la cabeza hacia la pared.

—¿Y por qué fuiste a burdeles durante años y luego… te decantaste por el celibato en la India?

—Me sentía harto de prostitutas —admitió él.

Si Louisa supiera toda la verdad sobre esa época de su vida, descubriría su punto flaco, a pesar de las duras lecciones de su abuelo. Y entonces ella lo utilizaría para controlarlo. No le cabía la menor duda.

—La mayoría de los hombres… —empezó a decir ella.

—La mayoría de los hombres no comenta con sus esposas las tonterías que hicieron en sus alocados años de juventud —concluyó él. Luego la alzó en volandas y se dirigió a la puerta del vestidor—. De eso hace mucho tiempo, por lo que no vale la pena hablar de ello. Me desahogué como cualquier muchacho joven, pero ahora soy lo suficientemente maduro como para desear algo más fructífero…

Al darse cuenta de lo que acababa de decir, soltó un bufido.

—Perdona —murmuró mientras atravesaba la alcoba y se dirigía a su habitación sin detenerse.

Ella hundió la cara en su pecho.

—No eres tú el que ha de pedir perdón. Soy yo la que…

—No sigas —la atajó Simon tensamente, sin ganas de pensar en las esponjas.

—Sólo quiero que sepas lo mal que me siento por haber sido tan cobarde y no habértelo contado.

—No sigas —repitió él, alzando la voz. Cuando ella lo miró desconcertada, Simon suavizó el tono—. Podemos esperar un poco a tener hijos, cariño.

Cuando llegó a su cama, con la colcha ya retirada, la depositó sobre las sábanas y él se tumbó a su lado.

—Pero quiero una cosa a cambio de mi indulgencia.

Louisa se volvió hacia él, con el semblante visiblemente receloso.

—¿Ah, sí?

—No más camas separadas, ¿de acuerdo?

La petición logró arrancarle a Louisa una sonrisa, y rápidamente se acurrucó contra él.

—Si eso es lo que deseas. Sólo lo hice porque…

—Sí, ya me lo imagino —volvió a interrumpirla él, sin querer oír ni una sola palabra sobre cómo ella lo había esquivado para colocarse las esponjas—. Haz todo lo que tengas que hacer en el vestidor, pero luego, cuando estés lista, ven y métete en mi cama.

Louisa esbozó una mueca burlona.

—¿Y si mi cama es más cómoda?

—Entonces iremos a tu habitación. —Le acarició la mejilla—. No me importa de quién sea el lecho, mientras durmamos juntos.

Ella sonrió tan cándidamente que Simon sintió que se le desbocaba el pulso. Tiernamente, Louisa le apartó un mechón de pelo de los ojos.

—No eres la clase de esposo que esperaba que fueras.

Simon le cogió la mano y le estampó un beso en la palma.

—¿Ah, no?

—Jamás habría pensado que serías tan… posesivo. No después de que ya hubieras conseguido lo que querías de mí.

¿Lo que quería de ella? ¡Pero si aún ni se había acercado! Su abuelo no había conseguido arrancarle su mayor debilidad: esa necesidad que sentía por conseguir la clase de afecto y de amor verdadero que había visto reflejado en la cara de los Trusbut.

Pero esos sentimientos no estaban destinados a él. Su abuelo se había encargado de convertirlo en un ser insensible, incapaz de dar amor, incapaz de sentir nada más que lascivia y obsesión. ¿Y qué mujer le ofrecería el amor que tanto anhelaba cuando todo lo que él le podía dar a cambio era pasión?

—¿Y te molesta que sea tan posesivo? —Simon contuvo la respiración.

—A veces —admitió ella. Acto seguido, con una sonrisa sensual, deslizó el dedo por el torso varonil de su esposo—. Y a veces me estimula.

Él se excitó al instante.

—¿Ah, sí?

La mano de Louisa continuó descendiendo hasta su abdomen.

—Sí, quizá no haya heredado la necesidad que mi madre tenía de variar de hombres, pero ciertamente he heredado su… pasión.

—Gracias a Dios —dijo él con una voz ronca mientras cubría la boca de su esposa con la suya.

Quizá sí que la pasión sería suficiente para mantener viva esa relación.

Pero un rato después, cuando ella dormía a su lado y las sombras de la noche caían sobre la habitación que Louisa finalmente había accedido a compartir con él, Simon continuaba contemplando el techo, sin conciliar el sueño, y de nuevo deseó algo más, algo más profundo.

Algo que sabía que jamás podría obtener.

Capítulo veintitrés

Querido primo:
No tenía ni idea de que pudierais llegar a ser tan tirano con vuestra pobre esposa. ¿De verdad tenéis esposa, o es ésta la opinión de un soltero que disfruta maltratando a una mujer con el fin de conseguir que ella haga lo que él quiere?

Vuestra sorprendida allegada,
Charlotte

*D*os días más tarde, las Damas de Londres concluyeron la ronda de entrevistas de sus candidatos potenciales. Sentada en el estudio de su casa al lado de Simon, de la señora Harris y de Regina, Louisa sentía un tremendo alivio de haber acabado con ese tedioso trabajo.

Raji se estaba divirtiendo de lo lindo, saltando de estante en estante, pero nadie le prestaba atención. En cambio, no había sucedido lo mismo con los candidatos. Simon había permitido, a propósito, que *Raji* se quedara en su estudio durante las entrevistas, como una de sus tácticas sutiles para entretener a los interlocutores y obtener algunas respuestas francas.

Lamentablemente, la honestidad que había sonsacado al señor Duncombe había resultado de lo más inesperado. Las payasadas de *Raji* habían incitado al hombre a realizar comentarios mordaces sobre los indios que Simon había gobernado. Obviamente, el señor Duncombe había pensado que esas bromas de mal gusto le harían gracia a Simon, pero se equivocaba.

—¿Y bien? ¿Qué opinas de ellos? —le preguntó Simon.

Louisa suspiró.

—Sin ninguna duda, el señor Duncombe queda descartado. Creo que todas estamos de acuerdo en que su actuación ha sido... bueno... cómo lo diría... ha sido la de un...

—¿Tonto de nacimiento? —sugirió Simon, con afán de ayudar.

Las otras damas se contuvieron para ocultar sus sonrisas, pero Louisa le lanzó a su esposo una mirada elocuente.

—Yo habría dicho «cretino», usando la terminología de la señorita Crenshawe, pero supongo que también podemos aceptar el calificativo de «tonto».

Simon se giró hacia las demás e intentó mantener el porte de seriedad.

—Supongo que todas están de acuerdo, ¿no? —Cuando las damas asintieron, él añadió—: Así que Duncombe queda descartado. —Se arrellanó en la silla, pero no se atrevió a mirar a su esposa—. Y... ejem... ¿qué opinan de Godwin?

Louisa torció el gesto.

—Sabes perfectamente bien lo que pensamos. No somos tan ingenuas. Es más que evidente que, en persona, Godwin es demasiado fiero incluso para mis gustos. Fielden es más equilibrado y sereno con sus opiniones, sin lugar a dudas.

—Celebro que lo admitas —repuso Simon, con una nota de alivio en su voz.

—¿Cómo no iba a hacerlo, cuando Godwin sugirió incluso asaltar la prisión para ilustrar nuestra determinación a no ceder hasta obtener mejoras penitenciarias?

—Pues a mí me pareció una idea interesante —intervino la señora Harris, intentando defender bravamente a su amigo.

—Las habrían fusilado sin contemplaciones. —Simon observó a su esposa—. Por más que apoye vuestra causa, no deseo quedarme viudo tan pronto.

Louisa lo fulminó con la mirada.

—No hace falta que te regodees con tu triunfo.

—No me estoy regodeando —contestó, aunque sus labios no pudieron ocultar una sonrisa de satisfacción—. Simplemente me limito a felicitarme por el buen sentido común que he demostrado al casarme con una mujer tan lista y tan astuta.

Y que tiene el suficiente decoro como para aceptar cuando se equivoca, aunque le duela.

—Si crees que con esa retahíla de cumplidos lograrás engatusarme… —Louisa sonrió efímeramente—. Entonces, probablemente tengas razón; me has convencido.

—¿Y cuál es el siguiente paso? —terció la señora Harris—. Jamás he participado en ninguna campaña política.

Simon explicó el proceso, luego agregó:

—Tendremos que asegurarnos de que los discursos de Fielden estén correctamente enfocados. Y si conseguimos que la prensa se haga eco de sus ideas…

—Sigues hablando en plural —lo atajó Louisa—. ¿Significa eso que piensas ayudarnos?

Simon echó un vistazo a las caras esperanzadas de las congregadas, luego suspiró.

—Sí, supongo que sí.

—¡Perfecto! —exclamó ella—. Porque ese hombre ha dejado claro que sólo saldrá al ruedo si tú y yo lo secundamos públicamente.

Verdaderamente, la respuesta de su esposo la había dejado perpleja. Se sintió feliz de que él hubiera decidido intervenir a favor de su grupo.

A partir de ese momento, el debate político fue perdiendo peso, y Louisa tuvo que admitir que Simon últimamente la estaba sorprendiendo a menudo; primero con su increíble reacción al permitirle usar las esponjas, luego, su enorme interés por asistir a las entrevistas y su sorprendente deseo de ayudarlas con la campaña política. ¿Por qué estaba actuando de ese modo?

Contrastaba totalmente con el lado más oscuro que a veces veía de él, como cuando abandonaba el lecho que ahora compartían para pasarse horas rebuscando entre las cartas de su abuelo. Su obsesión por descubrir la verdad acerca del señor Hunt le parecía excesiva. Louisa empezó a pensar que había algo más que un simple deseo de enmendar su error, algo que tenía que ver con vencer a su abuelo, como si con ese acto pudiera purgar algún dolor que le carcomía el alma.

Había cuestionado a Regina acerca del conde de Monteith, pero Regina no le había podido aportar demasiados datos. Por lo que parecía, ese hombre sólo había mostrado interés por Simon. Sin embargo, su cuñada admitió que el abuelo Monteith no había pasado nunca ni un solo minuto con Simon sin instruirlo sobre cómo actuar, cómo mostrarse, cómo hablar.

Louisa echó un vistazo a su marido, que hablaba distendidamente con las damas haciendo alarde de su simpatía innata, y notó un escalofrío en la espalda. Del mismo modo que Simon esculpía sus figuritas de madera, el conde debía de haber esculpido a su nieto hasta convertirlo en un estadista perfecto.

Mas lo que ella deseaba saber era cómo lo había logrado. ¿Amonestándolo? ¿O recurriendo a algún método más extraño? Era evidente que Simon detestaba a su abuelo, así que también era evidente que ese hombre le había hecho algo. ¿Por qué si no Simon se comportaba algunas veces como una criatura feroz a la que ella no reconocía?

Como cuando explotó con un ataque de ira en el vestidor. No era que le recriminara a su esposo su actuación; cualquier otro hombre habría hecho lo mismo. Pero la forma en la que después le hizo el amor, con tanta fiereza, con tanta necesidad, la había asustado.

Aunque al mismo tiempo, ella se había excitado mucho ese día. Cielo santo, cuando él le hacía el amor, ella se transformaba en una criatura libidinosa, siempre dispuesta a aprender los secretos de la alcoba que él le enseñaba.

Intentó no pensar en cómo los debía de haber aprendido él. O por qué él se mostraba tan dispuesto a atormentarla con sus propios deseos, llevándola hasta el punto donde ella lo deseaba tanto, tan dolorosamente, que haría o diría cualquier cosa con tal de librarse de ese deseo enfermizo.

Su único consuelo era que ella conseguía ejercer el mismo influjo sobre él. Y a menudo lo hacía, incluso cuando él la maldecía por tratarlo de ese modo. Era como si se hubiera desatado una silenciosa guerra de pasiones entre ellos. ¿Así funcionaba un matrimonio, con esa conflagración constante y tormentosa? Esperaba que no, porque a pesar de que por el momento esa situación lograba excitarla, temía que degenerara en algo negativo.

Especialmente cuando tuvieran hijos. Se mordió el labio.

Últimamente se había sentido más tentada por la idea de tener un retoño. Aún recurría a las esponjas, pero había empezado a dudar en ponérselas. Sólo la latente imagen del tormento de su hermanastra evitaba que tirase todas las esponjas a la basura.

—¡Cielos! ¡Es tardísimo! —exclamó la señora Harris, sacando a Louisa de su ensimismamiento—. ¡Tenemos que irnos! Hemos quedado con el dueño de la tienda de juguetes en la prisión para mostrarle el primer lote de figuritas.

—Oh, lo había olvidado. —Louisa se levantó rápidamente y echó un vistazo al reloj—. No sé si conseguiremos llegar en media hora.

—Si tomáis mi calesa, sí. —Simon también se levantó—. Está aparcada delante de la puerta. Iba a usarla yo para asistir a las sesiones. Os acompañaré a la prisión. El cochero de la señora Harris puede ir más despacio, y cuando llegue, yo me marcharé al Parlamento.

—No queremos causarle ningún inconveniente… —empezó a decir la señora Harris.

—No es ningún inconveniente. No importa si llego tarde. Además, yo también he intervenido en vuestro proyecto. Me apetece conocer a ese vendedor de juguetes, para ver cómo acaba esta iniciativa.

—Seguramente, tu intervención nos será de gran ayuda —dijo Louisa, al tiempo que le regalaba una sonrisa de agradecimiento.

El magnífico carruaje de Simon les permitió llegar a la prisión en un tiempo récord. Pero lo más importante fue que el vendedor de juguetes se mostró muy ilusionado con los soldaditos pintados a mano que le mostraron las damas —y muy impresionado ante la intervención directa de Simon—, tanto que se ofreció a comprarles todos los lotes que pudieran entregarle. Louisa apenas podía contener su alegría.

Mientras la señora Harris se dedicó a mostrarle al vendedor la sala donde trabajaban las reclusas, Louisa acompañó a Simon hasta la puerta de la institución. Apoyó la mano en su brazo cariñosamente y dijo:

—No tengo palabras para expresarte lo mucho que mi grupo aprecia tu ayuda.

—¿Sólo tu grupo? —inquirió él con una sonrisa burlona.

—No, claro que no. Sé que el hecho de ayudarnos ha entorpecido tus planes, pero…

—¡Esperen! —gritó una voz a sus espaldas.

Louisa se dio la vuelta y vio a una enfermera de la prisión que corría hacia ellos.

—Gracias a Dios que aún está aquí, señorita North… quiero decir, señora duquesa.

—¿Qué sucede?

—¿Se acuerda de la señora Mickle?

—Sí. —Louisa había conocido a Betsy Mickle en el módulo destinado a los morosos, donde ella estaba recluida junto a su esposo. Betsy era una muchacha encantadora y educada, pero de jovencita se desvió del buen camino y acabó trabajando en un burdel. Desde entonces había llevado una vida tumultuosa, a pesar de que Louisa pensaba que su situación había empezado a mejorar desde que el señor Mickle había conseguido acabar de saldar todas sus deudas el año anterior.

—No me diga que vuelve a estar aquí, encarcelada —se lamentó Louisa—. ¿Es que su marido no sabe lo que es vivir sin contraer deudas?

—Me temo que no. Llegaron esta semana, ella con una enorme barriga, a punto de dar a luz. Esta mañana se ha puesto de parto, pero ha habido complicaciones y lo está pasando muy mal.

—Oh, no —suspiró Louisa, con el corazón compungido.

La enfermera sacudió la cabeza varias veces.

—El bebé viene de nalgas. El médico está con ella, y cree que puede conseguir darle la vuelta al pequeño, pero Betsy está demasiado alterada y no se está quieta. Quizá usted pueda hablar con ella y calmarla…

—¿Yo? ¿Y por qué no lo hace su marido?

—Él no puede soportar verla sufrir. Han tenido que sacarlo de allí dentro. Pero ella siempre se mostró parcial con usted. Si pudiera venir conmigo a la enfermería, a lo mejor lograría calmarla para que el doctor pueda hacer su trabajo.

—De acuerdo —convino Louisa, aunque el mero pensamiento de asistir a un parto la llenaba de horror.

—Mi esposa no puede ir —intervino Simon, depositando

una mano sobre el brazo de Louisa para detenerla—. Ha de haber alguien más que pueda hacerlo. ¿La señora Harris, quizá?

—No, iré yo —se ofreció Louisa—. De verdad, Simon, quiero hacerlo. —Le propinó una sonrisa afectuosa—. Tengo que hacerlo.

Había llegado el momento de sacudir sus miedos. Durante años había conseguido estar suficientemente ocupada con otras cuestiones que requerían su ayuda en la cárcel, pero siempre alejada de la enfermería. Durante años había evitado a los médicos, incluso se había negado a ayudar a Regina en el hospital de Chelsea. Pero si lograba dejar atrás sus…

—Además, aprecio a esa mujer. No puedo soportar la idea de que esté pasando por este mal trago sin nadie a su lado que la conozca y la quiera.

Simon escudriñó su cara, con ojos inquietos.

—Entonces iré contigo.

—Ni hablar. Lo último que esa mujer necesita ahora es ver cómo un hombre desconocido la ve desnuda de cintura para abajo.

—Maldita sea, Louisa…

—Todo saldrá bien, te lo aseguro. —Le estrujó el brazo para animarlo—. No te preocupes. Ve a las sesiones de Westminster.

—No pienso irme —aseveró él con firmeza—. Te esperaré aquí.

Louisa notó un nudo en la garganta.

—Puede durar bastantes horas —lo avisó.

—No me importa.

La fiera protección que él demostraba le arrancó a Louisa una sonrisa.

—Gracias. —Se puso de puntitas para darle un beso en la mejilla—. Eres el mejor marido que se puede tener.

Acto seguido, se apresuró a seguir a la enfermera. Mientras se dirigían a la parte posterior de la prisión, la enfermera la miró con aire preocupado.

—Supongo que sabrá que es el primer hijo de la señora Mickle.

—¿No tuvo hijos, cuando trabajó en el burdel?

—Me parece que no estuvo en ese antro demasiado tiempo. Fue a parar directamente a las manos de un protector, y entonces, cuando ese tipo demostró ser una mala persona, tuvo la gran suerte de encontrar al señor Mickle.

—Habría tenido más suerte si ese hombre supiera mantenerse lejos de las deudas —criticó Louisa mientras entraban en la enfermería, aunque realmente el compañero de Betsy era una persona adorable—. Y encima, ahora tendrán un hijo que mantener.

Al menos eso era lo que deseaba que pasara. Cuando ella y la enfermera llegaron a la camilla donde Betsy se hallaba postrada, temblando y anegada de sudor, Louisa no estuvo tan segura.

Su primer instinto fue dar media vuelta y salir corriendo. Que alguien pudiera estar sufriendo tanto le parecía horrible, pero que Betsy, la criatura más bonachona en el mundo, tuviera que pasar por ese mal trago le parecía totalmente injusto. Y cómo iba ella a soportar ser testigo de…

Entonces Betsy la vio, y todos los pensamientos cobardes se desvanecieron de su mente, porque la cara de la joven se iluminó a pesar del terrible dolor.

—Señorita North —respiró Betsy—. Qué contenta estoy de verla.

«Señorita North» Probablemente no era el mejor momento de anunciar que ahora era la duquesa de Foxmoor. Se sentó en la silla situada al lado de la camilla de Betsy y le estrechó la mano afectuosamente.

—No creerías que pasaría por aquí sin visitar a una vieja amiga.

Betsy soltó una risotada nerviosa, después su cara se contorsionó cuando tuvo otra contracción, y la pobre se aferró a las manos de Louisa con una fuerza tan descomunal que casi le desmenuzó los huesos de los dedos.

—Ahora intentaré darle la vuelta al bebé, Betsy —le explicó el doctor—. Tienes que estar muy quieta. Continúa agarrando la mano de tu amiga y hablando con ella.

Louisa no conocía al médico, pero había oído hablar de su buena reputación. Por el bien de Betsy, rezó porque eso fuera cierto, e intentó no pensar en la reputación intachable que tenían todos los médicos que habían asistido a su hermana.

Se centró en la cara de Betsy y no en el doctor, que estaba presionando el abdomen de la parturienta.

—¿Cómo pensáis llamar al niño? —preguntó, intentando por todos los medios no mostrar el pánico que amenazaba con estrangularla.

—Si es una niña... Mary Grace —anunció Betsy con dificultad, aferrándose a la mano de Louisa como si le fuera la vida en ello—. Y si... si es un niño... James Andrew. Como su padre.

A pesar del terror que la invadía, Louisa sonrió.

—Son unos nombres preciosos.

Betsy soltó un grito de dolor, y Louisa estrechó su mano contra el pecho con fuerza, rezando para no perder el control de sí misma.

—Muy bien, tranquila. —Intentó reconfortarla el doctor—. El bebé es pequeño. Eso es bueno. Será más fácil darle la vuelta.

—¿No puede darle nada para calmar el dolor? —suplicó Louisa cuando Betsy soltó otro grito desgarrador—. ¿Brandy? ¿Láudano?

El médico sacudió la cabeza.

—Necesito que esté alerta para que pueda empujar cuando el bebé esté bien colocado.

¿Pero y si no lograba darle la vuelta? No, mejor no pensar en esa fatalidad. Tenía que ser fuerte y ayudar a su amiga.

—Vamos, Betsy, aguanta un poco más —murmuró el doctor, increíblemente sereno mientras le presionaba el abdomen con unos movimientos bruscos y certeros.

Louisa levantó la vista y vio al médico con el ceño fruncido, sumido en una absoluta concentración. Betsy le apretaba nuevamente la mano, pero por lo menos no gritaba.

De repente, el médico esbozó una amplia sonrisa.

—Me parece que este pequeñín es muy juguetón; se está moviendo. Aguanta... aguanta... ¡Muy bien! ¡Se ha dado la vuelta!

Las lágrimas empezaron a rodar por las mejillas de Louisa mientras Betsy se desplomaba en la camilla.

—Aún no hemos terminado, señoras —las previno el doctor—. Ahora tenemos que ayudarlo a salir. Has de empujar fuerte, Betsy. ¡Empuja!

La siguiente parte fue tan rápida que Louisa apenas tuvo tiempo ni de darse cuenta de lo que sucedía. Betsy irguió la cabeza, con la cara convulsionada de dolor y concentración, y al cabo de un momento, el doctor sostenía entre las manos a una pequeña ratita que no paraba de berrear.

En un abrir y cerrar de ojos, la enfermera le cortó el cordón umbilical y limpió al bebé antes de regresar a la camilla y entregárselo a Betsy.

—Aquí está. Mira por donde, el pequeño juguetón ha resultado ser una preciosa bebita.

Mientras Betsy tomaba a su hija en brazos, Louisa empezó a sollozar.

—¡Señorita North! —exclamó Betsy—. ¿Está usted bien?

Esforzándose por recuperar la compostura y no desmoronarse ante el cúmulo de emociones que la invadían, Louisa asintió entre lágrimas.

—Es… es adorable. —Se inclinó sobre Betsy para contemplar a la criatura—. Un angelito.

Y lo era, a pesar de su carita amoratada y el escaso pelo negro y húmedo que descollaba en su diminuta cabecita.

—¿Quiere sostener en brazos a mi pequeña Mary Grace? —susurró Betsy.

Louisa asintió, demasiado aturdida por tantas emociones como para poder articular ni una sola palabra. Betsy le pasó el bebé, y Louisa contuvo la respiración. Mary Grace era frágil como una muñequita, con una bonita boquita de piñón, y con unos puños diminutos que agitaba sin parar.

—Ya vienes con ganas de pelea, ¿eh? —Louisa arrulló al bebé—. ¿Sabías que eres la cosita más dulce y más fuerte del mundo?

Louisa había sostenido a los hijos de numerosas reclusas, y a menudo había jugado con su sobrina y su sobrino, sentándolos en sus rodillas, pero esta vez la sensación era absolutamente diferente. Sentía que había ayudado a traer a ese bebé al mundo, y la idea la llenaba de una emoción incontenible.

Una cosa era oír que las mujeres daban a luz a menudo sin problemas, y otra bien distinta era presenciar un parto tan fácil.

Entregó el bebé a Betsy, y entonces sintió un pinchazo de envidia cuando la boquita de ese angelito se puso en funcionamiento, buscando instintivamente el pecho de Betsy. Con un nudo en la garganta, pensó que deseaba tener una cosita tan tierna como Mary Grace. Quería un hijo de Simon.

—Tu marido estará encantado —murmuró Louisa.

—¡Oh! ¡James! —exclamó Betsy—. ¡Me había olvidado de él!

La enfermera soltó una carcajada.

—Cuando lo encuentre, te prometo que no le diré lo que acabas de decir. —Y acto seguido, salió de la sala para ir a buscar al nuevo papá.

El médico dio por concluida su labor y puso toda su atención en otra paciente, dejando a Louisa y a Betsy solas, con la pequeña Mary.

Betsy acunó a su hijita y estampó un amoroso beso en su diminuta frente.

—Es mi primer hijo.

—Sí, eso me ha comentado la enfermera.

—Temía no poder tener hijos. Nunca me quedé embarazada, mientras trabajé en el burdel de Drury Lane, así que estaba preocupada. —Las lágrimas anegaron sus ojos—. Pero aquí está, mi pequeño angelito.

Louisa estrujó el brazo de la nueva mamá.

—Sí, es adorable.

Betsy miró a Louisa.

—Y no podría haberlo hecho sin usted, señorita North.

—Bobadas —repuso Louisa. Estaba a punto de explicar que ya no era la señorita North cuando Betsy desvió la vista y se puso visiblemente rígida.

—¡Fíjese! No puedo creer que él esté aquí. Hacía tantos años que no lo veía.

Louisa se dio la vuelta y vio a Simon, que se abría paso entre el recinto de la enfermería abarrotado de gente, esquivando a las enfermeras y las pilas de sábanas manchadas de sangre. Miró a Betsy con estupefacción.

—¿Lo conoces?

Betsy asintió.

—Es lord Goring. Solía venir al burdel cada sábado por la noche, sin faltar a su cita.

El corazón de Louisa empezó a latir desbocadamente mientras notaba una desagradable sequedad en la boca.

«Me pasé la mitad de mi juventud en un burdel», recordó que le había comentado Simon. Y antes de que su padre falleciera, Simon había ostentado el título inferior de marqués de Goring.

—¿Estás segura de que es él?

—Bueno, ha cambiado un poco; está más mayor, pero lo reconocería en cualquier sitio. Es el único marqués que he conocido. Pobre muchacho, su abuelo se comportaba con él como un verdadero tirano, cada vez que lo llevaba al burdel a la fuerza; abusaba de él sin piedad.

—¿Su abuelo? —Louisa sintió un repentino pinchazo de dolor en el pecho—. ¿Su abuelo lo llevaba al burdel?

—Empezó a llevarlo cuando el muchacho sólo tenía catorce años. Su abuelo era el hombre del que una vez le hablé, ¿no se acuerda? El conde fue mi protector durante unos meses.

Louisa casi no podía respirar. Un millón de pensamientos la asaltaron impíamente.

—Jamás mencionaste su nombre.

Betsy frunció el ceño.

—No, y supongo que tampoco debería haber confesado ahora que conozco a lord Goring. Pero es que me he quedado tan sorprendida al verlo aquí… —Se calló—. Chist, se acerca.

Virgen santa, Louisa tampoco le había dicho a Betsy que Simon era su marido.

—Esto… Betsy…

—¿Cómo está la nueva mamá? —La voz de Simon resonó a sus espaldas. Cuando se dio la vuelta, vio que él tenía la vista fija en ella y no en Betsy.

—Oh, muy bien, y el bebé también —contestó Louisa, luego se apresuró a añadir—. Señora Mickle, le presento a mi esposo, el duque de Foxmoor.

Louisa notó cómo Betsy contenía la respiración, pero no la miró, ya que estaba pendiente de la reacción de Simon.

—La enfermera me ha pedido que le diga que el señor Mickle está dormido. —Levantó la vista hasta emplazarla en la cara de Betsy—. Y que no quería despertarlo... ¿Betsy? —Simon se quedó paralizado, y su sonrisa relajada se borró de su rostro en un instante.

Ahora sí que no había duda. Se conocían. Y probablemente en el sentido bíblico.

Mas a pesar de la punzada de celos que Louisa notó en el pecho, el sentimiento no se podía comparar con la tristeza que la había invadido súbitamente al descubrir que Simon había sido maltratado por su abuelo, quien incluso se había atrevido a llevarlo a un burdel, ¡con tan sólo catorce años! Se fijó en la cara de susto de él; era como si acabara de ver a un amigo de la infancia que lo amenazara con relatar historias sobre las embarazosas tonterías que había cometido cuando no era más que un crío.

Pero Simon se recuperó rápidamente, y saludó a Betsy con una inclinación de cabeza.

—¿Ése es su nombre, verdad? ¿Betsy? Estoy se... seguro de que mi ... mi esposa lo ha mencionado antes. —Había empezado a tartamudear, y Simon jamás tartamudeaba—. Perdón por estas excesivas muestras de confianza cuando nos acabamos de conocer, pero después de que ella me la haya descrito, he sentido como si ya... como si ya nos conociéramos.

—Gra... gracias, señor... señor duque —balbució Betty.

Invadida por un sentimiento de culpabilidad por no habérselo contado antes a Betsy, Louisa tomó la mano de la reclusa y la estrujó cariñosamente. No quería que Simon supiera lo que Betsy le acababa de relatar, por lo menos no hasta que hubiera averiguado más detalles. No tenía ningún sentido avergonzarlo a él y a su amiguita.

—El parto ha ido como una seda —agregó Louisa rápidamente para cubrir el incómodo silencio—. El doctor consiguió darle la vuelta al bebé con una increíble rapidez, y aquí está... es un pequeño angelito.

—Bien, bien —repuso Simon, visiblemente azorado. Apoyó la mano en el hombro de Louisa—. ¿Nos vamos?

—Todavía no —respondió Louisa. Cuando notó cómo los

dedos de su esposo se clavaban en su hombro convulsivamente, intentó hacerse la distraída, como si no se diera cuenta de la tensión reinante, y se esforzó por sonreír cándidamente—. Me gustaría quedarme un rato más con Betsy, para ayudarla con el bebé. Además, ¿no tenías que ir a la sesión del Parlamento?

—¿Pero cómo regresarás a casa? —inquirió él, con un destello de pánico en los ojos.

—La señora Harris todavía está aquí, ¿no? Y estoy segura de que ella ya sabe que me ha de acompañar de vuelta a casa.

—Sí, pero…

—Vamos, Simon, estaré bien.

Los ojos de Simon iban de Louisa a Betsy con una visible agitación.

A Louisa le pareció extraño; él ya le había revelado que de joven había ido a un burdel. Así que… ¿por qué parecía tan preocupado porque ella hubiera conocido a una de las mujeres que trabajaba en ese antro de perdición?

A menos que no hubiera habido algo más serio entre ellos…

No, no podía soportar pensar en esa idea. Pero tenía que averiguar si era cierto. Oh, sí, tenía que averiguarlo.

—Su esposa tiene razón, señor duque —repuso Betsy, con una voz sorprendentemente calmosa. Luego acunó al bebé—. Estará bien, aquí, conmigo. Es mi amiga. Jamás permitiría que nada ni nadie le hiciera daño.

—Gracias —repuso él con un hilo de voz. Buscó la mirada de Louisa, y ella vio la angustia que reflejaban sus ojos—. Pero no tardes, cariño. La sesión no durará demasiado.

Ella asintió antes de despedirse de él. Tan pronto como Simon abandonó la enfermería, se giró hacia Betsy, con la firme determinación de obtener respuestas.

Betsy continuaba acunando a su bebita dormida. Avergonzada, bajó la cabeza.

—Lo siento, me he equivocado —balbució—. He confundido a su esposo por otro hombre. No era él. Le pido perdón, señora.

—No seas ridícula —susurró Louisa—. Sé que era él. Y no sólo por lo que has dicho.

Betsy empezó a negar con la cabeza.

—No sé en qué debía de estar pensando para soltar esa mentira. Su marido no es el hombre que…

—¡Escúchame! ¡Maldita sea! No pasa nada. Ya sabía lo del burdel.

Betsy levantó la cabeza de golpe.

—¿Qué?

—Quiero decir, sabía que Simon había frecuentado un burdel cuando era joven. —Louisa lanzó una mirada furtiva hacia el resto de los pacientes y bajó la voz—. Fue él mismo quien me lo dijo.

La nueva mamá abrió los ojos descomunalmente.

—Y también sé que… la experiencia lo afectó mucho. Odia a su abuelo, pero no sé el motivo, y ahora tú me has revelado que fue ese hombre quien lo llevó al burdel. —Agarró a Betsy por el brazo con fuerza—. Tienes que contármelo todo; quiero saber lo que el conde le hizo a mi esposo.

—Preferiría que se lo preguntara usted directamente a su marido —se excusó Betsy.

—Ya lo he hecho, y no ha querido contármelo. —Tragó saliva—. Y si tú no me lo cuentas, pensaré que su abuelo le hizo algo tan atroz y perverso como esas historias sobre tipos asquerosos que he oído contar a más de una reclusa, sobre hombres que abusan sexualmente de niños…

—¡No, le aseguro que no se trataba de eso! —Betsy parecía abatida. A continuación, admitió—: Bueno, a mí me parecía horrible, aunque lo que le hacía no era tan perverso.

—Así que el viejo no abusó de él.

La cara de la reclusa se ensombreció.

—Sé que de vez en cuando le daba unas palizas horrorosas, pero básicamente siempre lo golpeaba aquí. —Señaló hacia el pecho—. Dentro. Donde nadie podía ver las cicatrices de las heridas.

—Excepto tú —susurró Louisa.

Betsy palideció.

—Mi relación con su esposo no fue lo que usted se figura, señora, se lo juro.

—¿Quieres decir que no te acostaste con él? —preguntó, con el semblante irritado.

—Quiero decir… él no sentía nada por mí… bueno, sí que sentía algo, pero… —Lanzó un profundo suspiro—. Para ese muchacho, yo era más bien una… una persona con la que hablar. ¿Me entiende? —Tragó saliva con dificultad y clavó los ojos en su hijita recién nacida—. Pobre chico, su madre no se preocupaba de él, y su padre se pasaba la vida metido en salas de juego, y su abuelo…

—Tentó a su nieto con un mundo lleno de vicios…

—¿Tentó? —Betsy soltó una dura carcajada—. Yo no diría eso. —Inclinándose hacia Louisa, susurró—: Lord Monteith lo denominaba «adiestramiento». Decía que el chico tenía que aprender que «uno se acostaba con putas y se casaba con damas».

—Estoy segura de que ésa es una lección que la mayoría de los caballeros aprenden solos —espetó Louisa—. No comprendo por qué él tenía la necesidad de…

—Se lo pregunté a lord Monteith cuando me convertí en su protegida. Dijo que uno de sus hijos se había apartado del camino a seguir porque se había dejado «gobernar por su polla», y quería asegurarse de que a su nieto no le pasara lo mismo.

Louisa no sabía si sentirse jubilosa ante esa clara evidencia de que el tío de Simon sí que se había casado con una mujer india, o triste de que ese matrimonio le hubiera reportado a Simon tantas miserias.

Betsy acarició los etéreos mechones de pelo del bebé con un tacto maternal.

—Así que decidió enseñarle al muchacho que un hombre ha de saber contener sus necesidades, que no ha de sentir nada por la mujer con la que se acuesta. Que las mujeres son reemplazables, por más bonitas o inteligentes o deseables que sean.

Louisa la miró con la boca abierta.

—¿Y cómo pensaba enseñarle semejante barbaridad?

Con la vista clavada en Mary Grace, Betsy murmuró:

—No creo que deba contárselo. ¿Qué será de mí, si su esposo descubre que lo he hecho? La vida de mi pobre Jim ya es suficientemente complicada sin que yo le aporte un duque por enemigo.

—Simon jamás te haría daño…

—Quizá sí, después de lo que yo le hice. Especialmente si lo que yo digo puede hacerle daño a la mujer que él ama.

Louisa sintió una repentina punzada de dolor en el pecho y bajó la vista.

—No te preocupes por eso. Simon no se ha casado conmigo por amor... se ha casado conmigo porque... —No, no le podía contar a esa mujer el motivo por el que se habían casado; resultaba bastante humillante—. Ha sido más por conveniencia que por amor.

—Quizá, pero eso no cambia el hecho de que ahora la ama. Lo he visto en la forma en que la miraba.

Louisa notó que el corazón le empezaba a latir más deprisa.

—Te equivocas. Siente afecto por mí, pero...

—No, lo que he visto ha sido amor, y no un mero afecto. Y lo sé, porque así es cómo me mira mi querido Jim. —Betsy buscó la mano de Louisa—. Y usted también lo ama, ¿no es cierto?

Louisa contuvo la respiración. ¿Lo amaba? ¿Era por eso, por lo que se le había acelerado el pulso al pensar que él podía amarla? ¿O por lo que había reaccionado con tanta dureza, cuando descubrió que él había conspirado con su padre?

¿Era acaso por eso, por lo que estaba de repente dispuesta a arriesgarlo todo, incluso la vida, para darle un hijo?

Una lágrima rodó por su mejilla. Virgen santa, otra vez se había enamorado perdidamente de Simon, después de intentar por todos los medios no caer de nuevo en la misma trampa.

Pero ¿podía resultar tan atroz, amar a Simon? Después de todo, él le había demostrado ser un esposo más indulgente de lo que ella había supuesto, y si no fuera por sus repentinos ataques de mal humor, se atrevería a afirmar que había acertado en la elección de su pareja.

Especialmente ahora, que había tomado la decisión de darle un hijo. Mas antes de quedarse embarazada, tenía que saber cuáles eran los temores que parecían minar el alma de su marido, qué era lo que no le permitía admitir que la quería, si de verdad la quería.

—Amo a mi esposo —declaró Louisa—. Y por eso precisamente has de contármelo todo. Lo consume una terrible tristeza, que lo atormenta y hace que estalle periódicamente en unos atroces ataques de mal humor. ¿Cómo quieres que lo ayude, si no sé lo que le pasa?

Betsy lanzó un suspiro de resignación, y luego asintió.

—Tiene razón. Si alguien puede ayudarlo, ésa es usted. Y después de las crueldades que el conde le infligió, su esposo merece ser feliz.

Capítulo veinticuatro

Querida Charlotte:

Sabéis perfectamente que no puedo contaros mis circunstancias ni arriesgarme a perder mi anonimato. Pero os aseguro que estoy suficientemente familiarizado con las mujeres como para sostener opiniones firmes sobre cómo deberían ser gobernadas.

Vuestro amigo,
Michael

Simon no lograba concentrarse en el Parlamento. No podía apartar de su mente la imagen de Betsy y su esposa juntas, ni dejar de pensar en lo que esa mujer podría revelarle a Louisa. Y él que había pensado que sólo tenía que preocuparse por la reacción de Louisa ante el nacimiento de la criatura... Obviamente, no debería haberse inquietado por esa cuestión; Louisa parecía la mar de tranquila, cuando la vio después del parto.

¿Pero quién sabía si continuaría igual de inalterable si Betsy le contaba los sórdidos detalles de las lecciones del abuelo Monteith? Se le removía el estómago con sólo pensarlo. Por Dios, si hubiera sabido que la amante de su abuelo era la mujer que estaba a punto de dar a luz, jamás le habría permitido a Louisa entrar en esa maldita enfermería.

Aunque, pensándolo bien, ahora Betsy tenía un esposo y un bebé. Quizá tendría tan pocos deseos como él de remover el pasado. Incluso cuando era la amante de su abuelo, Betsy había sido siempre muy discreta. Y no tenía nada que ganar si le contaba esa indecorosa historia a Louisa; seguramente debía saber que él no toleraría que molestara a su esposa.

De repente, lord Trusbut apareció y tomó el asiento que estaba a su lado, sacándolo de sus pensamientos turbulentos.

—¿Habéis oído la noticia de que los miembros del Parlamento están considerando crear un comité para elaborar una ley que regule las prisiones? —murmuró el barón.

Simon se puso rígido.

—¿De veras?

—Vuestra esposa debería estar satisfecha —prosiguió Trusbut—. E incluso si la Casa de los Comunes decide votar en contra, con las elecciones a la vuelta de la esquina, las cosas podrían cambiar radicalmente. Un nuevo miembro del Parlamento podría romper el equilibrio de la balanza a favor de las reformistas.

Y eso era precisamente lo que Louisa esperaba que sucediera. Simon miró a Trusbut con detenimiento.

—¿Y vos, qué opináis sobre la reforma penitenciaria?

—Probablemente lo mismo que vos: que ha llegado el momento de llevarla a cabo. Habéis visto con vuestros propios ojos lo que nuestras esposas y esas cuáqueras han conseguido en Newgate. Es sorprendente. —Se acomodó en el banco—. Y si un simple grupo de voluntarias puede conseguir tantos logros, pensad lo que podría hacer un sistema instituido por la propia prisión y fundado por el gobierno.

Simon contempló a Trusbut. Ese hombre siempre había sido un pensador independiente, listo y competente, pero imparcial en política. El barón votaba según sus principios, y Simon lo admiraba por ello.

Quizá había llegado el momento de que Simon se metiera de lleno nuevamente en la vida política con el apoyo de hombres como Trusbut y Fielden e incluso Draker; de ese modo, cuando fuera capaz de separarse de Sidmouth y de sus secuaces, encontraría a algunos aliados incondicionales entre los miembros del Parlamento; hombres con carácter, hombres con resolución.

Hombres sensatos, que no verían los horrores de la Revolución Francesa a cada paso.

—Trusbut, ¿os apetecería que quedáramos mañana por la noche un rato en el club White's? Sois socio, ¿no es cierto?

—Encantado, y si os apetece, esta noche podríamos ir al

Brook's —dijo Trusbut, con aspecto de estar sorprendido ante la oferta.

—Esta noche tengo una cita. —Simon no pensaba ir a ningún sitio hasta que no hubiera averiguado qué era lo que Betsy le había contado a su esposa—. Pero será un placer quedar con usted mañana por la noche, después de que se acaben las sesiones del Parlamento.

—Será un honor —contestó Trusbut asintiendo con un gesto de cortesía.

Ese breve intercambio animó a Simon, y a partir de ese momento fue capaz de participar en la sesión del día y apartar de su cabeza, aunque sólo temporalmente, sus preocupaciones por Louisa y Betsy.

Qué agradable sensación, el hecho de presentir que finalmente iban a arrancar sus proyectos políticos. Todo ese tiempo se había sentido maniatado, esperando a que el rey cumpliera su parte del trato. Pero al ver que esa posibilidad se volvía más incierta cada día que pasaba, Simon se había empezado a impacientar. Tenía ganas de actuar, aunque eso supusiera empezar por algo pequeño. Y en esos instantes se sentía contento de haber dado un paso hacia el futuro.

Lamentablemente, su alegría no duró demasiado. Tan pronto como acabó la sesión, Sidmouth y Castlereagh lo acorralaron en uno de los salones de Westminster Palace.

Sidmouth fue directamente al grano.

—Se dice que el grupo de vuestra esposa planea apoyar a Charles Godwin en las elecciones.

—Eso es totalmente falso —espetó Simon.

—La información me la ha dado Godwin en persona.

—Entonces ese individuo miente. —A Simon no le sorprendió la noticia; Godwin probablemente pensaba forzar el apoyo de las Damas de Londres extendiendo el rumor. Debía de haberse dado cuenta de que la entrevista no había salido como él esperaba.

—¿Así que vuestra esposa no lo entrevistó como un candidato potencial?

Simon apretó los dientes. Maldito fuera el zoquete de Godwin; le retorcería el pescuezo la próxima vez que lo viera.

—Eso es cierto. Y a pesar de que las damas todavía no se lo

han comunicado, decidieron no secundarlo por unanimidad.

—Pero tienen otro candidato en mente.

Simon dudó unos instantes. No estaba seguro de si era correcto desvelar esa parte de la historia.

Mas por otro lado, las Damas de Londres pronto harían público el apoyo de su candidato; no podrían mantenerlo en secreto durante demasiado tiempo.

Además, posiblemente Sidmouth no se opondría a Fielden.

—Sí, así es. Y su candidato es un hombre de una gran integridad, sensato y…

—Inaceptable.

Simon achicó los ojos.

—Pero si no sabéis quién es.

—No es necesario. —Sidmouth miró a Castlereagh y luego relajó los hombros—. Las Damas de Londres están dispuestas a inmiscuirse en asuntos que van más allá de su incumbencia. Cualquier candidato que elijan provocará un daño irrevocable en la esencia de la sociedad inglesa.

—Oh, por el amor de Dios…

—Se suponía que vos teníais que alejar a ese grupo de damas de sus fines políticos; el rey nos aseguró que lo haríais.

Simon pestañeó perplejo.

—El rey también me hizo ciertas promesas que aún no ha cumplido, así que quizá deberíais ir a verlo y exponerle directamente a él vuestras quejas.

Acto seguido, Simon se dio la vuelta para marcharse, pero Sidmouth dijo:

—Si vuestra intención es reemplazar a Liverpool como primer ministro, no creo que su majestad sea la persona más indicada para negociar.

Simon se quedó helado.

—¿Y qué os hace pensar que quiero reemplazar a Liverpool?

—Ésa fue siempre vuestra ambición, ¿no? Llegar a ocupar el puesto de primer ministro.

Simon se dio la vuelta lentamente y esbozó una sonrisa forzada.

«Cuidado, muchacho, cuidado. No sabes lo que el rey les ha contado», se recordó a sí mismo.

—Tengo mis ambiciones, pero todavía soy joven; me queda mucho tiempo para verlas colmadas.

Sidmouth lanzó una carcajada grotesca.

—Ya, pero como la mayoría de los jóvenes, tenéis muy poca paciencia. Lo comprendemos. Estamos preparados para ofreceros lo que queréis, tan pronto como deseéis.

—¿Ah, sí? —Él no quería negociar con Sidmouth. Pero su majestad no había movido ni un dedo hasta ese momento para favorecerlo, y Simon temía que jamás lo haría.

—Liverpool es tan iluso como para creer que puede borrar de un plumazo el caso de Saint Peter's Field, pero hay que sacrificar a alguien para aplacar a las masas, y él es el candidato más lógico. Estamos preparados para secundar un cambio, siempre y cuando se nos asegure que los Tories continuarán en el poder.

—Por supuesto.

—Y que mantendremos nuestros puestos.

Simon se puso tenso. No pensaba incluir a Sidmouth en su gabinete, y probablemente ese hombre se había dado cuenta. Simon lo habría reemplazado por Robert Peel, pero sin la ayuda del rey, probablemente no le quedaba ninguna otra elección. Sidmouth y Castlereagh podían estar agonizando políticamente, pero todavía no estaban desahuciados.

—Comprendo —respondió, procurando no comprometerse.

—También esperamos que vos y vuestra esposa os distanciéis de las Damas de Londres.

Maldito fuera. Simon aspiró aire lentamente.

—No puedo imaginar por qué es eso necesario.

—No podemos apoyar a un primer ministro que permite que su esposa se entrometa en política. Si no conseguís apartarla de esa vía, no sólo secundaremos a otro candidato como primer ministro, sino que también nos aseguraremos de que jamás tengáis la oportunidad de ocupar ese cargo. Castlereagh y yo tenemos el poder suficiente para conseguirlo, especialmente ahora, que los miembros del Parlamento se sienten tan inquietos ante las inminentes elecciones y la posibilidad de que Godwin gane gracias a vuestra aprobación.

—Os he dicho que ni yo ni el grupo de mi esposa pensamos apoyar a Godw...

—Ya, pero eso la gente no lo sabe. Y puedo hacer que esa información se difunda como cierta, y hundir vuestra credibilidad en la Casa de los Comunes para que nadie ose ofreceros una posición de poder.

La amenaza era tan clara como provocadora. Si él continuaba permitiendo que Louisa apoyara a las Damas de Londres, su carrera política se iría a pique. Y aún no contaba con los aliados necesarios para combatir esa posibilidad.

—Eso no es justo —dijo en voz baja—. Esas mujeres tienen todo el derecho del mundo de exigir una reforma penitenciaria, y están en su derecho de apoyar a un candidato razonable…

—Ya, y nosotros tenemos todo el derecho de elegir quién reemplaza a Liverpool, ¿no es cierto?

—El rey jamás lo permitirá —murmuró, apretando los dientes.

—El rey sabe que estamos manteniendo esta conversación. Dice que no habéis hecho lo que él esperaba con su hija, así que ahora es nuestro turno de intentar persuadiros.

Simon palideció. Jamás debería haberse fiado de su maldita majestad. Ese hombre vendería a su propia madre para aplacar a sus ministros. No importaba si la gente sufría por culpa de ese hatajo de incompetentes; el rey sólo deseaba paz y tranquilidad, a cualquier precio. Y la posibilidad de disfrutar de sus placeres.

¿Pero era Simon diferente al monarca? Puesto que no quería que Louisa lo odiara ni se negara a acostarse con él, estaba dispuesto a capitular con el grupo de su esposa, incluso a asumir el riesgo que su decisión conllevaba para su propia carrera política. Incluso sabiendo que el país iría mejor, si él llegaba a ocupar el cargo de primer ministro, no estaba dispuesto a defraudar a Louisa.

Maldición. El abuelo Monteith tenía razón. Simon era un esclavo de sus pasiones. No, no podía seguir así.

—De acuerdo —consintió, a pesar de odiar el hecho de tener que ceder ante un chantaje tan repugnante—. Me aseguraré de que mi esposa dimita de su cargo en la Sociedad de las Damas de Londres. Pero tenéis que comprender que no puedo hacer lo mismo con mi hermana ni con sus amigas…

—No os pedimos eso; sólo con que cortéis vuestros vínculos, ya nos daremos por satisfechos. Después de todo, eso fue lo que nos prometisteis desde el principio.

Cierto. Pero eso fue antes de que se diera cuenta de lo importante que era la causa de Louisa. Antes de comprender que ella y las otras damas eran una mujeres sumamente inteligentes, capaces de adoptar decisiones políticas tan razonables como cualquier hombre.

«No pienses en ello. Las otras damas todavía tendrán la oportunidad de continuar con sus planes. Lo único que vas a hacer es apartar a Louisa de esta desagradable situación, que es precisamente lo que ella misma habría hecho cuando se hubiera quedado embarazada.»

Entonces, ¿por qué capitular ante las demandas de Sidmouth le parecía una terrible traición, no sólo para los ideales de su esposa sino también para los suyos?

Bueno, qué más daba. La política era cruel, y ya iba siendo hora de que su esposa se diera cuenta de esa gran verdad. A pesar de que preferiría no ser él quien le enseñara esa dura lección, sabía que no le quedaba ninguna otra alternativa.

Eran más de las dos de la madrugada cuando Louisa se despertó en la alcoba principal de Foxmoor House, con el libro apoyado sobre su pecho, y la vela prácticamente consumida. Y sin Simon. Su marido aún no había regresado del Parlamento.

Qué extraño. A veces las sesiones se prolongaban bastante, ¿pero hasta tan tarde? Incluso el pobre *Raji*, que ella había llevado a la alcoba para que le hiciera compañía, se había quedado dormido sobre la almohada de Simon.

Procurando no despertar al mono —ni preocuparse pensando dónde podía estar su esposo— se echó el batín sobre los hombros y enfiló hacia las escaleras que conducían al piso inferior. Sabía que ahora le sería imposible volver a conciliar el sueño, así que, mientras estuviera desvelada, no sería una mala idea echar un vistazo a otro puñado de cartas.

Ella y Simon habían casi acabado de repasar la correspondencia del abuelo Monteith. El abogado de Simon les había remitido una nota comunicándoles que había descubierto una caja con cartas de lord Monteith en el panteón familiar, pero Simon dudaba de que pudieran contener ningún dato relevante. Simon decía que su abuelo jamás le habría permitido a su esposa conservar una información tan comprometedora. Según Simon, lord Monteith había sido siempre demasiado severo con su esposa, lo cual no le sorprendió a Louisa en absoluto, después de lo que Betsy le había contado acerca de ese hombre y sus tácticas.

De nuevo volvió a sentir ese desapacible agarrotamiento en el vientre; la rabia y el horror que la habían consumido cuando Betsy le reveló los métodos tan despreciables que el abuelo de Simon había utilizado para enseñarle a su nieto que «un hombre siempre ha de mantener sus necesidades corporales bien controladas», y que «ninguna mujer es única, que todas son reemplazables».

Vaya persona más horrible. No le extrañaba que Simon lo odiara. ¿Pero le debía contar a Simon que sabía la verdad acerca del conde? No. Simon era demasiado orgulloso, y era obvio que se avergonzaba de los crueles métodos de su abuelo. De no ser así, le habría contado todo lo que había tenido que soportar.

Louisa no quería humillarlo. Ansiaba ayudarlo a superar ese trauma, demostrarle que el amor no era una debilidad que había que evitar. Por lo que Betsy le había revelado y por las cosas que su propio esposo le había dicho, parecía que Simon creía que era incapaz de enamorarse de nadie. Sin embargo, Louisa no estaba de acuerdo. Había sido testigo de la gentileza de Simon, de su indulgencia. Su esposo podía ser una persona con un gran corazón, si se entregaba sin ofrecer resistencia.

Mas, para borrar el daño que su despiadado abuelo le había infligido, se precisaba paciencia y comprensión. Una de las cosas que su trabajo en Newgate le había enseñado era que los corazones heridos respondían mejor ante unas claras muestras de cariño y de confianza. Las mujeres en Newgate se habían rehabilitado porque ella y la señora Fry les habían dicho:

«confiamos en ti; puedes hacerlo, incluso mejor que nosotras. Queremos ver cómo lo haces».

Louisa debía demostrarle a su esposo que confiaba en él, también. Ya había dado el primer paso abandonando las esponjas. Había llegado la hora de vencer sus miedos, y ahora le tocaba a Simon olvidar el pasado.

Entró en el estudio, y se detuvo en seco. Su esposo yacía reclinado en la silla del escritorio; parecía dormido. Divisó el abrigo colgado en el respaldo de una silla, el chaleco perfectamente doblado sobre el escritorio, y la corbata encima del globo terráqueo.

Louisa sonrió. Pobre Simon. Debía de haber regresado tarde a casa y, al verla dormida, había decidido echar un vistazo a las cartas. Se acercó a la mesa e intentó quitarle de la mano la carta que su esposo mantenía firmemente agarrada.

El suave movimiento bastó para despertarlo.

—Maldita sea, ¿qué diantre…? —Simon se incorporó de un brinco, pero al verla ante él, con la camisola y el batín, se quedó callado. Un extraño recelo se perfiló en sus facciones antes de desviar la vista hacia la mesa y coger otra carta—. Yo… ejem… decidí trabajar un poco antes de subir al dormitorio.

Sin borrar la sonrisa de sus labios, Louisa le quitó la carta.

—Son las dos de la madrugada, cariño. Creo que será mejor que te vayas a dormir.

—¿Por qué estás aún levantada? —inquirió él.

Louisa dejó de sonreír. Así que él no la había encontrado dormida, sino que al regresar a casa había ido directamente al estudio. Tragó saliva. Probablemente eso no era un comportamiento inusual en un hombre como él, ¿no?

Sin embargo, era la primera vez que lo hacía. Incluso en las noches que Simon decidía quedarse a trabajar hasta tarde, primero subía a decírselo.

—*Raji* y yo nos hemos quedado dormidos esperándote —explicó ella—. Cuando me he despertado y no te he visto en la habitación, he bajado al estudio.

—No quería molestarte —dijo él, aunque acto seguido quiso rectificar, y añadió en un tono más frío—: He ido al club. Es lo que solemos hacer los hombres, ya sabes, pasar un buen rato en el club, bebiendo y jugando.

Sin embargo, Simon no olía a alcohol.

No estaba siendo franco. Y ella sospechaba la razón: Simon tenía miedo de lo que su esposa podía haber averiguado sobre él esa tarde, y de su reacción ante tal revelación.

Así que Louisa debía demostrarle que nada podría alterar lo que sentía por él.

—Has pasado una noche entretenida, ¿no es cierto? —profirió ella con un tono alegre, y se inclinó para cogerle la mano—. Pues entonces con más razón has de subir a la habitación y descansar un poco.

Simon inhaló aire con brusquedad, y luego agarró la mano de su esposa con firmeza, obligándola a detenerse. Cuando ella se volvió hacia él, vio que Simon la estaba mirando con los ojos entornados, después él le guió la mano hacia su miembro viril.

Con el simple contacto de los dedos de Louisa, su pene se puso duro al instante.

—No necesito dormir, sino algo muy distinto —anunció con la voz ronca.

Simon la contemplaba con una intensidad casi febril. Ella conocía perfectamente esa mirada hambrienta. Emergía siempre que él se sentía tenso o incómodo, como un inevitable preludio al acto de hacer el amor de una forma desmedidamente brusca, que los dejaba a ambos extenuados y que después le permitía a él conciliar el sueño.

Louisa jamás se lo había planteado antes, pero eso era porque desconocía las tácticas del abuelo Monteith. Ahora que lo sabía todo, se preguntaba si lo que su esposo realmente quería era algo que no se atrevía a pedir: cariño, afecto.

Y que probablemente pensaba que sólo podía obtener haciendo el amor con ella.

«El conde nos dictaba un sinfín de normas que todas debíamos acatar —le había contado Betsy—. Nunca hablar con el muchacho, y si él nos dirigía la palabra, teníamos que referírselo después a su abuelo, palabra por palabra. Cualquier cosa que no fuera "haz esto, o haz lo otro" le costaba al pobre una buena tanda de azotes. El chico aprendió a no decir nada insensato ni sentimental. Aprendió a no cuestionar nada, sólo a exigir placer.»

Lentamente, él desplazó la mano de Louisa por encima de su tremenda erección.

—Lo que necesito es que aplaques a éste. —Con la otra mano, le desató el lazo del batín, se lo quitó, dejándola sólo con el camisón de lino finísimo.

Louisa notó cómo se le endurecían los pezones ante la mirada felina con que él la devoraba. Simon apartó algunas cartas y le ordenó:

—Súbete a la mesa.

A pesar de que él solía lanzar esa clase de órdenes, Louisa sintió un desagradable escalofrío en la espalda. Porque ahora entendía el motivo. Y esta vez, pensaba darle lo que él no se atrevía a pedirle.

—Sube a la mesa, Louisa —repitió Simon.

—No.

Él parpadeó.

—¿Cómo has dicho?

«Sólo se le permitía hacer el amor en determinadas posturas.»

Louisa le había pedido a Betsy que fuera más explícita. Entonces fue cuando se dio cuenta de que con Simon sólo habían hecho el amor en posiciones en las que él tenía el control. Y que existían otras posturas que él podría haber usado, y sin embargo no lo había hecho. Louisa era simplemente demasiado inexperta para saber sobre esas cuestiones.

—Quiero probar de un modo distinto —alegó ella, con la firme determinación de erosionar las tácticas pérfidas del abuelo Monteith.

Se inclinó hacia él y le desabrochó los pantalones, luego los calzoncillos, liberando de ese modo su tremenda erección. Se levantó el camisón y se montó sobre él con las piernas abiertas.

—¿Dónde has aprendido eso? —carraspeó él mientras apoyaba las manos sobre las caderas de su esposa.

—Lo vi en un libro en esa tienda en Spitafields donde compraba las esponjas —mintió ella—. Me pareció una postura interesante.

Louisa apoyó todo el peso de su cuerpo sobre él, hasta que su pubis quedó completamente pegado al excitadísimo pene de Simon. Luego contuvo la respiración, temerosa de la reacción de su esposo.

Pero él se limitó a suspirar.

—Siempre logras sorprenderme, mi amor.

Louisa se sintió profundamente aliviada ante tal capitulación.

—Hago lo que puedo. —Se inclinó hacia delante para rozarle la frente con los labios—. ¿Qué otra cosa podrías esperar de Cleopatra?

—Menos palabras, y más seducción —murmuró él, impulsando su pene hinchado contra ella. Intentó acariciarle los pechos, pero ella le apartó las manos.

—Prefiero ser yo la que juegue contigo primero. —Le desabrochó los tirantes y los echó a un lado, luego le desabotonó la camisa y se la quitó.

«Jugar» había sido otro de los tabúes de su abuelo en el burdel. Las meretrices tenían que comportarse como meras vasijas en las que Simon pudiera desahogar sus necesidades. Cualquier movimiento que denotara afecto o cariño estaba prohibido; incluyendo los halagos, ya que a las mujeres no se les permitía hablar con él.

—Me encanta tocar tu cuerpo, Simon. —Louisa deslizó los dedos por su magnífico y amplio pecho—. Está tan bien perfilado como los de esas exquisitas figuritas que tallas en madera. —Le lanzó una sonrisa coqueta, y se puso a juguetear con su pezón desnudo y varonil—. Y también me encanta jugar con él.

—Louisa… —farfulló él, echando la cabeza hacia atrás, contra la silla—. Por Dios, no te burles de mí… Te deseo… te deseo tanto, esta noche.

—¿Sólo esta noche? —lo instó ella.

Simon la miró con una extraña expresión de estupefacción.

—No, claro que no.

Visiblemente incómoda ante la reacción de su esposo, ella

le guió las manos por debajo del camisón hasta sus pechos.

—Me gusta tanto cómo me tocas —susurró Louisa—. El modo en que me haces sentir.

—¿De veras? —Él empezó a manosearla. De sus ojos emanaba una necesidad tan tremenda que a Louisa le dolió el alma.

—Me gusta cómo me miras —continuó ella, decidida a que él sintiera que ese intercambio era algo más que un simple revolcón—. Haces que me sienta querida; me provocas unos deliciosos escalofríos.

—Pues a mí se me ocurren otras formas de provocarte escalofríos. —Simon frotó su pene erecto contra ella—. ¿No has jugado suficiente, mi amor?

Louisa se contuvo para no protestar.

—Sí, supongo que sí —repuso, recordándose a sí misma que necesitaría tiempo para cambiar los hábitos de su marido. Además, probablemente, Simon jamás aceptaría perder el control sobre ella a la hora de hacer el amor. Pero al menos, eso era un primer paso.

Louisa se puso de rodillas y volvió a sentarse sobre él. Esta vez, el miembro erecto se hundió dentro de ella, y Louisa sintió una embriagadora satisfacción al ver la expresión de gusto que reflejaba la cara de su esposo. Mas cuando él la embistió con tanta fuerza que casi la levantó de su regazo, dijo:

—Espera, por una vez quiero ser yo la que lleve el control de los movimientos.

Simon la fulminó con una mirada recriminatoria.

—Siempre quieres llevar el control de la situación. Tú y tus Damas de Londres y tus esponjas…

—Ya no uso esponjas. —Lanzándole una sonrisa llena de ternura, ella se acomodó sobre él—. Las tiré todas cuando llegué a casa esta tarde.

Simon parpadeó.

—¿De veras?

—Quiero tener un hijo tuyo… nuestro hijo. —Los ojos de Simon brillaron ante las magníficas nuevas. A continuación, ella se levantó, y luego volvió a sentarse sobre él con una lentitud dolorosa—. Hoy he comprendido que el acto de dar a luz tiene sus recompensas, al igual que sus riesgos. Y tener un hijo tuyo es una recompensa que no puedo resistir por más tiempo.

Louisa lo besó, y el beso se tornó instantáneamente implacable y salvaje; las dos lenguas se entrelazaron, y los dientes chocaron en una incontrolable pasión.

Tan incontrolable que Louisa necesitó unos minutos para darse cuenta de que él había retomado el control de los movimientos, el control que ella tanto ansiaba. La estaba penetrando con unas embestidas cortas y rápidas.

Louisa apartó la boca.

—Por el amor de Dios, ¿quieres hacer el favor de quedarte quieto? Por una vez, quiero ser yo la que te haga el amor a ti, y no al revés. —Sus ojos de gata resplandecían cuando se levantó lo suficiente como para impedir que él la penetrara hasta el fondo—. Tal vez te guste la experiencia.

—Vas demasiado lenta —gruñó él.

Ella se desplomó sobre él con brusquedad, luego repitió el movimiento rápidamente.

—¿Mejor?

—Sí. —Temblando por el esfuerzo que le suponía quedarse quieto sin embestirla, Simon hundió la cara en sus pechos a través del camisón—. Pero sería mejor si… si te quitaras el camisón.

Louisa accedió encantada, contenta de que él no le hubiera ordenado hacerlo. Pero quizá las órdenes no eran una mala idea, por lo que Betsy le había contado. Le emplazó los pechos delante de la cara.

—Chúpalos, Simon —le exigió, aunque no pudo evitar añadir—: por favor.

La reacción de su esposo resultó absolutamente inesperada. No sólo buscó el bello pezón con su boca con un fervor sin precedentes, sino que además su pene pareció agrandarse dentro de ella. El hecho de que Louisa asumiera el control parecía excitarlo. Quizá no todo estaba perdido.

—Hummm… sí, sigue así. Me encanta —susurró ella, deseando recompensarlo.

El comentario logró que Simon se desviviera con unas caricias y unos besos enardecidos, cada uno más delicioso que el anterior. Ella incrementó el ritmo hasta que él empezó a jadear y a clavarle los dedos en las caderas. Su boca continuaba explorando frenéticamente los deliciosos pechos de Louisa.

—Tócame... aquí abajo... —le suplicó ella—. De esa forma que sólo tú sabes hacer...

—¿Así? —Simon apretó el dedo justo en el lugar donde ella quería.

Louisa se estremeció.

—Sí, así... hummm... por Dios... qué placer.

—Te gusta, ¿eh? —dijo él, adaptando el ritmo de su cuerpo a los movimientos de ella, obligándola a levantarse con unas embestidas violentas, para luego volver a penetrarla con fiereza, una y otra vez.

El placer amenazaba con hacerle perder la cabeza a Louisa, como si estuviera montada sobre una manada de caballos desbocados que se dirigieran inevitablemente hacia un precipicio. Más cerca, cada vez más cerca, y ella seguía cabalgando sobre él como una descocada, chocando contra él, exultante por el poder que ejercía sobre él, y gozando del poder que él ejercía sobre ella.

Simon la agarró por los brazos con una fuerza descomunal.

—¿Me quieres? —bramó contra su cuello.

En esos instantes, la letanía le resultó familiar, y no pudo resistirse a pronunciar las palabras que él tanto parecía necesitar.

—Sí —susurró.

—Dilo —le ordenó él—. Di: «te quiero, Simon. Soy tuya, Simon».

—Te quiero, Simon... Soy tuya..., Simon. —Y acto seguido, volvió a repetir deliberadamente—: Te quiero..., Simon.

Su declaración consiguió arrancarle a Simon un grito gutural. Luego aceleró el ritmo hasta conseguir llevarla al límite del abismo con él.

Mientras se corría dentro de ella, sujetándola con la fiereza de un conquistador, Louisa lo besó en la frente, en el pelo, y en cualquier otro punto que consiguió alcanzar con su boca, decidida a transmitirle los sentimientos tan profundos que la invadían.

Sólo después de que la tensión se hubo disipado y ella estuvo segura de que la podía oír y ser consciente de sus palabras, volvió a susurrar:

—Te quiero, Simon.

Por un momento, él no dijo nada, sólo suspiró y la estrechó con fuerza entre sus brazos, mientras le propinaba una retahíla de besos en la mejilla, en la mandíbula y en la garganta.

Después se apartó y la miró fijamente, con una angustia tan latente que a ella se le encogió el corazón. Y en ese instante, Louisa se dio cuenta de que se había delatado.

—Lo sabes, ¿verdad? —inquirió Simon con la voz ronca—. Ella te lo ha contado.

Capítulo veinticinco

Querido primo:

Ahora sí que habéis conseguido despertar mi curiosidad acerca de vuestros verdaderos motivos para mantener el anonimato, señor. ¿Es genuinamente porque deseáis no dañar mi reputación, tal y como me asegurasteis al principio? ¿O es que acaso tenéis miedo de tratarme en persona? Porque os aseguro, querido primo, que si alguna vez intentarais controlarme, no pararía hasta conseguir que odiarais el día en que me conocisteis.

Vuestra airada corresponsal,
Charlotte

—¿*E*... ella? —tartamudeó Louisa—. No sé a quién te refieres.

—A Betsy, maldita sea. —Apartó a Louisa de su regazo, luego le dio la espalda, se levantó y empezó a abrocharse los calzoncillos y los pantalones—. Ella te lo ha contado todo sobre... mi abuelo y su «adiestramiento».

—No sé a qué te...

—¡No mientas! —Simon se giró hacia ella como un torbellino, con la cara sofocada de rabia hasta que vio la expresión alterada de su esposa. Entonces, sus facciones se suavizaron—. Vamos, amor mío, sé que te lo ha contado por la forma en que te has comportado mientras hacíamos el amor.

—¿De verdad ha sido tan obvio? —preguntó ella, incapaz de alejar el dolor de su tono mientras se ponía el camisón.

—No. —Se apresuró a contestar él—. No hasta que has dicho que…

Simon no acabó la frase, mas Louisa sintió una punzada de dolor en el pecho; sabía lo que él había estado a punto de decir: «que me querías».

—De todos modos, no importa cómo lo he adivinado. —Simon deslizó los dedos por el pelo—. La cuestión es que lo he hecho. Y ahora quiero saber exactamente qué es lo que esa furcia te ha contado.

—¡No la llames así! —objetó Louisa—. Ya no ejerce de prostituta. Además, Betsy no quería contármelo, te lo juro. Yo la he obligado a hacerlo.

Simon se echó a reír.

—Ya, la has obligado. *¿Y se puede saber cómo lo has conseguido? ¿La has sacado a rastras de la cama y la has golpeado hasta que ha cantado?*

—No, claro que no, pero ya sabes que cuando me propongo algo, no ceso hasta que lo consigo. —Louisa cruzó los brazos sobre el pecho mientras intentaba pensar atribuladamente en la mejor forma de explicarse sin que su esposo se enojara más con Betsy—. Yo… yo… me di cuenta de que vosotros dos os habíais reconocido, y de repente recordé que ella había trabajado en un burdel. Así que le pedí que me contara de qué os conocíais y… y bueno, supongo que ya puedes figurarte el resto.

—Entiendo. —Simon hundió los pulgares en la cintura de los pantalones e hinchó el pecho con aire beligerante—. Imagino cómo me describió, como un pobre y patético muchacho.

—Te equivocas —apostilló Louisa con un tono enérgico, procurando ocultar cualquier muestra de pena. Simon odiaría que alguien sintiera lástima por él.

—Te lo aseguro, mis amigos de Eton habrían dado un ojo de la cara con tal de que alguien los llevara una vez a la semana a un burdel de Londres y les dejara escoger con qué prostituta podían acostarse. —Simon empezó a deambular por la habitación—. ¿Qué chico no desearía una verdadera orgía con mujeres dispuestas a hacer cualquier cosa que él les ordenara?

—Excepto hablar con él —murmuró Louisa.

Simon la fulminó con una mirada inquisidora.

—Quiero saber todo lo que esa mujer te ha contado; palabra por palabra.

Louisa no apartó la vista, sino que se limitó a mirarlo con aire sosegado.

«He de ocultar la pena que siento por él y mantenerme serena, no puedo perder la compostura», se aleccionó a sí misma.

—Betsy me contó que tu abuelo había establecido unas normas para ti y para las prostitutas, y que si las infringías, recibías unos azotes a modo de castigo.

—No era peor que los castigos que los chicos recibíamos de forma rutinaria en Eton —contraatacó él.

—Me dijo que si las mujeres no seguían las reglas, las enviaban lejos del burdel.

Simon se estremeció con un escalofrío.

—Pero no creo que ella te contara dónde. Las enviaban al otro burdel que regentaba la dueña, un lugar no tan agradable, donde los clientes tenían predilección por… por otras prácticas más escabrosas. Pero yo no me enteré de eso hasta algunos años más tarde.

—Tú no eras el culpable de que a las pobres las enviaran al otro burdel —dijo Louisa suavemente.

—Al principio no me di cuenta —continuó él como si no la hubiera oído—. Al principio pensé que era sólo una coincidencia que las mujeres que se mostraban más cariñosas conmigo, por las que yo mostraba preferencia, las que no mentían como estatuas mudas mientras yo lo pasaba bien con ellas, no estuvieran allí la próxima vez que iba al burdel.

Simon cerró los dedos hasta formar un puño.

—Pero después de varias visitas, la situación era demasiado obvia como para no darse cuenta. Mi abuelo no les dejaba ni siquiera decirme su nombre, pero yo las distinguía por otros detalles. Así que cuando preguntaba por «la bonita pelirroja» o por «la rubia con las piernas largas», mi abuelo me azotaba hasta casi hacerme perder el conocimiento. Dejé de hacer preguntas. —Simon soltó una carcajada llena de amargura—. Se suponía que esa lección me tenía que enseñar a no preocuparme por lo que les pasaba a esas muchachas, a darme cuenta de que una mujer no se diferenciaba de otra. Por lo menos, eso era lo que él no se cansaba de repetirme.

—Pero en lugar de eso, te enseñó a sentirte culpable.

—Sí, cuando supe que mi actitud conducía inevitablemente a hacerlas desaparecer. Él no me contó a dónde las llevaban, y por eso imaginé lo peor: que las ponían de patitas en la calle, hambrientas y sin ningún apoyo, sólo porque yo había expresado mis preferencias. —La miró con aire condescendiente—. Los chicos de catorce años tienden a ser extremamente dramáticos.

—Los chicos de catorce años no deberían estar en un burdel.

Simon avanzó a grandes zancadas hasta la chimenea y se apoyó en la repisa, luego clavó una mirada vacía en las ascuas imperturbables.

—Afortunadamente, él no envió a muchas de esas mujeres al otro burdel. No tuvo que hacerlo. Después de que aplicara las reglas de una forma tan aplastante, ninguno de nosotros osó infringirlas.

Un músculo se tensó en su mandíbula.

—Por supuesto, eso significaba que las mujeres me tenían pánico; estaban aterradas de que yo pudiera encandilarme de una de ellas, y que sólo por eso perdieran su agradable refugio. Así que se esmeraban por no hacer nada que no fuera cumplir mis exigencias en la cama. No me miraban, no me hablaban, no... no respondían cuando les dirigía la palabra o... o las tocaba. Yacían allí como... como un simple pedazo de carne.

Louisa notó que se le encogía el corazón. Incluso ella podía reconocer que a los muchachos jóvenes les encantaba sentirse adulados y queridos, y no tratados como toros en un ruedo, a la espera de recibir estocadas inesperadas.

Simon rompió el silencio con una carcajada llena de amargura.

—La ironía es que, si alguno de mis amigos se hubiera enterado, me habría implorado cambiar su puesto por el mío; pero claro, no me atrevía a contarles mi situación. Mi abuelo me había prohibido terminantemente referírselo a nadie, y yo tenía tanto miedo de lo que él podía hacerme que jamás infringí esa regla.

Simon lanzó un estentóreo bufido.

—Aunque tampoco creo que los botarates de mis compañeros de clase hubieran comprendido la gravedad de la situación. El sueño de cualquier niñato atontado es tener a una bella mujer tumbada debajo de él, sin pedir nada a cambio mientras él se preocupa sólo de obtener su propio placer.

Un escalofrío lo sacudió.

—Pero ninguno de ellos había visto el terror reflejado en la cara de una mujer simplemente porque él le había dicho que tenía unos pechos maravillosos. Ni tampoco había tenido que pasar por la tormentosa experiencia de que alguien repitiera cada una de sus palabras a su abuelo. La dueña del burdel, que estaba siempre allí presente, mirando...

—¿Mirando? ¿Esa mujer te observaba mientras estabas con las muchachas?

—Sí, ¿cómo si no crees que mi maldito abuelo se aseguraba de que cumpliéramos sus órdenes?

—Pero Betsy me dijo que ella y tú conseguisteis romper las reglas.

Simon se separó de la chimenea y avanzó hacia ella con paso indeciso.

—Tu amiga Betsy no era la típica furcia. Había recibido una buena educación. —Una fría sonrisa coronó sus labios—. Betsy dijo que esas reglas eran crueles, así que la segunda vez que me acosté con ella, me pasó una nota sugiriéndome que si le ofrecía a la dueña del burdel una guinea, podría hacer lo que quisiera.

Simon sacudió la cabeza.

—No sé cómo no se me ocurrió antes sobornar a esa mujer. A esas alturas, ya era plenamente consciente de que podía conseguir cualquier cosa con dinero. Y mi padre me daba una paga suficientemente respetable como para poder permitírmelo. Pero en lugar de eso, me había pasado un año así, soportando las duras lecciones de mi abuelo.

—Eras joven. Y le tenías pánico a tu abuelo. Lo aceptaste porque él te dijo que así era la vida. Aún me sorprende que la dueña del burdel aceptara actuar contra Monteith.

—Se había cansado de él, supongo. Todo el mundo podía ver que yo lo pasaba fatal, y ella probablemente pensó que era más conveniente arrimarse al joven heredero de un duque con una vida por delante, un muchacho que podía frecuentar burdeles durante muchos años, en lugar de seguir a un viejo conde que pagaba bien pero que hacía infelices a sus chicas.

—Así fue como nació la… amistad entre Betsy y tú.

Simon debió de darse cuenta de la tensión que emanaba del tono de voz de Louisa, porque la miró sorprendido.

—No es lo que te figuras.

—Bueno, eso fue lo que ella me dijo. —A Louisa le costaba hablar, ahora. Era duro no sentir celos de la única mujer que le había dado algo de cariño a su esposo en el burdel.

—Oh, amor mío. —Él se le acercó y la estrechó entre sus brazos—. No tienes ningún motivo para estar celosa de Betsy. Eso sucedió hace casi veinte años. Y nos pasábamos la mayor parte del tiempo que estábamos juntos charlando.

—Lo sé. Betsy me lo contó. —Louisa incluso le había preguntado a Betsy de qué temas hablaban.

«De la escuela, de sus amigos, de cómo se pirraba por el pudín. De cualquier trivialidad.»

—Compréndelo, cariño —dijo Simon, sin dejar de abrazar a Louisa—. Betsy era la única mujer con la que podía hablar. Literalmente. Cuando el abuelo venía a buscarme a Eton, me llevaba directamente al burdel. Jamás iba a casa. Sólo veía a Regina durante las vacaciones, y a mi hermana nunca le gustó escribir cartas.

Louisa sabía el motivo, pero sospechaba que Simon no. Probablemente, Regina debía de sentirse todavía demasiado incómoda con la idea de admitir que sólo había aprendido a leer y a escribir después de casarse, cuando su marido la ayudó a superar el extraño problema que sufría, y que le impedía distinguir las letras.

Simon le frotó la espalda cariñosamente.

—El abuelo pagaba a mis compañeros de clase para que le informaran sobre mí, si me atrevía a hablar acerca de alguna «fémina inapropiada», y si lo hacía…

—Recibías más azotes.

Él asintió con la frente pegada a la cabeza de su esposa.

—Pero Betsy me escuchaba, aunque le hablara de fruslerías. Y ella me contaba cosas. Sobre las mujeres, lo que les gustaba. Pensé que odiaba a mi abuelo tanto como yo.

—Hasta que se convirtió en su amante.

Simon se puso tenso y se separó de Louisa.

—¿También te ha contado esa parte de la historia?

—Yo ya sabía que una vez fue la protegida de un conde. Pero que eso no duró demasiado.

Simon se mostró sorprendido ante tal confesión.

—¿De veras?

—Sí, ella lo abandonó cuando se le presentó la primera oportunidad. Ahorró todos los peniques que él le daba, y luego se escapó a Bath, donde aceptó un trabajo como dependienta en una sombrerería. Hasta que conoció a su esposo, y los dos regresaron a Londres.

Simon parecía realmente sorprendido.

—Yo pensaba que… él siempre dijo que…

—¿Que ella siguió siendo su amante hasta que él murió? ¿Qué más podía decirte? ¿Que una mujer lo había abandonado? ¿Que lo había utilizado como a un trapo sucio? Él jamás haría una cosa así. —Louisa emplazó la mano sobre su brazo—. Ella se arrepiente de lo que te hizo, ¿lo sabías?

—Pues llega un poco tarde, ¿no te parece? —replicó él amargamente, zafándose de su mano—. Está claro que en esa época no sentía remordimientos. Me abandonó sin pensárselo dos veces. Cuando mi abuelo nos sorprendió hablando una noche, sólo necesitó hablar unos momentos con ella en privado para convencerla de que se convirtiera en su amante.

Louisa sintió un nudo de angustia en la garganta al pensar en el terrible dolor que le debía de haber producido a su esposo la traición de Betsy.

—No le quedó otra alternativa. O bien se convertía en su amante, o la enviaban al otro burdel. Y ella tenía miedo de que si no se convertía en la amante del anciano, jamás podría escapar de esa clase de vida.

—¿Fue con eso con lo que él la amenazó? —Por un momen

to, Simon pareció terriblemente enojado, luego esbozó una mueca de fastidio—. No, no puedo creerlo. Ella me lo habría contado. Mi abuelo nos dejó solos para que nos despidiéramos.

—Su mirada perdida y vacía hizo que a Louisa se le encogiera todavía más el corazón—. Le supliqué que no se fuera con él. Le dije que la convertiría en mi amante, aun cuando no estaba seguro de si podría permitirme ese lujo, con la paga de mi padre. Pero ella dijo…

—Que no sentía nada por ti, que estaba harta de hacerte de mamá. —«Que quería a un hombre de verdad en la cama». Louisa no podía atormentarlo recordándole esa frase—. Sí, sé lo que te dijo. Tu abuelo no le dejó ninguna otra alternativa. Ella debía destrozar vuestra camaradería o ser testigo de cómo él te destrozaría a ti. Y Betsy no soportaba la idea de ver cómo te hacían daño.

Simon la miró con una pasmosa incredulidad durante un largo momento. Luego entornó los ojos.

—Oh, cielo santo. Y yo que durante todo este tiempo había creído que ella…

—Te había traicionado. Que había fingido sentir afecto por ti cuando en realidad no sentía nada. Es normal que pensaras así. —Louisa lo rodeó con sus brazos, aliviada de que esta vez él no la rechazara—. Era mejor que reconocer la verdad; el hecho de que ella te hubiera abandonado sólo respondía a otra de las abominables lecciones del «adiestramiento» de tu abuelo.

Simon hundió la cara en el cuello de su esposa.

—Pero debería habérseme ocurrido, que él sería capaz de hacer una cosa tan atroz.

—¿Tan cruel? ¿Cómo ibas a imaginártelo? ¿Cómo puede alguien pensar que una persona que en teoría te quiere puede tratarte tan mal?

Ahora Simon estaba temblando, con los brazos tensos a causa del esfuerzo por intentar ocultar su estado alterado.

—Tampoco se portó siempre tan mal conmigo —protestó él—. En nuestros viajes de ida y vuelta a Londres, me enseñó todo lo que sabía acerca de política. Era un hombre sumamente inteligente, y con unos conocimientos vastísimos.

—Sí, muy inteligente pero terriblemente depravado. —Louisa le acarició el pelo, preguntándose cómo lord Monteith había sido capaz de tratar a su querido esposo de un modo tan vil—. Hizo todo lo que pudo para convertirte en un ser depravado como él. No tienes ni idea de lo mucho que Betsy se arrepiente de su papel en esa desagradable historia.

La nueva carcajada amarga de su marido la sumió en una tremenda tristeza.

—Ella no debería haberle seguido el juego. Yo habría preferido unos cuantos azotes. En esa época, los azotes ya no me causaban ningún daño.

—Lo sé —contestó ella, con un nudo en la garganta, mientras intentaba frenar las lágrimas que pugnaban por escapar de sus ojos—. Pero se arrepiente de todo lo que hizo.

—Betsy siempre fue una mujer muy compasiva —admitió Simon.

—Si te sirve de consuelo, ella detestaba estar con tu abuelo. Dice que era un tipo abominable. Y siempre se ha arrepentido de haber hecho lo que él le pedía.

Simon respiraba ahora con dificultad. Con un movimiento rápido, volvió a zafarse de los brazos de su esposa.

—Lo cierto es que me hizo un favor —se sinceró Simon con el semblante serio—. Después de esa experiencia, me negué a seguir los juegos de mi abuelo. Le dije que me daban igual los azotes, que pensaba hacer lo que me diera la gana; me acostaría con la mujer que deseara cuando a mí me apeteciera. Y que me daba igual si luego ellas desaparecían del burdel. Entre mi actitud de importarme un comino lo que pasara y la postura de la dueña del burdel, visiblemente irritada con él, mi abuelo perdió el control de la situación. Y las visitas a ese odioso lugar no volvieron a repetirse.

—Pero el daño ya estaba hecho —apuntó Louisa.

—Si quieres describirlo así. —Con unos movimientos bruscos, Simon recogió la camisa y se la puso—. Por más infernales que fueran sus métodos, he de admitir que funcionaron. Aprendí una lección muy valiosa.

—¿Que las mujeres son intercambiables? —preguntó ella con un tono provocador.

—No, jamás creí esa tontería. —Simon le acarició la barbilla mientras le propinaba una sonrisa burlona—. Lo que aprendí en ese burdel fue precisamente todo lo contrario. Una de mis formas de rebelarme antes de que apareciera Betsy fue intentando excitar a mis compañeras incluso cuando me demostraban el pánico que sentían hacia mí. Lo intenté todo, hice todo lo que se me ocurrió. Y así fue cómo descubrí que cada mujer tiene unas preferencias diferentes. —Su sonrisa se desvaneció—. Y que el hecho de pagar a una mujer elimina cualquier posibilidad de obtener satisfacción de la experiencia.

—Por eso te decantaste por el celibato en la India.

—Sí. Por eso y porque había aprendido perfectamente la otra lección de mi abuelo. —La miró fijamente a los ojos—. Consiguió su objetivo de poner mi ambición por encima de todas las cosas. Al enseñarme a no dejar que… que la pasión nublara mis sentidos.

La pasión. Simon recurría a esa palabra con demasiada regularidad. Louisa había empezado a preguntarse si para él no significaba algo más.

—¿Y qué hay del amor? —susurró ella—. ¿Qué lugar ocupa en tu pequeña jerarquía?

Simon se apartó, visiblemente incómodo.

—No ocupa ningún lugar —respondió con sequedad—. Ésa es una de las cosas que mi depravado abuelo consiguió arrancarme de lo más profundo de mi ser: la capacidad de amar. Si todavía no te has dado cuenta, tarde o temprano no te quedará más remedio que reconocerlo. Soy incapaz de amar a nadie.

—No puedes creer eso —contraatacó ella, dolida al ver con qué pasmosa tranquilidad su esposo había pronunciado semejante majadería—. Ni yo tampoco.

—¿No? —Cada músculo del cuerpo de Simon se puso rígido—. ¿Sabes con quién estaba en el club esta noche?

Una repentina premonición le provocó a Louisa un desapacible escalofrío en la espalda.

—¿Con quién?

—Con Sidmouth y Castlereagh. Estábamos hablando acerca de mi futuro como primer ministro.

—Ya me habías comentado que probablemente necesitarías su apoyo para ocupar ese puesto —argumentó ella, aunque lo miró con suspicacia.

—Lamentablemente, los necesito más de lo que pensé al principio —continuó él, con un tono tan distante como ella jamás lo había oído hablar—. Por eso voy a… a llevarte a mi casa en Shropshire mañana, cuando despunte el día.

Simon no habría conseguido sorprenderla más ni aunque la hubiera abofeteado.

—No lo comprendo.

Él apretó los dedos hasta clavarlos en la palma de la mano. No se atrevía a mirarla a los ojos.

—Me han dejado claro que si no me desvinculo inmediatamente de las Damas de Londres, entorpecerán mis objetivos políticos. Y no sólo me han pedido que sea yo quien me aparte de esa sociedad, sino que también te aleje a ti.

—¿Qué? ¡Cómo se atreven! —Louisa se puso tensa, temblando de rabia de la cabeza a los pies—. ¡No tienen ningún derecho a interferir en tu elección! ¡Eres tú el que ha decidido apoyar a mi grupo!

—Eso mismo les he dicho. Pero no están de acuerdo. No me han dejado ninguna otra alternativa.

Ella lo miró compungida. La angustia que sentía le provocaba unos dolorosos calambres en el estómago.

—Así que vas a separarme de mi grupo. Aun cuando yo he cumplido los términos de nuestro acuerdo. Incluso cuando he accedido a cambiar de candidato…

—¡A ellos les importa un comino nuestro maldito acuerdo! ¿No lo entiendes? —Simon se giró rápidamente hacia ella, con los ojos encendidos—. Y tampoco les importa quién es tu candidato. Simplemente quieren que tú y tus damas dejéis de interferir en la vida política del país.

Aun sabiendo el motivo por el que su esposo estaba actuando de ese modo, Louisa no consiguió aplacar su dolor.

—Y puesto que desde el principio tú le dijiste a mi padre —y a ellos— que controlarías la situación, no te ha costado nada acceder a deshacerte de mí enviándome a Shropshire, ¿no?

—La idea no se les ha ocurrido a ellos —admitió él—. Inevitablemente, esperan que yo te exija que dimitas. —Su voz se tiñó con un tono de acidez—. Pero claro, ellos no saben que mi esposa nunca acata mis exigencias, así que si te alejo de la ciudad, la situación te resultará más fácil.

En un intento de contener la rabia que sentía, Louisa apretó la mandíbula.

—¡Ah! Así que lo haces por mi bien. ¿Estás seguro? ¿O es que sólo piensas en ti?

—Lo hago por los dos.

El pánico empezó a adueñarse de ella.

—Pero… tú vendrás conmigo, ¿no?

—Sí, pero no me quedaré. Sólo te presentaré a los criados y…

—Vas a encerrarme en esa casa. —La angustia amenazaba con asfixiarla—. Por eso querías hacer el amor conmigo, porque sabías que sería la última vez.

La cara de Simon reflejaba ahora un desbordante sentimiento de culpa.

—Sólo por un tiempo, hasta que concluyan las sesiones en el Parlamento. Entonces me reuniré contigo. —Simon lanzó un fuerte bufido—. De todos modos, no habrías tardado demasiado en abandonar tus actividades con las Damas de Londres, cuando te hubieras quedado embarazada.

—¿De qué estás hablando?

—Ése era nuestro trato.

—¡No es verdad! Acepté dejar de ir a la prisión, nada más. No dije nada sobre cesar mis otras actividades, como continuar batallando por la reforma y promover a nuestro candidato. Además, cuando tú dijiste que apoyarías a Fielden, pensé que finalmente habías aceptado mi participación en el grupo, que incluso dabas tu consentimiento.

—Sé lo que pensaste. Y es cierto que… —Simon se quedó callado unos instantes, luego carraspeó. Cuando volvió a hablar, sus ojos mostraban una oscura profundidad absolutamente implacable—. No importa cuáles eran mis intenciones. No me había dado cuenta de la firme determinación de esos dos hombres por derribar tu organización. Ahora que lo sé, tengo que adoptar medidas diferentes.

Louisa no daba crédito a lo que oía. Todos los objetivos por los que había luchado, todo lo que había creído saber acerca de su esposo se desvanecía ahora delante de ella.

—Abandonarás a Fielden.

—Ambos lo abandonaremos —remarcó él tensamente.

Louisa sintió una aguda punzada de dolor en el pecho.

—Pero si ya le he enviado una carta comunicándole que la Sociedad de las Damas de Londres ha decidido darle todo su apoyo.

—Entonces ya me encargaré yo de informarle de que no es así.

—¡Por el amor de Dios! ¡Ese hombre es un miembro de tu propio partido! —gritó ella—. No hay ninguna razón —aparte de la mezquindad de esos dos tipos— por la que deberías darle la espalda.

Simon se estremeció.

—Las cosas cambian.

—No. Tú eres el que ha cambiado. —Las lágrimas afloraron por sus ojos, y Louisa cruzó los brazos sobre el vientre hasta abrazarse la cintura—. Estás dispuesto a vender tu alma a esas malas personas sólo para llegar a alcanzar la posición de primer ministro.

La cara de Simon se encendió de rabia.

—¿Cuándo te darás cuenta de que el mundo de la política requiere aceptar compromisos? No puedo hacer nada a favor de la reforma si no ostento una posición de poder.

Ella sacudió la cabeza.

—¿De verdad crees que ellos te dejarán apoyar la reforma cuando te aúpen a ese puesto? Dijiste que te desharías de Sidmouth, pero no te atreverás a hacer eso con el hombre que te ha catapultado hasta la posición de primer ministro. Por lo menos, con mi padre como aliado, tenías la posibilidad de elegir a tu propio gabinete. Pero si te lanzas al ruedo con los mismos ministros…

—¡Maldita sea! De momento no puedo hacer nada más.

—¿De momento? —Ella se le acercó para estrecharle las manos, desesperada por no perder el contacto con él—. Si les vendes tu alma, será para siempre. No se detendrán ahí, Sidmouth no es de la clase de hombres que acepta compromisos.

Te arrastrarán hasta el infierno con ellos, poco a poco, hasta que te olvides de todos los ideales por los que estabas dispuesto a luchar.

Simon se zafó bruscamente de las garras de su esposa.

—Puedo organizar mi propio grupo de seguidores. Con un poco de tiempo…

—Sidmouth y Castlereagh no te darán ese precioso tiempo, ¿no lo ves? No te darán el tiempo que necesitas para tomar esa decisión. Sólo te dejarán una posibilidad: seguirles el juego ahora, y siempre.

Simon la estaba acribillando con una mirada fulminante.

—¡Maldita sea! No llevo tanto tiempo en Inglaterra como para liderar la Casa de los Comunes sin ellos.

—Quizá todavía no, pero aún ostentas tu posición en la Casa de los Lores, y Sidmouth no puede hacer nada contra ello. En cuanto a los miembros de la Casa de los Comunes, tienes de tu parte a los esposos de algunas de mis compañeras, y no te olvides del cuñado de la señora Fry. Y tendrás a Fielden, si gana. Puedes organizar un pequeño grupo de seguidores sin Sidmouth.

—¿Y cuántos años necesitaré para lograrlo? —espetó él—. Quién sabe lo que pasará en este país entonces, cuando lo consiga por esa vía tan lenta.

Louisa observó la cara angustiada de su esposo e intentó contener la rabia. Engulló las palabras furiosas que le quemaban la garganta. Había algo más, aparte de la fiera ambición de Simon. En las últimas semanas, había llegado a conocer mejor a su esposo. No era de esa clase de hombres que permitía que lo obligaran a hacer cosas por la fuerza.

Sin embargo, cuando se trataba de esa cuestión, Simon parecía perder todo su amor propio e incluso su integridad. Si ella tenía que cambiar esa disposición, primero tenía que saber el motivo. Debía contener su ira, ser razonable.

—De todos modos, ¿por qué decidiste que querías llegar a ser primer ministro, Simon?

La pregunta lo hizo recapacitar unos instantes.

—¿A qué te refieres?

—Como miembro de la Casa de los Lores, podrías promover cambios sociales, y quizá acumular casi tantos logros como si fueras el primer ministro. ¿Por qué te ciega la ambición de conquistar ese puesto? No es una actitud muy usual, en un hombre de tu posición y tu riqueza.

—Alguien tiene que hacerlo —replicó él frívolamente.

Louisa apretó los dientes para no soltar un comentario mordaz.

—Ésa no es una respuesta convincente. ¿Por qué has de ser tú?

Simon irguió la espalda y frunció el ceño.

—Para que las cosas se hagan como es debido. Para que Inglaterra deje atrás sus temores por este largo Reino del Terror y se convierta en un país próspero.

—¿Y por qué has de ser tú?

—Porque me educaron para ello. Aunque las tácticas de mi abuelo fueran odiosas, él me enseñó un sinfín de habilidades políticas. Sería una pena y una irresponsabilidad malgastar esos conocimientos en un intento de obtener únicamente mi propio placer...

—Como tu tío Tobias y tu padre, el duque, ¿no?

Él la miró con recelo.

—Sí.

—¿Así que lo haces para demostrar que eres mejor persona que ellos? —le preguntó, confundida—. ¿Porque no quieres defraudar a tu abuelo, como lo hicieron su hijo y su yerno?

—¡No, claro que no! —Simon la fulminó con una mirada desdeñosa—. ¿Por qué debería preocuparme por defraudar a un hombre que ya está muerto? Ya le fallé hace mucho tiempo. Mi abuelo jamás creyó que yo llegaría a ser primer ministro. Después de mi... de mi craso error contigo hace siete años, me dijo que era demasiado esclavo de mis pasiones como para poder regir el destino de un país con éxito.

Louisa empezó a comprenderlo todo. Y lo que descubrió le partió el corazón.

—Así que te propusiste demostrarle que se equivocaba. Primero, gobernando la India sin ceder a tus propias pasiones. Pero eso era solamente una preparación para la prueba real: gobernar Inglaterra. —Louisa contuvo la respiración—.

Excepto que yo seguía pululando por aquí cuando regresaste, todavía incitando tus pasiones ocultas. Y no podrás demostrarte a ti mismo que él se equivocaba mientras yo siga despertando esos sentimientos en ti, influyéndote, inmiscuyéndome en...

—No —bramó él—. No tiene nada que ver con mi abuelo.

—Ya lo creo que sí; todo está relacionado con él —repuso ella sin amedrentarse ante la subida de tono de su esposo—. Tienes que demostrarte a ti mismo que él se equivocaba acerca de ti, y para conseguirlo, has de resistirte a tus pasiones. Ése es el verdadero motivo por el que vas a deshacerte de mí recluyéndome en Shropshire, porque sabes que no podrás luchar contra tus malditas pasiones mientras yo esté cerca de ti.

Simon se la quedó mirando con la boca abierta.

—Pero no sólo intentas resistirte a tus pasiones, ¿no es cierto? —lo siguió pinchando ella, conteniéndose por no dejar que las lágrimas que amenazaban con escapar por sus ojos vencieran la batalla—. Estás luchando contra el impulso de amar, de mostrar que tienes sentimientos, a preocuparte, no sólo por mí, sino por la reforma penitenciaria y por todas las cuestiones que Sidmouth y Castlereagh desdeñan. Porque preocuparse significa sentir algo, y nada te aterra más que esa posibilidad.

—Ya basta —ladró él.

—Porque si sintieras algo —Louisa continuó con su discurso como si no lo hubiera oído—, te arriesgarías a salir lastimado, del mismo modo que te hirió la crueldad de tu abuelo, y la falta de interés que demostraron tus padres, o la supuesta traición de Betsy...

—¡Cállate de una vez, maldita sea! —bramó él, agarrándola por los hombros—. ¡Estás totalmente equivocada! ¡No se trata de nada de eso! La política es así...

—Nada se limita únicamente a la política —susurró ella con rabia—. ¿No lo ves? Crees que le estás demostrando a tu abuelo que se equivocaba, ¡pero lo que estás haciendo es actuar exactamente como él! Te estás convirtiendo en el reflejo del hombre al que has detestado toda tu vida. Estás intentando actuar como si tu corazón fuera de piedra, para tener la fuerza necesaria para hacer lo que ellos te piden. —Elevó las manos y las emplazó en las mejillas de su esposo—. Y eso te está matando, mi amor. Siempre adquiriendo un compromiso tras otro, sin parar, sin tregua.

Por un momento, Louisa pensó que había conseguido convencerlo. Simon tenía la vista perdida en un punto lejano, y le clavaba los dedos en los hombros de una forma dolorosa.

Mas súbitamente, se separó bruscamente de ella.

—No comprendes cómo funciona la política; nunca lo comprenderás.

Su voz se había tornado tan glacial y tan remota que Louisa no reconoció la voz de su querido Simon. Era la voz del gran primer ministro Monteith. Y a ella no le quedó ninguna duda de que, en algún rincón del infierno, el anciano debía de estar regodeándose de su triunfo.

—Siento mucho que todo esto te haga daño, Louisa, pero así es la vida. Partiremos hacia Shropshire cuando amanezca.

Ella contuvo la respiración, luego intentó serenarse. Sabía lo que tenía que hacer a continuación, aunque él no lo aceptara.

—Ve tú a Shropshire si quieres. Yo me quedo aquí.

La furia se plasmó en los rasgos de la cara de Simon hasta convertirla en una efigie de mármol.

—¡No voy a permitir que arruines mis posibilidades de convertirme en primer ministro!

—No, yo no haría una cosa así. Simplemente por un motivo: desafiar a mi propio esposo sólo dañaría mis propios esfuerzos reformistas. Y aquí tienes otra razón: porque te quiero, y eso significa que no arruinaré tus esperanzas para el futuro, aunque crea que te equivocas. —Cuando Simon esbozó una mueca de incredulidad ante esas palabras, Louisa sintió otra punzada de dolor en el pecho—. Así que me quedaré aquí en Londres, y me comportaré como una buena esposa, si eso es lo que quieres.

Parte de la tensión que se había adueñado de la cara de Simon desapareció.

Pero Louisa no había terminado.

—No obstante, eso no significa que piense abandonar mi organización sin decir ni una palabra. Considero que es más que justo que prepare a mis compañeras para que acepten mi dimisión, que me reúna con ellas y con el señor Fielden para explicar que lo he organizado todo para que otros miembros ocupen mi lugar en los comités. Seguramente no serás capaz de negarme ese derecho.

—Louisa... —empezó a decir Simon, ahora con aire inquieto.

—No lo haré públicamente, no te preocupes. Y tampoco lo haré aquí. —No podía dominar el temblor en su voz—. No me gustaría dar motivos a eso que llamas amigos para que te acusen de que dejas entrar y salir a sus anchas a las damas de la asociación de tu casa. —Desvió la vista hacia la ventana del estudio, por donde empezaba a filtrarse la tenue luz del amanecer—. Así que me iré a pasar una temporada con Regina.

La declaración pilló a Simon por sorpresa.

—¿Durante cuánto tiempo?

—El que sea necesario. —Hasta que aclarase las ideas sobre cómo vivir con ese otro Simon, el que parecía incapaz de dejar atrás el pasado.

—No tienes que irte a casa de mi hermana —apuntó él con la voz ronca—. Estoy seguro de que sabrás llevar la cuestión de tu retirada de la vida política con discreción. Siempre y cuando te comportes de un modo razonable, prefiero que estés aquí.

—Habías planeado encerrarme en Shropshire durante varias semanas, así que no veo la diferencia entre pasar una temporada con... —No terminó la frase, porque de repente comprendió la respuesta—. Ah, ya entiendo. En Shropshire podrías haberme ocultado la clase de hombre en la que te has convertido. Y si me quedo aquí, en nuestra casa, crees que podrás recurrir a nuestras «pasiones» para engatusarme y que no vea la realidad.

Cuando la ira volvió a emerger en la cara de Simon, ella añadió suavemente:

—Pero te quiero demasiado como para dar la espalda a la

verdad. Si tengo que pasar el resto de mi vida siendo testigo de cómo renuncias a tus principios para demostrarle a tu depravado y difunto abuelo que iba errado, necesitaré pasar un tiempo separada de ti para prepararme.

—Para alimentar tu odio, querrás decir —espetó él.

—Si eso es lo que necesitas creer para sentirte mejor, adelante —susurró ella—. Pero la única persona con la que estoy enfadada ahora mismo es con el conde de Monteith. Porque de no ser por él, sé que, sin ninguna duda, mi esposo se convertiría en el mejor estadista que Inglaterra jamás haya conocido, aunque no llegara a ser primer ministro.

Tragándose las lágrimas, Louisa enfiló hacia la puerta.

—Louisa —la llamó él—, has dicho que me querías.

—Y es cierto —susurró ella.

—Entonces quédate, por favor.

Simon jamás le había suplicado nada cuando no estaban en la cama.

Le había exigido, ordenado, coaccionado. Y ella estuvo tentada, realmente tentada, a dar el brazo a torcer.

Mas a pesar de que él fuera capaz de vivir entablando siempre compromisos con una pasmosa facilidad, ella no podía.

—No, ahora no puedo. Lo siento. He de tratar otros asuntos de los que no puedo ocuparme cuando estoy contigo.

Simon soltó un bufido.

—¿Quién rehuye la verdad, ahora? La única razón por la que estás decidida a refugiarte en casa de Regina es porque yo he admitido que soy incapaz de amarte. Y eso te disgusta.

—¿Que me disgusta? No. Porque realmente tú no eres incapaz de amar, Simon. Simplemente tienes miedo. Y eso no me disgusta; me entristece.

Simon no salió del estudio mientras ella preparaba una pequeña maleta bajo la atenta mirada de *Raji*. A continuación, Louisa dejó que el mono saliera tras ella del dormitorio. Tampoco salió al recibidor cuando ella ordenó que preparasen un carruaje, y no salió a despedirse cuando ella atravesó el umbral, con *Raji* peleándose con uno de los lacayos en un vano intento de ir con ella.

Pero justo cuando el carruaje se puso en marcha, bajo la

mortecina luz del alba, ella miró hacia atrás y lo vio de pie en la ventana del estudio, observándola de un modo estoico, distante. Y de todo lo que había sucedido en las últimas horas, eso fue lo que más le partió el corazón.

Capítulo veintiséis

Querida Charlotte:
¿Controlaros? Jamás se me ocurriría semejante idea. Por si no lo sabéis, aprecio mucho el hecho de continuar vivo. Cambiando de tema, ¿es cierto que vuestra amiga la duquesa de Foxmoor ha decidido retirarse de la Sociedad de las Damas de Londres?

Vuestro curioso primo,
Michael

*T*ras la partida de su esposa, Simon deambuló por el estudio sin hallar sosiego. *Raji* seguía cada uno de sus movimientos con una mirada resentida, comportándose como si acabara de perder a su compañera del alma.

Del mismo modo que se sentía su dueño.

Simon contempló a su mascota con aire desabrido.

—No me mires así, maldita sea. Es ella la que nos ha abandonado a nosotros, mi viejo amigo. No es culpa mía que ella haya decidido mudarse a casa de Regina. Está enfadada porque ha perdido todo el control que ejercía sobre mí.

Exactamente. Él había ganado la interminable batalla que mantenía con su esposa. Incluso había logrado persuadir a Louisa para que dimitiera de la Sociedad de las Damas de Londres.

Así que, ¿por qué no se sentía victorioso? ¿Por qué no estaba saboreando su éxito? Finalmente, había emplazado sus objetivos políticos en la perspectiva apropiada. ¿Por qué no estaba saltando de alegría por haber finalmente —sí, finalmente— conseguido controlar sus pasiones? ¿Por culpa del absurdo discurso de su esposa, por lo que ella había mencionado acerca de las pasiones y de los sentimientos?

Profirió una maldición entre dientes. Ella no lo comprendía. Louisa era una mujer, y claro, las mujeres creían que todo, absolutamente todo, estaba vinculado con el amor y los sentimientos. Pero algunas cosas eran más transcendentales que eso. La política, por ejemplo.

—Nada se limita únicamente a la política —murmuró—. ¡Menuda sandez!

¿Qué sabía ella? Jamás se había visto obligada a adoptar un compromiso, jamás había tenido esa necesidad.

Excepto cuando él la había obligado. Excepto cuando él se lo había exigido.

Simon apretó los dientes. Realmente dudaba que ningún otro político tuviera que lidiar con una esposa tan insolente. Probablemente, era el único que tenía que tolerar esas salidas de tono. Probablemente, era el único que se veía obligado a escuchar las opiniones de su esposa.

Ella lo había empujado a esa incómoda situación. No era culpa suya, si ella se negaba a reconocer las necesidades políticas. Por eso precisamente no había mujeres que se dedicaran a la política, porque no comprendían la desagradable naturaleza de la política. Tal y como el abuelo Monteith decía: «Las mujeres…»

Simon lanzó un estentóreo bufido. No, no era cierto que se estaba convirtiendo en una burda reproducción de su abuelo.

Sí, había aprendido un sinfín de cosas gracias a ese hombre, y a veces le iba bien recordar sus consejos, mas eso no significaba que Simon se estuviera convirtiendo en una copia del anciano. De ningún modo. Jamás sería como su abuelo, jamás.

Ella lo estaba volviendo loco. Tenía que escapar de ese sitio, y escapar de sus ridículas acusaciones.

¿Pero adónde iría? La sesión no empezaría hasta más tarde; de todos modos, Simon no estaba seguro de si ese día sería capaz de soportar la presencia de Sidmouth y Castlereagh. Necesitaba realizar algún ejercicio físico para apartar la insidiosa voz de Louisa de su mente, cabalgar un rato, por ejemplo. Sí, para aclarar las ideas antes de que el resto de la sociedad londinense se despertara.

Subió corriendo las escaleras para cambiarse y ponerse los pantalones de montar, pero tan pronto como entró en el dormitorio, lanzó una maldición en voz alta. La cama le hizo pensar instantáneamente en ella, y su aroma de azucenas perfumaba la alcoba.

Raji saltó sobre el tocador de Louisa, y luego empezó a parlotear enojado, como si lo estuviera riñendo.

—¡Sal de ahí, maldito mono! —Simon agarró a *Raji* y lo lanzó sobre la cama, donde su mascota se puso rápidamente a balancearse en las barras sin dejar de chillar.

—¿Crees que me gusta que ella se haya marchado?

Su mente estaba plagada de imágenes de su esposa, mientras ella le hacía el amor en el estudio, como una brava valquiria decidida a borrar de un plumazo todo el pasado. Jamás había alcanzado el clímax con tanta pasión. Ni tampoco se había odiado tanto a sí mismo.

Porque después de creer irreflexivamente que estar con Louisa una vez más sería suficiente para saciar la sed que sentía por ella, había descubierto que con ello lo único que había conseguido era sentirse más culpable.

Que el diablo se llevara a esa maldita fémina. ¡No tenía nada de qué sentirse culpable! Había hecho lo que tenía que hacer. Era mejor de esa forma. Era necesario que ella se diera cuenta de cómo debía comportarse la mujer de un político, por más doloroso que le resultara el método para admitir la verdad.

Por más que ella lo amara.

Simon volvió a lanzar otro bufido y se dejó caer sobre la silla situada delante del tocador de Louisa, luego se cubrió la cara con las manos. «Te quiero.» Esas palabras habían sido las más crueles. Jamás se habría imaginado que pudieran sonar tan dulces en sus carnosos labios hasta que ella las pronunció. Hasta que ella le pasó por delante de las narices la única cosa que él deseaba con todas sus fuerzas, la única cosa que había deseado tener durante toda su vida.

La única cosa que le estaba vetada, puesto que ella no volvería a decir esas palabras nunca más.

Mas aunque ella fuera una romántica empedernida, no lo consideraba incapaz de amar. Louisa creía que él tenía miedo, que era un cobarde; y eso la llenaba de tristeza.

¡Tristeza! ¡Maldita fuera! ¡Ella sentía pena por él! ¿Cómo se atrevía a sentir pena por él?

Sin poder contener la rabia, barrió la mesa con la mano violentamente, y los frascos de perfume, las cajitas de maquillaje y los peines salieron volando por el aire. *Raji* dejó de columpiarse abruptamente y se agarró con fuerza al armazón de la cama.

Simon sentía que la cabeza le iba a explotar de un momento a otro, así que —¡cómo no!— la voz de su abuelo sonó para atormentarlo y hostigarlo más.

«Eso es, demuéstrale a tu esposa quién manda aquí. Sé un hombre. Ella es simplemente una mujer como cualquier otra.»

Excepto que eso no era cierto.

—Tengo que salir de aquí —dijo Simon mientras el intenso olor del perfume de Louisa amenazaba con asfixiarlo, y la voz de su abuelo seguía abrumándolo.

Se incorporó de un salto, se cambió rápidamente de ropa, y luego se dirigió a *Raji*, que seguía agarrado a la cama.

—Ven, pequeño granuja, vamos a dar un paseo.

Simon tenía la intención de ir a algún lugar donde nada le recordara al abuelo Monteith. Ni a ella.

Se pasó el resto del día intentando lograr su objetivo. Cabalgó hasta Brompton Vale, que afortunadamente estaba completamente vacío, a esas horas del día. Ese lugar no tendría que haberle hecho pensar en Louisa, puesto que jamás había estado allí con ella.

Sin embargo, los impresionantes robles le recordaron el bosque donde la besó por primera vez después de regresar de la India. Y cuando *Raji* se encaramó súbitamente a una de las ramas, no pudo evitar recordar cómo él la había incitado para que lo besara la segunda vez… y dejara que él la acariciara y probara su piel, dulce y perfumada…

Brompton Vale no era el lugar idóneo; seguía pensando en ella.

Lamentablemente, Simon necesitó dos horas para conseguir

que *Raji* se bajara de los árboles. Luego se dirigió a su segundo lugar elegido: a ver a su abogado, quien había encontrado las cartas de la abuela Monteith. Simon lo había dispuesto todo para que se las enviaran a su casa, pero en esos momentos le pareció una buena idea ir a buscarlas en persona. Seguramente, nada en el despacho de su abogado lograría recordarle a su esposa.

Lamentablemente, la preciosa letra de caligrafía de su abuela estampada en la parte exterior de la caja le hizo rememorar otra clase de recuerdos dolorosos. Se acordó de lo mal que su abuelo había tratado a su mujer, llamándola inútil y dándole órdenes sin parar. Lo mismo que Simon había intentado hacer con Louisa.

Apretó los dientes con rabia. Eso no era verdad; él no había tratado mal a Louisa. Todas sus exigencias habían sido más que justificadas y razonables. Era ella la que se había comportado de una forma irrazonable; era ella la que no podía ver los motivos por los que él se veía obligado a actuar del modo en que lo hacía.

El despacho de su abogado fue claramente otra desafortunada elección para olvidarse de ella.

Su tercera elección resultó un poco mejor. Después de dejar a *Raji* y las cartas en su casa de la ciudad, se dirigió al club White's. El local no sólo estaba limpio de cualquier recuerdo sobre Louisa, sino que además demostró ser la perfecta solución para paliar su dolor: bebería y bebería hasta emborracharse y quedarse sin conocimiento.

Pero a Simon no le gustaba emborracharse. No le gustaba perder el control de sus sentidos. Aunque tenía que admitir que en determinadas ocasiones había ahogado sus penas en una botella, y precisamente eso parecía ser lo que la ocasión requería.

Lamentablemente, sólo había echado unos cuantos tragos cuando una voz familiar lo sacó de su ensimismamiento.

—¿Foxmoor?

Simon levantó la vista.

—Ah, Trusbut, buenas noches. —Alzó la botella—. ¿Os apetece un poco de vino de Oporto?

El barón asintió con la cabeza, se acomodó en una silla delante de Simon, y depositó el bastón entre sus frágiles piernas.

—No os he visto en la sesión de hoy, así que no estaba seguro de si os acordaríais de nuestra cita.

¿Qué cita? ¡Santo cielo! Simon se había olvidado por completo.

—¿Me he perdido algo interesante en Westminster? —preguntó mientras llenaba una copa para Trusbut.

—No durante la sesión. —Trusbut se inclinó hacia delante para asir la copa—. Pero me he enterado de un chisme interesante. Uno de mis amigos en la Casa de los Comunes me ha dicho que Thomas Fielden recibió una nota de vuestra esposa ayer, en la que le comunicaba vuestra intención y la de la Sociedad de las Damas de Londres de secundarlo en las próximas elecciones.

Los dedos de Simon se crisparon alrededor de la copa. Maldición, había olvidado que Louisa ya le había transmitido a Fielden su decisión. Por desgracia, ahora tendría que retractarse.

Sin embargo, él no podía contárselo a Trusbut. Le debía a su esposa esa posibilidad, la de no revelar nada hasta que ella hubiera hablado con Fielden y con las Damas de Londres.

Trusbut tomó un sorbo de vino.

—He de admitir que me he sentido profundamente aliviado ante tal noticia. Corrían rumores acerca de que las Damas de Londres pensaban apoyar a Godwin, y eso habría podido derivar en un verdadero desastre.

Simon asintió con un golpe de cabeza y tomó un trago de su copa. No deseaba continuar con esa conversación, pero tampoco quería insultar a Trusbut dándole la espalda.

—Fielden es un buen hombre, muy sensato —continuó Trusbut—. Y muy interesado en las ideas reformistas.

—Eso tengo entendido —replicó Simon, procurando mostrarse impasible.

Se quedaron en silencio durante unos momentos. Luego Trusbut carraspeó.

—Lo cierto es que la noticia acerca de Fielden me ha dado fuerza para abordar un tema indiscutiblemente delicado.

Lo último que Simon necesitaba ahora era hablar sobre temas «delicados».

Mas antes de que pudiera disuadir al anciano, Trusbut añadió:

—Me refiero a Liverpool, y a su gabinete.

Sorprendido, Simon escrutó la cara de Trusbut, pero no acertó a averiguar nada en los viejos ojos cansados de su interlocutor.

—Decididamente, sí que es un tema delicado —se limitó a contestar.

—Algunos de nosotros… quiero decir… bueno, seguramente ya conocéis la situación tan comprometida que atraviesa el país, y que ya dura unos cuantos años.

—Sí. —Conocía la situación más bien de lo que le hubiera gustado, puesto que había sido la causa del fracaso de su matrimonio.

—Somos bastantes los que opinamos que ha llegado la hora de un cambio de gobierno.

Simon parpadeó. ¿Habían Sidmouth y Castlereagh empezado a organizar a sus seguidores?

—Sí, me parece una idea muy interesante —respondió evasivamente.

—No estoy hablando del primer ministro, por supuesto. Liverpool tiene sus faltas, pero no es un mal líder. La gente lo apoyaría si no fuera por Sidmouth y Castlereagh. Es a ellos a los que el pueblo acusa por los recientes altercados, y creo que tienen razón.

Simon tomó un generoso trago de Oporto, y se arrellanó en la silla. La conversación estaba adoptando unos derroteros inesperados.

—Y… ¿qué es, exactamente, lo que proponéis?

—Hemos hablado con Liverpool, con discreción, por supuesto, y parece ser que está de acuerdo en que esos dos ministros desaparezcan de la primera línea de fuego. Incluso ha confesado que estaría más que dispuesto a dar la bienvenida a políticos de un talante más moderado.

—¿De veras? —inquirió Simon, mientras su mente procesaba la información a toda velocidad. ¿Cómo había podido obviar esa maquinación tan simple y tan perfecta?

La respuesta era fácil: había estado distraído con su esposa y con el rey y Sidmouth, quienes creían que Liverpool estaba completamente asediado por la Casa de los Comunes y de los Lores, pero la verdad parecía no ser tan contundente.

—¿Y en qué nuevos ministros estáis pensando?

—Robert Peel como ministro del Interior, por supuesto. —Trusbut inclinó la copa hacia Simon—. Estoy seguro de que a vos y a vuestra esposa os parecerá una elección acertada, dado su apoyo a la reforma penitenciaria.

—Sí, yo también escogería a Peel.

—George Canning como ministro de Asuntos Exteriores —continuó Trusbut.

—¿Canning? —exclamó Simon—. No creo que el rey apruebe esa decisión.

—No, pero no pensamos consultárselo. Liverpool pretende presentarlo como una decisión inamovible, un hecho consumado. Al rey no le quedará otra alternativa que aceptarlo, cuando comprenda la jugada maestra.

—Entiendo. —El nuevo cauce de los eventos había pillado a Simon completamente por sorpresa.

—Canning es un estadista brillante.

—Desde luego que lo es —admitió Simon. A pesar de que Canning una vez había rechazado el puesto de primer ministro, posiblemente aceptaría el puesto de ministro de Asuntos Exteriores. Por desgracia, ese individuo no estaba a favor de la reforma parlamentaria, aunque quizá podrían disuadirlo para que cambiara de parecer. Por lo menos, apoyaba otras reformas.

Trusbut lo sorprendió al ingerir un considerable trago de vino.

—Y… ejem… hemos pensado que vos podríais considerar también ocupar uno de los puestos vacantes.

El corazón de Simon empezó a latir aceleradamente en su pecho.

—¿Ah, sí?

—Ministro de Defensa. Por vuestra experiencia en la India, consideramos que seríais la persona más indicada para cubrir esa área. —Trusbut lo acribilló con una mirada penetrante—. Puesto que vuestra aspiración es llegar a ocupar un día el puesto de primer ministro, esa posición sería un excelente punto de partida. Para el día en que Liverpool decida abandonar el cargo. Lo cual, dadas las circunstancias actuales y el malestar general en el país, esperamos que no suceda demasiado pronto.

Simon se preguntó si Trusbut sabía que Sidmouth y Castlereagh querían desbancar a Liverpool. Seguramente no, porque de ser así, no se atrevería a hablar de ese tema con el hombre al que los dos ministros deseaban poner en el lugar de Liverpool.

Pero quizá los dos sabían que algunos compañeros estaban barajando otra alternativa. Y por eso le habían hecho esa oferta, para evitar que los otros pusieran a Simon de su lado. A cambio de venderles su alma y de aplastar fulminantemente todos los sueños de su esposa.

Tomó un buen trago de Oporto. Se empezaba a sentir mareado, pero no a causa del alcohol, sino porque sentía que su mundo se había desplazado del eje central. Porque si Trusbut y sus compañeros lograban su objetivo...

—Con franqueza, ¿qué posibilidades de éxito creéis tener? ¿De verdad podéis conseguir que Castlereagh y Sidmouth presenten su dimisión?

—Sí, especialmente si os unís a nosotros. Cuando regresasteis de la India, no estábamos seguros de qué parte estabais, dada vuestra antigua amistad con el rey. Ese día en mi casa, me dejasteis claro que estabais en contra de cualquier candidato radical, pero no pude averiguar si comulgabais con el otro extremo. Particularmente por vuestra conexión con Monteith.

—¿Mi abuelo?

—Él siempre apoyó a Sidmouth en su primera etapa.

Simon no lo sabía. Cuando fue suficientemente mayor para aceptar el puesto en el Parlamento, su abuelo hacía tiempo que se había retirado como primer ministro. Sintió un escalofrío en la espalda mientras recordaba las palabras de Louisa. Ella le había dicho que se estaba convirtiendo en la viva imagen de su abuelo. Que Dios lo ayudara.

De repente se le ocurrió que Trusbut debía de tener más o menos la misma edad que su abuelo habría tenido si todavía estuviera vivo.

—¿Conocisteis a mi abuelo?

—No personalmente, no. —Su tono hermético demostraba que ocultaba algo.

—Pero sabíais lo suficiente de él como para afirmar que no os gustaba —adivinó Simon. Cuando Trusbut apartó la vista, agregó—: Os comprendo perfectamente; de veras. Y me encantaría escuchar vuestra sincera opinión respecto a él.

—Era un estadista de los pies a la cabeza, un agudo negociador, y un orador brillante, pero...

—¿Pero?

Trusbut frunció el ceño.

—Una vez lo oí hablar en privado con lady Monteith en una fiesta. Su comportamiento era de lo más poco caballeroso que jamás haya visto. Desde luego, yo me sentiría absolutamente avergonzado de decir tales... tales barbaridades a mi Lillian.

—Poco caballeroso. Una forma absolutamente brillante de describir el carácter de mi abuelo en su esfera privada.

—Pero sé que vos no sois como él, señor —continuó Trusbut—. Os aseguro que me he quedado gratamente impresionado de cómo tratáis a vuestra esposa. Es fácil averiguar muchas cosas de un hombre por el modo en que trata a las mujeres más próximas a él, ¿no opináis lo mismo?

—Estoy totalmente de acuerdo —respondió Simon, mientras sentía en los oídos el eco de los desbocados latidos de su propio corazón.

Trusbut consultó su reloj.

—Y hablando de esposas, le prometí a la mía que hoy estaría en casa a la hora de cenar. —Lanzó a Simon una mirada interrogante—. En cuanto a la cuestión de la que hemos hablado...

—¿Me permitís que lo considere durante un día, señor?

—Por supuesto. —Trusbut se levantó de la silla—. Espero que sepáis guardar una absoluta discreción.

Simon esbozó una sonrisa forzada.

—No os preocupéis; no se lo comentaré a nadie.

—Entonces, os veré mañana en la reunión.

—¿Qué reunión? —preguntó Simon.

—Hoy he visto a lord Draker. Me pidió que le dijera a Lillian que vuestra esposa ha organizado una reunión para mañana, para la Sociedad de las Damas de Londres. Puesto que Fielden también asistirá, supongo que la reunión tiene por objetivo anunciarle vuestro apoyo.

No. El objetivo de la reunión era anunciar la dimisión de Louisa.

—Ah, la reunión —acertó a decir Simon—. ¿Podéis recordarme a qué hora es?

Trusbut lo observó con curiosidad.

—Draker dijo que sería a las cuatro de la tarde.

—Muy bien. —Simon se esforzó por sonreír—. Todavía no estoy seguro de si podré asistir; estoy pendiente de otra cita, pero lo intentaré.

—Entonces, espero veros mañana. —El anciano cogió su bastón y se dirigió lentamente hacia la salida.

Bastante rato después de que Trusbut se hubiera marchado, Simon continuaba sentado, con la mirada fija en su copa de oporto. Todo ese tiempo sólo había visto una posible solución a los problemas que amenazaban al presente gobierno: que Liverpool dimitiera. Pero eso era porque Simon había pretendido ocupar el cargo de primer ministro.

La propuesta de Trusbut abría la puerta a otras posibilidades. Peel era un conservador, pero no a la usanza de la vieja guardia. Era ciertamente más moderado que Sidmouth o Castlereagh. Y si algunos políticos como Trusbut tenían intención de secundarlo, probablemente se mostraría a favor de iniciar el proceso de reforma, no sólo del proceso electoral, sino también de otras áreas que lo necesitaban urgentemente. Como las prisiones.

Eso significaba que podrían conseguir lo que Simon había querido conseguir desde su regreso de la India. Y todo lo que tenía que hacer para lograrlo era olvidarse de su sueño de convertirse en primer ministro por el momento. O quizá para siempre.

«¿Por qué has de ser tú?»

Las palabras de su esposa resonaban en sus oídos mientras acariciaba la copa. Sí, ¿por qué tenía que ser él, el primer ministro de Inglaterra? Simon le había contestado que era porque sólo él podía asegurarse de que el país progresara como era debido. ¿Pero era ésa realmente la razón? ¿O acaso Louisa había metido el dedo en la llaga, al afirmar que únicamente le preocupaba demostrarle a su abuelo que podía hacerlo, en lugar de pensar en qué era lo más adecuado para su país?

Un pensamiento incómodo, y posiblemente cierto. Incluso ahora, al considerar la propuesta de Trusbut, su primer instinto había sido rechazarla. ¿Y por qué? Porque aceptarla significaría que tendría que contener su ambición.

Porque no sería capaz de demostrarle a su abuelo que se equivocaba.

Cerró los dedos crispados alrededor de la copa. Louisa tenía razón. Le importaba un comino el futuro de Inglaterra; sólo estaba intentando silenciar la insidiosa voz de un hombre muerto.

De repente, se sintió incapaz de emborracharse hasta perder el conocimiento. Se levantó y depositó la copa sobre la mesa, y acto seguido abandonó el club y se dirigió a su casa con una terrible sensación de vértigo.

Si aceptaba la propuesta de Trusbut, todo, absolutamente todo, cambiaría radicalmente. No habría ninguna razón por la que Louisa tendría que dimitir de la Sociedad de las Damas de Londres, ninguna razón para que su mujer sintiera tanta decepción y pena por él como hasta helarle la sangre.

Prácticamente podía oír la voz de su abuelo retumbando de nuevo en sus oídos: «Ya estás otra vez con el mismo cuento, permitiendo que tus pasiones arruinen tu ambición».

¿Arruinarla? ¿O enriquecerla?

¿Y si Louisa tenía también razón sobre eso? ¿Y si no eran sus pasiones lo que él pretendía controlar, sino sus sentimientos? ¿La parte de él a la que le preocupaba lo que le pasaba a los granjeros que querían una representación en el gobierno, y a esas pobres reclusas, que únicamente buscaban ser tratadas como personas y una oportunidad para empezar de nuevo?

La parte de él que deseaba que su esposa lo mirase con orgullo y respeto. Y lo amara, sí, lo amara.

Cuando llegó a su casa, se dirigió directamente al dormitorio. No deseaba tomar ninguna decisión precipitada cuando su cuerpo estaba tan falto de descanso. Pero no lograba conciliar el sueño en esa cama, porque las sábanas olían a su esposa.

Así que se levantó y bajó al estudio. Si algo podía seguramente ayudarlo a dormir, serían esas malditas cartas. Abrió la caja que había traído de casa de su abogado y ojeó la primera, con la seguridad de que el ejercicio resultaría inútil. Entonces asió un grueso paquete, y su corazón empezó a latir aceleradamente. No sólo los extremos estaban chamuscados, como si alguien hubiera intentado rescatarlo del fuego, sino que estaba timbrado en la India.

No pudo evitar dar un brinco de alegría. Especialmente cuando separó meticulosamente las frágiles páginas pegadas hasta encontrar un documento oficial aplastado en el medio.

Era el certificado de matrimonio del tío Tobias.

Sin perder ni un segundo, Simon tomó las páginas de la carta adjunta y empezó a descifrar la mala caligrafía de su tío, con la que no estaba familiarizado. Cuando terminó, se acomodó en la silla y clavó unos ojos duros en el otro extremo de la estancia.

Le costaba creer que ese documento hubiera estado entre los papeles de su abuela durante todo ese tiempo. La recordaba como una mujer tímida, absolutamente apocada por culpa del trato que recibía por parte de su abuelo.

Salvar el paquete del fuego había sido su pequeña rebelión. Probablemente se había dado cuenta de que su esposo jamás esperaría que ella lo desafiara, por lo que nunca revisaría sus papeles cuando ella muriera. Puesto que su hijo mayor todavía estaba vivo cuando ella murió, la anciana no habría podido saber si esos documentos se convertirían en un material necesario algún día.

Pero los conservó por si acaso. Como cualquier madre que se preocupara por su hijo. Y si ella, su apenada y compasiva abuela, podía ignorar las órdenes del tirano de su esposo, un hombre empecinado en seguir amonestándolo desde la tumba, Simon también podía hacerlo.

Porque la verdad era que él no quería escuchar más a Monteith. Quería escuchar las exigencias de su propio corazón.

Al parecer, después de todo, sí que tenía un pequeño corazón. Si no, ¿por qué notaba esos retortijones en el estómago ante el mero pensamiento de perder el respeto de su esposa? ¿Por qué sentía un dolor persistente en el pecho que empeoraba cada vez que consideraba la posibilidad de vivir separado de su esposa, de la misma forma que lo habían hecho sus padres?

No, no podría soportarlo. No ahora, que había probado el dulce sabor del amor.

En ese instante, supo exactamente lo que debía hacer.

Esperó a que emergiera la agobiante voz de su abuelo, para criticarlo, para llamarlo inútil… pero no oyó nada. Sólo un bendito silencio, una paz pura y deliciosa. Como si los fantasmas de su tío y de su abuela hubieran finalmente obligado a Monteith a retirarse al infierno.

Y lo único que oyó fue la melodiosa voz de su esposa: «Sé que, sin ninguna duda, mi esposo se convertiría en el mejor estadista que Inglaterra jamás haya conocido, aunque no llegara a ser primer ministro».

Y con esa poderosa aseveración todavía resonando en sus oídos, finalmente pudo conciliar el sueño.

Capítulo veintisiete

Querido primo:

No puedo imaginar que Louisa sea capaz de renunciar a su puesto, a menos que sea por una fuerza mayor. Podría hacerlo por amor. Empiezo a creer que ama mucho a su esposo.

Vuestra prima,
Charlotte

*A*l día siguiente, cuando faltaban cinco minutos para las cuatro de la tarde, Regina y Louisa se hallaban de pie en medio de la sala de baile de la casa que Regina tenía en la ciudad, contemplando a los miembros de la Sociedad de las Damas de Londres mientras estos tomaban asiento en las filas de sillas dispuestas en la sala, junto a una numerosa representación de las cuáqueras del grupo de la señora Fry. También había algunos hombres, pocos, que apoyaban los objetivos de la Sociedad. Incluso lord Trusbut estaba allí con su esposa, a pesar de que no cesaba de consultar su reloj de bolsillo con el semblante preocupado.

—Simon no tiene ningún derecho a exigirte que dimitas —susurró Regina mientras echaba un vistazo a los asistentes—. La próxima vez que lo vea, se lo recordaré.

—No servirá de nada. —Louisa desvió la vista hacia el lugar donde Marcus se hallaba de pie, con cara de pocos amigos—. No le has contado nada a mi hermano, ¿verdad? Él realmente cree que soy yo la que deseo dimitir.

—No, no le he contado nada, pero Marcus no es tonto. Con sólo mirarte, sabe que hay algo que no va bien. Aunque sé que está intentando contenerse para no meter las narices en tus asuntos. No le gusta nada la idea de entrometerse entre un hombre y su esposa. —Regina irguió la espalda—. Pero yo no comparto su opinión. Si me permitieras que hablara con Simon…

—Te lo repito, no serviría de nada. Tu hermano es incluso más cabezota que el mío. Cuando toma una decisión, no hay nada que pueda hacerle cambiar de parecer, por más que se intente razonar con él.

Amarlo tampoco parecía dar resultado. Sin embargo, ése era el sentimiento que sentía por su esposo. Se había pasado la noche previa en vela, echándolo de menos, rememorando cada palabra que ella le había dicho, anhelando lo imposible.

Una parte de Louisa habría deseado que Simon se personara esa mañana en casa de Regina para suplicarle que volviera a casa con él. De haberlo hecho, seguramente le resultaría más llevadero el sacrificio que ella iba a hacer.

Porque la única cosa que no cabía esperar era que él aceptara la derrota. La ambición de Simon siempre había ido por delante de cualquier otra cosa, y de cualquier persona, a lo largo de su vida. Sería una ilusa si pensara que todavía había un poco de esperanza, si creyera que su esposo aún podía aceptar que ella continuara liderando su grupo.

Pero sabía que no importaba si los motivos de Simon eran absolutamente irrazonables. No importaba si él no respetaba a su grupo ni sus objetivos, porque dar el brazo a torcer significaría el fin de los propios objetivos reformistas de su esposo. Simon estaba decidido a demostrarle a su abuelo muerto que él era capaz de lograr sus fines políticos. Por lo tanto, no había nada que se pudiera hacer para remediarlo.

Las lágrimas inundaron sus ojos, y Louisa luchó con todas sus fuerzas para contenerlas y no perder la compostura delante de los congregados. Seguramente había llorado lo suficiente el día anterior como para llenar un lago, o quizá incluso un océano, pero ¿cómo podía vivir con las deplorables elecciones que le deparaba el futuro?

No podía abandonar a Simon. Aunque pudiera solucionarlo por la vía legal, jamás podría divorciarse de él, ya que eso arruinaría las aspiraciones políticas de su esposo. Pero podían vivir separados. Ella podría ocupar todo su tiempo gobernando la casa que tenían en la campiña inglesa mientras él pasaba sus días en Londres. Y cuando las sesiones en el Parlamento tocaran a su fin y él regresara al campo, aún podrían seguir manteniendo vidas separadas. La casa solariega en Shropshire era lo suficientemente grande como para que no tuvieran que topar el uno con el otro todo el tiempo.

El problema era que ella no deseaba abandonarlo ni vivir separada de él. Quería ser su esposa, engendrar a sus hijos, vivir con él en armonía. Mas no podía, cuando eso significaba dejar que él la engullera sin pasión, en cuerpo y alma. ¿Cuánto tiempo tardaría Louisa en convertirse en la viva imagen de la madre de Simon, arisca y distante, fría y sin compasión? ¿Cuánto tiempo tardaría en convertirse en la viva imagen de él?

Un lacayo se abrió paso entre la multitud para acercarse a las dos anfitrionas.

—Señoras —empezó a decir el criado cuando llegó hasta ella y Regina—, hay un hombre del *Times* que solicita que lo dejen entrar a la reunión.

Louisa contuvo la respiración.

—¿Cómo? ¿Cómo se ha enterado la prensa?

—¿Quizá los haya convocado el señor Fielden, cuando has hablado antes con él? —susurró Regina.

—Virgen santa, espero que no.

Louisa echó un vistazo hacia el señor Fielden, que permanecía sentado con aspecto taciturno y callado. Había aceptado quedarse hasta después de la reunión, pero su decepción era incuestionable.

—El señor Fielden no parece de esa clase de hombres capaz de ir a la prensa para hacer pública una noticia. —Louisa se giró hacia el lacayo—. Dile a ese periodista que se marche, por favor.

El criado asintió con la cabeza y se alejó, mas regresó al cabo de unos minutos.

—El caballero se niega a marcharse, señora. Dice que espera que llegue el señor duque, vuestro esposo.

Ella lo miró con estupefacción.

—El duque no vendrá a esta reunión, aunque ese periodista crea lo contrario. Así que dile que se marche, o...

—Ya me encargo yo del asunto —dijo Marcus, que se había acercado a ellas al oír la discusión.

Cuando su hermano desapareció con el lacayo, Louisa continuó de pie, con la mandíbula tensa.

—Me pregunto cómo se habrán enterado los del *Times*. Si una de nuestras afiliadas se ha ido de la lengua, te juro que no pararé hasta llegar al fondo de la cuestión.

—¿Cómo? —inquirió Regina—. Si ya no formarás parte de la Sociedad de las Damas de Londres.

Louisa notó que se le encogía el corazón.

—Maldita sea. —Volvió a contemplar a la multitud. Las lágrimas le abrasaban la garganta. Todos los miembros de la Sociedad estaban sentados en las sillas, y la miraban con expectación. Lo mejor era acabar cuanto antes con esa pesadilla, antes de que no pudiera contenerse y rompiera a llorar en público.

—Bueno, supongo que ha llegado la hora de empezar.

Regina asintió y bajó del podio para sentarse en la primera fila.

Con una terrible opresión en la garganta, Louisa ocupó su puesto en el podio y esperó hasta que los congregados guardaran silencio.

—Buenas tardes, señoras y señores. Os agradezco mucho que hayáis venido hoy aquí. Para mí supone una enorme tristeza tener que comunicaros que...

—Que su esposo tenga la desfachatez de llegar tan tarde —acabó una voz desde la última fila.

Louisa no pudo continuar hablando. Las palabras se habían quedado apresadas en su garganta, mientras mantenía la vista fija en Simon, que ahora avanzaba a grandes zancadas hacia ella, con varios hombres pisándole los talones. Simon parecía acelerado, mientras hacía señales diligentes para que los individuos ocuparan algunos asientos vacantes.

Se puso tensa. No sabía qué era lo que pretendía su esposo. ¿Era capaz de intentar tomar el control de su reunión? ¿Después de obligarla a convocarla?

Cuando Simon llegó al podio, ella murmuró:

—¿Quiénes son esos hombres?

—Periodistas —respondió él en voz baja—. Lo siento, mi intención era estar aquí hace una hora, pero tuve problemas para deshacerme de Sidmouth y Castlereagh.

—Si crees que voy a permitir que uses mi reunión para tus fines políticos…

—Confía en mí. —Simon tomó su mano y la apretó efusivamente—. Deja que hable yo primero, ¿de acuerdo? Te prometo que no te arrepentirás, amor.

La última palabra que había pronunciado su esposo la dejó sin aliento. Louisa lo miró a los ojos. Simon parecía muy cambiado, desde el día anterior en su estudio. La animación en sus rasgos desprendía un nuevo brillo que se transmitía a sus bellos ojos azules. Y sonreía con tanta candidez que ella sintió cómo se encendía una chispa de esperanza en su pecho.

Con el corazón en un puño, Louisa asintió, luego, y sin soltarle la mano, se dirigió con él hacia la multitud. La sala se había llenado de murmullos. Distinguió a su hermano, de pie al final de la estancia, que la miraba con una sonrisa de aprobación en los labios, y eso incrementó sus esperanzas.

Simon se aclaró la voz y la multitud se quedó en silencio.

—Tal y como mi esposa ha dicho, os agradecemos que hayáis venido hoy aquí. Porque ella y yo tenemos el placer de anunciar que la Sociedad de las Damas de Londres piensa secundar al señor Thomas Fielden en las próximas elecciones.

Louisa sintió un leve mareo cuando oyó las mágicas palabras, y se volvió rápidamente hacia su esposo. ¿Simon había decidido apoyar a Fielden, finalmente?

Pero aún se quedó más desorientada cuando vio que Simon le guiñaba el ojo. ¡No lo podía creer! ¡Su esposo le estaba guiñando el ojo!

Simon le apretó la mano de nuevo y continuó.

—Señor Fielden, ¿os importaría subir al podio, por favor?

El señor Fielden se puso de pie, con el semblante tan desconcertado como el de Louisa, y se abrió paso hasta la primera fila en medio de unos fervorosos aplausos y murmullos de aprobación. Louisa aprovechó el momento para observar de refilón a los periodistas, que se dedicaban a redactar fielmente en sus libretas todo lo que estaba sucediendo.

Cuando el señor Fielden llegó al podio, Simon le ofreció la mano y la estrechó vigorosamente, luego regresó a su puesto para continuar con su discurso.

—Tenemos la absoluta confianza en que Fielden será un buen representante en la Casa de los Comunes, especialmente por su continuo interés en la reforma penitenciaria. —Acto seguido, retrocedió un paso—. ¿Queréis añadir algo, señor?

—Gracias, señor duque. —Fielden se acercó más a él, sorprendiéndose a sí mismo de poder mantenerse firme sobre sus pies, y se esmeró por dar un breve pero jugoso discurso, en el que resaltó sus objetivos reformistas.

Durante todo el tiempo, Louisa estuvo rígida, paralizada, apretando la mano de su esposo. ¿Quería eso decir que Simon había entrado en razón?

El señor Fielden acabó su discurso, luego regresó a su silla en medio de unos aplausos entusiastas. Simon volvió a ocupar el centro del podio, con su esposa.

—En las últimas semanas, he tenido el enorme honor de ver cómo mi esposa dirigía el timón de esta fantástica organización. En estas semanas, su causa se ha convertido en la mía. Por eso tengo el placer de anunciar que, en el día de hoy, mi buen amigo Robert Peel ha aceptado encabezar un comité parlamentario para elaborar una ley que regule las prisiones.

La sala se quedó en silencio. A continuación, algunas de las damas se levantaron de sus asientos y estallaron en un estrepitoso aplauso. Mientras Louisa era plenamente consciente de que le temblaban las rodillas como un flan ante el apabullante peso de tantas emociones, Simon la rodeó por la cintura con unos brazos firmes para evitar que se desplomara en el suelo.

—Siento mucho que hayas tenido que enterarte así, mi amor —murmuró él—. Mi intención era decírtelo antes de que empezara la reunión, pero hoy he tenido un día plagado de reuniones, y sólo he conseguido llegar a tiempo porque he conducido el faetón como un loco a través de Hyde Park.

—¡No tienes que disculparte por nada! ¡Por nada! —exclamó ella hilarante—. ¡Una ley que regule las prisiones! ¿Sabes cuánto tiempo llevamos luchando para conseguirlo? No sé qué es lo que has hecho para lograrlo, pero…

—Ya te lo contaré más tarde —la interrumpió él—. Pero antes tenemos que concluir la reunión.

Simon se giró nuevamente hacia los presentes cuando los aplausos empezaron a aplacarse, y Louisa se apresuró a ponerse de puntitas para murmurarle al oído:

—Eso significa que no tendré que dimitir de la Sociedad de las Damas de Londres, ¿no es cierto?

Él le lanzó una sonrisa burlona, aunque sus ojos denotaban su enorme remordimiento.

—¿Y dejarlas con este terrible embrollo, ahora que están a punto de conseguir su principal objetivo? ¿Pero se puede saber en qué estás pensando, cariño?

Louisa sintió unas enormes ganas de gritar: «¡Estoy pensando que te quiero¡ ¡Muchísimo!».

Simon miró a la multitud.

—Y ahora le cedo la palabra a mi esposa, para que ella pueda finalizar la reunión, puesto que yo aún no soy oficialmente un miembro de la Sociedad de las Damas de Londres.

Su comentario despertó algunas risas entre el público mientras Louisa daba un paso hacia delante.

—Me temo que no tengo nada mejor que contaros que pueda superar estas magníficas noticias. Pero antes de dar por concluida esta reunión, deseo darle las gracias al duque de todo corazón. —Lo miró con una sonrisa rebosante de amor—. Porque hoy ha conseguido que me sienta absolutamente orgullosa de ser su esposa.

Y entre una lluvia de aplausos enardecidos, Louisa dio por concluida la reunión.

Todavía tuvo que pasar una hora antes de que pudiera quedarse a solas con su esposo. Los periodistas lo acosaban con mil preguntas, a las que él respondió con su usual aplomo. Mientras tanto, ella se vio rodeada de cuáqueras y miembros de la Sociedad, que consiguieron azorarla ante las enormes muestras de agradecimiento. Simon había convencido a Robert Peel para formar el comité, Louisa estaba segura.

Entonces, lady Trusbut se abrió paso hasta ella.

—¡Vaya éxito, querida! ¡Qué éxito! —exclamó la anciana—. ¡Me muero de ganas de contárselo a las chicas! *Opal* se sentirá indudablemente henchida de alegría. —Se inclinó hacia Louisa—. Es la que más me animó a participar en vuestro grupo, ¿lo sabíais? A causa de la aversión que siente por las jaulas.

Louisa se echó a reír.

—Entonces, dadle las gracias a *Opal* de mi parte. —Estrujó la mano de lady Trusbut—. Porque estamos encantadas de contar con vuestro apoyo. Del vuestro y de vuestro esposo.

Louisa alzó la vista y buscó a lord Trusbut. El barón estaba hablando con Simon en una de las esquinas más apartadas de la sala; ambos parecían estar inmersos en una conversación llena de confidencias. Cuando los dos hombres hubieron acabado, regresaron al lado de sus esposas. Lord Trusbut sonreía ampliamente.

—Vamos, querida, tenemos que irnos —le dijo lord Trusbut a su esposa cuando estuvo a su lado—. Le he prometido a Fielden que nos pasaremos por su casa para empezar a organizar nuestra estrategia. —Cuando lady Trusbut lo miró como si fuera a protestar por tener que irse tan pronto, él añadió, con los ojos brillantes—: Y la señora Fielden tiene periquitos, tres periquitos.

Eso fue todo lo que la baronesa necesitó para despedirse apresuradamente de los anfitriones de la reunión y colgarse del brazo de su esposo. Antes de que lord Trusbut abandonara la sala, le dirigió a Simon un gesto de aprobación con la cabeza.

—Os veré en el palacio de Westminster mañana, en la reunión con Liverpool, Peel y Canning.

¿Liverpool, Peel y Canning? Louisa miró a su esposo con inquietud. Le parecía un grupo de lo más dispar.

Afortunadamente, Regina había empezado a invitar a la gente a seguirla hasta la salida. Se detuvo para echarle un beso a Louisa con la mano, luego abandonó la sala de baile y cerró las puertas tras ella.

Por fin Louisa y Simon se habían quedado solos. Con un tremendo lío de ideas en la cabeza, ella le preguntó sin perder ni un segundo:

—¿A qué se refería lord Trusbut?

—Todavía no está totalmente decidido, pero nos hemos propuesto formar un nuevo gobierno.

—¿Liverpool ha decidido dimitir?

—No, los que van a dimitir son Sidmouth y Castlereagh. Todavía no, pero pronto. No les queda más remedio.

Louisa lo miró con la boca abierta.

—Pero eso quiere decir que...

—Que yo no seré el primer ministro. —Simon le propinó una dulce sonrisa—. Bueno, al menos, no de momento. Seré ministro de Defensa en el gabinete de Liverpool. Con Peel como el ministro de Interior y Canning como el ministro de Asuntos Exteriores... si conseguimos convencer al rey.

—¿Pero... pero... cómo ha sucedido?

Él le relató la conversación que había mantenido con Trusbut y le reveló los cambios que se habían ido gestando en el Parlamento durante los últimos meses.

Sin embargo, eso no explicaba lo que ella deseaba realmente saber.

—¿Y estás satisfecho? Me refiero al hecho de no ser el primer ministro.

La sonrisa que Simon esbozó parecía genuina.

—Sí, estoy bien. Tenías razón; sólo estaba intentado demostrarle a mi abuelo que podía hacerlo. Pero si les hubiera vendido mi alma a Sidmouth y a Castlereagh, seguramente me habría arrepentido de ello toda mi vida. El abuelo Monteith pertenecía a otra época, igual que esos dos ministros. En cambio, yo pertenezco a otra generación, a otros tiempos. —Le tomó la mano con ternura—. A este tiempo presente. Contigo.

Louisa creía que se iba a desmayar de alegría y de esperanza.

—¿Qué es lo que te ha hecho cambiar de opinión?

—¿De verdad quieres saberlo? —dijo él con la voz ronca—. Bueno, supongo que estás en tu derecho de obtener una respuesta. —Le acarició suavemente la mano—. Han sido varios motivos. Primero, encontré el certificado de matrimonio del tío Tobias entre los papeles de mi abuela, junto a una carta de mi tío.

Sorprendida, ella observó cómo Simon se sacaba del bolsillo del abrigo un trozo de papel con los bordes chamuscados y se lo tendía. Louisa se apresuró a cogerlo. Iba dirigido a la abuela de Simon, y empezaba con una explicación del tío Tobias sobre su preocupante estado de salud. Se estaba muriendo.

Pero fueron los dos últimos párrafos los que más la impresionaron:

> Os envío esto con la esperanza de que consigáis convencer a papá para que actúe del modo correcto con mi querida esposa y mi hijo. Son mis herederos legítimos, por consiguiente, deberían recibir cualquier heredad que les corresponda cuando yo muera.
>
> Sé que papá no comparte mi elección en cuanto a mi esposa, pero eso se debe a que él le teme al amor hasta el punto de no atreverse a amar a nadie. En lugar de eso, cree ser feliz con sus logros. Pero dígale que yo muero satisfecho, siendo plenamente consciente de que, durante un pequeño intervalo de mi vida, he tenido lo mejor que un hombre puede desear en este mundo lleno de falsedades: alguien a quien amar.

> Vuestro devoto hijo,
> Tobias Hunt

Las lágrimas le escocían los ojos cuando Louisa le devolvió la carta a Simon. Él la tomó y comentó con la voz entrecortada:

—Parece ser que la abuela intentó abordar el asunto con el abuelo, y él tiró los documentos al fuego. Ella los debió rescatar y los guardó durante todos estos años. Supongo que imaginarás lo que sentí cuando leí la carta. En mis oídos resonaba el martilleo de tus sabias palabras. Y sin ninguna duda supe que, de no ser por ti, habría acabado convirtiéndome en la pura esencia de mi abuelo.

Una lágrima rebelde logró escaparse de los ojos de Louisa y rodó por su mejilla.

—No lo creo. Siempre he pensado que podrías ser mejor persona si te lo proponías.

—Y tus palabras me han atormentado la conciencia desde

que las dijiste. —Alzó la mano de su esposa y se la llevó a los labios, después la besó—. Por eso he cambiado de opinión. Por eso, y por el temor a perderte.

—No me habrías perdido.

—¿No? Tienes demasiada integridad para vivir con un hombre sin una pizca de ella. Y no habría soportado ver cómo la mujer que amo pierde todo el respeto hacia mí, por culpa de que la obligo a vivir siempre adquiriendo un compromiso tras otro, sin parar, sin tregua.

El eco de sus propias palabras consiguió que Louisa se emocionara. Entonces recabó en las otras palabras que él había pronunciado.

—¿La mujer que amas? —Unas densas lágrimas de felicidad se agolparon en su garganta.

Simon la rodeó con sus brazos, y la miró con tanta ternura que a Louisa le dolió el corazón.

—Te amo. Creo que siempre te he amado. Pero tenía miedo de ese sentimiento, tal y como tú me dijiste; tenía miedo de que amarte significara que mi abuelo tenía razón en cuanto al hecho de ser un esclavo de mis pasiones. Probablemente él tenía razón, pero no me importa. Porque tú eres lo mejor que un hombre podría desear.

Entonces la besó, la clase de beso suave y dulce, lleno de afecto, capaz de colmar el alma hambrienta de una mujer. Cuando finalmente se apartó de ella, Louisa comprendió por qué los poetas hablaban de corazones que estallaban de alegría. Porque seguramente el suyo estallaría en mil pedazos de un momento a otro.

—Vamos, mi amor; es hora de regresar a casa —dijo Simon.

Y Louisa no pudo resistir la tentación de burlarse de él.

—¿Es eso una petición? ¿O una orden?

Los ojos de Simon brillaron con una luz embriagadora mientras la condujo hasta la puerta.

—¿A ti qué te parece?

—Creo que… —empezó a decir ella, riendo con alegría—, creo que tengo mucha suerte de que no te casaras conmigo hace siete años. No estoy segura de que entonces hubiera sabido manejarte.

La mirada felina que Simon le lanzó la dejó sin aliento.

—¿Y crees que ahora puedes manejarme?

—No. —Cuando él se echó a reír, Louisa añadió—: Pero te aseguro que me divertiré mucho mientras lo intento.

Epílogo

Querido primo:

Mi amiga ha decidido quedarse en la casa que Foxmoor
tiene en la ciudad en lugar de instalarse en la finca que
poseen en el campo. No quería estar ausente durante las
sesiones del Parlamento, y supongo que el duque tampoco deseaba estar alejado de ella. ¿No os parece una actitud absolutamente romántica? Ella dice que el duque
está planeando una fiesta para el bautizo que supere en
fastuosidad a la celebración de la coronación del rey. Espero que Louisa no hable en serio.

Vuestra prima,
Charlotte

*S*imon deambulaba nervioso por el vestíbulo contiguo a la
alcoba de su esposa. *Raji* no se apartaba de su lado. Ninguno
de los dos parecía contento.

—Por lo menos, han cesado los gritos —murmuró Simon a
Raji. Los gritos de su esposa y los de su mascota. Debería haber encerrado a *Raji* en el estudio, del mismo modo que Louisa
había obligado a Simon a permanecer en el vestíbulo. Pero Simon necesitaba compañía.

—Malditos médicos —le dijo a *Raji*—. Sólo a ella se le podía ocurrir que la asistiera el médico de la prisión. Ha rechazado
los servicios de mi médico, que cuenta con una reputación intachable, y sólo ha accedido a que la asista el médico que ayudó a
que naciera el bebé de Betsy.

Raji parloteó nervioso a modo de respuesta, y luego se agarró a la pierna de Simon.

—Por lo menos, mi médico no le habría permitido que me echara de la alcoba sin concesiones. Lo único que estaba haciendo era suplicarle a ese doctor que hiciera algo para paliar el dolor de Louisa. ¿Qué hay de malo en eso? —Simon aupó al pequeño granuja entre sus brazos; necesitaba tener las manos ocupadas para no propinar un puñetazo contra la pared—. Me dijo que la estaba poniendo nerviosa. ¿A ella? ¡Pero si es ella la que me está matando! Ya han transcurrido unas interminables catorce horas. ¿Cuánto tiempo más puede tardar en nacer un bebé?

La puerta se abrió y apareció el doctor, con una sonrisa de oreja a oreja.

—Enhorabuena, señor duque. Acaba de ser papá de un niño fuerte y sano.

Simon contuvo la respiración, y estrechó a *Raji* con tanta fuerza que el pobre animal se puso a protestar.

—¿Y Louisa? ¿Está…?

—Está bien. Cansada, pero eso ya era de esperar.

Las lágrimas afloraron en los ojos de Simon.

—Gracias a Dios.

Hizo ademán de dirigirse a la puerta, pero se detuvo un instante para depositar a *Raji* en los brazos del médico.

—¡Espere! —gritó el médico—. ¿Qué quiere que haga con él?

—¡Lo que quiera menos dejarlo entrar aquí! —respondió Simon, excitado.

Mientras entraba en la alcoba y cerraba la puerta con firmeza tras él, oyó cómo murmuraba el doctor:

—Créame, por nada del mundo se me habría ocurrido hacer esa tontería.

Regina estaba ayudando a la enfermera a limpiar al recién nacido, pero Simon sólo tenía ojos para su esposa, que permanecía reclinada en la cama. Jamás la había visto tan pálida, tan exhausta.

Tan incuestionablemente bella.

Se precipitó a su lado y le cogió la mano.

—No tendremos más hijos, te lo prometo. Usaremos esponjas y preservativos y nos fijaremos en las fases de la luna…

—No seas ridículo —lo atajó ella con una frágil carcajada—. No haremos nada de eso. —Louisa se pasó la mano por encima del pecho—. Tampoco ha sido tan terrible.

—¡Pero... pero... si estabas chillando! *Raji* casi enloqueció cuando te oyó.

—¿Y tú? —se burló ella.

—¿Yo? ¡Yo he estado a punto de morirme de angustia! —El timbre de su voz se tornó más agudo—. ¡Jamás te había oído chillar de ese modo!

—Tú también chillarías, si alguien intentara abrirse camino a través de tu vientre. —Lo miró con una enorme ternura—. Pero a juzgar por lo que he visto, sobre todo por el modo en que has perdido el control de ti mismo en esta situación, la próxima vez que me ponga de parto ordenaré que te encierren en la habitación más alejada de la casa, o quizá en Shropshire.

—A mí no me parece gracioso —gruñó él—. Tenía miedo de perderte.

Louisa le acarició la mejilla mientras le propinaba una tierna sonrisa.

—Lo sé, pero no iba a permitir que una nimiedad como el hecho de dar a luz me alejara de ti. —Cuando Regina se les acercó y depositó al bebé en los brazos de Louisa, la nueva mamá añadió—: Y de nuestro hijo.

A Simon se le formó un nudo en la garganta. «Su hijo». De repente, cayó en la cuenta del milagro que acababa de suceder. ¡Tenía un hijo!

Se inclinó hacia su familia para observar al pequeñín, con sus ojitos cerrados y su boquita de piñón. Entonces lo asaltaron más lágrimas.

—Es absolutamente perfecto.

—Pues claro. Es tuyo, ¿no?

Simon soltó una carcajada nerviosa; se sentía mareado. Tocó el diminuto puño, y los deditos cerrados alrededor de su dedo índice, que apretaban con una sorprendente fuerza.

—Y ahora cuéntame, ¿qué ha sucedido? —le preguntó Louisa con una patente curiosidad.

—¿Qué ha sucedido dónde? —preguntó él, mientras seguía mirando maravillado a su hijo.

—¡Con la ley de la reforma penitenciaria! ¿Ha superado la votación?

¡Por todos los santos! Simon había perdido el mundo de vista cuando ella se puso de parto.

—Sí, mi Juana de Arco, la ha superado. Lo estaban anunciando justo cuando el criado vino a buscarme para que viniera a casa.

—Eso significa que seguramente será aprobada por el Parlamento. —Lo miró con un brillo renovado en los ojos—. ¡No puedo creerlo! ¿Y qué tal ha ido, el discurso del señor Fielden? ¿El que yo escribí para él?

—Ha sido un éxito rotundo. Era tan apasionado como la persona que lo escribió. —Simon le acarició la barbilla—. Realmente, eres la mujer más sorprendente que jamás he conocido; ¿acabas de dar a luz, y te pones a pensar en esa cuestión?

—No, no sólo en eso —sonrió ella—. También quiero enterarme de las nuevas acerca de tu primo. Regina dijo que hoy tomarían una decisión en cuanto a su título. No esperaba que sucediera tan pronto. ¿Qué ha pasado?

—Aunque cueste creerlo, el rey finalmente ha mantenido una de las promesas que me hizo. Protestó y se resistió un poco, pero después de la forma en que Trusbut y yo lo obligamos a cambiar su gabinete el año pasado, probablemente sabía que lo mejor que podía hacer era cerrar ese asunto del título de Colin para que yo lo dejara en paz de una vez por todas. Le dije que quería que lo aprobara con la mayor celeridad posible, y eso es lo que ha hecho.

—¿Y ahora?

—Ahora Colin es oficialmente el conde de Monteith. —Simon le lanzó una mirada socarrona—. Y mi abuelo ahora se está oficialmente revolviendo en su tumba.

—Perfecto. —Louisa contempló a su retoño y sonrió—. Espero que cuando nuestro hijo crezca, le dé motivos para revolverse diez veces más. Porque el pequeño John David Henry Augustus seguramente dará más guerra y será un primer ministro más progresista de lo que tu indeseable abuelo nunca pudo imaginar.

—Ninguno de mis hijos será nunca primer ministro de Inglaterra —anunció Simon solemnemente.

Louisa lo miró con estupefacción.

—¿Por qué no?

—Porque deseo algo mejor para él.

—¿El qué?

Con el corazón henchido de alegría, Simon estampó un beso en la frente anegada de sudor de su esposa.

—Esto, cariño mío: un amor verdadero y profundo.

Ella levantó la vista y lo miró con los ojos brillantes.

—¿Y por qué no puede tener ambas cosas? Tú lo has conseguido.

—Ya, pero yo he tenido mucha suerte. Dudo que una coincidencia tan extraordinaria suceda dos veces. La política generalmente no conlleva la felicidad a un matrimonio. Fíjate en mi abuelo.

—Pero él fracasó porque era un verdadero monstruo.

—Quizá. —Simon contempló a su hijo—. O quizá la política crea monstruos como él, pequeños Napoleones amargados y tristes que no pueden soportar la idea de no ostentar el control sobre todas las cosas, incluso en sus vidas privadas. Y eso significa que tienen la necesidad de derribar a cualquiera que no puedan controlar.

Acariciando el pelo de su esposa, Simon se maravilló de nuevo de su increíble suerte.

—Sea como sea, si tuviera que elegir entre un matrimonio feliz o un futuro en la esfera política para mi hijo, el matrimonio feliz ganaría con creces.

Simon tomó al bebé en sus brazos, y lo sostuvo por primera vez. Las lágrimas se agolpaban en su garganta. El milagro de la vida era maravilloso. Su vida era maravillosa.

—Porque tal y como el tío Tobias dijo una vez, lo mejor que un hombre puede desear en este mundo lleno de falsedades es alguien a quien amar.

Nota de la autora

Lo admito, en esta novela he alterado un poco algunos hechos históricos, aunque no tanto como el lector pueda pensar. Por supuesto, no hubo ningún Simon que ocupara el puesto de ministro de Defensa, y lord Monteith es un primer ministro que me he sacado de la chistera (gracias a Dios). Pero muchos de los otros personajes y eventos políticos son reales, aunque he de admitir que he exagerado los hechos para que parezcan más dramáticos. Lord Sidmouth dimitió del puesto de ministro del Interior en 1822, después de que nunca lograra recuperarse de la mala prensa tras la masacre de Peterloo. Y si bien es cierto que lord Castlereagh jamás dimitió —se suicidó en 1822—, Liverpool los reemplazó tanto a él como a Sidmouth por dos ministros con tendencias más progresistas que sus predecesores.

Sir Robert Peel (durante la época en la que suceden los hechos de mi novela, él todavía no había sido nombrado caballero) se convirtió en ministro del Interior, y decretó la reforma penitenciaria en 1823. George Canning se convirtió en ministro de Asuntos Exteriores.

Y el nuevo y mejorado gabinete fue capaz, después de que finalmente Liverpool se retirara en 1827, de conseguir lo que Simon quiere implementar en mi libro: la reforma parlamentaria, que afectó directamente sobre el modo en que se elegían los miembros de la Casa de los Comunes, y por consiguiente, en la desmedida influencia que la aristocracia tenía sobre la legislación.

La ley de la reforma de 1832 fue considerada extraordinariamente innovadora para la época. Probablemente el lector no se sorprenderá de saber que lord Sidmouth, quien todavía continuaba dando guerra en 1832, votó en contra.

Otras pinceladas históricas reales en esta novela incluyen la información acerca de Newgate y la reforma penitenciaria. La asociación de la señora Fry cambió genuinamente el modo de regir las prisiones, y su cuñado fue miembro de la Casa de los Comunes. Y Louisa no habría sido la primera duquesa que metió la nariz en cuestiones políticas. Mucho antes de la época que describe mi novela, Georgiana, la duquesa de Devonshire, apoyó incondicionalmente la campaña política de su esposo, junto con todas sus amigas.

Lamentablemente, los detalles acerca de la princesa Charlotte también son ciertos. La princesa murió de una forma horrorosa mientras daba a luz, después de dos días de parto, aunque la historia todavía no nos asegura quién fue el culpable.

Y efectivamente, hubo una rebelión en Poona y una batalla de Kirkee. Los británicos vencieron a pesar de tener todos los factores en contra, pero el gobernador general no intervino en el asunto. El verdadero hombre que inspiró a las milicias a luchar con tanta valentía fue Mountstuart Elphinstone, el cónsul británico en Poona. Jamás había combatido en ningún ejército, pero sin embargo logró llevar a las tropas hasta la victoria después de asumir el mando. Con un hombre tan portentoso como modelo, ¿cómo podía resistirme a concederle el papel de mi héroe?

Sabrina Jeffries

Se ha convertido en una de las novelistas de su género más aclamadas por el público y la crítica en los últimos años, consiguiendo que sus títulos se posicionen en las listas de ventas en cuanto ven la luz. En la actualidad, vive en Carolina del Norte con su marido y su hijo, y se dedica únicamente a la escritura.